第五届全国交通运输
优秀新闻作品集

《第五届全国交通运输优秀新闻作品集》编委会　编

人民交通出版社股份有限公司
China Communications Press Co.,Ltd.

内 容 提 要

本书由第五届全国交通运输优秀新闻作品汇集而成，包括消息类、通讯类、评论类、副刊类、论文类、好策划类、图片类、专题片类、微视频类9大部分内容，共收录2014年度发表在《中国交通报》《中国水运报》《中国公路》《中国远洋报》《交通建设报》《河北交通》《四川交通》《中国道路运输》《中国海事》等交通报刊上的优秀作品百余篇(加上图片)。

本书可供交通运输行业新闻工作者及相关从业人员学习使用。

图书在版编目(CIP)数据

第五届全国交通运输优秀新闻作品集／《第五届全国交通运输优秀新闻作品集》编委会编. — 北京 : 人民交通出版社股份有限公司, 2016.4

ISBN 978-7-114-12921-6

Ⅰ.①第… Ⅱ.①第… Ⅲ.①新闻—作品集—中国—当代 Ⅳ.①I253

中国版本图书馆CIP数据核字(2016)第068756号

书　　名：第五届全国交通运输优秀新闻作品集
著 作 者：《第五届全国交通运输优秀新闻作品集》编委会
责任编辑：孙　玺　蒲晶境　韩　帅
出版发行：人民交通出版社股份有限公司
地　　址：(100011)北京市朝阳区安定门外外馆斜街3号
网　　址：http://www.ccpress.com.cn
销售电话：(010)59757973
总 经 销：人民交通出版社股份有限公司发行部
经　　销：各地新华书店
印　　刷：北京市密东印刷有限公司
开　　本：720×960　1/16
印　　张：27.5
字　　数：370千
版　　次：2016年5月　第1版
印　　次：2016年5月　第1次印刷
书　　号：ISBN 978-7-114-12921-6
定　　价：50.00元

《第五届全国交通运输优秀新闻作品集》

编　委　会

CONTENTS 目录

◎消息类◎

一等奖

二等奖

三等奖

◎通讯类◎

一等奖

二等奖

三等奖

◎评论类◎

一等奖

二等奖

三等奖

◎副刊类◎

一等奖

二等奖

三等奖

◎论文类◎

一等奖

二等奖

三等奖

◎好策划类◎

作品评析

◎图片类◎

作品评析

◎专题片类◎

作品评析

◎微视频类◎

作品评析

◎附录◎

《"两路"的历史路标》

本书封面照片《港珠澳大桥桥岛成功对接》

卢志华摄影,图片类三等奖,原刊于《筑港报》2014 年 11 月 11 日 1 版。

本书采用照片均为图片类获奖作品

消　息　类

获奖名次：图片类二等奖

标　　题：《奋进的测量班》

作　　者：郭银杰

原 刊 于：《交通建设报》2014 年 7 月 10 日 1 版

获奖名次：图片类三等奖

标　　题：《红与蓝》

作　　者：徐天鸿

原 刊 于：《交通建设报》2014 年 7 月 10 日 1 版

一等奖

李克强在渝期间考察中国交建工程工地：
“我祝每个劳动者节日快乐！”

揭琼业　符　华　黄壹行

4月28日，中共中央政治局常委、国务院总理李克强到四航局承建的重庆果园港、二航局承建的重庆千厮门嘉陵江大桥工地考察，看望一线建设工人，为他们送去节日的祝福。

李克强经由果园港二期水工扩建工程滚装码头来到港区内，详细了解了港口建设和航运贸易等情况。看到总理来了，不少建设者自发围拢过来，争相向总理问好。总理走到建设者中间，和大家亲切交谈。

人群中有人抢着说：“总理，我们可是内河第一大港哦！”李克强笑着勉励大家说：“既然是‘第一’，那就要展现出第一大港的水平，展示出第一大港工人的素质，起好排头兵的作用。”

他又关切地问大家，工作环境和条件怎么样？工资和过去相比是多了还是少了？听完工人们的回答，总理又问：“生活上还有什么不方便没有？”一位工友说，就是上下班远了一点，交通车得坐一个多钟头，期待轻轨尽早建好。

来到重庆千厮门嘉陵江大桥下层轻轨桥面上，李克强对建设者说：“刚才，有不少码头工人告诉我，盼望着早日坐上轻轨。我替他们带句话——为广大群众出行提供方便，就靠你们啦！”

李克强给大家带来节日祝福:“你们在这里辛勤工作,为重庆市民出行提供方便。‘五一节’快到了,我祝每个劳动者节日快乐!”他还提醒工人在施工过程中要注意安全。

果园港是我国最大的内河水路、铁路、公路联运枢纽港,是重庆建设长江上游航运中心的重要港口。四航局参建了重庆果园港一期、二期及二期扩建工程,累计合同额达6.6亿元,目前已完成一期及二期扩建水工B标工程,后续施工建设正紧张有序地进行。

二航局承建了千厮门嘉陵江大桥。大桥为天梭形单塔单索面双层钢桁梁斜拉桥,索塔高182米,主桥长720米。大桥是公轨两用斜拉梁桥,上层是人行道及公路双向四车道;下层是双向轨道线,轨道6号线将通过“桥腹”过江。大桥建成通车后,将形成连接江北城、解放碑中央商务区和南岸弹子石片区的公轨两用快捷通道。目前,千厮门大桥工程建设已经进入尾声,开始铺设桥面沥青,后期轨道交通已经进场施工。整个大桥预计将于6月交工。

原刊于《交通建设报》2014年4月30日1版

作品评析

小细节揭示大主题

杜迈驰

2014年27日至29日,中共中央政治局常委、国务院总理李克强在重庆就西部开发进行调研,考察企业,看望群众,登船考察长江黄金水道建设和沿岸生态保护,在船上听取长江综合交通网规划汇报和重庆市的工作汇报,主持召开沿江11省市依托黄金水道推动长江经济带发展座谈会……在总理按“分钟”计算的巴渝之行时间表中,他来到中国交建四航局承建的重庆果园港、二航局承建的重庆千厮门嘉陵江大桥工地考察,看望一线建设工人,为他们送去节日的祝福。这对于中国交建集团主办的《交通建设报》来说,不啻是一条大新闻。该报3名记者和通讯员能够挤进采访圈儿(也可能“混入”到考察现场),显示了他们抓大新闻的敏感和能力。

这篇消息的成功之处在于作者根据新闻事件的核心内容,突出重点,抓住关键,另辟蹊径,在主题确定、结构安排、写作手法、材料运用和标题制作上,努力寻找以小见大、与主题相吻合的最佳表达方式,提升新闻品质,增强亲和力、感召力和竞争力。

用小切口反映大主题在中国新闻奖消息类作品中屡见不鲜。在我接到点评第五届全国交通运输新闻好作品任务后,我认真分析了2013年、2014年中国新闻奖一、二等奖消息类作品,包括《泰豪动漫变“动慢”》《孟津政府大院没“围墙”》《利益面前,干部退一步》《“海峡光缆1号”开启两岸通信“直航”新时代》等。它们的共同特点是:作者选材紧跟形势,用小事件反映大主题,报道内容对当年中央部署的重大教育活动或方针政策有示范意义;标题有特色,吸引力强;导语简练,开门见山;段落逻辑清晰,剪裁得当;语言朴实,没有赶时髦的大话、空话、套话。

用上述特点与《交通建设报》的作品相比较,可以看出作者在材料取舍中以小见大的功夫:

——用小场景反映大事件。李克强总理这次考察活动意义重大,内容丰富。作者抓住总理走到建设者中间亲切交谈、勉励、询问工作环境和条件、给大家送来节日祝福等场景,让读者近距离感受到这届中央政府以人为本的为政新风,亲眼目睹总理真诚、主动、亲切、与群众打成一片的亲民形象,深切体会到总理与人民之间的血肉联系,以及心系劳动者、以劳动者为荣的无限真情。

——用小细节揭示大主题。一件事是否让人感动,读者有自己的判断,无需记者在消息中发议论。身临现场的记者只要心中装着西部开发、以人为本的大主题,然后仔细观察倾听,撷取最感人的细节、对话转达给读者就可以了,而且这种转达越平实朴素,感染力则越强烈。记者捕捉到的细节包括建设者自发围拢过来争相向总理问好、人群中有人抢着与总理讲话、总理又问“生活上还有什么不方便没有”,这些用文字记录下来的细节,即便与电视镜头记录相比也不乏细腻。通过“会自己说话”的现场感极强的细节描写,一幅幅和谐、融洽的美丽图画展现在读者面前，给他们如临其境、如闻其声、如见其人之感。

——用小视角突出大背景。在“五一”这个特殊节日期间，李克强总理来到重庆果园港、千厮门嘉陵江大桥工地考察。鼓励交通建设者起好排头兵的作用、为广大群众出行提供轻轨方便“就靠你们啦！”的嘱托、在施工中注意安全的提醒，凸显了总理对长江经济带特别是西部交通运输工程建设的关心，对长江沿线省区经济社会发展和人民生活的关注，对交通建设者的关爱。国家总理的爱民之心，亲民之情，为民之举，跃然纸上。

用中国新闻奖消息写作特点与《交通建设报》的作品相比较，这篇消息的导语同样精炼，8 个自然段穿插有序，最后两段作为消息的背景材料分别简述了果园港、千厮门嘉陵江大桥的概况，既突出了这两项工程在长江经济带中的重要位置，也分别介绍了后续施工建设和预计交工事件，给读者留下了期盼，给文章留下了余音。

2009 年冬的一个雪天，我应邀给《交通建设报》采编人员和通讯员培训班讲课，讲解了《人民铁道报》《中国铁道建筑报》等获得中国新闻奖消息的写作方法，包括 2005 年中国新闻奖消息类一等奖作品《海拔 4161 米：总理跟我们合影》，这篇作品写的是“五一”期间温家宝总理在青藏铁路施工现场看望建设者的内容，同样以细节取胜。《交通建设报》的《“我祝每个劳动者节日快乐！”》与《人民铁道报》的消息有异曲同工之妙。当时我也介绍过《人民铁道报》《中国铁道建筑报》抓重大新闻提前策划、精心准备的经验，包括提前谋划报道方案、提前查阅背景信息、提前了解现场关键点等。第五届全国交通运输优秀新闻作品推荐时，《交通建设报》的推荐表“采编过程”一栏介绍这篇消息说：“前期做好了充足的准备工作，包括录音、摄像、拍照、撰写稿件等，都有明确分工，大家按部就班，有条不紊。”看来，当初的讲课内容他们听进去了，而且照着干了。经过几年历练，2013 年、2014 年《交通建设报》连续两届夺得全国交通运输优秀新闻作品消息一等奖，不能不说是在策划上下足了功夫，在扎进现场捕捉细节和新闻亮点上下足了功夫。

（作者系中国交通报社原总编辑、中国交通报刊协会副会长）

独龙江隧道　贯通当日即成生命通道

陈鸿圣　祁　军

“一个独龙族小女孩因穿着裙子烤火，引火烧身，伤情十分严重，急需救治，能否通过隧道出山？”4 月 10 日 19 时 30 分，仍沉浸在独龙江隧道打通喜悦中的武警交通部队三支队副参谋长周勇，突然接到 33 公里外云南省怒江州贡山独龙族怒族自治县独龙江乡党委书记和国雄的求救电话。

周勇立即向独龙江公路建设指挥部报告，并和负责隧道进口端施工的云南第一路桥公司取得联系，商请在当日刚刚贯通的隧道中，紧急开通临时“生命通道”，确保救治车辆安全通过。

紧急排险、清渣，“生命通道”迅速打通。战士孙元元驾驶指挥车为救治车辆开道。才贯通的独龙江隧道内还弥漫着爆破硝烟的味道。一路护送受伤小女孩的和国雄庆幸不已：“若不是隧道打通了，我们怎么可能在短短 20 来分钟就翻过高黎贡山？”

隧道贯通前，独龙江乡百姓走出来要翻越海拔 5100 米的高黎贡山，这个季节皑皑积雪封闭了雪山垭口，沿途雪崩塌方密布，道路随时可能中断，从独龙江乡抵达 96 公里外的贡山县城至少需要 15 小时，甚至更久。

11 日清晨，受伤女孩普慧芳基本脱离生命危险。医生说，幸亏在第一时间连夜送来。

“独龙江隧道通了，我们出去方便多了！这不仅是我们独龙族人民的发展之路，也是我们的生命之路！”全国道德模范、贡山县原县长高德荣说。

原刊于《中国交通报》2014 年 4 月 14 日 1 版

作品评析

新闻价值要素叠加的重要作用

杜迈驰

2014年全国统一换发新版记者证前，新闻出版广电总局组织编写了《新闻记者培训教材(2013)》一书，要求对全国新闻单位采编人员开展岗位培训和考核。书中对新闻价值做了10方面新概括：①事实发生的概率越小，越有新闻价值；②事实或状态的不确定性越大，减少不确定的事实或信息越有新闻价值；③事实发生与受众利益越相关，越有新闻价值；④事实的影响力越大影响面越广，越能立即产生影响力，越有新闻价值；⑤事实与接受者的心理距离(性别、年龄、地域、兴趣、专业、收入、宗教)越近，越有新闻价值；⑥越是著名人物(或地点)发生的事实，越有新闻价值；⑦含有冲突因素越大的事实，越有新闻价值；⑧越有人情味，能表现人的感情的事实，越有新闻价值；⑨越有心理替代性的故事性事实(各种成功者、英雄主题、撒旦主题、大团圆主题等)，越有新闻价值；⑩事实在比较中反差越大，越有新闻价值。我认为，这是对新闻价值最新、最权威的论述。

记者抓新闻，要把握某一事件的宣传价值、新闻价值和市场价值。3个方面价值的交叉部分越大，就越受群众欢迎；新闻价值10个要素占得越多，新闻性就越强。以上述标准衡量《独龙江隧道　贯通当日即成生命通道》这篇作品的新闻价值，③、④、⑤、⑧、⑨、⑩项都占了。

云南省贡山独龙族怒族自治县的独龙江乡，是我国较少民族独龙族的唯一聚居区。独龙江乡地处中国著名的横断山脉的高山峡谷地带，山高水深，沟壑纵横，形成封闭式的地理环境。1995年10月，我和《中国交通报》云南记者站站长陈乃文到贡山采访时，见到了马帮运输队正在进山驮运群众的日常用品，同时了解到交通部、云南省交通厅正在着手投资独龙江的公路建设。1999年9月9日，国家投资1亿多元修通了全长96公里的独龙江简易公路，但当时建设的公路隧道依然在海拔3000米的“雪线”以上，每年12月至次年6月近半年多时间，独龙

江乡依然被大雪阻隔。为了保证独龙江乡人民群众全年能走出大山，交通部、云南省交通厅决定对独龙江公路进行改建，工程于2011年1月启动，其中包括全线重点控制性工程——长6.68公里的独龙江公路隧道。隧道净宽7米、净高4.5米，属当时云南省最长的在建公路隧道。改建路线全长约79公里，比原有公路缩短约17公里，技术标准为单车道四级公路，设计时速20公里，路基宽4.5米，满铺沥青路面，批准的项目估算总投资为6.1亿元。隧道建设分别从高黎贡山山体两侧同时掘进，离贡山县较近的一侧是第一标段，山上靠近独龙江乡的一侧是第二标段，两个标段对打，分别由云南第一路桥工程集团和武警交通部队三支队承建。2014年4月10日中午13时28分的一声巨响，独龙江公路隧道最后一爆起爆，5.5公里岩石被爆破，标志着独龙江公路隧道贯通。

从上述情况介绍，我们可以看出这条隧道贯通的新闻价值，与受众利益的相关性、影响力、心理距离的接近性都很足。难怪2014年元旦前夕贡山县干部群众向中共中央总书记、国家主席习近平写信报告独龙江公路隧道即将贯通的喜讯时，他立即回信并做出重要批示。

无巧不成书。就在隧道刚刚贯通的6小时后，正在清理爆炸碎石的武警交通部队三支队副参谋接到独龙江乡党委书记和国雄的求救电话，请求开通临时"生命通道"，确保救治车辆安全通过，为抢救烧伤的独龙族女孩赢得时间。这一突发事件又为这则新闻增加了人情味、故事性、反差性。隧道贯通和"生命通道"临时开通，形成了新闻价值要素的叠加。这篇消息的两位作者采访时，尽力挖掘更多的新闻价值要素，形成了叠加效应。他们抓紧采写、抓紧传稿，报社及时安排头版见报，可见前后方新闻的敏感。

我在给报社通讯员讲课时要求，故事性强的消息要按照正金字塔的顺序安排段落。这篇消息正是这样写的，导语报告险情，接着写商定紧急开通临时"生命通道"及后续工作，第4、5段简述了"生命通道"的意义和良好效果，即受伤女孩得到及时救治并基本脱离生命危险。前5个自然段安排得很紧凑，显示出救人的紧迫性和建设者救人的快节奏，与消息的主题相得益彰。

如果从消息的完整性来要求，我建议结尾段之前加上一段，用一二百字简要介绍独龙江地理环境、独龙江公路沿革和新隧道的基本情况。这既作为铺垫衬托出隧道贯通的重要性，又与下面段落贡山县原县长的评价相连接。

（作者系中国交通报社原总编辑、中国交通报刊协会副会长）

二等奖

实现最大巡回潜水深度313.5米

中国首次完成300米饱和潜水海底出潜探摸作业

黄　玲　施洪兵　陆　天

“我现在宣布一个好消息，交通运输部上海打捞局圆满完成我国首次300米饱和潜水海底出潜探摸作业，巡回潜水深度达到313.5米！”1月12日5时09分，中国首次300米饱和潜水作业总指挥郭杰大声宣布。

至此，交通运输部上海打捞局6名饱和潜水员在水深压力相当于31个绝对大气压的高压环境中成功潜放第一钟，出钟巡回潜水作业3人次，完成我国首次300米饱和潜水海底出潜探摸作业，最大巡回潜水深度达到313.5米，继2013年5月创造了198米饱和潜水深度之后，再创中国饱和潜水海上作业深度新纪录。这标志着中国饱和潜水海上作业技术的实际能力提升到300米以上，已跻身于具备国际水平的饱和潜水技术国家。

此次300米饱和潜水作业从1月12日零时开始，当时，上海打捞局饱和潜水员胡建、管猛、董猛3人搭乘的潜水钟与饱和舱分离入水，迈出了中国救捞人征服深海、冲击我国饱和潜水新目标的伟大一步。

交通运输部党组书记、部长杨传堂向上海打捞局全体参试人员发去慰问电，代表交通运输部表示热烈祝贺。

本次300米饱和潜水作业，交通运输部上海打捞局自主研发了成套300米饱和潜水作业技术，自行培养了由深潜水技术研发人员、管理指挥人员、潜水员、生命支持和医疗人员、设备管理和维护人员组成的饱和潜水技术作业团队，作业依托我国首艘深潜水工作母船“深潜号”完成。

我国饱和潜水作业能力的重大突破，提高了我国大深度水下救援能力、抢险打捞能力和海洋工程作业的能力，以及高效处置和应对水上重特大突发事件、突发政治军事事件的能力，对保证我国水上交通安全、加强交通战备和挺进深海、建设海洋强国具有重要的里程碑式意义。

饱和潜水是目前世界上潜水技术发展的最高技术，与载人飞船发射升空都是一个国家综合实力的体现。据透露，目前，交通运输部救捞系统正在进一步研发500米饱和潜水作业技术，向“救捞能力和水平达到国际先进水平，走到世界前列，有些就是要拿第一”的更高目标冲刺。

据悉，在第一钟返回和生活舱对接之后，第二批3名潜水员又按照原计划进入潜水钟下水作业。当天12时46分，第二钟从海底返回，目前6名潜水员在生活舱中进行减压，预计24日完成减压。

原刊于《中国水运报》2014年1月13日1版

总理的爱心包裹送到了!

189 名青海藏族学生穿上新棉衣

范云兵

24 日上午,经过 2000 多公里的长途跋涉,由浙江省义乌市团委组织捐赠、中通快递运送的爱心包裹在青海省果洛州班玛县马可河乡寄宿制小学发放。引人关注的是,李克强总理捐赠的爱心包裹也在其中。

11 月 19 日,李克强总理在浙江考察了被誉为“网店第一村”的义乌市青岩刘村,总理看到当地团委正通过快递公司给青海贫困儿童寄爱心包裹,他当即参与其中,现场捐款并为包裹贴上了爱心标志。

此次捐赠的爱心包裹共有两批:第一批包括 200 套棉衣以及 2 台电脑、1 台投影仪等设备,19 日 19 时发出,经杭州、兰州、西宁中转,在 22 日 16 时送达;第二批包括 200 双鞋子和围巾等,21 日 14 时发出,经上海航空运到兰州,在西宁中转后,最终在 23 日 15 时送达。

收到包裹后,孩子们迫不及待地穿上了新衣服,有的拿起手中的画笔,写下了感谢李爷爷的话,有的唱起了祝福的歌儿。穿上新棉衣的四年级学生西热尼玛高兴地说:“这件棉衣很漂亮也很暖和,谢谢好心人的帮助。”

此次爱心包裹的收件人是已经从事公益活动 7 年的退休教师郭晓梅。目前,通过她捐赠的物品已经超过 100 吨,受益的孩子达到万余名。“这次能及时收到包裹,快递起到了很大作用。感谢爱心人士的捐赠,也要感谢快递员的辛劳与付出。他们就是‘爱心大使’!”

马可河乡寄宿制小学校长梅党介绍说,马可河小学位于海拔近 4000 米的山区,189 名学生全部是藏族,由于当地自然条件恶劣,大部分学生家庭的生活贫困。“此次捐赠的物资可以很好地帮助学生们过冬和学习。”

原刊于《中国邮政快递报》2014 年 11 月 27 日 1 版

溜索改桥让我们走出了大山

王兴梅

“溜索医生邓前堆你知道吧？我和他是一个村的！现在我们村里已经不用溜索过江了，因为有了两座很宽很平的大桥！”1 月 24 日，昆明西部汽车客运站熙熙攘攘的候车大厅里，来自怒江傈僳族自治州福贡县石月亮乡拉马底村的邓李明正在和记者热情地交谈。

“村子里建成幸福桥和连心桥后，母亲便催促我说，现在过江方便了，交通也开放了，你应该带着媳妇到外面去闯一闯。”2011 年 11 月 23 日，怒江傈僳族自治州福贡县石月亮乡拉马底村的怒江江面上，多了一座人马吊桥和一座汽车吊桥，老百姓彻底结束了溜索过江的历史。今年 26 岁的邓李明也于当年的 12 月份，带上新婚不久的妻子和村子里的十几个青壮年到浙江打工。

“我们是从大山里走出来的，有山里人特有的那股子蛮劲，可不怕吃苦！”在浙江一家纺织厂打工的邓李明由于不怕累，能吃苦，手上的伙计又做得好，一个月可以拿到 4 千多的工资。而他 22 岁的媳妇刚到浙江几个月就怀了孕，却仍然坚持做工。一年下来，除去两人的开支，还攒下了 3 万多块钱。“这次出来的机会非常不易，如果不是家乡修了桥，通了路，我们肯定仍然在家里苦干呢，辛苦一年也只有 3000 多块的收入。”

两年多没回家了，邓李明归乡的心情显得十分急切。由于没买到从浙江到昆明的火车票，邓李明便带着媳妇和刚刚满月的儿子，于 22 日晚上 9 时从临海坐长途汽车到昆明，23 日晚上到达了昆明北部汽车客运站。“带着那么小的孩子，坐了多么久的车，一定很受罪吧？”刚刚做了母亲的记者看着邓李明怀里睡着了的孩子，心疼地询问道。邓李明的媳妇则笑着说：“是有点累，但是一路上司机大哥和车上的乘客都挺照顾我们的，路上停车休息的时候，司机大哥都会主动询问我们需要什么帮助，并帮我们把小水壶打满开水。”

到达昆明北部客运站后，邓李明一家三口在车站附近的小旅馆住了一晚，第二天来到了西部客运站，并购买了当天晚上回怒江的卧铺车票。临别时，邓李明告诉记者，过了年后会把孩子留在家里让母亲带，夫妻俩还会出去打工。“现在交通那么发达，去哪都方便，可以到处走走，长长见识。媳妇说想去上海，明年咱们就到上海打工去！”

原刊于《云南交通报》2014 年 1 月 29 日 1 版

钢铁长城“围”出碧海蓝天

秦皇岛港煤炭堆场防风网总长度突破5公里

孙 菲 赵志义

“风小了，不脏了。”在煤五期干了3年巡视工作的王师傅站在防风网下，笑着告诉记者，这种情况从9月30日新建防风网完成网片安装就开始了。今年，秦皇岛港煤炭堆场防风网新建成2557米，总长度增至5038米，对东港区最大的露天散货堆场形成“合围”，成为国内最大、世界第一的防风网工程。

目前，这座高23米的钢铁长城，防风面积已超过10万平方米，守护碧海蓝天很给力。卫生环保部门监测数据显示，自防风网发挥作用以来，整个10月份，堆场边界区域降尘较去年同期下降20.5%，TSP(总悬浮颗粒物)同比下降27.3%，港口降尘能力得到显著提升。

秦皇岛港煤炭堆场防风网是河北港口集团、秦港股份“构筑绿色枢纽 共享碧海蓝天”的重要环保项目，计划总投资3.78亿元，采用钻孔灌注桩基础、钢排架结构形式、镀铝锌金属防风网板，通过控制改善煤炭堆场的风流场，降低堆场区域的风速，从而降低煤炭堆场起尘量，有效提高港区大气环境质量。

该工程分期组织实施，一期工程在2008年10月建成投入使用，长1717米，2012年6月再添764米，分别位于堆场北侧和东侧。今年新建防风网位于煤三至五期及矿石堆场西侧和煤五期堆场南侧，已于8月中旬、9月底完成钢网片安装工作，长度分别为1439米、1118米，与既有两侧防风网对煤三、四、五期煤炭堆场，煤四期扩容堆场以及矿石堆场这个东港区最大的露天散货堆存场地形成“合围”，有效控制东港区煤炭和矿石堆场起尘、漂移、扩散，弥补冬春两季风大、气候干燥及洒水受限给防尘工作带来的影响，提高东港区防尘能力。

据悉,新建防风网附属设施恢复工作正在紧张有序进行中,预计 11 月中旬全部完工。秦皇岛港煤炭堆场防风网还将继续增添“新兵”,在煤一、二期及煤一东扩堆场,煤二期预留堆场建设防风网工程,为港口绿色低碳发展提供有力支撑。

原刊于《河北港口新闻》2014 年 11 月 7 日 1 版

三等奖

公交车抢行“斑马线” 广西南宁市民可投诉

符元基 廖 熠 周银河

当前方斑马线有行人行走时，应在距离斑马线30米时减速；20米时，车速要降至15公里/小时以下；在停止线外，必须停车……“文明行车 · 礼让斑马线”已经成为驾驶员的共识，但是，如何才能将文明礼让标准在日常驾驶行为中严格落实？日前，广西南宁对“礼让斑马线”建立了考核奖惩机制，如果市民发现公交车或出租车在斑马线抢行，可记下公交车或出租车的车牌号、事发时间和路段进行投诉。

记者从南宁市交通运输局了解到，日前，该局分别在公交行业、出租车行业成立活动工作小组，对“礼让斑马线”情况进行监督检查并建立考核奖惩机制。同时成立督察工作小组，不定期对各公交、出租车企业开展“礼让斑马线”活动的情况进行督察、通报，按有关规定对活动开展不力的企业或个人进行问责。当市民发现公交车或出租车在斑马线抢行时，可记下公交车或出租车的车牌号、事发时间和路段，并拨打“12319”进行投诉，实现行业、企业与社会对文明出行的共同监督。

自4月1日起，对公交车驾驶员出现不“礼让斑马线”行为，将取消驾驶员当月星级服务等级的评定资格，并予以停岗学习1至3天、扣减绩效工资100元的处罚。出租车企业将把“礼让斑马线”纳入年度经营行为考核，对不“礼让斑马线”的驾驶员责令其停车学习3天并在全行业通报批评。

南宁公交总公司运营部经理许瑜表示，文明出行需要人、车双方的相互理解与尊重，只有做到“车让人，人让车”，才能形成文明出行的良好风尚。

原刊于《广西交通》2014年3月20日总第279期1版

石安高速公路石家庄收费站开启保畅模式

——记者:“意料之外” 收费站:“情理之中”

张海洋 郑晓飞

10月7日下午,河北电视台、河北电台等几家省内主流新闻媒体的记者赶到石安高速公路石家庄站裕华路收费口,等待国庆假期返程客流高峰的到来。当“长枪短炮”对准收费站亭的时候,记者们并没有等来排队等候下高速的车队长龙,也没有看到车辆堵得水泄不通的现象,出现在镜头里的是一辆辆小客车依次通过免费通行的车道口,一副井然有序、顺畅通行的画面。

“裕华路这个收费口一到节假日免费通行的时候可以说是万众瞩目,没想到今年这么平稳地就过去了。”河北电视台记者孙媛略显失望地说。

在“空手而归”的记者们眼里,收费站的通畅也许是意料之外的。然而,在收费站工作人员看来却是情理之中的事情。

“免费通行实施3年了,我们越来越有经验了,不会像原来那样如临大敌了,一切都准备充分。”石家庄收费站副站长时云飞介绍起各项保畅措施时如数家珍——石家庄收费站在节前成立了保畅领导小组,对机电、通信、监控等设备进行彻底维修和检查,备足了分流时使用的限高架、提示牌、反光锥和纸卡等物品,对收费站人员进行了安全培训教育,与路政、交警加强了沟通,建立了联动协调机制。

国庆假期,石家庄站实行三班倒,上岗总人数达到533人次,每天在岗的人数都达到了75人以上。“保畅通是我们的最大任务,每个人都牢记在心,全站没有一个请假的。”时云飞说道。

国庆期间,石家庄站车流量最大的一天发生在10月6号,通行车辆达到了53459辆。而高峰小时最大交通量则出现在5号,分别是9~10点上口的3100

辆和 17 ~ 18 点下口的 2988 辆。

"即使是在车流量最大的时候,也没有出现拥堵现象。"时云飞告诉记者,他们根据车流量随时调整车道口,增开车道;同时,增加疏导员,与交警配合,上路指挥车辆。"车的确很多,但是广大司乘看到我们有人在积极处理、认真负责,就不会着急生气,不易发生拥堵现象了。"

服务质量好了,矛盾就少了;道路畅通了,人心情更好了。国庆 7 天,石安高速公路石家庄收费站没有发生一起安全事故,也未接到一个投诉举报。

据统计,今年国庆期间石安高速公路石家庄收费站共通行车辆 337256 辆次,通行免费车辆 171641 辆次,免费金额达 6865640 元,其中绿色通道车辆 189 辆次,免费金额为 44590 元。石家庄站还利用春雨服务岗亭为广大驾乘提供便利服务,共发送出行地图 300 余份,指路 100 余次,提供开水 200 余次,热情贴心的服务备受好评。

原刊于《河北交通报》2014 年 10 月 15 日 2 版

乡村公路通畅　二千万人心亮

到“十二五”末，我省农村公路通达率将达100%

陈晓光　姜久明

这几天，林甸县东风乡长青村农民李福来正忙着给即将上小学的女儿买书包、铅笔盒等学习用具。李福来说，去年10月，从自家门前修建的扶贫路——林甸外环线林肇路至长青村段建成通车后，就再也不为孩子上学发愁了。有了这条路，孩子去乡里读小学坐车从四五十分钟缩短至十几分钟。

自2013年我省交通运输部门开展“交通扶贫”战役以来，国家级贫困县林甸已经开通农村公交线路4条，途经8个村子，覆盖里程48公里，受益人口超过2万人，沿线群众往返县城交通费从没有通公路前的10到20元，降到了现在的4到6元。

近年来，为解决农民出行难、就医难、乘车难等问题，省厅积极打造便捷的出行环境。我省从2006年开始大规模修建农村公路。截至2013年末，全省农村公路里程达到14.4万公里，行政村通畅率和通达率分别达到99.6%和99.9%。农村公路除大兴安岭外，乡镇和行政村全都通了硬化路面公路。今年我省将完成75个行政村的村路建设，计划修建4433公里农村公路，截至目前，已修建公路2369.9公里，占计划的58.8%，累计完成投资21.3亿元。据统计，目前农村公路畅通工程受益人口已达2000万人。到“十二五”末，我省行政村将全部实现村村有公路，通达率达100%。

在加大对行政村村路建设的同时，我省打响了对省内集中连片特困地区的泰来、林甸等11个县的“交通扶贫”战役。到2015年，将建设改造县乡三级公路840公里、通乡通村公路438公里，建设6座县级客运站、78个乡级客运站和1368个村级停靠站，使集中连片特困地区有一个畅通的公路环境。

路通百业兴。农村公路建设为广大农民脱贫致富打开了通道——一条条沥青路、水泥路打开了边远村屯对外沟通的大门，改善了农村招商引资条件，密切了城乡经济交流，许多村屯实现了由百业待兴到百业俱兴的转变。

在实现“村村通”同时，省厅还大力发展农村客运，建设乡镇客运站460个，使乡镇、行政村客车通达率分别达100%和99.3%，从根本上解决了400多个行政村通客车以及6万多人出行难、坐车难的问题。

据介绍，今后一个时期，我省农村公路建设将紧紧围绕“五大规划”的顺利实施，为其提供畅通便捷的农村公路。打造“综合交通”，科学合理搞好农村公路建设布局，围绕服务县域经济发展和城镇一体化建设，抓住集贸大镇、边贸重镇、产业园区、枢纽重镇、旅游名镇等关键节点，推进县乡路网改造村村通工程，打通农村公路神经末梢。积极推进农村公路文明示范路建设。今年，每个县（市、区）都要建成一条以上环型农村公路文明示范路线。到2015年，我省农村公路交通条件将得到明显改善，公路通达深度大幅提高，使长期以来困扰农民的出行难、乘车难、上学难、就医难等问题从根本上得以缓解。

原刊于《黑龙江交通》2014年8月19日1版

157路驾驶员卡哈尔曼·吾苏尔运营中突发心脏病去世

司机倒下了 10多名乘客安然无恙

陈 卉

5月1日11时许，157路公交车驾驶员卡哈尔曼·吾苏尔行驶到距离新工地站150米时，突然头晕目眩，在生命的最后一刻，卡哈尔曼拼尽最后的力气将车靠边停稳，拉上手刹后，倒在驾驶座位上，车上10多名乘客安然无恙。

157路车队书记陈国龙说，157路新工地路段是一段大下坡，要是当时车辆没刹车或是停靠不稳，整辆车都存在危险。

据车上乘客证实，卡哈尔曼发病前对乘客说："我的胸口闷，大家坐后面的车吧。"再将车后门打开停在路边，之后就倒下再没起来。

一位在场的乘客说，我感觉司机师傅有些不对劲，是因为车开得有些不直了，最后几乎是勉强停稳。因为情况比较危急，我就赶紧打了120，可以想象当时司机师傅停车已经很吃力了。

10分钟后，120闻讯赶到，证实卡哈尔曼已无生命体征。医生初步断定是心脏病突发猝死。

卡哈尔曼将自己的音容笑貌永远停留在了55岁，永远定格在了自己热爱的公交岗位上。

157路车队书记陈国龙第一时间赶到现场。看到卡哈尔曼去世仍然握着手刹的一瞬间，这位车队书记再也忍不住了，噙着眼泪说："卡哈尔曼是我们公交人的骄傲。"

"卡哈尔曼为人随和，技术过硬，跟同事们相处得非常融洽。不管是谁，他都愿意帮忙，很受同事欢迎，是同事们眼中的老大哥。"陈国龙说。

当天,卡哈尔曼所在的车队及部门领导闻讯后,第一时间赶赴现场,调配车队民族干部和民族驾驶员全天候协助处理善后事宜,并按照穆斯林习俗,及时给家属送上了慰问金和慰问品。

5月5日,集团领导班子来到卡哈尔曼家,对其家属进行慰问,并送上了2000元慰问金和羊肉、米、油等慰问品。

记者手记

需要在政策层面为公交驾驶员减负、减压

公交司机是公共安全的"掌舵人",他们的健康,同社会安危甚至每个家庭息息相关。卡哈尔曼的离世,令人惋惜。通过郑智谦、卡哈尔曼我们也看到公交驾驶员的敬业、责任、模范和伟大,但更多的是惋惜和遗憾。

近些年,公交集团在创建"公交优先,企业优秀"的工作中,把民生建设同经济文化建设结合起来,加大人性化管理力度,特别是针对一线驾驶员起早贪黑、工作强度大、工作精力高度集中等特性,分别建立了公交驾驶员健康档案,对一线公交驾驶员(不分年龄)实施每年一次的免费体检。同时,集团严格执行国家关于工作时间和休息休假的规定,每年调配驾驶员公休的同时,安排在岗劳模驾驶员参加疗养。运营中,为了保证驾驶员能吃上"暖心"的饭菜,集团拨出专项资金补贴职工站点食堂,为驾驶员提供保质保量的早餐,通过不定期上线路检查伙食质量,听取驾驶员意见等措施,努力为公交驾驶员创造更宽松、舒适的工作生活环境。

在政府和企业的关心下,乌鲁木齐公交驾驶员社会地位和待遇日渐提高,工作环境也有所改善。尽管如此,但还有改进空间,比如公交司机如厕难、停车难、流动性大等。目前,在政策制度层面上为公交驾驶员减负、减压已经在很多城市达成共识。总之,要从根本上解决这类问题,还需要政府出台政策,诸如将公交驾驶员列入特殊工种,通过规范的程序提早退休等,做到在政策层面上切实为公交驾驶员减负、减压。

原刊于《乌鲁木齐公交》2014年5月10日2版

马航失联客机牵动世人心

长航油运主动参与海上搜寻

丁剑锋　张富根

马来西亚航空公司失联客机 MH370 牵动全球目光，也牵动国人的心。3 月 8 日，大庆 455 轮正在从宁波到泰国 RAYONG 的航行途中，收到有关马航失联客机的航警信息后，也积极主动参与到失联客机的海上搜寻中来。

由于本航次将航经马来西亚和越南交汇海域，该轮船员除正常的航行、维护工作外，需利用一切可以使用的时间和资源，加强对该航行海域的搜索，主动参与对失联飞机的搜寻。

3 月 8 日，该轮收到我国海南 MRCC（海上搜寻和救助协调中心）有关马航失联客机的航警信息，该轮船长丁剑锋立即组织船员，根据航行时间制订航行搜寻工作安排。以驾驶台为指挥、瞭望中心，船首瞭望为辅，重点是白天用望远镜加强在海面的搜索。长航油运公司总部也高度重视此项工作，给船舶提供最新媒体报道的相关搜寻信息，指导船舶开展好此项工作。

3 月 9 日，该轮先后多次收到越南和新加坡方面有关马航失联飞机的搜寻航警和 EGC 航警。

3 月 10 日上午 7 点半，长航油运公司的岸基管理人员和丁船长联系，告知失联飞机的最新报道和搜救信息，并发来凤凰卫视最新报道的截图信息。因为该轮按预定的航次计划，当天中午将进入马航失联飞机的搜寻海域。中午 1 点，公司岸基管理人员再次打来卫星电话，了解船舶航行海域搜寻情况，并告知中国海军 528、海警 3411 正在附近海域搜索，南海救 101、南海救 115 也将到达搜救海域。要求船舶航行时加强海面搜寻，发现异常情况立即与公司汇报。

该轮制订主要搜寻措施有:船长在驾驶台全面组织搜寻和对外联系;调整航速,由经济航速调整到全速航行,争取在白天通过该海域,以利搜寻;修改计划航线,选择水深较深的航路航行;驾驶台除正常航行值班外,增加两名瞭望人员,船首增加一名瞭望人员。安排专人做好医疗救助准备;主机处于备车状态;驾驶台保持收听 VHF(海上甚高频),与附近搜救船舶、飞机保持联系;及时查阅、处理相关航警和 EGC 搜救信息;船员按照救生应变部署要求待命,船舶救生艇处随时释放使用状态。

原刊于《寰球物流报》2014 年 3 月 14 日 1 版

长江南京以下深水航道一期试运行

5万吨级海轮可从长江口直达南通港

施 科 许 麟

7月9日，长江南京以下12.5米深水航道一期工程通过交工验收，标志着太仓至南通12.5米深水航道进入试运行阶段，今后5万吨级海轮可从长江口直达南通港，10万吨级及以上海轮也可减载乘潮抵达。

长江南京以下12.5米深水航道工程是国家重点工程，共分三期实施，其中一期工程共完成铺排1878张，铺设面积1277万平方米；抛石456万立方米，安装预制构件1318个，形成堤身长度44公里、疏浚220万立方米、调整配布航标73座。交工验收委员认为，一期工程已按批准的建设规模、内容、标准和要求建成，工程质量合格，同意通过交工验收。

据估算，长江南京以下12.5米深水航道建成后，航道通过能力增加50%以上；船舶大型化后，每年可减少燃油消耗21.6万吨、碳排放量65万吨；可提高深水岸线资源利用率，进一步发挥长江水运运能大、污染小、成本低等优势。整治工程还能极大提升江苏沿江港口的发展空间，有效降低物流成本，为经济转型和产业升级发挥重要作用。以南通港为例，一期工程建成后，海进江到南通平均每吨货物可节省运输中转成本约9.8元，以年运输6669万吨主要干散货计算，每年可节约直接费用6.5亿元。

目前，长江南京以下12.5米深水航道二期工程正在进行前期工作，工可报告已报国家发改委，力争今年年内开工。

原刊于《江苏交通》2014年7月16日1版

舟山美丽公路引来国际自行车赛事

——2014年环浙江舟山群岛新区女子国际公路自行车赛成功举办

秦虹光　涂宏光　俞斯婷　王姿尹

5月23日，舟山普陀朱家尖，天朗气清。随着裁判吹响终点哨，运动员第一梯队出现在笔直平坦的公路尽头，眨眼间，七八人呼啸而至，几乎同时冲过终点线，稍落一步的大部队紧随而至。

这是发生在舟山朱家尖环岛公路上激动人心的一幕。2014年环浙江舟山群岛新区女子国际公路自行车赛在朱家尖顺利落幕。

据了解，2003年，随着浙江交通“乡村康庄工程”的实施，舟山把公路建设拓展至渔农村，并在提前3年实现等级公路通村率和通村公路硬化率“双一百”后，实施了农村联网公路建设，实现了渔农村“开放式、网络化”交通，使舟山路网的触角延伸到了海岛的每一个角落。十年来，舟山共建设通村公路750余公里，不仅革命性地改写了海岛渔农民的出行历史，还进一步推动了舟山市城乡一体化发展和新型社区建设，对舟山群岛新区建设起着强大的助推作用。舟山奇妙的海光山色，美丽便捷的海岛公路，吸引来的不止省内外游客，还引来了国际赛事的驻足。

此次国际赛事于5月21日在舟山开赛，这也是舟山连续第三年举办这一女子国际公路自行车赛事。本次赛事共有来自欧洲、美洲、亚洲、大洋洲的15支车队参赛。据悉，这是舟山举办女子公路自行车赛以来参赛境外运动队最多的一届。

本次赛事分别在风景优美的国家级风景区嵊泗列岛和朱家尖风景区举行。举办方精心选择充满魅力的路线，为参赛运动员以及远道而来的观赛游客奉上舒心的公路享受和美妙的环岛风景。

原刊于《浙江交通》2014年第7期

中交集团收购绿城房产24.3%股份

央企民企携手开展战略合作

王士刚　张　曦

12月23日,中国交通建设集团有限公司和绿城控股有限公司签署股东购买协议,中交集团以总价约60.13亿港币收购绿城24.288%的股份。交易后,中交集团与九龙仓并列成为绿城第一大股东,中交集团将向绿城派遣部分董事和高级管理人员参与绿城的管理。

在随后召开的新闻发布会上,中交集团董事长刘起涛表示,中交集团正在打造更为完善的房地产开发产业链,绿城在房地产行业是先行者,此次合作双方以优势互补为目标,共同致力于海内外房地产的发展。中交集团有着重组国企的成功经验,也有着收购外国公司的丰富实践;有着良好的公司治理结构和成熟的管控体系,和绿城的文化理念有着相似之处。此次入主绿城是一项长期的战略投资,将为中交集团和绿城创造战略价值。

刘起涛说:此次合作是依靠绿城团队共同打造绿城,不是改朝换代或推倒重来,而是打造命运共同体。我们有充分的自信认为,中交集团会为绿城发展带来正能量,希望绿城团队放开手脚大胆干,一定会创造绿城更美好的明天。

此次合作,将加强中交集团房地产业务发展综合实力,有利于进一步加快“五商中交”战略落地。对绿城而言,将引入央企风险防控的先进经验,构建完善的公司治理结构。

在“大力发展混合所有制”的背景下,央企中交集团和民企绿城房产的联合,将为国有企业和民营资本合作提供新的探索实践。

刘起涛说,中交集团将在绿城战略发展、海外业务、产业延伸等领域给予更多关注。

此前，绿城寻求出售股份。融创中国宣布拟以62.98亿港元收购绿城中国24.313%股份，但在12月19日，融创、绿城双双公告终止上述股权收购协议。

中交集团总经济师刘文生表示，此次合作看起来很突然，实际上双方经过长期周密的论证。中交集团对自身的房地产发展战略非常清晰，了解并认同绿城的文化理念，双方有着高效的工作团队，所以很快实现此次合作。

新闻发布会上，宋卫平表示，未来中交集团对绿城的作用应该是大于等于原来股东的作用，绿城的管理风格也会进行调整。

据悉，中交集团所属企业此前和绿城在代建上已有合作，海南省三亚市的中交绿城·高福小镇就是二者合作开发的项目。此外，中交集团和九龙仓也有多年合作经历。

目前，中交集团所属公司已经进行了两例跨国收购，包括两周前签署协议拟收购澳大利亚一家著名建筑公司以及2010年收购美国一家著名钻井平台设计公司。

原刊于《交通建设报》2014年12月25日1版

五年服务4.7亿人次　乘客好评彰显公交精神

65岁以上老年人免费乘车五周年

朱文庆

自2010年4月1日至今，天津市65岁以上老年人免费乘车政策已经实施5年，累计服务老年乘客出行达4.7亿人次，公交集团在日常运营中通过强化驾驶员培训教育，不断提升车辆硬件水平，推出多项人性化服务等措施，得到市民乘客好评。

数字看增长：15万到52万

65岁以上老年人免费乘车政策是公交集团全面落实2010年市委市政府20项惠民工程之一。老年人出行主要集中在3个高峰时段，早6:30~7:30为晨练高峰，出行方向为各居民片区至周边广场、公园；9:00~11:00为购物高峰，出行方向为各居民片区至周边菜市场；下午3:30~5:00为接送高峰，出行方向为各居民片区至周边幼儿园和小学。从2010年政策实施以来，老年人乘客总人次逐年提升，至2015年4月，累计服务老年人乘客出行达到4.7亿人次，平均每日老年人乘车人次由15万人提升到52万人，占公交日客流总量的23%。

服务看管理：强化驾驶员培训确保政策落到实处

老年人免费乘车的政策出台后，为公交服务提出了新的课题。公交集团采取制度约束和奖惩结合的形式，规范驾驶员车厢服务。集团服质处处长黄健介绍，为进一步推进免费乘车政策的落实，提升车厢服务水平，他们先后编写《65岁以上老年人免费乘车培训提纲》等培训教材，就老年人免费乘车意义、老年人乘车特点、老年人乘车行车安全、老年人乘车服务技能等展开了教育培训，为

8000 多名驾驶员逐人下发《老年人免费乘车规范服务程序卡》，在车厢中设立学雷锋座椅，制订了《服务老年人乘车，28 个怎么办》，设立了老年人乘车专项奖励，全方位规范驾驶员工作举止。

车厢看氛围：20 多项特殊举措服务老年乘客

65 岁以上老年人免费乘车政策的实施，为老年人出行增加了新的社会福利。一大批天津公交的劳动模范、“五一劳动奖章”获得者以及各级先进标兵成为公交特色服务举措的先行者，集团采取劳模创新工作室、学雷锋志愿服务岗等多种形式，带动公交全体驾驶员围绕服务创新开拓思路，形成了 872 路驾驶员回江涛“公交头等舱”、903 路驾驶员魏维志“你让座我赠卡”等一系列车厢服务的新举措、新方法，提升了公交车厢服务的整体水平。同时，当老年乘客在车厢突发疾病时，公交驾驶员积极施救，先后有十余位老年乘客得到公交驾驶员的及时救护。

细节引感动：乘客好评彰显公交社会责任

自 2010 年以来，集团连续出台 65 岁以上老年人免费乘车、支线公交、无障碍公交等一系列方便老年人出行的便民利民举措，银发一族成为天津公交的最热情“粉丝”。66 岁的张大娘说，2014 年 12 月，她在 631 路公交车上突发胃绞痛，公交驾驶员开着公交车“客串”120 将她送到医院，这样的公交驾驶员必须表扬。家住华苑 68 岁的李奶奶说：“我这出门得坐轮椅，特别不方便，现在您看看这无障碍公交车，再看看回师傅的服务，上车帮忙推，渴了有水喝，下车帮忙扶，咱这些老年人算赶上好时候了。”自 2010 年以来，公交 96196 服务热线接到老年乘客的来电表扬累计达到一千余件。市民对公交服务的美誉度进一步提升，公交方便市民出行的社会责任得到进一步彰显。

原刊于《天津公交》2015 年 4 月 10 日 1 版

通　讯　类

获奖名次：图片类二等奖

标　　题：《劳模是一种荣誉，更是一份责任》（图为杨传堂部长给劳模颁奖）

作　　者：王　宇

原 刊 于：《交通建设与管理》2014 年 5 月

获奖名次：图片类三等奖

标　　题：《杨传堂部长接见2013年感动交通十大人物》

作　　者：顾　平

原 刊 于：《中国海事》2014年5月15日第5期封二

一等奖

接我们的同胞安全回家

——交通运输部组织客船接回3567名我在越人员纪实

孙英利　郭睿卿

声声汽笛由远及近。5月20日16时20分，随着“紫荆十二号”轮抵达海南省海口市秀英港，通过水路回国的3567名我在越人员全部安全踏上祖国的土地。从17日深夜发出派船指令，到最后一艘客船顺利返回，交通运输系统通力合作，政企之间密切配合，仅用65小时就完成了水路接回我在越人员的艰巨任务。

指令连夜下达

部分中国公民和企业在越南发生的暴力事件中受到冲击，牵挂着每一个中国人的心。5月17日深夜，在东北出差的交通运输部党组书记、部长杨传堂的一通电话打破了部机关大楼的寂静——“现场情况紧张吗？群众愿望迫切吗？他们还有什么要求和困难？”每一句追问都透出关切。

按照我国政府的统一部署，杨传堂通过电话对组织协调客船接回我在越人员工作进行了细致安排，要求交通运输系统全力以赴做好各项工作。部党组副书记、副部长翁孟勇受托第一时间赶到部机关，连夜召集有关司局和单位，研究部署派船接回我在越人员的具体事宜。出差在外的副部长何建中也及时电话安排有关工作。

会议决定成立专项工作组，启动海上接回我在越人员的组织协调机制，统一指挥、各司其职：水运局联系安排客船，国际司确认接回人数，中国海上搜救中心和部海事局制订出航方案……"夜里召开的会议紧急但不仓促。"中国海上搜救中心副主任智广路说，会议落实了具体航线、出发顺序、返程安排、海况分析等任务，从会议召集开始到任务完成，专项工作组各部门均保持人员24小时值班在岗。

"制订方案的关键是确保安全、快速，我们所有的行动都按此展开。"负责方案实施的部海事局副局长翟久刚告诉记者，会议对有关工作的部署非常细致，抽调有关负责人和业务骨干随船、安排备航客船、配备海图和医护人员等细节工作都在会议上一一明确。

客船紧急出航

初夏深夜，长安街畔的交通运输部机关灯火通明，距离北京3000公里之遥的海南海事局闻令而动。

"我们凌晨接到通知，时间非常紧迫。"海南海事局局长阮瑞文告诉记者，从接到交通运输部指令，到第一艘客船——"五指山"轮驶离海口的8个多小时内，海南海事部门和航运企业都紧锣密鼓地忙碌着。

此次赶赴越南的4艘客船分别是"五指山"轮、"铜鼓岭"轮、"紫荆十二号"轮和"白石岭"轮，均为新造的大型客滚船，另有"粤海铁4号"轮和"鹦哥岭"轮作为备用客船。

出航准备工作细致而繁杂，在短短几个小时内完成并不简单。阮瑞文介绍说，由于参与此次任务的客船、船员都是从事琼州海峡轮渡营运的，证件需要临时办理，"我们开通了绿色通道，简化了办证手续。"此外，客船还需要增配远洋船长和新的电子、纸质海图，获取越南永安港资料、进港联络方式等，每一项工作都马虎不得，在重重考验下，海南海事局各项工作有条不紊。

"我们要以最小的时间成本，获得最高的工作效率，尽快将在越同胞接回祖国。""五指山"轮等客船所属的海南海峡航运股份有限公司副总经理王小安告诉记者，17日深夜一接到出航任务，有关客船就立即展开机械设备检修、油料水源食品补给等工作,18 日 4 时许全部人员到港就位,“我们安排了比平日更多的服务人员上船,同时为了应对海上的突发情况,每艘船还配备了医生、警察和翻译。”

18 日 8 时 50 分,“五指山”轮从海口出发,驶向越南永安港,其他 3 艘客船也于当日陆续出发。

公务船保驾护航

“一定要确保安全,这是重中之重!”18 日 21 时,出差返京的杨传堂一下飞机就赶到中国海上搜救中心,在他研究部署工作的过程中,“安全”二字出现的频率最高。在交通运输部召开的 7 次专题会议上,安全工作被强调的次数也最多。

为确保安全,4 艘客船都临时安装了北斗卫星导航系统,位置、航速等信息均能通过系统,精确地实时显示在中国海上搜救中心指挥大厅的屏幕上。3 天来,杨传堂、翁孟勇等部领导轮流坐镇指挥大厅,关注着赴越客船的一举一动。

“我们绝不会因为任务紧急而忽视安全工作。”阮瑞文介绍说,海南海事局严格督促各任务船舶按照核定数额载客、做好登船物品检查和开航后的安全巡查工作,及时跟踪了解返程登船人员和物品情况,对大件物品及可能造成船舶超载的情况予以重点关注,并要求客船在驶往越南途中进行救生、消防、通信演练。

尽管还不是台风季节,海口到越南永安港的海域比较平静,但是中国海上搜救中心仍然协调了公务船“海巡 22”轮、“南海救 115”轮、“南海救 199”轮在返程航线上动态值班,专业救助直升机“B-7136”在三亚待命,提供应急保障,确保前方船舶航行和人员安全。

接回人员妥善疏运

4 艘客船 20 日陆续抵达海口秀英港后,迅速疏散、妥善安置接回人员成为交通运输系统面临的新考验。

担任海南省接回在越人员应急指挥办公室主任的海南省交通运输厅厅长董宪曾告诉记者,海南省制订了详细的疏运工作方案,省交通运输厅安排了百余辆大巴，将接回人员安置到海口市的13家酒店。

"'安全、热情、快捷'是我们疏运工作的总要求。"董宪曾说，海南省交通运输厅在接回人员的入关、接驳、安置、返乡等环节中主动作为，协助中冶等公司安排包机、火车、汽车、轮渡等，将接回人员安全送上返乡的旅程。

原刊于《中国交通报》2014年5月21日1版

作品评析

努力彰显我国政府保护境外公民生命安全的能力

杜迈驰

自2014年5月13日起，越南多地发生打砸抢烧外国企业的严重暴力事件，包括一些中国企业在内的商家遭受了巨大财产损失，中国公民1人死亡，上百人受伤。对此，世界舆论哗然。我国政府对这一事关海外公民生命安全的事件高度重视、紧急应对。外交部部长王毅同越南副总理兼外长范平明紧急通电话，代表中国政府向越方表示强烈谴责，提出严正抗议。同日，时任外交部部长助理的刘建超率领跨部门工作组赶赴越南开展工作。按照我国政府的统一部署，5月18日凌晨，由中国政府派出的医疗包机到达越南，接回在暴力事件中受重伤的中冶公司等人员回国医疗。18日8时50分，"五指山"轮从海口出发，驶向越南永安港，其他3艘客船也于当日陆续出发。这次组织的赴越南接回我国同胞，是自2011年利比亚内战"撤侨"接人后的最大规模的海外行动，充分展示了我国政府保护本国海外公民生命安全的决心和能力，展示了一个负责任大国的政府形象。

对这一重大突发事件，《中国交通报》紧急策划报道方案。4月17日深夜交通运输部发出派船指令后，该报派出两位得力记者坚守岗位，跟进报道。4月20日，接人船舶抵达海南省海口秀英港后，该报驻海南站记者站同志、海南海事局特约记者立即采访。前方记者和后方编辑紧密配合,及时安排稿件在一版重要位置见报,显示出该报抓重大事件报道的新闻敏感和权威行业报的责任担当。

当然,对这一重大事件其他媒体都有报道,但《中国交通报》这篇通讯有自己的特色。

1. 结构清晰。内容安排采取倒金字塔与正金字塔相结合的办法:标题后的引言部分交代了接人的结果——仅用65小时就完成了水路接回我在越3567名人员的艰巨任务;后面4个部分《指令连夜下达》《客船紧急出航》《公务船保驾护航》《接回人员妥善疏运》按照时间先后顺序展开,内容排列有条不紊,来龙去脉十分清晰。

2. 材料选取精当。一是突出了有关方面的人文关怀。在东北出差的交通运输部部长杨传堂电话询问现场情况是否紧张、群众愿望是否迫切、还有什么要求和困难。海事部门为了保证尽快开船去越南,办理证件开通了绿色通道,简化相关手续。客船公司"以最小的时间成本""最高的工作效率"尽快将在越同胞接回祖国;客船上"安排了比平日更多的服务人员""还配备了医生、警察和翻译"。海南省交通运输厅协助中冶等公司安排接回人员办理入关、接驳,安排包机、火车、汽车、轮渡返乡。这些典型细节的选取,不但体现了各级政府部门对在越南受到身心伤害的我国同胞的关心关爱,而且温暖了读者的心田。

二是有关安全的内容贯穿始终。在越南的我国同胞已经受到生命安全伤害或威胁,在接回的乘船中,他们的安全问题成了重中之重。为此,交通运输部门采取各种措施,决不能让他们受到第二次伤害。这篇通讯围绕安全问题着墨不少,包括交通运输部召开的七次专题会议上,安全工作被强调的次数最多;负责方案实施的部海事局负责同志所说的"制订方案的关键是确保安全、快速,我们所有的行动都按此展开",专项工作组各部门均保持人员24小时值班在岗;客船公司17日深夜一接到出航任务,"有关客船就立即展开机械设备检修、油料水源食品补给等工作";海南海事局严格督促各船按照核定人数载客、做好登船物品检查和开航后的安全巡查工作等;中国海上搜救中心派出3条公务船在返程航线上动态值班护航。可以说"安全、热情、快捷"既是后方疏运工作的总要求,也是这次接人成功的关键所在。

三是语言朴实。全篇文章没有华丽辞藻,没有"高大上"的形容词,没有废话、空话、套话，而是让事实说话，让当事人说话，但读起来并不乏味。

如果从高从严要求，文章穿插进船上为接回同胞热情服务的细节、外界对这次接回行动的评价、接回同胞的感慨等内容，可能会更完美一些。

（作者系中国交通报社原总编辑、中国交通报刊协会副会长）

导语：在佳木斯市桦南县闫家镇十里八村的百姓都知道，大张家村有个名叫盛春德的五保户，他为报党恩，三十年如一日，往返于桦南县闫家镇的各条通村公路上，顶风雪，冒严寒，挥锹抡镐，义务修路、清雪、刨冰，挥洒的汗水统统存入他的“道德储蓄银行”。

一位77岁老人的“路上”人生

陈晓光　姜久明

在通往桦南县闫家镇大张家村的村路上，路两侧堆起的雪墙足有一米多高，田里的雪不时被风刮起，形成高低不一的“雪柱”。气温低、积雪厚，放眼向村路望去，却是路坦坡缓，车辆平稳快速地驶过。这是记者日前在采访盛春德老人的路上看到的。

正在这时，一个个头矮小、步履有些蹒跚的老头，进入记者的视线：老人推着两侧筐里装满炉灰的独轮车，将炉灰撒在车辆容易打滑的地方，不平整的地方，用锹铲平……这个老人便是已经77岁的盛春德，桦南县闫家镇大张家村农民，因三十年不计任何报酬、义务修村路，被评为“2013年度感动龙江人物”。

手指冻残无怨言

盛春德穿着厚厚的棉衣。路上很冷，老人家干得很起劲儿，后背已有些潮湿。一只小黑狗，在主人身边绕来绕去的……

一个小时后，满脸灰尘的盛春德推着独轮车回到家。这是个低矮的泥草房，屋里阴冷，炕上有一双厚厚的辨不出颜色的棉被，地上堆满了杂物。破旧的柜子上摆放着县里给买的一台液晶电视。电视机前摆放着几张老人参加感动人物时拍的彩照。

盛春德顾不上洗把脸，就开始烧水做饭。等水开的功夫，老人坐在板凳上，收拾清雪的铁锹和镐头，肿胀的左手有点儿不太听使唤。“这手都是冬天修路冻的。”老人说，左手有两个手指冬夏都无法弯曲了。

盛春德祖籍是江苏赣榆县，20 世纪 80 年代，落户大张家村。居住在这里的盛春德发现，每到冬天，县城通往附近村屯的路段，常因雪阻无法行车，村民出行极为不便。他做出了一个让村民们难以理解的决定：清理雪阻，义务修桥补路。此后的 30 余载，盛春德默默践行着自己的诺言。铲雪刨冰，疏通道路成了他的义务劳动，一天要干上十多个小时。

由于雪大风大，路面能见度低，货车、客车速度快，有好多次车辆与他擦肩而过，车尾卷起的风，经常给他带个趔趄。为了不给过往驾驶员带来麻烦，冬季清雪，他就每天午夜 12 点起床，一点多钟到达雪阻的路段。“虽然天气冷，但是车少，干活快。等到早上车多时，有雪阻的地方或者坑洼不平的地方，就清理得差不多了。”盛春德说，干上一两个小时，眉毛、头发都染上霜花，成了“白胡子老头”了，手上的冻伤更加严重了。

无私奉献赢尊重

盛春德说，夏天还好说，自己带的干粮不凉，冬天有时候自己带的干粮，放在胸前都冻硬了，只好啃冻馒头，渴了，就到田里找干净点的雪吃。

2010 年大年初二，这里下了大雪。盛春德凌晨两点就奋战在大张家村和中和村的路上。这段路是独眼道，过往的车辆没有错车的位置，他每隔 30 米挖一个错车位，整整苦干了六天三夜，村里的人和过往司机都感动不已。

去年夏天，盛春德推车垫路的时候滑倒了，腰病复发，在炕上躺了三四天。后来到医院检查，发现腰椎间盘突出已经非常严重了，经常夜里疼醒。可是盛春德吃了几天药，又去修路了。今年 1 月，盛春德修路不慎把膝盖摔了，吃了止痛药又去修路了。前几天，这里的温度在零下三十多摄氏度，盛春德凌晨 1 点多钟就出去了，回来的时候，出汗再加上寒气，后背结了一层有半厘米厚的霜。

崔佳是桦南县到公心集村的客运司机，已有近 10 年的驾龄。崔佳说：“夏天清理积水，冬天清理积雪，一年四季都能看到老人在路上忙碌的身影。”卢玉海在大张家村开了一个豆腐坊，每天早上三四点钟，都要往县里送豆制品。卢玉海告诉记者，雨雪天都不用担心路不好走。越是这样的天气，盛春德出门越早，早早就把村里不好的路段垫平打通了。卢玉海说：“我家一年烧煤剩下的煤灰有20吨左右,有三分之二都被盛春德拉走垫在路上了。”老人已将义务修路的范围扩大到附近的三四个村子。

村长赵福元说,这几年,县里交通部门维护道路很及时,可是老人习惯了填坑补槽的,这些年,因为修路一年得穿坏好几双鞋。老人这种无私奉献的精神,令村民大为感动,已经成为村民的一个精神标志。

只要能动就一直修路

前几年,盛春德将自己的地交给了弟弟种,开始更加一心一意地义务修路护路。为了照顾七十多岁的盛春德,村里给他侄子解决了住房,侄子给大伯留下了一个房间。可是老人说,因为自己起得早,不想打扰别人休息,还是住在自己的土屋里。

侄媳妇张恒艳说,大伯这两年的人缘越来越好了,跑线的司机、附近的村民,都给大伯拿吃的喝的,坐车到县里办事,都让大伯免费坐,可是大伯从来不免费坐车。有困难也不找村上,都是自己克服。

盛春德说:“自己修路,从没想过能获得什么荣誉,就是觉得现在人们的生活都很幸福,自己也想为身边的幸福生活做点贡献。每次看见自己修整的路,车畅人欢的,就很高兴。只要我能动,就会一直把路修下去。只要能站起来,我就会一直在路上。”

记者手记

“最美老人”就在我们身边

“一个人做点好事并不难,难的是一辈子做好事。”这句话用来形容盛春德恰如其分。77岁的他,30年来不分严寒酷暑,义务为村里修路、清雪,不为名,不求利,用自己的汗水诠释了新时代的雷锋精神。

良好的道德行为,源于内心的自觉。有了道德行为的自觉,才有了一个个人间“最美的称号”。

初见盛春德老人,以为是位拾荒者。与其交谈后,深深被老人的境界所打动——三十年如一日的担负起“义务养路工”角色,无论遇到怎样的困难,心中总有一种愿望激励着他:铺好路修好路,给别人带来通行方便。虽然自己的身体饱受伤病折磨,却从未向任何人寻求过帮助。

30年,万余天,酷暑寒冬,昼夜坚守,这是一种精神的力量。盛春德老人在向我们每个人传递着正能量,传递着一种无私奉献的大爱精神。

原刊于《黑龙江交通》2014年3月18日1版

作品评析

高唱社会主义核心价值观之歌

杜迈驰

在深入贯彻落实党的十八大精神、推进"四个交通"发展中,《黑龙江交通》的两位记者通过深入采访,在报纸一版推出了这位三十年如一日、冒着严寒酷暑义务修路的老人的动人事迹,介绍了他用汗水存入"道德储蓄银行"的感人行动,不啻谱写和高唱了社会主义核心价值观之歌,对于加快全省交通运输系统两个文明建设有着重要的现实意义。

党的十八大要求:"倡导富强、民主、文明、和谐,倡导自由、平等、公正、法治,倡导爱国、敬业、诚信、友善,积极培育和践行社会主义核心价值观。"这是从国家、社会和公民3个层面概括的社会主义核心价值观的价值目标、价值取向和价值准则,从而勾绘出一个国家的价值内核、一个社会的共同理想、亿万国民的精神家园。"爱国、敬业、诚信、友善",是公民基本道德规范,也是评价公民道德行为选择的基本价值标准。爱国是基于个人对自己祖国依赖关系的深厚情感,也是调节个人与祖国关系的行为准则,要求人们以振兴中华为己任,自觉为人民服务、自觉报效祖国。敬业是对公民职业行为准则的价值评价,要求公民忠于职守,克己奉公,充分体现了社会主义职业精神。诚信即诚实守信,是人类社会千百年传承下来的道德传统,也是社会主义道德建设的重点内容,强调诚实劳动、信守承诺、诚恳待人。友善强调公民之间应互相尊重、互相关心、互相帮助,和睦友好,努力形成社会主义的新型人际关系。这篇作品引言部分落脚于“道德储蓄银行”,落脚于第二个小标题下的村民的“精神标志”,一下子与社会主义核心价值观挂上了钩,显示出作品立意高远。这是其一。

家里穷得叮当响,老人义务修路三十年不计任何报酬,为行人和车辆提供交通方便,为农村致富提供交通方便,“为身边的幸福生活做点贡献”,这种自觉服务于人民、自觉报效祖国的壮举,就是爱国、就是友善。他早出晚归,修路不慎把膝盖摔了之后“吃了止痛药又去修路”,冬天修路冻得左手有两个手指无法弯曲……这是何等高尚的敬业精神。一个落户到黑龙江的外省人,发现县城通往附近村屯的路段因雪阻无法行车后,做出义务修桥补路的诺言后,一干就是几十年,这是何等的掷地有声的诚信。一系列打动人心的典型事例,展现了一位普通农民从公民层面践行社会主义核心价值观的追求,尽管他本人说不出来这些理论上的术语;一系列矛盾交织与反差的典型事例,也展现了两位作者围绕“一位77岁老人的‘路上’人生”精心选材的深厚功底。这是其二。

通讯的第三个特点是作者善于用细节刻画人物形象。大标题下第二段老人推着独轮车在堆满积雪的村路上抛洒炉灰的场景描写,第一部分对老人“低矮的泥草房”家里的描述,车尾卷起的风经常“给他带个趔趄”的工作环境介绍,客运司机崔佳、豆腐坊主卢玉海对老人的评价,侄媳妇张恒艳对路上司机、附近村民给老人拿吃拿喝、免费坐车的叙述,结尾处老人所说掷地有声话语——“只要能站起来,我就会一直在路上”,使得这位可爱的农民形象不断丰满起来。

社会主义核心价值观是人生奋斗的梦想之舵,是中华民族的精神之钙,是当代中国的兴国之魂。回顾历史,“中国奇迹”的书写、“中国故事”的讲述,都离不开万千胸怀报国理想、坚持道德操守、激扬蓬勃朝气的普通人。正是一个个有理想、有情怀、有担当的个人,支撑起共和国大厦的脊梁,筑牢了中国特色社会主义事业根基,催动着中华民族走向复兴的步伐。从这个意义上说,《黑龙江交通》的这篇作品传递了满满的正能量。

(作者系中国交通报社原总编辑、中国交通报刊协会副会长)

一场深刻的自我变革

——湖北省交通运输厅行政审批制度改革观察

石　斌　高　斌

"不抽一根烟,却办一堆事";

"为人民服务,天天正能量";

"货宽路险天气寒路难行,风清气正服务好暖心间"

……

在湖北省交通运输厅政务服务大厅,一面锦旗就是一个动人的小故事。

所有故事的缘起,是省交通运输厅正在掀起的一场深刻自我变革——行政审批制度改革。

杜绝明放暗不放
晒晒更健康

5月15日,湖北省客集团运输经营部的杨铁强收到一条手机短信。"请来领取汉口火车站至鄂州的客运班线经营许可证。"跃入眼帘的内容,让他顿觉轻松。

几天前,他通过省交通运输厅网上审批平台提出申请、递交材料。一没找关系,二没送红包,甚至都没跟工作人员见面,许可证便顺利通过。

办理班线许可证,曾是杨铁强的心病。在省市交通运输部门间来来回回跑几趟不说,再加上公示、审核的时间,一个证至少要三五个月才能拿到手。"有时为了赶时间,要么花钱找'兔子'代办,要么自己上下打点关系。"他坦言。

如何破除杨铁强们的心病?

有人建议,所有信息网上公开,让每一个环节都置于阳光之下,合不合理,大家来点评。

网上一晒，哪还有自由裁量的空间？

对此，个别权力部门感觉“不适应”。“不适应就换人，改革就是啃硬骨头！”在湖北省交通运输厅党组的坚定推动下，该厅将原来分布在1厅5局8个办事部门的省级行政审批事项，集中到省厅一个窗口办理，将原来的17项省级行政审批精简到11项，并建立网上审批平台。“行政审批制度改革已进入深水期、攻坚期，改革就要改彻底。晒流程，就要晒个清楚明白，晒个干净明朗。要简政放权，杜绝权力寻租的机会与土壤，杜绝明减暗不减、明放暗不放。”湖北省交通运输厅厅长尤习贵说。

厅领导服务不到位
更要亮“红黄牌”

4月4日，湖北省交通运输厅网上审批平台收到一份涉路施工许可事项。因工程大、事项复杂，审批要走9个环节。

4月23日，网上流程走到省交通运输厅某二级单位时，系统自动亮出“黄牌”警告。“按规定，这一流程要在3个工作日内完成。第二天零点时，系统自动提醒。”省交通运输厅审批办主任徐海洋说。

5月4日，系统竟毫不客气地亮起“红牌”。

经查，审批已进入倒数第二个环节“厅领导决定”。因领导出差，来不及签审，系统自动预警。

为何对超出时限的厅领导如此不留情面？

徐海洋解释，“红黄牌”预警是网上审批平台的一项基本制度，对参与审查审批的部门、人员严格限定办理时限，超出时限的由厅纪检监察部门下达督办通知。

以涉路施工许可为例，相关法律法规规定，应当在正式受理后20个工作日内完成，需要申请材料补正、专家评审等特别程序的，时间不计算在20个工作日内。但法律对于特别程序的时限并无限定。实际操作中，短则几个月，长则一两年，申请人苦不堪言。

现在，平台设定“特别程序”总时限不得超过60个工作日。承诺件由法定的20个工作日，压缩为14个工作日，并建立“审办分离”等监督约束机制。

“标准化规范化，提升服务质量和服务效率，‘红黄牌’警示，还民以知情权，更还民以监督权。”湖北省交通运输厅副厅长唐元说。

心里装着老百姓
再难再急有办法

“前几个月，我天天来办通行证，他们每天谁值班，我一清二楚。”说这话的是广州广重物流有限公司员工胡彦青。

该公司共有40辆6轴半挂车，承运港珠澳大桥的钢构件。钢构件装车后，均超长超宽。

根据法律法规，每辆车上路前都须办理普通公路通行证和高速公路通行证两个证，每张证有效期5天。“往返湖北和广东一次需要4天，这相当于，40辆车每往返一趟，就要办80张证。”胡彦青苦不堪言，只能天天出入湖北省交通运输厅，循环办理通行证。

如何破解胡彦青的难题？

考虑到港珠澳大桥工期紧张、路线固定等因素，湖北省交通运输厅特事特办，将证件有效期延长至3个月，两证合一。“现在每3个月才用来一次，节省时间、提高效率。”胡彦青一身轻松。

服务百姓，这样的故事还不少。

去年，湖北省交通运输厅下放“船员适任证书”审批权，授权宜昌、荆州、黄冈3个市港航海事部门发放这一证书。此举让船员们可就近办理，再不用大老远跑武汉来办。

湖北省交通政务服务大厅自2012年3月15日揭牌运行以来，共办理审批23440件（其中网上审批3945件），处理咨询上万起，获赠锦旗19面，表扬信1封。2012年被交通运输部授予“全国交通运输行业文明示范窗口”称号，并在省级行政审批绩效考评中取得了省直机关第一名的好成绩。

一年365天，交通行政服务大厅全年无休。“工作人员自己累一点，也要让办事百姓感觉方便一点。”徐海洋说。

对此，武汉理工大学教授陈宗泽评价：“做好行政审批，就是为民务实清廉

的落地。”

“行政审批制度改革的核心是转变政府职能，更好发挥市场作用。对交通运输管理部门来说，是深刻的自我变革。”湖北省交通运输厅改革办主任王阳红说。

原刊于《中国交通报》2014年6月16日1版

作品评析

为行政审批制度改革叫好

杜迈驰

2013年11月召开的党的十八届三中全会审议通过了《中共中央关于全面深化改革若干重大问题的决定》。《决定》要求进一步简政放权，深化行政审批制度改革，着力清除市场壁垒，建立公平开放透明的市场规则，提高资源配置效率和公平性。此后，国务院总理李克强主持召开专题会议，推出深化行政审批制度改革一系列措施，要求转变政府职能，着力推进行政审批规范化，最大限度减少自由裁量权，把该放的权力放掉，把该管的事务管好，促进廉洁高效政府建设。贯彻落实十八届三中全会精神和国务院部署，交通运输部下好“先手棋”，出台《关于加快转变政府职能深化行政审批制度改革的意见》，2014年取消下放26项行政审批项目，将12项工商登记改为后置，建立管理权力清单制度，加强事中事后监管。湖北省政府出台了《湖北省深化行政审批制度改革方案》，制订了一系列进一步深化行政审批制度改革的新思路和新举措，两年内取消下放229项行政审批事项，取消4项省级立项行政审批收费项目。湖北省交通运输厅行政审批事项精简、集中，并建立网上审批平台方便群众，走在了各个政府部门前列，受到省政府和交通运输部好评。于是，《中国交通报》驻湖北记者站及时采写，在报纸上刊发了《一场深刻的自我变革——湖北省交通运输厅行政审批制度改革观察》一文，表明了湖北交通运输系统贯彻落实党中央、国务院和省、部关于深化行政审批制度改革的决心和成效，也为其他省区市交通运输部门提供了改革思路。

从新闻采访角度看，这篇为行政审批制度改革叫好的通讯，反映出两位作者的思维敏锐、眼光敏锐、政策敏感和新闻敏感。抓重大新闻，需要记者用世界经济社会发展趋势、发展规律审视中国发展水平，站在我国国民经济发展全局的角度审视交通运输行业的适应能力，从人民群众需求出发观察行业的服务水平，立足于行业以外分析本行业存在的问题。为此，记者要熟悉党和国家方针路线，准确把握改革发展的新趋势新特点，熟悉其中的热点难点问题。善于发现或者提炼出有助于解决当前各种困难和社会矛盾的新鲜经验；善于发现和捕捉给人以启迪的新思想，深刻地揭示改革开放大潮中人们观念上的新变化；善于发现和表现最能体现时代精神、对人们有极大的激励和鼓舞作用的典型人物；善于发现能够体现事物发展规律的新事物、新苗头、新动向，准确地预测和描绘事物发展趋势。从这一点看，两位作者直面问题，采访深入，包括省交通运输厅厅长、审批办主任、一线审批人员、前来办事的群众、车主等，说明他们有较厚的新闻功底、较高的发现新闻的能力。

从新闻写作的角度看，这篇通讯有不少可取之处。文章以讲故事方式，用比较生动的语言向读者展现了“自我变革”的力量，见人、见事、见成效，很接地气。作品一开始描写政务服务大厅现场一面面锦旗内容，并用“所有故事的缘起，是……”承上启下，对读者有一定吸引力。文章第一部分《杜绝明放暗不放晒晒更健康》突出了厅党组决定所有信息网上公开、取消“自由裁量的空间”之后遇到的矛盾。厅长“不适应就换人，改革就是啃硬骨头”掷地有声的话语，紧扣文章主题，彰显了改革的决心。第二部分《厅领导服务不到位　更要亮“红黄牌”》进一步展示了湖北交通运输厅“自我变革”“自我加压”的做法，比第一部分内容更有深度。第三部分《心里装着老百姓　再难再急有办法》叙述了省交通政务服务大厅急事急办、特事特办的做法，受到办事群众和武汉理工大学教授的好评，故事又深入一步。3 个部分上下连贯、步步深入、环环相扣，加上引言，成为有机整体，显示了作者精选材料、把握结构的深厚功底。

（作者系中国交通报社原总编辑、中国交通报刊协会副会长）

“溜索改桥”:村民心中期盼的幸福路 千百年来终圆梦

刘叶琳

今年 3 月 4 日,习总书记在关于农村公路发展的报告上批示强调:特别是在一些贫困地区,改一条溜索、修一段公路就能给群众打开一扇脱贫致富的大门。一条条溜索,也时刻牵动着总书记关注的目光。

根据《“溜索改桥”建设规划(2013 ~ 2015 年)》,“十二五”后 3 年,四川、贵州、云南等 7 省(区)将约有 290 对溜索改造成桥梁,惠及 904 个建制村的 95.8 万群众,助力改善 65.8 万贫困人口的出行条件。

采用溜索通向外界,是江河边祖辈们聪明才智的体现,但这也是老百姓多少有些无奈的选择,因为贫穷,别无他途,接下来记者带您走近溜索,走近威宁县交通运输部门正在实施的“溜索改桥”工程。

高山险阻溜索成为当地人民与外界交流的主要交通工具

滇黔交界处,威宁县斗古乡,牛栏江边,一根根钢绳横跨江河,成为当地村民跨江出行的唯一交通设施。溜索,便捷与危险同在,它是一种奇特而又古老的交通工具,也是人类渴望打破自然枷锁,追求更好生活的象征之一。溜索是生活在这里的少数民族群众使用的一种原始渡河工具,也是他们与外界交流沟通的主要交通工具。

危险!溜索自它诞生之日起,无时无刻不威胁着过往人的生命。固定在两岸的弧形钢缆和看似牢固的挂钩,行人须绑在挂钩下顺势滑到弧形中央,然后用手一步步挪动才能到达对岸,翻转、挂钩脱落随时都有可能发生。

据了解,贵州境内的溜索主要分布在毕节、六盘水、遵义等地区,而毕节威宁县是溜索的主要分布区域,全县共有溜索30多对,目前正在实施溜索改桥的有8对,其余还在使用的溜索也将2015年完成溜索改桥。

"我们威宁的溜索主要分布在牛栏江边,牛栏江就是云贵两省的自然分界,抬头见山,低头见河,大江大山阻挡了老百姓出行,特别是山洪来临的时候,甚至会给当地的村民带来生命和财产损失的危险。所以,危险的溜索就成了祖祖辈辈居住在这里的村民出行和运送货物的最佳选择,也是最无奈的选择。"威宁县斗古乡纪委书记陈大军说道。

便也溜索险也溜索酸甜苦辣尽在其中

威宁县斗古乡中关村位于牛栏江边,沿江两岸还居住着威宁海拉乡和云南省会泽县火红乡总共5个村村民368户人家,约2700多人。

牛栏江和其支流木槽河在这里汇合,奔流的河水带来的泥沙也在这里聚集形成了一块富饶的小平坝。在这里,斗古乡与威宁县海拉乡、云南会泽县火红乡接壤,是典型的鸡鸣两省三乡之地。美丽的大江把这里的村民无情地隔开了,但大自然是公平的,美丽的大江也给这里的人们带来肥沃的土地、充足的水源和较为安静的居住环境。

4月初,记者从贵阳乘火车历经4小时到达威宁县城,再乘汽车约两个半小时到达斗古乡,在威宁县农村公路所和斗古乡乡镇府的同志陪同下,实地对当地老百姓生活进行调研。

中关村有两条溜索:一条长约1600米,从村子背后的高山垂直下来直达寨子;另外一条是该村连接附近的海拉乡最近的通道,乘溜索跨过牛栏江支流卧槽河,再走上半个小时,再经过一条溜索就可以到达云南的火红乡了。

"长的这条溜索是前年才修好的,主要是用来运送日常生活物品和农用物资,比以前靠毛驴从小路上驮下来要轻松多了。但这条溜索十分危险,很少人敢坐此条溜索,我只坐过3次,其中两次是为了上去给村民看病,一次家里有急事。每次坐的时候都很紧张,很恐怖,提心吊胆的。"中关村副村长、村卫生室医生刘万良回忆到曾经坐这条溜索时的经历还心有余悸。"记得有一次，我们用溜索运货下山时，溜索的两根钢绳绞在一起了，最后货斗直接冲下到山底，货斗里的一条烟都成了烟沫沫了，要是人下去遇到这种情况，那就有去无回了。”

但是，不坐这条溜索，沿着山边的小路下到村子里，空手走下去都需要一个多小时，背上货物就更难走了。在刘万良的带领下，我们踏上了这条很难称之为路的羊肠小道。

从山顶向寨子望去，直线距离大约只有1000米左右，看上去不是很远。我们沿着山边的小道走下去，一路蜿蜒曲折，加之前几天下暴雨把本来就难走的道路又冲垮了一部分。道路也非常窄，窄到部分路段只能容一人通过，而且双脚还不能在原地换脚，只能抓住石头慢慢向前挪进。一边是悬崖，一边是峭壁，一路走下去，我们走的是心惊胆战。

在途中，我们遇到赶着毛驴运货下山的刘大姐，毛驴驮着从附近集市上买来的一些日用品和两袋水泥。

在山腰休息的时候，记者向刘大姐了解了一些情况。

记者：“现在有溜索了，怎么还用毛驴运东西呢？”

刘大姐：“那溜索运东西下去，虽然方便，但运下去差不多也要半个小时，光电费就要花上好几块钱，而且人也还得从这条路走下去，用毛驴运还是实在。”

记者：“这路这么难走，牵着毛驴运货不会出事情吗？”

刘大姐：“平时都还挺好的，毛驴走多了也熟悉了路，而且我们也走得非常慢。但去年7月份，村子有一户人家也是牵着毛驴从山上运东西回家，在这前面一点，山上掉了一块大石头下来，正好滚到毛驴脚上，毛驴受惊了，带着货物摔下去了，毛驴摔死了，还好人看到毛驴受惊没有再抓绳子，不然连人都可能扯下去。”

记者们走走停停，最后历经两个半小时，终于下到山谷，山谷环境优美，宛如陶渊明笔下的桃花源。家家户户门前屋后都种着果树，樱桃、梨子、桃树应有尽有。

“我们也想搬离这里到山顶的平地居住，那里早已通公路了，出行很方便。但是我们搬上了就很难有生活来源了。”刘万良的妻子无奈地说道。记者此时才明白为什么这些村民世代选择在此安居了。

桥梁架起来公路修进村子里三代人的梦想即将实现

“绝不让任何一个地方因农村交通问题在小康路上掉队!”这既是贵州各级党委政府和交通运输部门加快农村公路建设的奋斗目标,也是向广大人民群众做出的庄重承诺。

“为有效解决两岸人民的出行困难,优化当地路网结构,促进当地农民增收致富,当地政府部门在此进行溜索改人行桥建设。”威宁县农村公路管理所所长马勋说道。

马所长的话一石激起千层浪,村民们的心情沸腾了,一条宽敞的公路和大桥仿佛出现在村民的眼前。

“很多年前,我们就想修一条公路连接外面,但一直没有能力实现,现在政府来给我们修路架桥,激动人心啊!”中关村村民、原来村小学(学校已合并到山顶的中关小学)的代课老师李老汉说到,“我今年71岁了,身体很好,再活个三年五载的没问题,等到路修好了,我打电话喊住在县城的儿子开着车,带着孙子回来看我,顺便也坐车去看看县城。”

“终于等到这一天了,路修好了,我们可以组织村民在山谷种植水果,这里气候很好,适合种樱桃、梨子,我们还可以搞养殖,养山羊,养鱼,牛栏江的水质很好,很适合养鱼。”急于带领村民脱贫致富的副村长刘万良对即将修通的公路是那么的急迫。

“路修好了,我爸爸说要买一辆摩托车,我就可以和城里的同学一样让爸爸骑车送我和妹妹去上学了,我们再也不要爬一个多小时的山路去上学了,也不再担心妹妹每天上山下山走山路摔倒了。”正在读四年级的小学生姜静说道。

“关口人行桥的建设规模是1跨110米桥,桥梁全长123米,桥梁宽度2.5米,采用锚碇基础,设计荷载为人群货载3.5kN/m^2,无通航要求。引道长7.702公里,为人行通行驿道,路基宽度2.5米,泥结碎石路面。”威宁县农村公路管理所副所长李安宁介绍道。“桥的设计图都已经出来了,通过专家审定,关口人行桥就可以开工建设了,同时桥两边的公路也将开工建设,工程预计将在2016年年底完工。”李所长介绍道,“关口人行桥的建成,将为两省三乡人民群众的生产生活带来很大的便利,改变他们出行难的交通瓶颈,加快实现小康梦的步伐,成为是当地人民的希望桥、致富桥、小康桥。”

“路通则百事兴，路通了之后，老百姓出行安全了，老百姓种的东西也能卖出去了，我们将通过我们勤劳的双手脱贫致富，过上好日子。”对于未来的生活我们从刘万良的话语中感受到了坚定和希望。

记者手记

著名诗人、摄影记者刘文舟曾写下一首诗歌：

这种过江的方式，有些古老，索先是藤，负重的人，需要蝶的轻灵。

这种过江的桥，叫索桥。人世间的美，在丝弦一样的索上过去，实际是飞。

比云朵烂漫，比风还急，脚下不是路，是死的诱惑，浪的邀请。

穿过历史的空隙，灵感源自蜘蛛织网。

溜，极快的动词，分秒为单位的路程，一走就是一生。

诗行中所描述的行走于天堂与地狱边缘、游离于惊险与绝美之间的凌空飞渡便是溜索。

危险！溜索自它诞生之日起，无时无刻不威胁着过往人的生命。

过溜索，对于外界的人来说，可能是勇敢者的壮举，但对于当地的老百姓来说，与其说是壮举，不如说是苦难，生命中无数次要与死神碰面，可这仅仅是为了出行！

虽然来之前，极度恐高的自己已经做好了心理准备，咬牙也要尝试传说中的溜索。

在中关村，绑好绳子，抓紧滑轮，踏上滑轮下端的木板，在对岸的村民的拉动下，我第一次乘上了溜索，第一次乘坐溜索跨过了牛栏江。

紧张！内心十分紧张，担心掉进下面滚滚江水中，也担心自己恐高而晕倒，还好一切担心都是多余的，顺利地到达了对岸。

从对岸返回的时候，我试着让自己和当地村民一样乘溜索过江：不借助村民的拉动，自己双手抓着溜索的钢绳不断换手用力前进。但只坚持了十来米，还未到河中间，就动不了。

但世世代代居住在这里的人们，他们每天都要靠自己溜来溜去好多趟，而且身上还得背负着沉重的货物。也许是为了生存，环境造人，激发了人类内在的潜能。

“交通最基本的主要先看路，首先看路通不通，第二看路通了质量好不好，第三看安全不安全，第四看运输情况怎么样，最终还是体现在老百姓满意不满意。”这是交通运输系统在开展群众路线教育实践活动中总结出来的经验。

为了让村民方便出行，为了村民能脱贫致富，交通人在行动，积极争取相关部门支持，多方谋划，多次实地调研和当地老百姓座谈，最终决定在关口建人行桥，几代人的梦想终将实现。

村民们对路的期盼，对未来美好生活的期盼，在他们的话语中，很少有对现实生活的抱怨，更多的是对未来路修好后的美好憧憬，实实在在地让我感动！

在中关村，在斗古乡，当地村民和基层干部，一听说我们交通人是来为他们修建通村公路时，无不高兴激动。在中关村关口组，一位六十多岁的老婆婆为我们一行摘来了一盆还未熟透的樱桃；刘万良的妻子为我们煮了一盆鸡蛋和鸭蛋，更是把当地人只有逢年过节才吃的花生端上了桌子。也许一盆樱桃、鸡蛋、花生在城市人的眼中算不上什么，但当地人拿着这些东西到集市上去可能换回一年的盐巴或其他生存必需的物资。他们拿出最好的东西招待我们，就是为了感激为他们修路搭桥的人。

当路修通桥架好时，我们可以想象，老百姓骑着摩托车或开着农用运输车沿着牛栏江走向大山外的情景；我们也可以想象，当地的孩子们清晨背着书包沿着大道一路欢歌笑语走向学校时的情景；我们更能想象，在不久的未来，中关村的村民们在自己勤劳努力下，生活更是芝麻开花节节高，过上幸福的小康生活。

“特别是在一些贫困地区，改一条溜索、修一段公路就能给群众打开一扇脱贫致富的大门。”习总书记的批示殷殷之情，溢于言表。“绝不让任何一个地方因农村交通问题在小康路上掉队！”这也是交通运输人的庄严承诺！

“当路通的时候，我还会来这里，来看望给我们摘樱桃、煮鸡蛋的婆婆们，来见证村民走过大桥奔向美好明天。”这也是我向刘万良村长的承诺。

原刊于《贵州交通》2014 年第 2 期

作品评析

放入时代的大背景去认识

杜迈驰

记者在采写中看问题、分析问题立足于何处？有的需要就事说事，有的需要就事说理。通讯常常穿插适当的抒情和议论，立足点需要站得高些，需要放入时代的大背景去认识，这样才能“一览众山小”，议论才能画龙点睛。《“溜索改桥”：村民心中期盼的幸福路　千百年来终圆梦》一文，就是立足于三个时代背景去采写，从而彰显了鲜明的时代特征。

一是通讯开头就引用了习总书记关于农村公路发展报告的批示，即特别是在一些贫困地区，改一条溜索、修一段公路就能给群众打开一扇脱贫致富的大门。这就表明文章选题的重要意义非同一般。

二是“溜索改桥”规划和十八大提出的全面建设小康社会。2012 年，交通运输部会同国务院扶贫办对全国溜索情况进行全面核查。2013 年，两部门签署“溜索改桥”合作备忘录，联合编制了《“溜索改桥”建设规划(2013～2015 年)》。根据该《规划》，在 2015 年之前，四川、贵州、云南、陕西、甘肃、青海、新疆等 7 省区 289 对溜索改造成相应的车行桥或人行桥，并配套建设连接道路，基本结束“溜索时代”。这项工程预计总投资 27.6 亿元，交通运输部将在车购税中安排 12 亿元，国务院扶贫办在财政扶贫资金中安排 10 亿元，其余部分由地方政府解决。这项工程将惠及 904 个行政村的 95.77 万人。根据该《规划》交通运输部和 7 省区交通部门连续 3 年把实施溜索改桥作为当年为群众办的实事之一，这是贯彻落实十八大精神的有力举措。因此，通讯第三部分开头第一句话“绝不让任何一个地方因农村交通问题在小康路上掉队”，就成为贯穿文章的主线，且再次强化选题的重要性。

三是新闻战线连续几年开展的“走基层、转作风、改文风”活动。2011 年 8 月，中宣部、中央外宣办、国家广电总局、新闻出版总署、中国记协等五部门召开视频会议，对新闻战线开展“走转改”活动进行部署。2014 年，“走转改”活动在全国普遍深入展开，更多记者与采访对象同吃同劳动，体验基层的艰辛。因此，才有这位“极度恐高的”记者第一次“咬牙尝试”溜索的经过。

有了上述 3 个大背景，我们对这篇作品分析就容易得多。《贵州交通》年轻记者深入到云贵交界“鸡鸣两省三乡之地”的威宁县斗古乡中关村采访，并在牛栏江上心惊胆战地尝试古老又危险的溜索，特别是从对岸返回时，这位不到 30 岁的男记者“双手抓着溜索的钢绳不断换手用力前进”，但还未到河中间就动弹不了了。记者的经历印证了作品第二部分当地溜索的酸甜苦辣。正是出门过河用这种“最无奈的选择”，才有当地群众“三代人的梦想”，才有贵州各级党委政府和交通运输部门加快农村公路和“希望桥、致富桥、小康桥”建设、帮助当地群众“加快实现小康梦的步伐”的庄重承诺，才有当地交通运输部门克服重重困难的奋发有为，才有贵州“交通运输系统在开展群众路线教育实践活动中总结出来的经验”。从这个意义上说，作者看问题立足点高、文章的立意也高。

记者的观察和文中的描写不乏细腻之处。第二部分刘大姐关于毛驴从山上运东西回家摔死的叙述，以及记者“抓住石头慢慢向前挪”的描写，从一个侧面衬托出“溜索改桥”建设中的艰辛。代课老师李老汉对路修好了“顺便也坐车去看看县城”的期盼，四年级的小学生姜静对路修好了“我就可以和城里的同学一样让爸爸骑车送我和妹妹去上学”的打算，从一个侧面衬托出“溜索改桥”建设中的急迫性和工作压力。

从通讯的结构上看，3 个部分连接紧密，有一定的递进关系；记者手记丰富了前面的内容，与通讯有机结合，成为一个整体。语言朴实无华，穿插的一些直接引语掀起微微波澜，成为记者“走转改”的一项收获。

从严要求，如果作者在大标题下引言的内容分散到第三部分，换成溜索改桥的施工现场描写，就会增加作品的吸引力。如果记者再到威宁县其他村庄溜索改桥现场采访，在第三部分增加交通运输部门千方百计克服困难、加快建设的内容，文章就会更丰满一些。

（作者系中国交通报社原总编辑、中国交通报刊协会副会长）

导语：难以置信，眼前这对朴实热情的养护工夫妻，刚刚经历了一场巨大的不幸——丧子之痛。握住他们粗糙却很有力的大手，听着他们卑微而真实的梦想，我才相信，是那份对路的坚守和信念，支撑着他们坚强起来，继续前进。

他向左，她向右

冯　帆

也许，读了前面的几句话，有人会认为这个标题过于浪漫了，然而我却认为只有这样说才能表达他们在我面前的那种情绪——尽管内心无限忧伤，尽管生活很不轻松，但只要还有人生的热望，就不能把沉重和悲愁示于人前。他们没有读过太多书，可能都不知道“情商”为何物，但是他们却愿意始终对我微笑，在高速公路边这个简陋的家里，安静地告诉我他们的故事。

思林镇东龙村达吶屯，即使是在一张一米多见方的百色市地图上，这个地方也只能化作一个细小的圆点。她和他的家，就在圆点的边缘。从家出发，不出百步，就能看到一条高速公路。这条路从南宁通往百色，以前叫坛百高速公路，现在是国道广昆高速公路中的一段。

路上来往着天南地北的各色车辆，也流淌着他们一家人的生活悲喜。每天，夫妻俩都要爬上那高耸的路肩，一个向左，一个向右，开始日复一日的劳作。

他

他个儿不高，瘦瘦的。

家门口的这段高速公路，路肩很高。他站在下面，就像面对着一堵高大而绵长的城墙，即使伸直手臂也够不到顶。只有垫上一摞厚厚的砖头，他才勉强能从“城墙”顶上探出一只长满老茧的手，吃力地爬到路面上。从这里开始，就是他每天工作的地方。

他的工作是扛着比身板还显得更长的扫把，或是背着除草的锄头，顺着路外侧的应急车道向西北走4公里，边走边清扫从车窗里飞出来的垃圾，或是清理路边从生的杂草。走到终点，再跨过中间的隔离带折回原点。如此往复。

从天刚蒙蒙亮就出发，他往往要到天黑前才会回家。除去回家吃个简单午饭的时间，他每天在这段路上至少要走12个小时，夏天的话还要更长些。

他负责养护的这段路，走一个来回是8公里，一天至少得走3个来回，照这个数字推算，做了6年养护工的他，已经走出了2个赤道周长。

冬天寒风刺骨，但阳光和煦，对养护工来说，这种天气已经算风和日丽了。但他已到了“知天命”的年龄，不再是当年那个年轻力壮的小伙子，他得在绿色军用水壶的肩带上，经常绑一个装了感冒清热颗粒的塑料袋，才能在眼下这个冬天躲过疾病。

夏天是最难熬的。尤其在七八月份，最高气温经常在38℃以上。人工养护只能在有光线的日间进行。从太阳刚一露头开始，仿佛连空气都会瞬间变得焦躁起来。正午阳光最毒的时候，沥青路面被晒得像一口烧得滚烫的铁锅，从表面的石料缝里，冒出丝丝的热气。人站在上面，简直就是活受罪，更别提在上面工作了。

最惨的是赶上暴雨。今年5月，他就遇到过一次因下大雨导致边坡倒塌的情况。那时他正在雨中巡路，忽然听到一声巨响，顺着声音奔去，发现一级上边坡已经倒塌，坡面凹下去一个大坑，原有的钢筋混凝土骨架已经完全悬空。那一次非常危险，他需要留在已经滑塌的边坡附近，观察二级边坡是否会继续滑塌，同时清理滑到路肩上的泥水。他直到天黑回家时才发现，自己已经被大雨浇得透湿。

除了这种极端情况，如果赶上哪天运气不好，下大雨却没带雨具，他只能抱着脑袋找涵洞躲雨，经常是饿着肚子躲上大半天，还是回不了家。

她

她和他的工作一样。只是当他从那摞砖头爬上来、往西北出发的时候，她的方向总在东南。

长年的风吹日晒，让她跟他一样，晒了一身黝黑的皮肤，吹出一脸沧桑的皱纹。也因为长年的辛苦劳作，让她跟他一样，练了一把精瘦的骨头和一颗坚韧的心。她穿上工作制服、拿着扫把在路上挥舞的身影，让人很难分得出性别。

当然，她也有女性柔软的一面。她爱笑，哪怕是面对来自远方的陌生客人，她不仅会露出最温暖的笑容，还会伸出粗糙却很有力的双手，让人能立刻感受到主人的热情。

家徒四壁，她却常常很大方。家里有好吃的，她就叫来养护站里的年轻人一起分享。最可口的要属那些亲手制作的糍粑，马上就会被一帮姑娘小伙分个精光。

看着眼前的年轻朋友，她也会聊着聊着就走了神，想起她刚满 18 岁的大儿子。就在辛卯兔年的大年初四，当达旆屯的邻居还沉醉在阖家团圆的幸福中时，她刚刚成年的儿子却永远离开了这个早已一贫如洗的家。

失去一个正值壮年的男孩，给一个南方农村的贫困家庭带来的伤害，简直巨大得不可想象。在儿子过世一年多以后，她嘴上虽说"离开是迟早的事"，唇角却在拼命地忍住那不由自主地颤抖。

农村的医疗条件差，没有条件做完备的孕期检查，她总觉得儿子是在娘胎里的时候，就已经患上了先天性心脏病。一个还没过百天的婴儿，就已经被专家确诊："无法手术，只能过一天算一天"。听到"判决"之后，她经常抱着发病的儿子哭着睡去，含泪醒来。

眼泪不能解决任何实际问题。尤其在儿子不满 10 岁的那些年，不到几天就要发一次烧，去不起城里的大医院，只能到附近的乡镇医院里输液。他们是那里的常客，几乎所有的医生护士都认识。

频繁地看病买药，很快拖垮了这个本就清贫的家。为继续治疗，18 年里她四处找亲戚朋友借钱，经常是借了还，还了借，再借再还。借得几个亲戚都不敢再开门，只有孩子的大舅还在不断地接济他们。看病到底花了多少钱？太多了，多到她根本算不清。

他和她，守望相助

对他俩而言，过去 18 年的每一天都过得异常艰苦。如果没有彼此间共同守望、相互扶持的力量，这个家早已土崩瓦解。

养护工的收入非常微薄。要看病，要养家，还要照顾年幼的女儿，一家人持续着艰苦而贫寒的生活。单位领导体恤他们，特意让夫妻俩守着家门口这段高速公路不离开，还经常派人送来些柴米油盐之类的生活品。

他们不仅不甘于受人恩惠，反而更加积极地面对工作、生活。

他们不善言辞，但一提起日常工作之一——除草，他们就能用夹着浓重乡音的普通话，争先恐后、滔滔不绝地说上好久：广西日照充足、雨水丰富，路边杂草极易生长。尤其在夏天，前一天刚割过的草，第二天就能蹿出新苗。夫妻俩被"逼"的想出了绝招——斩草除根，用锄头把一棵棵的杂草连根拔起。拔草的工作看似复杂、耽误功夫，却拉长了杂草再次露头的时间距离。

在这条路上，他们俩还是出了名的"工作狂"。甚至有一年，为了提高工作效率，已经捉襟见肘的两口子，竟然自己花钱买了一台割草机。

门前的高速公路，已经成为这家人生活中非常重要的一部分。他俩与这条路，相守了3000多个日日夜夜。从2005年高速公路建设开工，夫妻俩就是当时的筑路工人；到2007年建成通车，他们又应征成为养护工人。

路肩下面那高高的一摞砖头，是他们每天工作的起点和终点，记录了他们每天生活的开始和结束。现在他每天最大的幸福，莫过于当他踏着夕阳的余晖回家时，能远远地望见从另一头归来的妻子。

对于未来，夫妻俩还有一个他们觉得挺"奢侈"的梦想：当他们颐养天年的时候，家里能有八九万元的积蓄，女儿能上得起一所像样的大学。

他们是韦有捌和覃美芳，是全国50万公路养护大军中两个再普通不过的名字。

原刊于《中国公路》2014年第4期

作品评析

以情取胜的力作

杜迈驰

2016年2月19日，中共中央总书记习近平在京主持召开党的新闻舆论工作座谈会时要求，新闻工作者要俯下身、沉下心，察实情、说实话、动真情，努力推出有思想、有温度、有品质的作品。察实情、说实话、动真情，对于通讯写作何尝不是如此？

一篇优秀通讯作品，需要多种因素支撑，包括主题鲜明、选材典型、情节感人、细节生动、气氛烘托、构思巧妙、议论抒情适当、语言优美，等等。2013年获得第二十四届中国新闻奖通讯特别奖的新华社长篇通讯《"三北"造林记》，以雄奇的构思、充沛的情感、多变的手法、飞扬的文采，写出了一部改造环境的史诗、一部顽强生存的史诗、一部心灵成长的史诗。2014年《吉林日报》获得第二十五届中国新闻奖一等奖通讯《一水激活万水流——吉林省"河湖连通"工程走笔》，站位高远，思考深入，气势恢宏，形象展示真实具体、生动感人。我认为，一篇描写人物的优秀通讯作品以情感人，首先要感动作者、打动自己。《他向左，她向右》就是以情取胜的成功尝试。

《中国公路》杂志社在《第五届全国交通运输优秀新闻作品通讯类推荐表》上介绍记者采访经过时这么说：当我到故事主人公韦有捌、覃美芳破败不堪的小家采访时，"刚才还笑容满面的我立即热泪盈眶起来——刚刚失去了他们18岁的大儿子。很难想象，这个刚刚还在微笑的人，竟然内心藏有如此巨大的苦楚。我本不愿深挖他们的痛楚，但总觉得这种化悲痛为力量的行为不可能没有出处"，于是记者便"狠心"继续采访。

这篇作品采访扎实，现场情景交融，场面、人物细节刻画生动，细节感人，以情取胜。通过平铺直叙的影像记录，再现了老年丧子的养路工夫妇选择努力工作、回报行业给他们的关注和帮助，再现了公路人的铺路石精神。

以情取胜，作者用了大量的反差对比手法。

——写他的工作：身体瘦小，扛的扫把比身板更长，且到了"知天命"的年龄，但是，他每天背着水壶、带上小药，用长满老茧的手吃力地攀爬路肩，在寒风酷暑中清理路面垃圾，除掉路边丛生杂草，在来回8公里的公路上一天至少往返3次。

——写她的工作：一脸沧桑的皱纹，一身黝黑的皮肤，一把精瘦的骨头。但是，一旦她穿上工作制服、拿着扫把在路上挥舞时，"让人很难分得出性别"。

——写他俩的工作：过去18年的每一天都过得异常艰苦，但是，养起路来成了“出了名的‘工作狂’”。生活捉襟见肘，“竟然自己花钱买了一台割草机”；他把踏着夕阳的余晖回家、远远地望见从另一头归来的妻子当作“每天最大的幸福”。

——写丧子之痛：大年初四，“当达喻屯的邻居还沉醉在阖家团圆的幸福中时，她刚刚成年的儿子却永远离开了这个早已一贫如洗的家”。

以情取胜，作者用了不少感人的情节和细节。导语中作者“握住他们粗糙却很有力的大手，听着他们卑微而真实的梦想”的追忆，第一部分关于他遇到大雨导致边坡倒塌的记叙，第二部分关于她回忆儿子过世一年多后“唇角却在拼命地忍住那不由自主地颤抖”的细节描写，等等，足以震撼读者心灵。

以情取胜，作者按照“这种化悲痛为力量的行为不可能没有出处”的思路进行挖掘。作者最终发现，单位领导体恤他们，特意让他们养护家门口一段高速公路，经常派人送来些柴米油盐之类的生活品。他们“不甘于受人恩惠，反而更加积极地面对工作、生活”。为何18年他们四处找亲戚朋友借钱为儿子治病、这个一贫如洗的家还能支撑起来？作者发现的答案是：“彼此间共同守望、相互扶持的力量”。

此外，通讯的大标题、小标题别具一格，俏皮精致，无疑增加了作品的分量。

（作者系中国交通报社原总编辑、中国交通报刊协会副会长）

二等奖

滚落大石砸穿挡风玻璃伤了司机左臂

天豹客车司机杨杰带伤将44名乘客送至安全地带

梅宁生　吕金蓉

9月2日00:34分，宁夏天豹客运五分公司驾驶员杨杰驾驶宁A·86877从银川发往广元客运班车，行驶至秦岭隧道口时，山上落石击碎前挡风玻璃，击中杨杰的左臂，玻璃碎片还划伤左眉。杨杰强忍着疼痛将车开出约10公里的安全地带后才换副驾驶员驾车，保证了车上44名乘客的生命安全。在乘客心中，他就是“最美司机”。

驾车安全行驶百万公里

9月4日15时，在中国人民医院解放军第五医院，杨杰刚做完检查躺在病床上休息。记者看到，他的左臂打着石膏，脖子上挂着绷带，左眉处仍然留有结痂后的血块。见有人到访，杨杰立即起身给大家让座。记者了解到，他虽然只有35岁，但已有17年驾龄。在宁夏天豹公司工作的8年时间里，先后驾驶过银川到郑州、济南、湖南常德等地的长途客车，仅在宁夏天豹公司担任长途客车司机以来，行驶里程数超过百万公里，却不曾发生过一起交通安全事故。即便雨雪天路况较差，杨杰也能轻松处理。

穿越隧道遭滚石“袭击”

在病床上，杨杰回忆着事发经过。9月1日14时，他和副驾驶员马建国、票员赵家康以及44名乘客，从银川火车站出发前往四川广元地区，全程约1100公里，20个小时的车程。按照长途客车安全行驶规定，司机每4小时一换班，到了22时许，杨杰换了马建国第二班驾驶这趟前往广元的长途卧铺客车，过了午夜到9月2日零时，杨杰驾车一路穿行在秦岭地区，00:34分当车行驶在京昆高速正要从阳沙1号隧道穿出去到秦岭服务区停车休息时，突然从山体落下的滚石砸碎前挡风玻璃，重重地砸在了杨杰左胳膊上，鲜血立马往出涌，同时碎裂的玻璃还划伤了他的左眉处。“当时石头速度太快，只觉眼前一黑，胳膊一阵麻木，但头脑还是清醒的。”杨杰告诉记者：“我当时第一反应就是乘客的安全，必须要把他们送到安全的地方。”

托着受伤的手臂开出10公里

很快，杨杰感受到钻心的疼痛，咬着牙把左胳膊搭在方向盘上靠右手转动方向盘掌握平衡，“如果不掌握好平衡，车会向右摆，很容易出事。而且刚出隧道不远，只有两车道，停车会与后方车辆发生碰撞。”最终，杨杰忍着疼痛开出约10公里到一宽阔安全的地方，这才停车换上了副驾驶员马建国，2日凌晨1点多到达秦岭服务区后，拨打当地120对左臂做了简单处理，6点又从秦岭服务区出发临近中午将44名乘客安全送到广元汽车站，这才到陕西户县医院拍片，被诊断为左臂粉碎性骨折，当地医生要求住院治疗，但杨杰只打了石膏便同客车于3日下午一起返回银川住进医院。

事发时，跟车的票员赵家康和其他乘客一样正熟睡着，突然听着“咚”的一声，听见杨杰大喊“胳膊有些麻”，赵家康赶紧跑到杨杰跟前，看到他左侧胳膊上的肉被砸落的石头刮掉了一大块，依稀能看见软组织，“血流的，吓人呢”。赵家康告诉记者，他这才看到前挡风玻璃被砸碎，车体前方的天窗也被砸烂，车体前面满是碎片，还有碎裂的四块如同烧水壶般大的石头。车内的乘客也为杨杰捏了一把汗，直到他忍着疼开了10多分钟才到安全的地方停车换了司机。赵家康说：“我和一车乘客都非常敬佩杨杰！”

中国人民解放军第五医院神经外科副主任医师马志国博士说，杨杰经过复查确定为左前臂粉碎性骨折，但前臂软组织损伤严重，需要避开伤口做手术。“杨杰要是当时不能忍受疼痛，车很容易失去平衡向右倾斜，后果不堪设想。”

原刊于《宁夏交通》2014 年 9 月 12 日 3 版

入海堪比上天难

沉管隧道建设用上了航天科技

米金升　任明朝　陈向阳

7 月 18 日，广东珠海的中交港珠澳大桥岛隧工程项目部调度中心，大屏幕上的台风预报图清楚显示，我国南方 41 年来最强台风“威马逊”已经登陆海口，这意味着这一超级台风将不会“光临”正在紧张建设中的港珠澳大桥工地。

悬着的心还没放下，另一个消息传来，菲律宾以东洋面生成了新的台风“麦德姆”，这会不会影响港珠澳大桥建设中一个月以来最好的窗口期?

这两个信息是国家海洋环境预报中心为港珠澳大桥岛隧工程提供的专项预报。

在世界上独一无二的超级工厂里，制作一个个长 180 米、重约 8 万吨，尺寸类似于一幢 60 层楼房的巨大混凝土沉管，然后把它运输到施工海域，安装到精心准备的海底基槽中，一节节对接起来，形成一个海底隧道，专业术语叫沉管隧道。这便成为当今世界上土木工程界最难的工程之一——港珠澳大桥岛隧工程。

大家都知道，卫星发射需要天气“窗口”，这里也需要“窗口”。一个 8 万吨庞然大物在大海中长距离浮运，并在海底 40 多米的指定位置进行精确安装，将会受到千变万化的风、浪、流等多种因素的影响。因此就要选择一个风平浪静、海流舒缓的时间段，这就是“窗口期”。综合考虑天气、海浪、海流复杂性以及工程建设本身的各种约束，一个月中只有两个窗口期。

16 日至 20 日期间，国家海洋环境预报中心一直在不断分析台风“威马逊”及“麦德姆”的发展态势以及对施工区的影响，经过对海浪、海流情况进行的分析和预测，中国交建总工程师、中交港珠澳大桥岛隧工程项目部总经理林鸣和他的团队确定了20日和22日两个对接窗口时间。

找准这个窗口期花了3个多月。

国家级预测机构专门为港珠澳大桥岛隧工程建设提供专项预报，虽然已经接近两年，但这次预报对国家海洋环境预报中心来说也是一个前所未有的挑战。即便参与过“雪龙号”和“蛟龙号”项目，国家海洋环境预报中心现场预报员孙虎林仍然认为，为港珠澳大桥第11节沉管安装提供预测是他参与的难度最大的项目。

海底暗流带来的新挑战

为了给沉管安装提供充足的准备时间，海洋环境预报中心需要提前10～15天提供海面气象预报。然而，7日以上的天气预报准确性相对较低。在西方发达国家，7日以上天气预报的精确度也要大打折扣。同在深海，“蛟龙号”气象预报只需要提前3天。

两年前，国家海洋环境预报中心为中交港珠澳大桥岛隧工程项目部派出专项组，在北京设有一个研究工作组，在项目部设立一个现场工作组。针对整个施工范围内的气象、波浪、海流进行观测与分析。专项组一方面通过详细的观测积累基础数据，另一方面通过建立综合模型来实现精确预报。

据中交港珠澳大桥岛隧工程项目部副总经理、设计总负责人刘晓东介绍，来自于风云卫星基础数据和现场观测的数据输入到远在北京的超级计算机，做出预测后，再和来自现场的实际数据对比，用来优化预报模型，并不断校验模型的可靠性。只有这样，才能确定沉管浮运安装的最佳时段。这要求几乎和卫星发射一样。

2013年5月，港珠澳大桥沉管隧道成功安装第一节沉管。国家海洋环境预报中心功不可没。在根据此前模型预测提供的窗口，到2014年3月，港珠澳大桥由浅入深成功完成了10节沉管。第10节沉管最深处在43米处。“窗口期”预报越来越成熟，安装作业越来越规范。

或许这只是挑战的开始。在第10节沉管安装之后，项目部意识到，海流对安装有意料之外的影响。

为什么？其机理是什么？

沉管安装一般都是几十个小时连续高强度作战，谁也不能休息。安装成功之后，大家都会补个觉。第10节沉管安装完成后，林鸣和他的团队睡不着了。4次专题讨论会，10多次对沉管安装的所有细节进行排查。项目决策团队都在思考一个问题：对这样一个全新的超级工程，认识上是否还存在盲点？

港珠澳大桥工程投资超过700亿元，近6公里的沉管隧道由33节沉管在海底次第对接而成，是整个工程的核心，任何一节沉管出了问题，都会对工程建设产生致命的影响、对工程120年的使用寿命产生致命影响。而且，这项伟大的工程，在实际范围内可以借鉴的东西少之又少。全世界100多条沉管，超过40米水深的很少，深水安装长度超过2公里的更少。港珠澳大桥沉管隧道槽深30米左右，这在全世界还是第一次；深水安装的长度超过3公里，在全世界也是第一次。

就像过电影一样，每个人都在不断地思考，每个人又都未能找到答案，压力逐渐集中到了林鸣身上，他要为整个团队找到方向。这位在桥梁建设界经历无数大风大浪并且在港珠澳大桥岛隧工程建设前三年经历多次重大技术闯关的宿将，也感受到了前所未有的煎熬，他一遍又一遍地“过电影”，还是没有找到解决问题的办法。

长时间专注于这一问题，对他的身心健康产生了影响。刘晓东发现，开会或者听工作汇报时，经常感觉到林鸣会走神；身边的人看到林鸣憔悴了许多，也觉得他一段时间变得急躁起来。林鸣后来也意识到，必须从中跳出来，于是他开始强迫自己干一件毫不相干的事情，每天学一段时间英语。

有一天，有人提到，在2012年对珠江口主航道海流流速进行测量的时候曾经发现过一个反常现象：一组测量数据显示沉管安装基槽里的海流流速大于正常流速。当时以为这是一个测量误差。

林鸣马上决定，对沉管基槽中的海流做进一步分析。

刘晓东说，海流的一般规律是，水面下三分之一处的流速最大，越接近海底越小。按照这一规律，沉管能否安装是根据水面下三分之一处的流速来决定。如果海流过大，对付一个8万吨的大家伙，施工装备可能会拉不动、稳不住、停不了。因此，海流流速也是国家海洋预报中心专项预报的核心内容之一。

沿着这一个线索的研究找到了突破口。刘晓东说，港珠澳大桥沉管隧道是世界上一个大规模的深埋沉管隧道，水深有10多米，然后在海床上挖出一个最深达30米的深槽，沉管就要埋在这个深槽里。分析发现，第10节沉管隧道安装时，水下40米处的流速要远远大于水下10米处。这个深槽中的海流不符合一般规律。

这一奇特的现象突破了专家们的传统认知，“从来没遇到过这种现象，常理难以解释”，孙虎林说。

不符合规律的海流，专业术语叫紊流。国内外对紊流的研究均属空白。

国家海洋环境预报中心必须要把基槽中的紊流研究明白，并做出精确预报。中交港珠澳大桥岛隧工程项目部副总经理尹海卿做了个比喻，比如北京举办奥运会，就要对8月份的天气进行分析预报，这是一个大范围相对模糊的预报；另外在开幕式之前，就要对这一天下午4点到晚上的几个小时内，鸟巢上空的气象做出精确预测。港珠澳大桥沉管隧道建设也有两个预测系统，一个是施工大范围内海流的预测；另外一个是沉管安装范围内几百平方米海流的精确预测。

一开始，预报组认为这个预报难度太大。在项目部的坚持下，2014年6月，国家海洋环境预报中心再次成立专项组，中心领导牵头，涉及几乎所有的业务部门，全力展开工作，所用计算机1秒钟的计算能力达到了60万亿次。

专项组首先根据现场需求建立预测模型、进行初步预测，然后通过把结果和现场实际测量数据对比，来不断校验、优化模型，直到预测越来越接近实际情况。

尹海卿说，新问题的出现对预测提出了更高的要求，是一个小范围精确预报，这对预报工程来讲，难度很大。针对现场的海流变异，安装沉管既要避开上面流大的时候，也要避开下面流大的时候，尤其是两个管节必须要在水底流速最小的时候才能对接，这就要求既有大的窗口期，又有小的窗口期。

对海洋环境预报中心来讲，也是个全新的任务：好比让一个锻铸刀剑的铁匠制造一个绣花针。加班加点一个多月，项目组有了基本稳定的预报。期间，国家海洋环境预报中心总工等技术专家多次到现场督战。模型确定后，6月29日，13套深槽海流观测仪器自浙江杭州由专车运至观测现场，展开管节基槽内测流工作，以提高对接窗口预报精度。

大块头需要大智慧

对于林鸣来说，难题还没有解决。有了国家海洋环境预报中心的专项支持，自己就有了海流的完整信息，但是，在海流的作用下，8 万吨的沉管从海面沉放到 40 多米海底的过程中，会是怎样的状态？这是个更严重的问题。

整个安装靠缆系控制，就好像吊铅球一样，吊得越高，线就越长，铅球越容易摆动。沉管是靠水面上的安装船的缆吊着缓缓下沉、安装，在海流作用下，沉管会发生摆动，这就要实时监测沉管的姿态，确保安装不能有一丝偏差。

尹海卿说，管子入水之后，怎样运动，速度和加速度是多大，横向摇了还是纵向摆了，摆动频率是多少，这些信息需要实时掌控，摆动大了，就要停下来稳一稳。

掌握这些信息，就要眼睛。

沉管这个大家伙，振动的幅度很小，振动又非常缓慢，专业术语叫低频长周期振动。尹海卿说，一个摆动可能要 100 多秒，一共就摆动了 10 厘米，很难精确测量。清华大学、上海交大等高校的研究所都有高精度的振动测试平台。但是联系了多家科研机构都说干不了。要么是没有技术，要么是没有设备，要么是没有合适的方法。尹海卿也曾联系国家地震检测机构寻求帮助，但是那里的传感器也只能测量 0.07 赫兹的振动。而沉管的摆动频率可能会是 0.01 赫兹。

2014 年 5 月 27 日，北京香山北麓一栋不起眼的小楼里，中航工业北京长城计量测试技术研究所研究员邵新慧接到了电话，港珠澳大桥岛隧工程请求技术支援，检测深海沉管运动姿态。

这个名不见经传的机构，业务却绝对是“高精尖”：为航空航天提供计量测试技术保障与支撑。为土木工程提供技术服务，是不是有点牛刀小试？不过邵新慧觉得心里没底，十余年的工作经验里，都是在做天上的传感测量，从来没有在深水里做过振动测量，更何况这次是水下 40 米。几番思索下，邵新慧决定迎接挑战。

林鸣也赴北京专程拜访中航工业计量所，一番交流后，港珠澳大桥建设面临的技术挑战，也让中航工业计量所感到意外。随后，一个由副所长牵头、骨干成员组成的参与港珠澳大桥专项研究小组成立了。

沉管就像海底的大钟摆，需要精确测量其左右、上下以及倾角方向上的摆幅。深水又导致了沉管运动的超低频特点，如果传感器没有极高的灵敏度，压根不可能测到。邵新慧曾参与某导弹项目，频率精度只需要达到0.1赫兹。

沉管在安装之前要进行几十个小时的准备工作，测量仪器在水中时间长了可能会出现虚假波动，即“零漂”，影响测试结果。

这都要求，要选择灵敏度极高的传感器，才能实现精确测量。

中交港珠澳大桥岛隧工程项目部也抽调水工领域专家组成小组，与中航工业计量所专项组一同钻进了北京的实验室，广泛调研后，对各个厂家的传感器、陀螺等进行验证。经过六七天的实验，终于选出了满足项目需求的设备。国内最先进的微机械陀螺和高速度倾角传感器，以及航空航天导航制导专用设备，共同组成了为港珠澳大桥量身定做的沉管运动姿态实时监测系统。

系统虽已初步成型，但这些设备是否真能测量出深海里的沉管微小运动“姿态”？6月17日，中航工业计量项目组从北京前往珠海，奔赴港珠澳大桥项目，在桂山岛进行实地检验。项目组模拟沉管水下振动，用所选仪器进行深水测量，并与全站仪的测量数据进行比对。实验结果让项目组十分欣慰。

7月6号，包含院士在内的十几位专家在中山开会，最终确定采用中航工业计量的沉管运动姿态实时监测系统。

测量方案尘埃落定，接下来是紧锣密鼓地筹备港珠澳大桥第11节沉管安装测量工作。7月21日，港珠澳大桥岛隧工程第11节沉管安装中，邵新慧测得，沉管横向摆幅在1毫米以内，垂向摆幅在2厘米以内。这一实时监测系统，就像深海中的眼睛，时刻紧盯沉管运动姿态。得益于该系统，一旦沉管摆幅较小时，项目部能够抓准时机进行对接。最终，第11节沉管实现了精确对接。

“能为世纪工程保驾护航，我很荣幸。”邵新慧笑道。对中航工业计量所来说，港珠澳大桥项目是其首次进行深水测量的重大突破，为今后低频长周期的测量提供了宝贵的经验。岛隧工程项目团队终于从近5个月的焦虑、无助中闯关成功。这段压力几乎让人崩溃的日子中，林鸣有了两个额外的小收获：“我明白了为什么陈景润会撞到树上，我也对精神病的形成机理有了一点体会。”

原刊于《交通建设报》2014年7月31日4版

固原:脱贫发展搭上交通快车

杨红岩

街道整齐划一、楼房联排成片,网吧、饭店、诊所、学校穿插其间……8 月 20 日,丝绸之路经济带交通文化之旅“新丝路·大交通”主题采访团进入宁夏回族自治区固原市头营镇圆德村,看到一个颇具现代气息的居民小区。这里的主人是一批来自外乡山区的移民。

固原市发挥交通运输的基础保障作用,大力开展扶贫攻坚,使许多贫困群众过上了像圆德村村民一样的生活,也为彻底摆脱地区性贫困探索出了一条新路。

古丝路重镇要摘贫困帽

“左控五原,右带兰会……据八郡之肩背,绾三镇之要膂”,固原是古丝绸之路东段北道重镇,有着穿越千年的辉煌历史。但是,这里地处黄土高原丘陵、山区,“川大口小,风多雨少,十年九旱”。时至今日,固原所辖 5 县(区)仍然都属国家级贫困县,被列入六盘山集中连片特困地区,尚有 50.1 万贫困人口,占到辖区农业人口的 50%。

不让贫困地区在小康路上掉队。交通运输部作为六盘山集中连片特困地区的牵头联系单位,出台了《六盘山集中连片特困地区交通建设扶贫规划(2011～2020 年)》,明确把固原市的 5 个县(区)的交通扶贫攻坚整体纳入其中。其中,西吉被列为六盘山区交通扶贫攻坚试点县,目前各项示范试点工作正在按计划推进。

在各方面力量的支持下,固原启动了新一轮 315 个贫困村整村推进扶贫开发工作,采取包括危房改造为主的基础扶贫、产业扶贫以及移民搬迁和产业扶贫相结合扶贫等多种扶贫方式。

移民新村开启新生活

做好扶贫开发工作，交通运输要下“先手棋”。固原市交通运输局公路科科长蒙彦智告诉记者：“建设移民新村，我们的路要提前建设；布局特色产业，我们的路要提前修达。”

圆德村扶贫开发的成功就是一个例证。这个移民新村共有528户、2300多人，两年前，全部由市内7个乡镇的山区贫困村搬迁而来。

“原来的村子没路缺水，种田要看老天爷脸色，遇到干旱的年份，光种不收。搬到这里好了，村里通有公路，种菜不愁卖。”在圆德村村口，一位名叫张福德的老人说，他们一家6口人，两年前从炭山乡举家搬到了这里。

“许多山区贫困村里，也就分散居住着几户甚至10几户人家，按照现在的标准，往山里修1公里农村公路，政府至少需要补贴四五十万元。”蒙彦智介绍，固原市一年财政收入也就13亿元，往这些村子都修通公路，财政难以承受，所以，移民搬迁、集中居住、交通运输配套服务比较切合实际。

如今，在圆德村，迁移过来的村民不仅分到了房子，每户还分到一个蔬菜大棚。居住地集中，蔬菜基地也形成规模，一条穿村而过的公路就解决了村民出行和蔬菜外运的问题。

圆德村党支部书记丁鹏飞也是从炭山乡搬迁而来。他说，村里去年人均年收入达到了4350元，其中，种植蔬菜的收入占了大头。

近几年，固原市加快农村公路建设步伐，平均每年新建、改建1000公里，为扶贫攻坚和移民搬迁等民生工程的实施奠定了扎实基础。

加速“内联外通”攻克地区性贫困

8月21日，采访团一行前往西吉、隆德两县采访时看到，沿途山峦纵横，数不清翻过几座山拐了多少弯。而途经路线正是两县对外的主要运输通道。

目前，固原市各区县已经形成各具特色的产业。西吉县通过打造闽宁产业园，准备到2020年引进50家以上入园企业，目前入园企业已有13家，已建成投产8家，在建项目5个。隆德县则通过招商引资，建成了占地5600亩的隆德县常鲜花卉果蔬专业合作社。

在西吉县闽宁产业园里，宁夏国圣食品有限公司是最早入驻并投产的一家食品企业。该公司总经理严涵伟表示，目前，他们的配送物流成本占整个产品成本的5%，这比同类产品的成本要高出2个百分点，如果往外运输的公路通道得到改善，每年光物流成本至少就能节省100万元。

这种期待很快就能实现。目前，国道309线固原至西吉段一级公路和省道202线西吉至毛家沟一级公路正在加快建设。西吉县交通运输局总工程师窦新伟介绍，两条公路预计分别于2016年和2015年建成通车。从地图上可以看到，以西吉为中心，两条公路犹如展开的两条臂膀，南接青兰高速公路，东连福银高速公路，一旦打通将使西吉县融入快速交通网中，产业发展的交通制约问题就可得到破解。内联外通的交通网，有力助推固原攻克地区性贫困。

原刊于《中国交通报》2014年8月25日1版

纵横路网释放“引擎”效应

——北疆公路建设促区域经济发展

范永伟　古丽米娜·艾力哈孜

7月中旬,从乌尔禾通往阿勒泰的高速公路建设已近尾声,油黑的路面在阳光下闪亮。

乌阿高速经过兵团十师北屯工业物流园区,说起这条路,年轻的园区管委会副主任苏建江兴奋之情溢于言表:“高速公路从2011年开工建设起,就对园区的招商引资起到了极大的促进作用,尤其是这两年,我们的招商引资进入了前所未有的高速发展时期,今年截至目前,已经引进企业14家,协议到位资金15亿元。”

因路受益的不仅是北屯。7月10日至17日,记者跟随自治区交通运输厅组织的北疆公路建设采访团一路前行,从伊犁到塔城,从克拉玛依到阿勒泰;从城市到乡村,从企业到农户;所到之处,处处都有因路而生的变化,因路而制的规划,因路而绘的图画……密织的公路网,不仅连接起一座座城市与村庄,承载着来来往往的物流与人流,更激发了区域经济发展的活力与动力。

高速公路铺就企业发展快车道

克拉玛依至塔城的高速公路即将于8月底建成交工,对于塔城阿凡提物流有限公司总经理张成立来说,这是一个绝对的利好消息。

以往,每到大雪纷飞的季节,张成立的心情就格外沉重。进出塔城的省道201线上著名的魔鬼路段玛依塔斯,每年冬天都会因风雪灾害困住大量的车辆、人员。今年春节期间,这一路段连续四天半的交通管制,更是让张成立内心纠结:绕行的话,要多走200多公里路,企业8辆货车,每辆多出400元油费,成本激增承受不起；不绕路的话，货不能按时到，客户就要投诉，企业信誉又会受影响。

全长218公里的克塔高速通车后，不仅能够使通行时间缩短两个小时，而且，这条路在建设中采取了多项技术措施应对风雪灾害，如无极端恶劣天气，不会长时间交通管制。对此，张成立由衷地感到高兴："只有物畅其流，我的企业才能发展壮大。"

高速公路被称为推动经济发展的"强劲引擎"。引擎的拉动作用，在资源富集的和布克赛尔蒙古自治县体现得尤为明显。

该县副县长唐江告诉记者：和布克赛尔境内煤、盐、石油、天然气等矿产资源非常丰富，要将资源优势转化为经济优势，交通运输的基础性作用非常重要。过去，和布克赛尔境内不通高速，来来往往的车辆大都挤在国道217线上，这条路比较窄，路况差，交通事故频发。道路因素成为影响群众出行及制约企业竞争力提升的瓶颈。

2011年开工的乌尔禾至阿勒泰高速公路从和布克赛尔境内穿过，并将于今年8月交工。唐江说："这是全县人民盼了多年的大喜事，它对带动县域经济发展的作用不可估量。"

位于和布克赛尔蒙古自治县和什托洛盖镇的徐矿集团新疆赛尔能源有限公司副总经理何高翔告诉记者，集团年生产能力300多万吨，其中200多万吨产品都要走这条路，每年还有300多万吨的物资设备也要从这里通过。从和什托洛盖镇到克拉玛依，150多公里的路，走老路要3个小时，高速公路通车后时间会缩短一半，大大降低了企业成本，提高了竞争力。

也正是因为这条路，直接促成了徐矿集团一项重大决策的出炉。从高速公路修建伊始，徐矿集团就联合江苏省属四家骨干企业共同出资组建苏新能源和丰有限公司，计划分三期，投资1040亿元，在距乌阿高速仅一公里的和丰工业园区建设160亿立方米煤制天然气、2600万吨煤矿项目。这是江苏和新疆两省区能源战略合作及产业援疆的大手笔。目前，年产40亿立方米煤制天然气的一期工程进展顺利，可提供就业岗位8000个。

北屯工业物流园区建设之初的规划是占地33平方公里，乌阿高速公路与园区形成两个连接通道，让园区有了扩展的雄心，苏建江说："我们正在修订规划，计划将园区面积扩大到47平方公里，依托乌阿高速公路，以及奎北铁路等大动脉，我们要建设区域的物流集散中心和进出口加工基地。”

大农业搭上道路建设顺风车

最近一段时间，46岁的袁树和每次回到自家小院，总会情不自禁地向墙外眺望，在他家院墙后边，新修的乌阿高速公路笔直地延伸到远方。

袁树和是福海县人，做野鱼批发、零售生意。他说，以前从福海到乌鲁木齐走国道217线需要六七个小时，高速公路通车后，只要四五个小时就能到乌鲁木齐，不仅有利于鱼的保鲜，而且会为乌伦古湖带来更多的游客，他的野鱼销量肯定会更好。为此，赶在道路通车前，他在自家小院里新建了占地40多平方米的冷库，可以一次保鲜和储藏野鱼15到20吨。

如今的北疆大地，一条条纵横交错的公路不仅带动了二、三产业的发展，也促进了大农业的提质，为农副产品转化为商品创造了条件，为农民从传统农业向以市场为导向的高附加值农业转变创造了条件。

福海县不仅是新疆知名的冷水鱼产区、阿勒泰大尾羊的原产地，还有打瓜、食葵、油葵等将近60万亩的经济作物，优质、丰富的农牧渔业产品，以及原字号产品的深加工都对运输提出了要求。

采访中，福海县副县长李智勇告诉记者一件事，2004年内蒙古企业草原兴发曾经落户福海，因为交通运输条件的制约，仅仅待了两年就撤走了。与之形成鲜明对比的是，随着乌阿高速公路的建设，这几年一些“农”字号企业纷纷落户福海工业园区。2013年，新疆新粮油脂有限责任公司油葵油脂生产加工项目正式落户福海。今年年初，新疆福润德投资集团公司注资3000万元，在福海成立了“福海天润农业有限公司”，投资建设牛羊繁育、养殖及屠宰精深加工项目。这些项目的落地开花对于福海县农牧业经济的发展，农业产业结构的调整，农牧民的增收所起的作用不言而喻。

不仅仅是高速公路，农村公路的建设同样也带来畅通富民的好消息。去年，从霍城县三道河乡到清水河镇长20公里的三级农村公路动工。截至目前，虽然还有两三公里才能全线贯通，但车辆已经可以在修好的道路上运行了。

三道河乡乡长姜永成告诉记者，三道河乡距霍城县的交通枢纽、经济中心清水河镇只有20多公里路，但过去因为道路只有4米宽，狭窄破旧，通行条件差，老百姓被迫绕道县城往清水河去，多花钱还浪费时间。这条路修了以后，公交车15分钟一趟，20分钟就能到清水河镇，百姓出行方便了，客商来得也多了，玉米的价格由去年的每公斤1.5元提高到了1.7元。

三道河乡塔尔吉村党支部书记兼村委会主任马翠兰每天忙完村里的事后，最要紧的活儿就是伺候自家的20多头育肥牛，她说，路通了以后，准备把养牛的规模提升到70~80头，“路好了，就不愁没有客商来收购”。

路景一体为旅游经济加油

7月的那拉提草原满目青翠。一条新修的公路被小草鲜花簇拥着在绿色的海洋里穿行，与大自然的美景融为一体。这是一条集农村公路与景区公路为一体的生态旅游路。

按照中共中央政治局委员、自治区党委书记张春贤提出的“素面朝天，还其自然”总要求，伊犁哈萨克自治州与自治区交通运输厅在伊犁河谷率先投资建设那拉提景区盘龙松—乌孙古墓公路。这条路全长26公里，原来是附近牧民转场的牧道，破坏严重。项目于2012年10月开工建设，去年9月30日全线路面贯通，目前正在进行绿化及安保附属设施的施工，计划于今年8月底交工。

项目执行办副主任李建军告诉记者，这条路在建设过程中坚守“绿色交通”的理念，采取客土喷播、木方格移植草皮等多种技术措施，使草地生态系统得到恢复，并把道路建设对生态的影响控制到最小，实现了人与自然的和谐统一。

今年75岁的苏里坦拜·木哈别克老人一家在那拉提景区从事旅游经营近20年。“以前的路很不好走，骑马到山下8公里的距离要走一天，夏天都不敢把做好的奶酪拿到山下去卖，怕变质。”眼见着这条路修好了，苏里坦拜的心情也越来越好，现在往山下去，开车半个小时就能到，路通了以后，游客会来得更多，他准备再建一个漂亮的毡房，扩大经营规模。

像苏里坦拜一样，盘龙松—乌孙古墓道路通车后沿线将有6个村的300户牧民受益。

与那拉提一样，同为5A级的喀纳斯景区一条公路也在紧锣密鼓地施工中。这条路通往美丽的图瓦人村落——禾木。工程项目指挥长徐献军告诉记者，铁尔沙汗至禾木公路养护及生态恢复工程是喀纳斯湖区旅游公路的支线工程，全长约 49 公里，计划于今年 10 月通车。建设者们克服了地形复杂、气候严寒等种种困难，立志要把这条路打造成为全国景区精品工程、示范工程。

布尔津县禾木乡副乡长宁继东告诉记者，全乡总共 848 户，2646 口人，主要从事旅游业，这条路对于带动当地旅游经济发展和老百姓增收意义重大。

牧民米拉提·木合塔尔汗和卡玛尔夫妇从事旅游经营已有 15 年，这两年虽然由于修路，游客数量缩水。然而，他们却并不为此感到担心，反而对未来充满期待。夫妇俩计划把所有房间重新装修一遍，加盖厨房和餐厅。“因为路好了，来的游客会比以前更多。”

喀纳斯景区管委会副主任张永柱则告诉记者，乘着修路期间游客少，现在要做的事就是对乱搭乱建开刀，从今年 4 月至今，已拆除与禾木古村落原生态风貌不符的违章建筑一万多平方米。路通了之后，要把原汁原味的禾木呈现给世界。

原刊于《新疆交通运输报道》2014 年 8 月 15 日第 15 期

“苦辣酸甜”历久弥坚

——记漳州台商投资区交通综合执法大队

薛荣泰

“吱——砰！”一阵剧烈的刹车声和一声巨大的碰撞声撕破了夜的宁静。一辆红色的重型货车狠狠地撞在了一辆轻型交通执法车上，当即，执法车右前方凹下去一大块，右挡风玻璃碴四处飞溅，车身被货车带着推行了几米后才缓缓停下。所幸有惊无险，执法人员迅速从车上下来，在其他执法人员的配合下，制止住了肇事驾驶员的下一步疯狂行动。

这一幕发生在 2014 年 10 月 15 日凌晨 3 点；地点：漳州台商投资区 324 国道。

站在长长的刹车痕旁边，看着惊险的现场，漳州台商投资区交通综合执法大队大队长杨山水长长地出了一口气，“太危险了，上百吨的大车啊，就这样撞上去，幸好躲闪得快，不然后果不堪设想。”事后，经检测，该车超限率超过 80%。驾驶员暴力抗法，等待他的也将是法律的严惩。

在 324 国道所辖的 16 公里征途上，杨山水和他的队员们抛洒无数的汗水，也曾默默留下过泪水，抗住了这样一个又一个惊险，数不尽的苦辣和道不完的酸甜，历练着这群交通汉子誓死保卫国道畅通、保卫国家和人民财产安全的信念与意志！

历“苦”弥坚

漳州台商投资区交通综合执法大队成立于 2012 年 9 月，肩负着 324 国道台商投资区境内 16 公里路段的交通综合执法重任。

16 公里路段说短也长。它是漳州通往经济特区厦门、泉州的咽喉路段，日均通行车辆高达4.7万辆！由于利益驱动，这些上路运输的货车“十载九超”，而且超限率均在80%以上。

“人员少、年纪大、工作量多、经费缺、危险大，这是我们这里治超工作的现状。”杨山水为此操碎了心。队里7个人，每人每天要看住2.3公里将近7000辆的车流量，任务量极大；此外，大队和投资区运管所是两块牌子一套人马，7个人同时还肩负着运管所的管理与服务重任。让人唏嘘的是，这是一支平均年龄54岁的“老黄牛”队伍。

然而，更让人唏嘘的是，这里不仅超限率高，还治超“人祸”泛滥——“车托”横行。有人做过不完全统计，蹲守在漳州台商投资区辖区各重点路口、路段和执法大队周边的“车托”，用于盯梢的车辆达15部、人数30多人。因此，一起起有预谋、死缠硬盯、干扰阻挠，甚至暴力抗法的专业“车托”事件不断发生；不断制造着治超重重阻力，还威胁着执法人员的生命安全。

面对重重阻力和危险，杨山水和他的队员们没有退缩，反而迎难而上，不惧辛劳，建立起“6+1”“白加黑”的工作机制，白天联手公安交警打击超限，深夜和凌晨出击，周旋“车托”，拦截违法超限车……

迎“辣”而上

当地人说，这里的“车托”多且“辣”，不仅制造治超阻力，还施展各种伎俩，收买拉拢腐蚀执法人员。

“执法的过程，也是和那‘车托’斗智斗勇的过程。”杨山水说，“我们的执法车车头朝外，他们就知道我们要出发了，有时，甚至还召集一些社会上的闲散人员，开车堵在我们执法大队的门口。为了不让这些人得逞，我们干脆故意将车头朝外停放在院子里，可是我们早已在外围布置好了执法队伍，令那些‘车托’措手不及。”据不完全统计，蹲守在辖区各重点路口、路段和执法大队周边用于盯梢的“车托”车辆有15部，“车托”人数达30多人，这些人的主要工作就是紧盯执法动向，阻挠执法车辆上路巡查，掩护超载超限车辆违法通行。

然而，摆脱“车托”盯梢只是充满“辣”味之治超过程中的“微辣”。“执法过程中难免遇到各种的诱惑和威胁。”杨山水告诉记者。

“车托”们常施展各种伎俩，收买拉拢腐蚀执法人员，他们经中间人与交通执法大队沟通，要求大队执法人员给予照顾、通行，每月愿支付 15 万元的好处费供大队人员享用。有的人甚至直接提着 30 万现金找到杨山水，要求对其车队手下留情，而 30 万则是“包月”费用。当金钱利诱遭到拒绝后，“车托”们又常利用夜间拨打骚扰电话进行恐吓、威胁执法人员，甚至尾随跟踪，干扰执法人员的正常生活，企图从精神上压垮领导的治超决心。然而，干扰恐吓、威胁并没有吓退杨山水和他的队员们，反而更加激发了执法人员治超的决心。

当恐吓、威胁感到无果的情况下，“车托”们又施出了最为狠毒的一招，他们从每辆超限货运车辆中提取 3000 元作为风险基金，欲人为制造各种事端。9 月 29 日，30 多名“车托”将数名执法人员和所乘执法车辆从凌晨 2 时 20 多分围堵至 7:30 分许，期间，公安干警出动了警力 16 人依旧调解无果，执法人员被迫弃车搭乘公交车离开。不仅如此，“车托”一面报警，一面还向东南早报、厦门海峡导报等报社爆料，企图制造舆论压力“搞臭”执法人员。

“甚至有人出钱买我的命。”杨山水告诉记者，那段时间他每次回家都是战战兢兢，要绕很远的路甩掉跟踪人员才回到家。

面对层出不穷的“辣”，投资区执法人员没有被呛到。队员老吴风趣地说，“有位伟人说过，不辣不革命，越辣越革命，我们就是这样嘛！”

藏“酸”于心

但是他们毕竟年纪不小了。平均年龄 54 岁，这个数据不仅意味着经验、基础的积累，更是意味着他们都有各自的家庭，父母、妻子、孩子甚至是孙子。老吴今年已经 57 了，提起他刚几个月的孙子总是止不住地露出欢欣的笑容，在他的眼里，没有什么比下班后含饴弄孙更幸福的事情了。但是为了工作，为了职责，队员们毅然决然地把家庭和感情放在了一边，战斗在治超执法的第一线。

杨山水是家里的独男，上有 80 多岁的母亲，下有妻子和女儿。因工作忙，他无法顾家，家里的大小担子都落在妻子身上。今年 3 月的一天，正在治超现场的杨山水突然接到电话：妻子驾车在经浮宫途中，被山上滚下的流石所砸，车坏人伤。杨山水拨打了妻子的电话，仅给妻子说了几句安慰的话，便打电话请朋友前往帮忙处理，朋友埋怨说："你自己怎么不去！"他说，听到这话心里酸酸的。

对家庭的愧疚让"老黄牛"们"心酸"，但是工作上不被理解的冤屈更让他们"酸痛"。

今年10月6日凌晨3时40分许，在辖区良兴超市路段的执法过程中，一名超限车辆驾驶员用匕首威胁执法人员，未果后反手捅伤了自己，执法人员制止了他的行为并帮他处理伤口。谁料该驾驶员事后向媒体举报，说执法人员用匕首捅伤了他。一时间，社会上各种猜测、质疑、诘难纷至沓来，甚至有人说是因为索贿不成、分赃不均大打出手。

"执法文明条例要求我们在执法时必须骂不还口、打不还手。匕首向我们刺来的时候也只能躲闪，尽量保护自己，我们也没有像公安那样强制执行的权力，只能向公安求助，只能靠执法记录仪的记录来证明我们的清白。"杨山水说，遇到这样的事情，他们都是默默承受着。

居"甜"思远

不过，让杨山水和他的队员们感到欣慰的是，经过不懈努力，辖区的治超工作初结"甜果"：运输车辆的超限率大幅度回落，即使有超限行为，超限率也控制在5%之下，抗法冲关的行为开始减少，道路安全和通畅也得到了有效保障。

在漳州台商投资区建设局局长陈溪南眼里，这是一支很放心，也是很难得的队伍。2013年以来，辖区各公路主干线没有发生因超载酿成的交通运输安全事故，行业管理实现了零责任事故，"治超"工作力度、成效位居全市第一，执法业务工作走在福建省前列。2013年，这个大队被福建省交通综合行政执法总队评为"优秀大队"。

更可喜的是，"治超"工作的深入开展，使这里的运价开始合理回归。现在，从漳浦至泉州南安水头运载方石的车辆，运价由原来的每吨65元，调整为95元，调价幅度达48%；运载瓷土的车辆每吨也相应调高15元。运费的合理回归，让运输企业获得了治超的好处。许多驾驶员说，这样的治超管理好，不仅有利润，还免得因超限违纪违法被罚款，行车还不安全。

对此，杨山水他们也感欣慰。“324 国道治超任重道远，我们的工作还不能松懈。”面对 324 国道上滚滚车流，杨山水用充满血丝的眼睛看着他的队员——已经准备好下一个通宵巡查的队伍。

原刊于《福建交通》2014 年 11 月第 11 期

漫步海底的年轻人

杨　文

2014 年 1 月 25 日 09:00 时，靠泊在深圳赤湾码头的中国首艘饱和潜水工作母船“深潜号”上，在高压环境暴露生活了 380 小时的胡建、管猛、董猛、谭辉、罗小明、李洪健 6 名饱和潜水员完成减压依序出舱，安全返回工作母船。潜水员身体状况良好，这意味着中国首次 300 米饱和潜水作业取得圆满成功。此次饱和潜水作业中，潜水员完成我国首次 300 米海底出钟巡回潜水作业，作业深度达到 313.5 米，刷新此前 198 米的纪录，标志着我国海上大深度饱和潜水作业能力实现了历史性突破，深潜水作业能力进入国际先进行列，对我国应急抢险打捞、深海开发、海洋国防建设具有重大意义。

“规范”铸就成功

2014 年 1 月 9 日，在国人的期盼中，6 名饱和潜水员进入 300 米饱和潜水设备生活舱内开始加压，正式吹响了向 300 米深海进军的号角。作为此次 300 米饱和潜水项目的领队，胡建内心却格外平静。尽管是一名 80 后，胡建却是饱和潜水“老人”。早在 2006 年，胡建跟随金锋等前辈们，实现了中国饱和潜水作业“零”的突破，潜水深度至 103.5 米，安全完成番禺油田油管更换作业。2007 年，在新西江、新文昌油田，参与了水下膨胀弯测量以及部分管道的清管工作。2013 年，参与了崖城二期饱和潜水和文昌 110 米卡箍安装表面深潜水等工程。除饱和潜水作业外，胡建还参与了许多氦氧表面潜水作业和空气潜水作业，如福建“布拉里”轮抢险打捞、“曙星 1”轮清航解体打捞、“鑫川 8”轮沉船水下探摸及抽油等工程，积累了丰富的潜水作业经验。

自 2000 年 7 月就职于上海打捞局工程船队潜水队以来，胡建担任过潜水员、副潜水长、潜水长、潜水队团支部书记，现任潜水队副队长。作为一名共产党员，胡建事事冲在前面，以身作则，兢兢业业，脚踏实地完成潜水作业任务的同时，不断挑战自我，充分体现着“特别能吃苦，特别能战斗，特别能奉献”的打捞作风。胡建曾获得“上海市优秀青年突击队员”“全国交通行业青年岗位能手”“潜水英雄”“新长征突击手”和“救捞系统救捞勇士”等荣誉。在此次300米饱和潜水项目准备过程中，胡建主动请愿参加，并积极参与作业计划、作业流程、应急方案和加压方案的探讨和制订，并在作业中发挥了引领作用。在经历了那么多次饱和深潜作业后，在经过前期精心准备和试验后，胡建对此次深潜作业心里有谱，无论是103.5米还是198米，或者此次的300米，潜水员进入钟内、深入海底就是按“规范”（水面指令）行事，“规范”地生活，“规范”地出钟作业。

我会好好干的

管猛是6名潜水员中唯一一名具有本科学历的潜水员，但却没有一点学生般文弱气质。他吃苦耐劳，勇于拼搏，经过这几年的实践积累和锻炼，充分发挥学习能力强、悟性高的优势，迅速成长为潜水作业骨干。

大学毕业后，管猛于2009年12月毅然决然投身救捞事业从事潜水专业，于2010年8月顺利从广州潜水学校毕业并取得空气、混合气、饱和潜水证书，随后立即投身工程施工中，先后参与了“世纪之光”抽油工程、番禺单点锚链修复饱和潜水工程、西江饱和潜水工程、崖城饱和潜水工程、“曙星1号”轮爆破打捞工程。曾经担任黄岩安装膨胀弯饱和潜水工程进舱饱和潜水员、南通大学航海研究所200米饱和潜水模拟试验的生命支持员等，这些经历让他的饱和潜水技术和心理素质得到了锻炼。

作为一名预备党员，管猛在工作中秉承以“诚心”待人、以“诚恳”感人、以“诚实”做人的原则，听从指挥，吃苦耐劳，脚踏实地，在青年潜水员中树立了先锋模范带头作用。此次300米饱和潜水项目，管猛积极报名参加，并通过层层选拔，从40多位报名潜水员中，脱颖而出，成为6名作业潜水员中的一员。他无比喜悦地说：“我会好好干的，请前辈们放心”，他是这样说的也是这样做的。

董猛"猛"于虎

作为第一钟的成员，媒体戏称的"一胡二猛"中的一"猛"——董猛是有那么一股敢于拼搏的"猛"劲。1986年出生的董猛选择投身于自己喜爱的潜水事业，于2005年就职于上海打捞局工程船队潜水队，并取得空气、混合气、饱和潜水证书。从2007年初参与"银锄"轮打捞工程开始，2008年参与涠洲电缆敷设工程，2009年参与"绥中36-1"油田膨胀弯安装工程，至2011年参与崖城13-1平台表面深潜水项目，董猛都凭着这股"猛"劲，虚心向前辈们学习，不断克服困难，积极申请多下水实战，逐步成长为一名掌握丰富潜水技巧和作业技能的优秀潜水员。在崖城13-1平台表面深潜水工程中，由于工作量大，工期紧张，董猛主动申请进行氦氧深潜水作业，领队问董猛，潜70米的深度紧不紧张，董猛说："我不会紧张的，我就是在等氦氧深潜水作业的机会，请放心，保证完成任务。"实践证明他任务完成的非常好。

经过8年多潜水作业经验的积累，董猛又把眼光投向行业标杆的饱和潜水。2012年，他参与了崖城二期膨胀弯安装饱和潜水作业，这是他第一次参加饱和时间长达28天的工程。董猛克服了工作量大、施工标准高、工期紧、工艺难度大等诸多困难，保持高昂的工作热情、发扬顽强的拼搏精神，与全体人员一起完成了任务。此次300米饱和潜水项目，董猛又"猛"了一回，踊跃报名并被选中。成为进舱潜水员后，他一边继续锻炼身体，把身体保持在能够挑战深海300米的最佳状态，一边向饱和潜水前辈们学习，进一步提升自身的饱和潜水技能。

我爱上这种感觉

谭辉是湖南人，1985年出生的他于2007年就职于上海打捞局工程船队福建办事处，现担任潜水员(中级)。2013年1月，他参加上海打捞局饱和潜水培训并获得证书。从2009年起，谭辉参加了打捞、海工、抢险救助等各类工程。在施工过程中，他胆大心细，不畏艰险，努力钻研，短短4年就成长为一名具备优秀潜水专业技术的潜水员。在2012年平潭"达飞"轮救助打捞工程中，潜水监督安排谭辉检查沉船链锯切割状态时，他发现链锯受力很大，经验告诉他有问题，马上报告水面指挥，并立即远离了链锯，就在这时链锯上的销子脱落了，链锯崩开砸了下来，如果晚十秒离开，就有被砸中的危险。第二天链锯接好后，要再下水检查，接到任务后，谭辉二话不说就再次下水，潜水监督对他竖起了大拇指说："想要成为一名优秀的潜水员，必须要像你这样胆大心细。"文昌15-1平台氦氧潜水深度达117m，谭辉听到后热血沸腾主动要求参加，因为这是国内氦氧潜水深度新纪录。在这个项目中，谭辉被安排下水割除阳极块，谁知在割除过程中割刀氧气被堵塞，差点出现意外，在潜水作业时间还剩1分钟时，阳极块才完成割除。"我爱上了这种感觉"，每次完成水下作业任务时，这种胜利的喜悦让他很有成就感。

2013年在取得饱和潜水证书后，谭辉又开始在饱和潜水领域挑战自己的深潜纪录：198m。这次300米饱和潜水作业，当谭辉下潜到了313.5米的国内最深纪录时，他挥舞着手中的五星红旗，热泪盈眶，他应该在说："我爱上了这种感觉。"

年轻就是财富

1987年出生的罗小明是6个潜水员中年纪最小的一个，年纪虽小但阅历却很丰富。罗小明2006年广州潜校毕业后，先后在哈尔滨市天宝焊接技术研究所、深圳德瑞水下工程有限公司、中交四航局、广州德忆水下工程有限公司、深圳德威胜水下工程有限公司担任潜水员，于2012年就职于上海打捞局工程船队福建办事处任潜水员（中级）。丰富的阅历让罗小明获得了多面的专业能力和经验，他2008年获得水下目视检测一级证书和水下超声波测厚证书；2011年，取得水下无损检测人员二级证书；2012年，同谭辉等一起参加上海打捞局饱和潜水培训并获得证书。罗小明对潜水专业技术潜心专研、虚心好学，吃苦耐劳、任劳任怨，重活险活抢在先，脏活累活不避讳，有很强的团队精神，他以其良好的个人素质和专业技术得到业主和同事的一致好评。在进入上海打捞局工作的几年里，罗小明迅速在工程施工中发挥作用，单点锚链更换、立管安装、油管更换、阳极块焊接、平台检测等作业，都留下了他的身影。凭着年轻气盛和积极肯学，罗小明在获得饱和潜水证书后，抱着"别人做不到，我能做到；别人做得到，我做得更好"的态度，积极投入饱和潜水事业中，并参与了番禺崖城103米饱和潜水项目。此次300米饱和潜水的顺利完成，对罗小明来说，再次站上了新的起跑线。

军人的力量

1978年出生的李洪建是6名潜水员中年纪最长的一位，1996年开始先后就职于海军北海防救大队、青岛太平洋海洋工程有限公司、天津南江水下工程有限公司担任潜水员，2007年就职于上海打捞局工程船队潜水队，取得了空气、混合气、饱和潜水证书，现在担任潜水长。李洪健先后参加了“大舜”轮、“银锄”轮、“金玫瑰”轮、“中昌118”轮、“奥圣65”轮、“布拉里”轮、“曙星1号”轮等重大打捞工程；“海洋石油981”推进器安装；多次参加表面氦氧深潜水作业；6次参加饱和潜水作业。作为一名退役军人，他始终保持着军人严谨的作风和严格服从命令听从指挥的优良传统。作为一名党员，李洪建充分展现了特别能吃苦、特别能战斗、特别能奉献的打捞精神，始终冲在第一线，面对难题毫不退缩，起到了先锋模范作用。他曾获得“英雄救捞中队先进个人”“优秀士兵”“局十大杰出青年”等荣誉，在军队服役期间，李洪建就以见义勇为、关键时刻挺身而出的精神鼓舞着身边的战友。在此次300米饱和潜水作业任务中，尽管李洪建平时沉默寡言，但是他身上散发着一股力量，一股军人的力量，正是这股力量，时刻鼓舞着潜钟里的每一位年轻人，使大家团结一致，共同面对挑战、排除万难，顺利完成深潜任务。

精诚团结，勇攀潜水高峰

就是这么6位深潜勇士，拥有着不凡的阅历，凝结着相同的期盼和热情，怀揣着征服深海的共同梦想，聚集在这长11米、宽3.8米、高3.5米的生活舱里，如兄弟、如战友、更如勇士般，共同等待着即将叩开的若魔幻般神奇的深海海底。2014年1月9日下午，在沈灏局长的一声令下，生活舱舱门缓缓关闭，工作人员向生活舱注入氦氧混合气体，开始加压，由此中国首次深海300米饱和潜水作业正式开始。对于深潜勇士们来说，这是他们熟悉的生活舱，更是他们征服海洋的主战场。尽管这里的一举一动都被关注着，连如厕、洗澡都要报告按指令操作，味觉变得迟钝，食物被挤压黏在牙上让人难受，呼吸更困难，动下手脚都很费劲,睡觉不能关灯,声音像鸭子叫……这些困难在深潜勇士们面前都不算什么,攀登世界潜水高峰才是他们的梦想。他们在潜水施工生涯中,都经历过类似、甚至更恶劣的环境。

2014年1月12日零点,潜水钟载着胡建、管猛、董猛3人组成的第一钟与饱和舱分离向深海下潜挺进,00:50,胡建第一个出潜。2:22,管猛出潜。3:33,董猛出潜,下潜巡回深度313.5米。7:25,谭辉、罗小明、李洪健等3人组成第二钟下潜;8:39和8:58,谭辉和罗小明相续出潜。10:54,李洪健出潜,把鲜艳的五星红旗深深地插入了313.5米的深海。12:46,圆满完成作业任务的第二钟安全返回甲板居住舱对接完毕。我国首次300米饱和潜水海底出潜作业任务圆满完成。2014年1月25日9:00,6名深潜勇士完成减压安全出舱,沈灏局长宣布:中国首次300米饱和潜水作业取得圆满成功!

我国首次300米饱和潜水作业的成功,离不开6位深潜勇士的"甘于奉献、敢于拼搏",离不开在深潜勇士们身后的指挥和保障团队:水面指挥管理人员、生命支持保障人员、设备保障人员、操作人员等。更离不开各级领导的支持和关怀。在这个团队共同努力下,从技术、设备、人员等各方面精心准备,通过严密组织实施,顺利完成此次深潜作业。

6位深潜勇士,不负众望,圆满完成深潜任务。他们将如飞天英雄般,被载入史册,与他们一起载进史册的,还有他们的英雄事迹,以及被一代又一代救捞人所传承的上海打捞精神:捞得起来,干得最好!

原刊于《中国救捞》2014年1月第1期

国省干线公路的“突围”之道

——公益性基础设施建设如何“向改革要红利”

吴 敏 胡 旭

今年一季度，安徽国省干线公路建设投资同比增长374%，同期全社会固定资产投资同比增幅为19.4%。国省干线建设既是稳增长的亮点，也是惠民生的力举。

国省干线公路是重要的公益性基础设施，与沿线地区密切关联、高度融合，对经济社会发展具有突出的基础性、先导性作用。但是，在“贷款修路、收费还贷”模式退出历史舞台后，国省干道建设曾一度停滞不前。2011年年底，安徽一级公路通车里程仅有627公里。

这也是全国性的困境。“希望安徽能在国省干线建设上闯出一条新路来”，交通运输部领导曾提出这样的期许。

如何“突围”？唯有改革。2012年起，安徽推进国省干线建设和投融资体制改革，确立“省市共建，以市为主”的建设模式。改革红利的释放立竿见影：到2013年年底，全省一级公路通车就达到2280公里，两年增长2.64倍，被交通运输部列为唯一的国省干线建设“试示省”。

与国省干线一样，公益性基础设施如何构建持续性的投入和发展机制是一道普遍性难题。从这一角度看，安徽国省干线建设体制和投融资模式改革的有益探索，提供了颇具借鉴意义的向改革要红利的“样本”。

从“要我修路”到“我要修路”：2013年，全省国省干线建设完成投资380亿元，相当于此前7年投资总和的1.34倍

【启示】 “省市共建，以市为主”模式，顺应了“区域性公共服务作为地方事权”的改革方向，探索了“明晰事权责任—向下放权—资源下沉”的路径，调动

了各地的积极性。

镜头一：天长“路更长”

“两年前，只要一上网，我这个交通局长就有一种在火上烤的感觉。”4 月下旬，站在新建的 312 省道天长至釜山一级公路边，天长市交通局长黄浩感慨万千。

尽管是全省经济强县，但因为地理位置特殊，天长一直是全公路网末梢。一直到 2012 年，境内的国省干线几乎全是二级公路，而且经济较发达，物流量大，路面破损也较严重，与邻省差距更是鲜明，网上一片“吐槽”声。

2012 年下半年，“省市共建，以市为主”新模式确立后，天长市率先响应。该市财政每年安排 1000 万元交通建设专项资金，在全省所有县区中率先成立交通投融资平台，注册资本 5 亿元。2013 年，国省干线建设投资超过 10 亿元，在建工程里程超过 200 公里。如今，黄浩的底气足了：与邻省交界的道路规格已经超过对方，网上“点赞”的人也多了。

2012 年，安徽国省干线建设经历了“柳暗花明”的转折。在此之前，每年 30 亿~50 亿元的投资规模已经持续多年。改革后，投资规模“应声而涨”，当年完成投资 96.4 亿元，2013 年完成 380 亿元，在建项目总里程达 5453 公里。

“国省干线公路建设能够走出困境，关键在于实现了‘两个转变’：修路由部门行为变成了政府行为，由行业行为变成社会行为，这是根本性的理念转变。”安徽省交通运输厅厅长梅劲说：“国省道公路是社会公共产品，应当由公共财政来提供。”

“省市共建，以市为主”的新模式，也顺应了改革大势，体现了十八届三中全会《决定》中提出的“区域性公共服务作为地方事权”原则。但改革探索过程颇为曲折。

安徽省公路局副局长孙东根介绍，我省国省干线公路建设体制改革过程大致经历了“三步走”：从交通公路部门“贷款修路、收费还贷”到“省市县共建”，再到“省市共建，以市为主”的新模式。2008 年年底，成品价格和税费改革以及取消政府还贷二级公路收费政策之后，公路部门融资能力逐渐丧失，由公路部门作为主体的建设模式走到尽头。

2010 年，安徽省政府出台《加快交通运输基础设施建设的意见》，提出“国省干线公路实行省市县共建”,建设资金由省市县三级政府共同筹集,但建设主体责任仍然由公路部门承担。由于“条”“块”事权责任不清晰,投资无法保障,到2012年上半年,国省干线建设几近“断炊”。

在这一背景下,2012年4月,安徽出台《关于进一步完善投融资政策促进普通公路持续健康发展实施意见》,提出“普通公路是重要的社会公共产品”,明确“市、县政府为干线公路建设责任主体”。随即,省政府接连在7月份召开座谈会、8月份召开专题会议、10月份召开现场会,部署国省干线建设和投融资体制改革,正式确立了国省干线“省市共建,以市为主”的建设模式。同时,明确支持各设区市成立交通投融资平台,负责国省干线建设的投融资,将“以市为主”的建设责任落到实处。

相应地,安徽省政府也强化了支出责任:“十二五”后3年,省级财政预算每年安排15亿元,同时从中央代发地方债中每年安排30亿元,与中央车购税给我省转移支付的钱,一起作为资本金注入各市的交通投融资平台,在加大投入的同时推进建设资源“下沉”。

向下放权,始终是激发活力的利器。改革后,国省干线建设项目的前期工作审批权限也下放至各市,各市上报的项目,只要前期进展快、手续完备,即可优先安排进入全省项目“大盘子”并优先落实中央、省两级补助资金,调动了各市“我要修路”的内生动力。

“以前是给钱就干,不给钱就不干,经常是上面催着干、赶着干。”滁州市交通运输局局长王义成对新模式带来的新变化有着直接的体会:“现在是不等不靠,创造条件也要干。”正是在这一机制激励下,地方财力并不突出的滁州市,2013年国省干线公路建设开工率位列全省第一,投资完成率位列全省第三,当年超额完成投资近20亿元,是年初计划的近两倍。

改革推进中,部分市将“以市为主”变成“以县为主”。部分像天长市这样财力有保障、修路动力强的县,主动迈出“以县为主”的步伐。

但是,在孙东根看来,市及市以下的建设资金,原则上应当由市一级实行统筹。市一级可以集中有限资金、集中优质资源,放大融资能力,控制融资风险。县一级政府掌控的资源过于分散,很多县并不具备融资和建设能力。提供基本公共服务是政府的责任,明晰事权的改革探索中也须防止“责任下卸”的偏向。

从“收费还贷”到“平台融资”:18个市(县)交投公司注册资本超440亿元,撬动的建设项目投资规模超过1300亿元。

【启示】 国有资本加大对公益性企业的投入,须走好整合资源、放大效应的路子,这也是铁路、保障房建设等创新投融资体制机制的重要方向。

镜头二:从1亿到100亿

一直到“十一五”末,作为省会城市,合肥市境内的一级公路通车里程仅有42公里。合肥市交通运输局局长方正杰说,改革前,某些年份合肥市国省干道建设投资只有1亿多元。2012年,合肥启动建设总长155公里的环巢湖旅游大道和8条连接合肥经济圈其他市县的国省干线建设,总里程达496.5公里,总投资223亿元。2013年完成80亿元,今年预计完成投资超过100亿元。

从1亿元到100亿元的跨越,离不开一个关键的角色——合肥市交通投资控股有限公司。该公司隶属于合肥市政府,总资产86.51亿元,净资产53.93亿元,对合肥市国省干线公路建设资金需求进行“兜底”。2013年,该公司的融资规模接近50亿元,有效满足当年的建设资金需求。

2008年底,养路费、二级公路收费相继取消后,“收费还贷”公路建设模式走到尽头,国省干线公路回归了公益属性,其建设投资将由公共财政来“埋单”。

“理论上来说,车购税修路,燃油税养路。”合肥市交通运输局副局长黄永宏这样告诉记者。但目前中央车购税每年转移支付到我省的规模在40亿元左右,而一公里一级公路建设成本在2500万元左右,这笔钱仅够修100多公里一级公路。

这一局面下,支持各设区市设立交投公司,就成为我省国省干线建设体制改革的关键一招棋。在清理政府性融资平台的大背景下,迈出这一步需要很大的决策勇气。但降低政策风险、金融风险的唯一路径就是将融资平台做实。根据制度设计,省政府将中央车购税补助资金、省财政预算资金和地方债资金作为各市的交投公司的注册资本金,3年累计投入225亿元。同时要求各市拿出部分商住用地和经营性国有资产注入交投公司。

根据这一制度设计,各市广泛整合与交通运输行业相关的经营性国有资产来做实交投公司,芜湖市都将加油加气站、公路户外广告、工程性采砂、汽车租赁、旅游集散中心的经营权注入交投公司,马鞍山市还将港口岸线的有偿使用权赋予交投公司,蚌埠市将公路沿线服务区经营权注入交投公司,等等。

这些原本分散的经营性国有资产,在交投公司的平台上发挥了"聚沙成塔"的作用:至今年2月,全省18个市(县)交投公司注册资累计达441.95亿元,实收资本累计336.9亿元,2013年累计融资97.83亿元。随着平台融资的杠杆效应的发挥,目前全省在建的国省干线公路项目总投资规模达1307亿元,到2013年底已经完成投资502亿元。

着眼长远,我省国省干线在路网总里程中占比不到一成,未来建设任务更重、资金需求量更大。如何持续做大做强交投公司,探索吸引社会资本,持续提升融资能力、防控债务风险,仍是待解的难题。

做实做强交投公司,顺应了十八届三中全会《决定》中关于"国有资本加大公益性企业的投入,在提供公共服务方面做出更大贡献"的改革部署。当前,这种有益的改革探索具有更加直接"外溢"效应。

国务院已经明确把中西部地区铁路建设作为投资重点,今年我省就有6条铁路开工建设,今后还将构建以地方投资为主的城际铁路网,投资量达数千亿。如何创新铁路投融资体制机制?国省干线建设提供了可资借鉴的方案。保障房建设也提出了数百亿融资需求,国省干线的改革路子同样具有样本意义。

从"通道功能"到"开发功能":23公里八车道国道的"方向"

【启示】 新型城镇化为国省干线及其他社会公共产品提供了发展红利,但必须守住均等化、普惠性底线。

镜头三:滁宁第二快速通道

104国道的滁州城区至来安县汊河经济开发区段改造工程全长超过23公里,全部采用双向八车道标准建设。八车道公路造价每公里可达到7000万元。为了筹措资金,来安县政府不惜拿出500亩土地,委托滁州市交投公司为其融资建设。

这一项目在滁州国省干线建设项目中地位重要,连接滁州市承接产业转移示范区、苏滁现代产业园、汊河新区和南京高新区,建成后将使滁州城区至南京高新区的车程缩短至半小时以内,是滁州至南京间的第二条快速通道。当地希望以这条路引导产业资源线状辐射,打造滁宁产业带。

该路段建设项目办主任吴海清是一位公路技术专家。他说,以前公路部门修路时,主要侧重通道功能,会从外围绕开城镇和人口密集地区。现在地方政府修路,优先考虑开发功能,将原先国省道线路走向调整为从城镇密集地区穿过,旨在串珠成线,支撑沿线地区城镇化发展。

城镇化正是我省国省干线建设快速升温的深层次动因。

国省干线"省市共建,以市为主"模式确立后,修路决策权下放,建设资源下沉,各市纷纷将国省干线作为支撑城镇化的"利器"。合肥市明确提出围绕"一圈(合肥经济圈)一湖(环巢湖)一园(新桥机场空港产业区)"建设道路,服务该市推进大湖名城建设和合肥经济圈一体化发展战略。阜阳市在全省各市中较早打通市区与各县的一级公路,希望扩大中心城市辐射功能,拉长城镇化水平不高的"短板"。

这一发展红利还将持续释放。《国家新型城镇化规划(2014~2020年)》中,将国省干道的功能定位于城市群内部多层次快速交通运输网络的基础,同时也是改善中小城市和小城镇交通条件的重要基础。交通运输部已经明确将国省干线建设作为公路建设的重点。

但是,城镇化"指挥棒"下,国省干线建设必须兼顾全省"一张网"和地方"一本账"。

"目前通车的2280公里一级公路中,其中部分是先期建成的国省干线环城段和城区出口段。"孙东根说,这些路段"贪大求洋"现象值得关注,如果因此占用过多土地资源和建设资金,同样一条路二期、三期建设可能会"遥遥无期"。作为社会公共产品,国省干线的发展也须守住公共服务资源的均等化、普惠性的底线。

从长远来看,国省道整体路网通达能力的全面提升,才会更好促进要素资源流动,更有力地支撑城镇化进程。顺应这一大势,我省正在推进国道网、省道网调整。"升级"后的国省干线路网将更加突出国省干线连通城乡、便捷通行、惠民富民的公益属性。

原刊于《安徽交通运输》2014年第5期

马年,快递“黑马”要奋蹄

——李克强总理春节前慰问快递员工纪实

阴志华

春节前夕的三秦大地,到处洋溢着迎接马年新春到来的喜庆气氛。1月27日这一天,古城西安,大街小巷,人们喜气盈盈地在置办年货。位于西郊肖里村的顺丰速运公司的快递员们,此时则异常忙碌——春节前是一年中的快递旺季,有人通过快递置办年货,有人赶在返乡前把包裹快递回家——快递员的工作比平时更加紧张了,春节的味道在这里最直接的体现就是成千上万的包裹。这些坚守岗位的快递员全然不知,一个巨大的惊喜在等待着大家。

下午两点半过后,中共中央政治局常委、国务院总理李克强来到陕西顺丰速运的分拨现场,为他们带来了党中央、国务院的亲切关怀。一边是最基层的普通快递员工,一边是党和国家领导人,他们之间的距离似乎是那么的遥远,但此时又是如此之近。于是就在这不算宽敞的分拨中心,上演了一出总理和快递员之间的感人故事。

总理当了“快递员”

总理来看望大家了!突然降临的幸福让快递员们一时不敢相信自己的眼睛。刘昭龙,顺丰西安公司员工,25岁,从事快递工作已经4年了。1月27日下午的这个时刻,正在操作台上包装快件的刘昭龙无意中看到几个人走进分拨中心,他们的总经理韩涛正在给其中的一个人介绍着什么,边介绍边向他们这边走过来。他下意识地仔细看了一下,这一看把他着实吓了一跳,来人居然是李克强总理。

“当时我非常惊讶,同时也非常激动。怎么会是总理呢?”在随后接受记者采访时他的心情依然难以平静。刘昭龙告诉记者，当时他甚至有点不敢相信自己的眼睛。他说，平时只在电视中看到过，大家都认识总理，怎么也没有想到总理此时此刻就真真切切地在向他们走来，自己的脑海在片刻已经处于空白状态。

但胆大心细的刘昭龙很快就稳定了自己的心绪："我们一看总理来了，就主动迎了上去，我想抓住这个机会，留下一个美好的记忆。"他告诉总理，公司为春节期间坚守岗位不能回家和亲人团聚的员工家人准备了一份新年礼品，要通过快递的方式寄给他们，他们正在包装这些礼品。他一边跟总理介绍情况，一边拿出手持终端，为总理演示了顺丰快递自主研发的"顺丰速运通"个人快件管理软件。在终端上输入寄件人和收件人信息后，请总理亲自点击"确认"，随后，系统显示发送成功。很快，一份订单就打印出来。看到订单以这么快的速度打印，总理问道："这是我下的订单吗?"得到肯定答复后，总理仔细核对了面单信息，亲手为这个将寄往陕西渭南的包裹贴上了面单。他还叮嘱西安顺丰总经理韩涛一定要按时送到收件人手中。

看到总理来了，其他员工也都纷纷围拢过来，李克强亲切地和快递员工们聊起了家常，了解他们的工作生活情况，收入有多少，都是哪里人，辛苦不辛苦，工作中快乐不快乐。总理说，你们工作很辛苦，要过春节了，你们既是在运送商品，也是在传递亲友心意，给大家送去春节的温暖，把幸福快递到千家万户。今天很高兴当了一次快递员，享受到了快递员的欢乐。看到总理这么平易近人，20 岁的女快递员王培大胆提议，请总理和大家一起合个影，李克强欣然答应。合影时，现场不少人纷纷掏出手机，拍下了一幅幅难忘的画面，总理和大家的欢声笑语弥漫在整个分拨中心。

快递要赶超世界一流水平

网购是我国快递服务得以快速发展的巨大推动力，李克强对此非常关注。在 2013 年 11 月国务院召开的一次有专家和企业家参加的经济形势座谈会上，他还专门向淘宝网创始人马云了解了"双 11"网购促销的详细情况。而来自国家邮政局的数据显示，2013 年"双 11"快递旺季，我国快递服务再创新高，日最高处理量达到 6500 万件，并且没有出现爆仓现象，对此李克强总理也非常满意。在此次考察慰问中,李克强还详细询问了顺丰公司去年“双11”的情况和春节前的业务发展情况。他一再强调,电商和快递是上下游关系,上游电商发展了,下游快递也要跟上。

李克强总理非常支持中国的服务业走出国门,他在去年5月29日举行的第二届京交会暨全球服务论坛北京峰会上致辞时强调,中国将继续支持有实力的服务业企业走出去,积极参与境外服务业建设与发展。在此次考察慰问中,他希望顺丰公司要努力开拓海外市场,还特意强调有关部门要加强和相关国家政府部门的沟通,给中国的公司创造良好的投资条件。顺丰公司副总裁杨峰向总理介绍,顺丰目前拥有14架飞机,已经在美国等7个国家设有运营网点,对此李克强连声说“好”,并鼓励快递企业要瞄准并赶超世界一流企业。他大声问顺丰的干部职工“有没有信心”,大家齐声说“有”。李克强看到顺丰员工黑色的工服、黑色的运输车辆,还了解到顺丰的飞机也是黑色的,就对在场的人说,快递业是中国经济的一匹“黑马”,祝你们在马年快马加鞭、万马奔腾、马到成功!现场的热烈气氛再一次达到了高潮。

国企民企要一视同仁

在考察慰问活动即将结束时,李克强总理专门把陕西省邮政管理局局长李洛郑叫到跟前,简要了解了快递服务的发展情况。李洛郑向总理报告说:“马军胜局长让我代表全国邮政行业的干部职工向您表示感谢和欢迎。”李克强总理则对全行业在国家邮政局的领导下所取得的成绩表示充分肯定。

李洛郑向总理汇报说,最近几年,陕西省的快递服务正在向两端发展:一是向下覆盖。目前全省各县都有快递网点提供服务,甚至一些大的乡镇也有了快递服务网点,快递正在呈现出普惠城乡的服务品质,广大农民群众也能享受网购的快乐了。二是向上升级。邮政管理部门正在引导快递企业走规模化、集约化、专业化的道路,进一步提升服务水平。

同时,邮政体制改革以来,邮政行业发展环境日益改善,民营快递企业得到了快速发展,已经和国有快递企业形成了竞争发展的态势。对此,李克强专门对李洛郑说,你们是邮政管理部门,快递既有国有企业,也有民营企业,不管是国有还是民营,你们都要全力支持,一定要一视同仁,要让这些企业、市场主体都能够快速发展，激发市场活力。李克强要求邮政管理部门要引导快递企业向国际一流企业看齐，中国快递也要培育国际品牌。

考察慰问活动结束时，总理和大家握手告别，并给大家拜年。当总理的车开动时，所有员工大声齐喊："祝总理新年快乐！"这时，总理示意车停下来，探出身子并再次祝福大家新年快乐。现场每个人都流露出依依不舍的表情。

一言一语总关情。短短20多分钟的考察慰问，李克强总理和员工拉家常，和企业负责人聊经营，和邮政管理局负责同志谈行业发展，给快递员工带来了关怀，给快递企业带去了祝福，给行业管理部门提出了希望，言语之间，透露出的是党中央、国务院对快递行业和广大快递从业者的深情厚谊，这种关怀、祝福和希望，必将凝聚成一股强大的力量，不断推动邮政行业科学健康发展。

原刊于《快递》杂志2014年第2期

让牧民走向转场的春天

——伊犁河谷40万头(只)牲畜安全转场纪实

古丽米娜·艾力哈孜

随着天气转暖，积雪融化，果子沟转场牧道也迎来今年首度春季的牲畜转场。伊犁交通人在果子沟风雪一线，经过十多天的突击清雪，确保了果子沟松树头至果子沟口全长28公里的牲畜转场牧道畅通无阻。3月10日起，伊犁河谷1500多户牧民带着他们近40万头(只)牲畜从博尔塔拉蒙古自治州温泉县的远东草场，以徒步的形式安全回到了位于伊犁河谷的春秋草场。

牧民自己的转场牧道就是“好”

3月22日清晨，果子沟牧道松树头起点处正在一片黎明的曙光中迎接到一群“归乡客”，静谧的山谷，早在牧民的吆喝声、牧羊清脆的铃铛声里变得格外热闹。80后牧民叶尔登别克从三台的冬草场赶着自家250只羊一路走来，一边吆喝着，一边哼着哈萨克族民歌，在他的脸上看不出骑马行驶的疲惫，更多的是一种归家的喜悦。

“有属于自己走的路，这个转场能不轻松么?”叶儿登别克反过来问着记者。他说，与去年同期相比，今年心理压力减轻很多了。去年，因为害怕牛羊在高速公路行走途中被撞伤，从出发到目的地，心里一直都很悬。看着牲畜走远，记者提醒他羊群已经走远了，叶儿登别克自信地说：“不会的，就这么一条道走下去，有围栏护着，我还担心什么啊，如果今年继续走在高速公路上，别说是唱歌了，连互相交谈的功夫都没有。”记者看到叶儿登别克的转场装备，发现他身上携带的不仅仅是水壶和太阳镜，而且还有小音箱，看得出来，叶儿登别克更享受转场的过程。“现在有了咱自己的转场牧道，不用为了避开白天，在大半夜出发了，能不让人开心吗？”说起这些，叶儿登别克脸上笑出了一朵菊花。

与叶儿登别克同行的努尔江老人认为自己对转场更有发言权，年近花甲的他告诉记者，从最开始的跋山涉水，风餐露宿，到宽敞的高速公路，努尔江老人在这一生的转场中见证着时代的发展。“从小时候走的山路，到砂砾路，到现在高速公路，转场的路走得越来越舒坦。”去年在赛果高速公路上转场，看到邻居家的牲畜被车轧伤时，努尔江老人的心里开始紧张起来：“这些小东西个头不高，大型车辆有时候也看不到啊，万一碰着了，一年的功夫都白费了。”

去年 11 月，转场牧道的修建完工，让叶儿登别克和努尔江这样的当地牧民不再为牲畜的转场而发愁，专门的牧道让牧民和他们的牲畜直接到达远东草场。“现在我们是真正的享福了。”努尔江老人高兴地对记者说。

“都装完了吗？总共多少只？到三台指挥部那里要登记……”在温泉县的冬牧场，霍城县畜牧局局长库尔哈斯拜·叶儿肯别克正在一户牧民家协调机械化转场，由于今年冬草场积雪比较厚，饲草料紧缺，为此霍城县要求提前打通牧道，便于牧民顺利转场，而对于距离最远的牧民，政府按照每只羊 7 元的比例，来补贴牧民机械化转场的费用。

“对于牛、马等牲畜，因为个头大，机械化转场可能会比较困难，有了牧道后，大部分牧民，他们更喜欢选择牧道。”库尔哈斯拜·叶儿肯别克对记者说。

作为畜牧出生的干部，库尔哈斯拜·叶儿肯别克建议牧民选择牧道来转场。虽说机械化转场很方便快捷，但是由于在春季，正是接羔育幼的季节，很多牲畜生命原本就很脆弱。在机械化转场途中，由于牲畜挤压，产生踩踏，部分牲畜会出现碰伤，尤其是待产的母羊。而转场让牲畜徒步行走中，拥有了更强的生存能力。自从牧道投入使用后，与去年高速公路转场相比，有了明显的区别。

“没修牧道前，人、牲畜和车辆混行于路面，因为惧怕来往车辆，牲畜群走动很慢，从果子沟口到三台牧场需要 11 个小时，自从牧道投入使用，同样的距离，转场时间仅用 8 小时。过去走高速公路转场时，霍城县一年因高速公路转场有近 500 头大小畜死于车祸，在牧道修建之后的第一次转场，没有一头牲畜伤亡，在这次春季转场的半个月时间里，霍城县近 70% 的牲畜已经通过牧道完成转场，截至目前，还没有发生一例事故。”

库尔哈斯拜·叶儿肯别克介绍说，牧道修建的作用绝不仅仅是在春秋两季方便牧民转场那么简单，在每年夏季，夏牧场有300群羊经过果子沟，而每群至少有250~300只羊，对于牧民来说，为了增收，会赶着羊群来回数次的往返于乡镇与夏草场之间，而牧道的修建，除了安全有了保证外，对于牧民开展牲畜经营提供出行保证。

为牲畜安全转场保驾护航

采访中，记者看到，牧道的两旁有一米多高的雪墙，牧道上的积雪早已被清除干净，远远望去，隐约可以看见行走的羊群。据了解，今年是伊犁河谷30年来一次性降雪量最大的一年，远东草场积雪厚度平均为15厘米，积雪的覆盖难以让牲畜吃到天然的牧草，牧民只好购买玉米饲料来喂养，考虑到1500多户牧民的生产成本将要增加，县委县政府要求交通部门第一时间打通牧道，来方便愿意选择徒步转场的牧民。

在今年连续几场大雪中，雪崩、碎石等突发情况，让赛果高速公路一次次地经受着恶劣天气的考验，伊犁交通运输局投入铲车、重型翻斗车、挖掘机等36台除雪设备，以及56名防风雪保畅通人员，及时打通了果子沟口到松树头的转场牧道。据霍城县交通运输局局长马新国介绍，由于和高速公路不同，转场牧道只有一个方向，而且除去与高速公路并行的28公里牧道外，还有15公里牧道是与高速公路不相连的路段，虽说43公里的路段除雪任务并不大，由于沿线有溪水和山石，路又窄，除雪车辆只能在有限的空间作业，加上沿线有34处雪崩，造成了一定的除雪难度，为了保证安全生产，除雪车只能选择间断性作业。“特别是在雪崩路段，铲车都干不成，只有重型机械，履带式挖掘机一爪子、一爪子的铲挖积雪，再装到车上。与高速公路伴行的28公里路我们实行分段抢通。”马新国说。

经过13天的连续作业，3月5日下午，果子沟转场牧道彻底打通，为了保证整个转场时期的安全，霍城县交通运输局分别在牧道全线的果子沟公路分局新二台养护工区、桦木沟、果子沟口等3个关键点安排3台机械，能够及时处理沿线发生雪崩、泥石流和碎石跌落的意外情况，方便牧民和牲畜的顺利转场。

去冬今春，果子沟牧道已经完成了春秋两季转场，担任牧道养护任务的霍城县交通运输局在转场过程中，发现了一系列的问题："如牧道沿山路段防护网做得比较高，使高速公路在冬季抛雪过程中把防护网压坏，而牧道除雪过程中积雪会被堆积到公路上，公路部门在清雪中将含有铁丝的积雪绞进旋抛机里，对机器损害较大，另外山体防护网没有做全，所以山上的碎石跌落到牧道上，而在牧道的清雪中，又将碎石清到高速公路上，这同样对公路部门除雪作业造成一定的隐患。"马新国对记者说。

一直以来，马新国和同事们也在发现、解决、总结问题及探讨对策中一步步加深对于牧道管养的认识："我觉得牧道和 G30 赛果高速公路同样重要，因为 G30 线是伊犁州重要的进出通道，夏季承担 80% 的运力，而在冬季，更是出入伊犁河谷的生命线，如果牧道管养不好，只能导致牲畜又回到高速公路，从而影响高速路的正常运行，所以我们必须将日常养护做到位，在每年的 3、6、9、11 月的四季转场过程中，安排调整好人员和机械，使牧道全年保持畅通，确保伊犁河谷 40 万头（只）牲畜的转场之路越走越顺，越走越平坦。"

牧道将成为哈萨克民俗文化长廊

据说：世上走路最多的是哈萨克人，世上搬家最勤的是哈萨克人，哈萨克人的历史是在迁徙中谱写，哈萨克人的家是在飘游中诞生。转场对哈萨克民族来说是生活中最普通的事，也是最重要的事情，根据季节变化，哈萨克牧民每年进行 4 次大的转场，而在各季，根据牧业生产需要小规模的搬迁则更频繁。

"牧道的修建，不仅给我们牧民转场带来便利，还让我们可以充分利用牧道转场的民俗传统来进一步地挖掘展示哈萨克民族的转场文化，我们也在积极构思如何把牧道作用发挥得更好，把它从风俗习惯角度提升到旅游文化的层面，让牧道转场成为果子沟一道亮丽的风景线，让牧民通过旅游业带来更好的收益。"霍城县委副书记、县长热夏提·木萨江认为牧道的建设，在解决春秋转场之外，也引发县委县政府对牧道新的构思。

作为伊犁的天然门户，果子沟草场有 32 万亩，就霍城县境内就有 540 户牧民，拥有近 15 万头（只）牲畜，在自治区交通运输厅为杜绝赛果高速公路转场给牧民和牲畜带来安全隐患，而投入5700万元资金修建的28公里转场牧道上，今春是当地牧民迎来第二次大规模的转场。

看到走在牧道上浩浩荡荡的转场队伍，记者仿佛看到了哈萨克民族千百年来传承的古老文化的再现。这道果子沟独有而美丽的人文风景，将让过往的游客近距离了解哈萨克民族，近距离感受转场习俗，畅想这里发生的美丽的故事，悠扬的歌曲，纯净的心灵，这幅带着浓郁哈萨克民俗色彩的云杉雪岭水墨画一定会焕发出更加瑰丽迷人的色彩。

原刊于《新疆交通运输报道》2014年3月30日第6期

皖江涌大潮

白昌中

【题记】

长江安徽段,又称“皖江”。这段绵延400余公里的黄金水道,浸润着安徽省内的沿江7市,并使省内资源、劳动力和产业得以与长三角地区紧密对接,承东启西、连南接北,进而在一定程度上盘活了纵深广阔的中部市场。

在这充满希望的皖江两岸土地上,中远人已默默根植多年。这其中,有代表着中远在皖地区集装箱揽货和船代业务的安徽中远国际货运有限公司,有代表着中远在皖地区物流业务及皖江沿岸港口外轮代理及公共代理业务的安徽中远物流有限公司,以及跟随工程物流客户驻扎在此的中远物流京东方项目组,还有常年行船于黄金水道皖江段上的,代表着中远在长江航线上集装箱运输业务的上海泛亚航运有限公司。

这些中远基层单位、中远人,术业有专攻,但呼吸和感受的是同一个市场同一频率的脉动。2014年,长江经济带发展战略的出台,以及4年前国务院正式批复的《皖江城市带承接产业转移示范区规划》,成为安徽省经济发展的两项重大政策利好。如今站在皖江两岸,他们感受到的,仿佛是夹裹着市场机遇的大潮,已按捺不住,正拍岸而来……

【正文】

自称“沾足了政策光”的安徽中货总经理李波,每天除了事务性的工作外,最爱做的就是浏览时政和经济新闻,捕捉与安徽市场有关的政策、市场动向。虽然这句自评中谦虚的成分过大,但仔细看安徽中货近年来的发展脉络,的确与经济政策的大环境高度契合。

2010年,国务院正式批复《皖江城市带承接产业转移示范区规划》,安徽省迎来一波经济上升行情。上一年还挣扎在亏损边缘的安徽中货,当年即实现了箱量翻番。2011年,安徽中货营销业绩同比增长30%,利润达到百万。此后一直至今,他们年年保持主要指标的两位数增长。

而中远在皖的另一项如今已做得风生水起的业务——安徽中远物流京东方项目,也恰是在那个时间点上,随着客户方在安徽省的发展布局而酝酿生成。京东方科技集团股份有限公司与合肥市共同投资设立的一家研发、设计、生产、销售电视、显示器用TFT-LCD显示屏的高科技企业,于2010年10月正式投产。中远物流京东方项目组,自投标、中标、生产线运输,由间接到直接地开始了与安徽经济社会的不解之缘。

当我们今天着眼于这种关联度的时候,并不是淡化这背后一幕幕艰辛创业、顽强拼搏、辛勤付出的场景,我们是惊叹于一个健康的市场经济环境中,每一个参与者的努力,都并非进行着一场零和博弈,而是“各炒一盘菜、共摆一桌席”,一同繁荣着一个和谐的皖江两岸市场,一个双赢、多赢的未来。

【政策风】

在皖江两岸,耕作于此的中远人因业务特点,更多地表现出对经贸环境及交通体系相关政策导向的兴趣。事实上,一直以来,他们确确实实是社会主义市场经济和现代立体综合交通的建设参与者、受益者。

如今,正式上升为国家战略的长江经济带建设的意义已毋庸赘言。而在各省市的实际影响层面,未来更多地将逐步由地方政策、资源、规划准备上和对接上的针对性和实效性拉开差距。从皖江城市带到长江经济带,每一个战略规划都会在安徽细化为地区政策,并直接作用在中远所有在皖企业的发展过程中。

记者日前在安徽省进行的长江经济带专题采访中,看到由安徽省政府发展研究中心主管、主办的月刊《决策》,在今年5月刊上推出的聚焦长江经济带专题里有这么一段描述安徽省与长江经济带渊源及长期准备的话语——“最早的发动,可以追溯到1984年,安徽参与上海经济区。1990年7月,安徽提出‘开放皖江、呼应浦东’,到1995年,出台《安徽长江经济带发展规划纲要》。在2006年,又制定了皖江发展‘十一五’规划。里程碑式的事件在2010年1月,国务院正式批复皖江城市带承接产业转移示范区规划。”

在航运及物流业相关领域,自2009年以来,交通运输部长江航务管理局与安徽省交通运输厅合作共建，与安徽沿长江5市定期协商推进皖江航运的相关措施，以"2+5"的形式逐步形成了"皖江合作模式"。在"皖江合作模式"的强力推进下，长江安徽段航运保持了持续快速、健康发展的良好势头。据统计，2013年安徽省沿江5港共完成货物吞吐量2.96亿吨、集装箱吞吐量42.61万TEU；近两年，安徽沿江共完成水运建设投资50.4亿元，新建成5000吨级以上大型泊位39个，新增吞吐能力4052万吨、3万TEU。目前，皖江航运承载了安徽省近1/3的货运量。

与"皖江合作模式"相衔接的，是江淮运河的规划。江淮运河是安徽省的重点工程，通过新开挖一条纵向河道，将安徽省境内的长江、巢湖、淮河沟通起来。建设一条与京杭大运河平行的运河，不仅是将长江、淮河"二"字形航道变为"工"字形，还将直接影响到安徽、河南乃至江苏传统货物出海的物流模式——长期以来，淮河流域货物出海通道，在航运段一般需要通过京杭大运河绕行江苏才能到达长江。江淮运河一旦通航，相当于把更多地中部腹地由内陆拉近到沿江，不仅在航运上可以重新优化选择、降低成本，以往通过多式联运到达长江和上海的货源，也可以经过新的测算，选择新的物流通道和运输模式。

从这些完成的或者进行着的工作中，我们欣喜地看到，安徽"准备工作"扎实而富有建设性，这也正为中远在皖企业创造了利好的政策环境。从直接作用上看，省内经济的强劲增长为中远在皖地区的货代业务、物流业务、外代业务提供着源源不断的市场机遇；从间接作用上看，一个衔接流畅、体量庞大的经济腹地，在发挥合理配置资源的同时，推动了产业转型升级，像中远物流京东方项目这样的业务，会更加持久、稳定，同时，这样的工程物流市场，也变得更加庞大起来。

【市场力】

政府与企业，政策与市场，谁在亦步亦趋着谁？从中远在皖单位的发展轨迹看，似乎用"相辅相成"更为贴切。

安徽中货在皖最初的揽货机构设置可以被称为"两岸三地"——分布在皖江两岸的合肥、芜湖、安庆的3个揽货网点相互间的车程均为2小时，形成了"营销金三角"。其中，合肥是主要货源生成地，而芜湖和安庆是皖江上的两大重要口岸。公司也由此确立了以合肥为中心，以芜湖港、安庆港为支撑，覆盖安徽全省的营销策略。此后,随着皖江城市带承接产业转移工作的推进,安徽省内经济发展迅猛,安徽中货也根据货源的变化及船代业务的需要,陆续增加了铜陵和蚌埠两个基层网点。

从另外一个方面看,由于业务的快速拓展,安徽中货在省内港航业界也显示出越来越重要的作用。省内大型进出口企业,会以中远的揽货报价和运输时长、服务标准作为衡量标杆。当然,这样做的结果有时使客户更加忠诚,有时也使一些竞争对手以价格战的方式搅局。今年 5 月,上海泛亚航运新开一条"安申线",这条从安庆始发,经铜陵、芜湖后到上海的直达航线,投入 3 条 200TEU 以上的船实行每周双班,既保障了舱位,又保障了船期。各挂靠港口伸出大拇指的同时,竞争对手和公共货代机构都艳羡和叹服不已。

开港、港口升级,安徽中货也照例要作为中远集装箱运输有限公司的下属单位,以船东代表的身份参与各项交流,并从中宣传中远、推介中远集运。随着交往的日趋紧密,业务量的日趋扩大,他们的意见和建议在港口乃至相关管理机构中越来越受到尊重和认真对待。

江淮运河的不断推进,省内包括合肥港在内的新兴港口及芜湖、安庆等传统港口,加大对安徽中货进出口货物的公关力度,希望作为一个新的航运通道形成示范效应,并在不远的将来产生规模效应。

同属中远在皖单位的安徽中远物流,在迅猛发展的安徽经济变革中,开始了以工程物流和现代物流业务为主题的转型。对安徽中远物流总经理刘文辉来说,以京东方项目为代表的工程物流业务,每年能够为安徽中远物流带来稳定的收入,这直接帮助他们有余力在现代物流业中进行市场探索——其中就包括自 2013 年初开始的海铁联运市场的开发和运作。

在上海中远物流有限公司的直接指导和支持下,安徽中远物流副总经理陈诗星于 2013 年初开始着手安排启动海铁联运的调研工作。借着铁路货运体制改革的东风,他们迅速地相继成立了联运代理部、完成员工业务培训,为项目启动做好人员准备。2014 年年初,安徽中远物流全员出动,在首次业务操作前后,积极与合肥北站、船东、报关行等海铁业务相关方进行沟通协调。最终在 3 月,安徽中远物流海铁联运部迎来了首批货物,该批货物于合肥北站装火车后经上海港中转出口。

货物的顺利出口标志着安徽中远物流在海铁联运市场的开发和运作上迈出了坚实的一步。同时，这也预示着，安徽省内产业聚集带来的新兴货源，增加了一个出海通道，这对地方经济的影响力，也将随着业务的持续而更加明显地发挥出来。

【皖江潮】

徽人善贾，从东晋到明清，徽商或根植于当地，或奔走在艰辛的千里经商途中，在华夏大地上扮演着举足轻重的商业角色。在记者采访的这些中远在皖单位中，很多人都并非土生土长的徽人，但他们一样在这个风起云涌的市场中长袖善舞。

今天，当又一轮发展大潮奔涌在皖江时，市场将发挥决定性作用，企业才是真正的主角，而最终演绎这个剧本的，正是这一个个身处其中的企业管理者、业务操作者。当我们如同航拍般俯瞰过中远在皖单位的发展与当地政策、经济发展的内在联系后，必须再回归到开篇时有意绕过的那部分本质上的决定因素——这一个个艰辛创业、智慧经营、顽强拼搏的中远人——正是他们用长期体力和脑力的付出，使得中远在皖业务的版图得以维系和拓展。

当合肥京东方的一位业务负责人用“靠谱”两个字来形容中远物流京东方项目组的时候，我们听到的不仅是对这项已持续近 6 年时间的工程物流服务的高度认可，也仿佛从中看到了中远物流京东方项目部项目经理李旭带领的、由“80 后”年轻人组成的团队，是怎样按捺住对家人的思念，全身心地跟随着项目，在艰苦的一线工作岗位上奉献自己的青春和激情。进而，我们也不难理解，他们如何从操作生产线建设物流项目，逐步拓展到连续中标生产线建成投产后原材料与成品物流项目。

当安徽中货为了减少空箱调运成本，在芜湖、安庆两大皖江口岸力推“重进重出”揽箱目标时，我们在敬佩他们精益成本管理思路的同时，也不难想象出，这一目标从说到再到做到，中间所需要的，是多少次深入生产和消费市场最前沿，对货源情况的熟稔于胸，并真实掌握到比揽箱量多数倍的直客货源的辛勤积累，才能最终在确保船舶准班的同时，于有限的时间里完成揽箱、运输、报关、集港、装船等一系列工作，实现“重进重出”。

2010 年 7 月，安庆遭受百年一遇的大暴雨，整个城市沉浸在一片汪洋之中，安庆中货所在的办公楼也因遭水淹而停电。为了不让各项单证操作受阻,公司员工们把电脑搬到家中坚持办公。就是这样倾尽全力的服务态度和敬业精神,使一个个客户把中远作为第一选择,心甘情愿地为中远集装箱运输业务提供稳定的基础箱源,通江而达海。

在充满竞争的皖江两岸市场中,中远在皖单位一次次携手并肩,充满智慧地创新协同发展之路,无论是最初在合肥京东方首批生产线物流的准备和运输途中,还是今天联合开发出口货物的操作中,抑或是在合作开发合肥到上海的海铁联运业务上,他们竭尽所能捕捉着每一个稍纵即逝的发展契机,收获"双赢""多赢",并逐步变得坚不可摧起来。

……

"大鹏之动,非一羽之轻;骐骥之速,非一足之力"。深耕在安徽这片土地上的这一个个中远基层单位,一个个普通而又执着的中远人,积聚而成的却是一股引人瞩目的力量。如果说长江经济带是如今中国经济最吸引人的话题,中远人在皖江合力舞动的这股茫茫潮水,正冲刷出一片开阔的市场空间,用来书写黄金水道上一段最动人的故事。

原刊于《中国远洋报》2014 年 08 月 01 日第 B01 版

三等奖

海工制造须警惕婴儿肥

杨培举

面对前赴后继的投资冲动，专家纷纷发出应理性投资海工，否则恐将重蹈造船业过度投资之覆辙的警示。那么，这究竟是杞人忧天，还是警钟长鸣？从全国目前投资情况来看，这绝非危言耸听。

千军万马奔海工

当下，在国家把未来发展目光越来越多地投入到广袤海洋的同时，国内正掀起一股投资海工的狂潮。

从地域上来看，自北而南，国内沿海、沿江地区海工基地建设正如火如荼。辽宁、天津、山东、上海、江苏、浙江、福建、广东、广西、湖北、海南等省市争相出台一系列的发展规划，支持海洋工程装备制造业的发展。目前，除上海市外，从山东、浙江、福建、海南等各种地方版规划显示，9 个沿海省(市、自治区)的 2015 年海洋经济产值目标总额已经高达 7.05 万亿元，其中海洋工程装备制造业是很重要的一块。地方政府频频“摇旗呐喊”，使得海洋经济的整体规划迅速膨胀，就连江苏有名的华西村都在大举挺进海工领域。据悉，海洋工程已成为华西村转型升级重点发展的产业，在已投资 25 亿元的基础上，其海工二期投资总额将增至 50 亿元。

有各级政府助阵，企业便有了底气，进军海工便少了很多顾忌。船企方面，包括中船集团、中船重工、中远船务在内的造船央企，熔盛重工、金海湾在内的大型民企均已发力，甚至江浙地区一些规模不大的船企也以联合生产的方式进军海工市场。与此同时，在国家和地方政府的引导下，中石油、中海油和中石化国内三大石油巨头，利用其雄厚的资金优势和项目优势，先后在青岛、大连、曹妃甸等地投资兴建大型海洋工程装备项目。此外，还有一大批来自国外的“淘金者”正将大批资金砸向海洋工程装备制造业，如韩国STX造船项目、大连新加坡万邦集团海工项目、江苏启东新加坡邀拓海工项目等。

另外，其他行业的企业巨头也纷纷涉足海工领域，像三一重工、中国北车以及华彬国际集团等，这些后来者无不豪气干云。据中国北车子公司北车船舶与海洋工程发展有限公司透露，该公司的目标是打造百亿级企业规模。因旗下功能饮料品牌红牛而闻名的华彬国际集团，更是宣称“海工将与红牛并驾齐驱，并在未来三到五年超过红牛”，引外界一时哗然。

面对这种投资海工狂潮，中国船舶工业行业协会会长张广钦几年前在记者采访时就曾发出警示：“海工装备不同于船舶批量生产，其门槛相对高很多，如果船企‘一窝蜂’地涉足这一领域，那么极有可能将海工变成第二个造船业。”但这种警示在投资狂潮面前显得苍白无力，各地海工规划频出，企业进入海工的步伐越走越快。

古人云，以史为鉴，可以知兴替。按说，在造船领域，盲目投资造船给我们带来的教训不可谓不深刻，但为何总是无法抑制盲目投资的冲动？

海工并非避风港

从大环境来剖析，大举进入海工领域是船企转型发展之需。但此种转型多属被动转型，并非主动而为。

现下海工热与当年的造船投资冲动如出一辙，这反映出了中国企业根深蒂固的投机性。企业缺乏长远的战略规划，只是跟着市场感觉走，什么赚钱做什么，实质上这是一种赌徒心态。企业只要手头有多余资金，就会寻找资金增值的快速途径，如过去的股市、楼市、高利贷、稀缺金属、古董、玉石、名贵中草药、顶尖茶叶、艺术品、名贵酒类等，甚至大蒜、生姜、绿豆、猪肉等都有资本进入投机炒作，因此出现了“蒜你狠”“将你军”“豆你玩”“猪你涨”等让人啼笑皆非的关键词。中国大妈炒黄金被套惊动世界并非偶然，举国投机已经成性，不管是国企也好，民企也罢，都在疯狂投机。如此多的企业搞投机，中国的实体经济怎么可能做好？中国制造业怎么可能做大做强？一句话，中国缺乏专注创新的环境，缺乏创新所需要的适宜土壤、气候和水源。

对于业界发出的海工过热和应理性投资的警示，其实很多企业心知肚明，但他们依然勇往直前。或许在这些企业的眼里，眼下没有更好的路可走。船市哀鸿遍野，眼睁睁看着形势一片大好的海工，如不果断介入，以后恐将被越拉越远。从这一点上来看，很多船企进入海工领域，是被这种市场大潮“推”进去的。而对于那些造船之外的“外来入侵者”，则看重的是这一新兴市场的巨大“钱途”。

目前，在国内造船界，船企转型升级成了最热的关键词之一。从产品结构上来看，船市不好，船企在造船领域想取得突破和摆脱困境难度很大，只有拥有深厚技术积淀和雄厚资本的船企方可为之。而那些缺乏技术积淀和资本的中小船企，为生存只好另谋出路，而往其他业务领域转型便成了不得已的选择。如今海工突起，不少船企便慌不择路，不顾风险几何，快速进入。

事实上，讲到船企转型升级，归根结底是如何平衡好企业的专业化与多元化问题。从中外企业的实践来看，既有专业化成功的典型，也有多元化成功的典型。当然，也有两种发展方式均告失败的典型。从20世纪80年代改革开放至今，国内企业屡屡在专业化与多元化之间纠结、徘徊、迷失。这与中国30年的经济发展水平、市场现状和企业的发展方式有很大关系。在20世纪80年代，市场上没有什么竞争，机会多多，做什么都赚钱，所以多元化经营是企业发展的主流。而90年代，随着外企和外资的涌入，市场竞争加剧，一些企业自觉或不自觉地转向专业化经营。到了21世纪初期，随着世界经济的又一波快速发展，尤其是中国因素的影响，市场机会也随之增多，热钱纷纷转向中国，国内很多企业在还没有做深做大专业化以及跨行业经营管理能力的基础上，就匆匆发展多元化，导致行业普遍产生产能过剩现象。但随着2008年全球金融危机的突然爆发和蔓延，很多企业陷入窘境，不少企业甚至遭遇灭顶之灾。从专业与多元化发展轨迹和成功的案例来看，几乎所有成功的企业集团和跨国公司都是以专业化为龙头的。这些企业在主业做到极致后，才会考虑适度多元。反观我们的企业,大多是在主业尚未做到极致或无路可走时才考虑到转型,考虑到多元化。在这种环境下成长的中国船企,无疑会很难摆脱这种思维桎梏,所以很多企业的转型更像是一种变形的投机。

面对“一拥而上”的海工市场,一位船厂的总经理在接受记者采访时的一句话让人印象深刻,他说:“就像股市一样,如果连老大妈都知道这个市场好,还能做么?”

避免过剩——瘦身老路

毫无疑问,对当前急速向海洋挺进的中国而言,亟须对海工装备制造业适当降温,并厘清发展思路。中国挺进海洋方向正确无疑,关键是如何做好各种资源的合理调配,此乃建设海洋强国之根本。

首先,国内业界需要理性看待世界海工热。对于有些媒体宣传的中国海工至少还有50年成长期的论断,业界也应谨慎视之。对此,中国船舶工业行业协会秘书长王锦连指出,“海工装备市场容量是有限的,现在韩国、新加坡都是海工装备的强国,此外还有巴西、挪威和俄罗斯,全球海工装备的生产能力已经不能小看了,甚至出现了产能过剩的苗头”。由于海工产品建造周期长、投资大、风险高,对那些没有足够海工技术和经验的国内船企,即使拿到了订单,如果遭遇市场波动、弃单等其他不测,一个订单足以置企业于万劫不复。再说,海洋经济涵盖的业务领域很广,如果把资金过多地投入到那些低端海工产能而造成重复建设,将是资源浪费,同时也耽误了海洋其他产业的发展。所以,没有足够的实力,企业还是应谨慎进入海工,莫要饮鸩止渴。

其次,遏制地方投资冲动。中国各级政府表现出对海洋经济的空前重视,引燃了各路资本投资海工的热情。工信部发布的《海洋工程装备制造业中长期发展规划》显示,到2015年,中国海工装备制造业国际市场占有率要达到20%,到2020年达到35%;国内海洋油气开发装备关键系统和设备的配套率,到2015年要达到30%以上,2020年则要超过50%。此目标届时能否实现,很多专家对此不以为然,因为中国在船舶配套率上的拙劣表现,让人感觉在短时间内大幅提升海工配套率的设想有点不切实际。另外,日前,国务院决定取消和下放的117项行政审批项目目录公布,其中涉及能源、化工的审批权取消9项,下放7

项。业界人士因此担心，审批权下放给地方政府后，如何约束地方的投资冲动和行为，也是一个问题。目前正值地方政府财力不济，有可能引发地方政府大上项目，而海工目前正是最热的投资领域之一，资金大量流入在所难免。事实上，中国多地已现“投资冲动”，各地竞相制订10%以上的经济增长目标，引发舆论界对通货膨胀卷土重来的担忧。谁敢说中国海工不会重蹈前几年造船投资热的覆辙？至少目前的迹象仍未打消专家的担忧。因此，能否遏制过度投资海工低端产品将对中国海工业的健康发展至关重要。

再次，国家能否利用政策、法律法规、标准、金融等方面的杠杆作用，使行业和企业瘦身，也很关键。从企业层面来看，“爱拼才会赢”的时代已经过去，就像春和集团董事长梁小雷对媒体说的那样：“我始终坚信，中国经济在改革开放车轮的带动下，必然经历‘万金油’和‘专业化’两个阶段。在前一个阶段，只要敢于投资谁都会赚到钱。当市场越来越拥挤的时候，‘万金油’时代终结，平庸者逝去，专业者胜出。每个行业、每个企业皆如此。”毫无疑问，在经济全球化快速推进的今天，企业只有熟稔国际规则、深耕细作做好专业化、不盲目投机、多元化要适度，做强做大才成为可能。逆水行舟而折戟沉沙的例子比比皆是，像大连东方精工船舶有限公司、浙江金港船业、宁波恒富船业、蓝天造船集团、浙江东方造船厂、江苏南通惠港造船厂、重庆金龙船业等轰然倒塌让人心痛。从行业层面，须做好减法，去莠存良。造成国内低端产能过剩不是企业的错，错在我们有适合其生存繁衍的土壤，是我们的顶层设计有缺陷。当然，国内海工领域也并非没有表现优异者，如上海外高桥、大连重工、中集来福士、中远船务、太平洋造船集团等骨干企业，这两年就做得风生水起，但就像熔盛重工集团总裁陈强所言，“中国制造业普遍的缺陷，就是没有以科技为核心的世界级企业”。所以，中国亟须做好让优秀企业做大做强、让庸者淘汰出局的顶层设计。反之，中国打造造船强国、培养基业长青的百年企业之梦，恐怕依然遥远。

原刊于《中国船检》2014年第1期

老杨的"百宝箱"

卢金山

"摔破的钢卷尺也有用,放到'百宝箱'里面,别随随便便当垃圾扔了!"看到老杨犀利的眼神我不得不把刚扔到红色废油桶的破卷尺捡到绿色废油桶里。老杨所说的"百宝箱"就是这个绿色废油桶,这里面可有故事了。

在国家大力倡导节能减排的大环境下,现在很多企业和项目都在想方设法来变废为宝,老杨的"百宝箱"正是基于这个理念产生的:横琴二桥前期制作的钢护筒需要用很多内撑杆件作为保证其椭圆度的措施材料,为了节约成木,项目部把上个工地回收的旧脚手管和废钢筋作为钢护筒的内撑;然后再将回收的内撑杆分类堆存,旧脚手管作为后期泥浆池安全防护的围栏,旧钢筋用来制作后续临时结构的预埋件,这样既节约了成本又提高了材料的利用率。"鬼点子多"的老杨似乎从中看出了什么,于是建议项目部将两个废旧的空油桶放在施工现场作为废弃物的回收站——绿油桶放右边,顺手收集可二次利用的废旧材料;红油桶放左边,收集如白色垃圾一类的不可再利用的废弃物。为了实现这个愿望,劳模出身的老杨还自荐担任这个弃物回收站的"站长"。

俗话说"新官上任三把火",老杨的第一把火还烧得挺"上火"的。开始一段时间里很多工人不习惯,总是把各种可再利用的余料和废焊条、塑料袋等一起扔到绿桶里面。性急的老杨逮着就是一句:"没看标签色啊?弃物要分类!"然后自个把那些废焊条和塑料袋一个个地捡到旁边的红桶里面,并且边捡边给那些工人上"思想课"。起初现场的工人都很烦他,但看到他那湿透的衣背和一脸的严肃,大伙都不敢再说什么。不知不觉一个月过去了,大家逐渐适应了,开始不由自主地去践行着老杨"弃物要分类"的理念。

开心之余的老杨又开始烧起他的第二把火——变废为宝。一天早上,老杨把收集了一个月多的废旧材料让文明施工班组分门别类的摆在现场一块空地上，并将当天班前会的主题定为“寻宝”。不看则已，一看那些在工地上摸爬滚打多年的老师傅乐了。0.2 见方的 2cm 厚钢板对角切割刚好合适刘焊工做两块加劲板，60cm 长的 ϕ426 钢管废料很适合宋师傅做立柱平联的哈佛接头，约莫 30cm 长的 ϕ16 钢筋余料被周班组长要去做地锚的预埋件，连不规则的竹胶板废材也被李木工用来做临时墩模板的搭接块……终于现场的工人明白了老杨前些天的良苦用心，他们也由衷地爱上了老杨的这个“百宝箱”。正如文章开头的那一幕：记得有一回我正准备把摔得稀巴烂的钢卷尺丢到红油桶时，被老杨一把抓住：“给我！还可以做钻机油缸的标尺呢。”看着他离去的背影我只有佩服的份，真难为他能把这些工地上零零碎碎的物品用得如此极致，并将“节能减排”的淳朴理念如春风化雨般地传递给他身边的每一个人。如此一来，横琴二桥主桥施工现场的一些角落慢慢地不乱了也不脏了，原本靠边放的那个绿油桶也变成了大家关注的焦点，老杨这个“站长”慢慢开始没这么忙了……

我想这下老杨总该满意了吧，谁知他说：“第三把火都没有烧呢？”因为他还要把这个“百宝箱”推广到其他项目上去。那么，就让我们拭目以待吧。

原刊于《二航人》2014 年 1 月 30 日 3 版

“岁月号”事故警示录

崔乃霞

2014年4月16日，韩国籍“岁月号”滚装客船在由仁川港驶往济州岛时，在韩国西南部屏风岛附近海域发生浸水事故而下沉。船上载有476人，其中有325名前往济州岛修学旅行的京畿道安山市檀园高中的学生。

失事客滚船于4月15日20点离开仁川港，原定4月16日11点到达济州岛。该船于16日8时58分发出求救信号。许多旅客被渔船和商船救起，这些船只在韩国海洋警察厅和韩国海军舰艇出动前就第一时间到达了现场，救援直升机也在约30分钟后相继赶到。后续救援工作由韩国政府、美国海军陆战队、民间团体和个人共同进行。4月18日，“岁月号”翻覆沉没第3天，原本露出水面的船头也于上午11时50分没入水中。

截至5月13日，“岁月号”客轮遇难者人数增至276人，仍有28人失踪，除失事当天获救的172人外，找到的幸存者为0。“岁月号”上有4名中国乘客，全部遇难。

4月16日	“岁月号”客轮失事，172人获救，304人死亡或失踪
4月17日	韩国总统朴槿惠赶赴事故现场
4月18日	潜水员进入船体内部
4月19日	首次成功进入船舱内部打捞出3具遗体
4月21日	韩国总统朴槿惠要求迅速彻查“岁月号”客轮失事原因
4月23日	遇难人数升至150人
4月25日	4名中国乘客遗体全部找到
4月26日	“岁月号”15名幸存船员全部被逮捕或拘留

4 月 27 日　　韩国总理郑烘原引咎辞职

4 月 29 日　　韩国总统朴槿惠就“岁月号”事故向韩国国民道歉

4 月 30 日　　联合国秘书长潘基文前往设在韩国驻纽约总领事馆的吊唁所吊唁

5 月 6 日　　一名民间潜水员在搜索沉船失踪者时不幸身亡

5 月 13 日　　事故遇难人数增至 276 人,仍有 28 人下落不明

“岁月号”事故暴露五大安全漏洞

276 人遇难,28 人失踪!

数字背后,是 304 条生命的陨落,无数个家庭的破碎。

天灾,还是人祸?

面对惨剧,我们不禁要追问。

随着海上搜救和调查工作的开展,越来越多的真相已经逐步浮出水面,我们从中可以一窥这一惨剧背后暴露出的五大安全漏洞——

漏洞一:客船存在安全隐患

“岁月号”客轮于 1994 年 6 月在日本长崎建成,船体为 6586 吨级,满载人数为 804 人。最先是执行大岛运输株式会社的日本鹿儿岛到那霸的航线。2012 年 10 月转售给韩国并做了改造,此时船体为 6825 吨级,长 145 米,宽 22 米,最大载客量 921 人,是目前韩国国内同类客轮中最大的一艘。2013 年 3 月开始执行韩国仁川到济州航线。

船体改造被认为是致使客轮失事的原因之一。结构改造后,总吨位和定员的增加,使船体的重心显著提高。事发当时该船载货量为 3608 吨,比维持船体复原力的 987 吨增加了近三倍。超载的货物可能没有牢固绑扎,导致船舶在转向时货物发生偏移,使得船体倾斜浸水。

此外,对客船货物系固的安全检查也没有到位。获救舵手承认,船上的集装箱堆了三四层,却只用普通绳子捆绑固定,没有使用铁链。而调查显示,“岁月号”的安全检查报告书没有提及货物固定状况有异常。此外,报告书对乘客情况的记录也极不规范,在必须写明的“乘客人数”一栏却标记着“无”。

漏洞二:船舶驾驶操纵失误

初步调查显示,“岁月号”是在航行途中突然改变航向,导致船载货物移位而发生倾斜沉没。

据韩联社报道,“岁月号”为了赶时间而高速运行,4 月 16 日早上 7 点 28 分到 8 点期间,航速达到了 21 节(39 千米/小时),这是其能达到的最高速度,即使在调转航向时船速仍维持在 19 节(35.19 千米/小时)。

客船出事时,船长李俊锡当时离开操舵室回到寝室,客船由一名朴姓女船员驾驶,她拥有三级航海士资格,是第一次驾驶这艘大型客船通过那条以水流湍急著称的水道。

转舵的操作同样有问题。掌舵者说,“我失误的部分是转舵角度比往常要多”。根据海洋水产部的航迹信息,当时船向右转了 45 度。根据刚发现的 4 月 1 日提交的《“岁月号”修理申请》,船舵本身有故障,至于是否修理,修理结果如何还不得而知。

漏洞三:船员应急处置不当

“岁月号”发生严重倾斜后,船员要求学生们待在原地、不要试图逃生。船上 300 多名学生中大多数按照船方指示留在船舱中待命,最终与客轮一同沉没,一些没有听从指示的学生反而因此获救幸存。在长幼尊卑观念根深蒂固的韩国社会,来自上级和权威的要求往往不会遭到质疑或挑战,不少乘客完全服从船方指令,可能因此失去逃生机会。

另外,“岁月号”航海师于 9 时 06 分与交通管制中心取得联系,直到 9 时 37 分“决定弃船”,尽管交通管制中心在第一次沟通时就已指示航海师紧急采取救援措施,并多次指示逃生,航海师却反复询问“是否有救援”,不提是否下令逃生。

“岁月号”上配备有大量先进的逃生设备,但事发时几乎没有发挥作用。44 个救生筏仅打开两个,4 个逃生船能容纳千人,却全部未打开。

令人气愤的是,船员让乘客待命,而船长和船员却率先逃生。对此,韩国总统朴槿惠表示“不可饶恕,无异于杀人,从法律上、伦理上都不可想象”。目前,“岁月号”15 名幸存航务船员已经全部被逮捕或拘留。与船长形成强烈对比的是,船员中唯一一位未能生还的女乘务员朴智英,事发后一直在坚持引导船内乘客逃生，并把救生衣让给学生，最后不幸殉职。

漏洞四：救援工作实施不力

“岁月号”16日8时58分发出求救信号，两三个小时后才完全倾覆。尽管救援人员9时30分前后就赶到现场施救，但仍有大半乘客遇难或失踪。

据4月28日海警公开的“岁月号”沉没事故初期救援视频显示，在海警的初期救助活动中，救起率先逃生客船船员时并未确认获救者身份，使了解船舱情况的相关人员离开现场，不能弄清楚船舱何处还有乘客，从而迟缓了救援活动的展开。此外，救援人员在了解到“岁月号”客船内还有很多乘客没有离开，且船舱尚未完全进水的情况下，却没有进入船舱进行有效的营救。

韩国专家认为，救援指挥人员对事故严重性可能存在误判，刚开始可能仅判断为船舶搁浅。而且，救援力量最初对船舶及乘员的情况缺乏了解，在救援行动刚刚展开的“黄金期”，并不知道船内还有大批乘客，也未考虑到船舶会快速下沉这个因素。

漏洞五：水上安全教育缺失

据韩国《中央日报》报道：被救学生没有接到穿救生衣的通知，前一天上船时，也没人告诉遇到事故要穿救生衣。按照SOLAS公约相关要求，航行时间超过1个小时的客船，在开航后应立即向乘客介绍救生衣的使用方法以及在紧急情况下应采取的行动，如船方未履行告知义务的话，将直接导致紧急情况下乘客出现慌乱时，不能快速穿好救生衣并迅速到达至救生甲板。

这艘失事客船上搭载的大部分乘客是学生。在许多国家，乘客登船之前都得接受安全教育，如若拒绝将被勒令下船。而一位学生在事故发生时拍摄的船内画面显示，当船内广播说船只可能有危险时，学生们丝毫没有危险意识，还在漫不经心地做着自己的事情。事发后，学校在水上安全教育上的缺失引发了社会的广泛关注。

专家提示，旅客上船后首先要注意观察船上的提示标志，了解船上救生衣的存放位置，学会救生衣的穿着方法，并熟悉船上的逃生路线。

人祸。

虽然对于事故的原因还没有最终定论，但是看完以上的信息，不难得出这样的结论。这，也是我们最不愿看到的结论。

一连串的漏洞，剥夺了300多条鲜活的生命。而他们，大多数都还不曾绽放。

假如客船本身的安全隐患能够及时排除，

假如船员能够早点发出弃船指令并组织乘客逃生，

假如救援力量能够在船舱进水前转移乘客，

假如……

结果也许会完全不同。

但，生命只有一次，又怎能承受得起如此多的假如？

原刊于《中国海事》杂志2014年5月15日第5期

海上搜救进入“北斗时代”

张天赦

9月29日，交通运输部、总装备部联合启动基于北斗的中国海上搜救信息系统示范工程，这是北斗导航系统在交通运输领域的第二个示范工程，预计实施后每年可节约数亿元人身伤害赔偿，减少数十亿元财产损失。

据悉，该示范工程计划推广40万套基于北斗的海上遇险报警手机（以下简称北斗手机）、3000套具备北斗通信功能的手机配件，将有400艘救助船舶、海事船舶安装智能船载终端，工程预算资金超过1.5亿元，将显著提高对遇险对象的搜寻效率和遇险救助率，提升搜救系统面向社会公众的安全信息服务能力。

救助船舶30公里内精准定位

“北斗手机是示范工程的关键环节，它不仅防水、防摔，更能提高海上遇险搜救的精度。”项目牵头单位中国交通通信信息中心主任曹德胜介绍，北斗手机与救助船舶上的船载基站配合，能够将手机信号延伸至基站无法覆盖到的沿岸区域，拉近救助船与遇险船的距离。“当救助船接近遇险船舶或人员30公里时，就能迅速准确地定位险情位置，大大缩短搜寻时间。”

为了达到这一效果，示范工程将做好软、硬件建设工作，主要包括4个方面：一是研制并推广相关终端设备，包括报警手机、北斗与GPS兼容定位的船舶自动识别系统、船载应急无线电示位标以及人员落水报警装置等；二是四大信息系统及相应平台建设，即基于北斗的海上遇险报警管理系统、搜救指挥辅助系统、船舶监管系统和海上综合信息服务系统；三是在沿海部署15套固定基站，实现海上、陆地通信系统的覆盖联通；四是制定与国际接轨的相关技术标准。

曹德胜还透露，此项示范工程预计于2016年3月组织验收。其中，北斗手机的推广销售、船载北斗终端的安装以及系统软件部署将于2015年9月底前完工；首期试运行及相关组织培训将于2015年内完成。

北斗商业化、国际化劲风再起

“示范工程由交通运输部联合中国联通公司将北斗与移动通信相结合，是政府职能与商业运作相互结合、互为补充的一次有益尝试。在现有的众多北斗示范项目中，这是一个非常大的亮点。”“北斗之父”——中国航天科技集团高级技术顾问、北斗卫星导航系统工程总设计师、中科院院士孙家栋在出席项目启动仪式时表示。

中国联通集团有限公司副总经理姜正新介绍，作为唯一合作运营商，中国联通以示范工程为切入点带动北斗产业链形成，实现北斗的健康可持续发展；同时发挥基础网络和移动通信领域的资源优势，广泛开发客户，推动北斗在手机领域的首次大规模应用。

据悉，在起步阶段，搜救终端研制采购过程中将享受国家补贴，用户在购买时可享受联通公司提供的话费补贴，这将大大降低搜救终端的使用费，相比普通手机其价格可能更加实惠。未来，随着终端的大量研发和应用的普及，北斗手机将逐步实现“亲民价”。与商业化推广同样被认可的，是北斗进入涉海领域后国际化进程的加快。“海上搜救是国际化程度很高的领域，在该领域引入北斗，将推动相关国际组织和国际社会对北斗系统的关注和认可，对北斗系统走向国际化具有重要的推动意义。”孙家栋称。

公务船、中小型船舶和个体将首批“尝鲜”

“下一步，示范工程要在公务船、中小型船舶和涉海个体者中率先推广，立足于提升搜救保障能力、提升海上搜救信息服务水平、建设我国自主的海上应急信息管理系统等角度加大推进力度。”启动仪式上，交通运输部副部长何建中提出。

他表示，将北斗应用引入交通运输领域，是近年来行业转变发展方式的重要举措。“2011 年启动的‘重点运输过程监控管理服务示范系统工程’是北斗第一个民用示范项目，运营至今，项目的成本、效益、安全和应用效果越来越被广大监管机构和民营企业接受，为把北斗卫星应用系统从路上扩展到海上奠定了重要的基础。”

据悉，近年来，我国从事海上运输、作业的船舶已接近百万艘，包括船员、渔民和钻井平台作业人员等在内的涉海公众超过 1300 万人，突发事件的个体化、小型化趋势日益明显。当前，根据国际海上人命安全公约要求，客轮和 500 总吨以上的货轮均已配备了较精良的海上遇险安全系统，但大部分中小型船舶属于非公约船舶，其中仅 10% 安装了较完备的遇险安全系统，遇险时搜救难度较大。此次示范项目的启动实施，将有助于解决这一问题。

按照交通运输部与总装备部的共同协商决定，未来两部门还将在内河航运、远洋运输两个涉水领域开展北斗重大专项示范工程，全部工程建设均将于“十三五”期内完成。

原刊于《中国水运报》2014 年 10 月 1 日 1 版

生命在高速路上延伸

——追记四川省高速公路交通执法第六支队党委书记、支队长李伟

熊代强　朱中山

2014年7月30日，四川省成都市东郊殡仪馆哀乐低回，肃穆的悼念厅两旁摆满了省交通运输厅、高速公路管理局（执法总队）、执法第六支队送来的花圈。交通运输系统干部职工、同事、亲朋好友，顶着35℃的酷暑，向一位普通的交通人送行，泪水、汗水，汇成无尽的思念；哀乐声、哭泣声，声声揪动人心。他就是李伟，时任四川省交通运输厅高速公路交通执法第六支队党委书记、支队长，年仅56岁。

"当我在党旗面前举起拳头宣誓之时，就把党的原则深植于灵魂之中，一以贯之，不以事小而不为。"

"我志愿加入中国共产党，拥护党的纲领，遵守党的章程，履行党员义务，执行党的决定，严守党的纪律，保守党的秘密，对党忠诚，积极工作，为共产主义奋斗终生，随时准备为党和人民牺牲一切。"1984年7月1日，作为攀枝花米易县交通监理所所长的李伟，面对党旗，举起右手齐肩握拳，向党旗宣誓。

在宣誓的当天晚上，李伟在笔记本上写道："当我在党旗面前举起拳头宣誓之时，就把党的原则深植于灵魂之中，一以贯之，不以事小而不为。只有这样，才能成就党和人民的大业。"

宣誓当天的心情，李伟在笔记本上写了满满的11页，其中有这样一段："宣誓的那一刻，我感到非常的光荣，同时也深刻地感受到了自己身上的义务和责任。我们每一个党员从宣誓之日起，都务必牢记自己的誓言，并付诸今后的实践，让一言一行来证明，我是经受得起各种考验的先进分子。要时刻用入党誓言来激励自己、鞭策自己，不断提高对党的事业的责任感和自觉性，用自身的工

作业绩充分体现出共产党员的先进性。”

笔记的最后，李伟为自己定下了一个共产党人践行的诺言：一是要自觉坚持党的根本宗旨，二是要着力贯彻党的精神，三是要提高为人民服务的能力。

2001 年 4 月，已是攀枝花稽征处副处长的李伟，服从组织安排，调至西昌，组建交通执法第六支队，时任副支队长，主持全面工作。

8 月初，支队挂牌成立时，只有李伟和胡清胜等 4 名干部职工。“当时，上无片瓦，下无寸土，仅从攀西公司借用了两间瓦房当作办公室，他从攀枝花稽征处和凉山稽征处分别借用了 1 辆桑塔纳轿车和 1 辆长安车，作为我们的工作用车。生活上，一般都是几个人凑合在一起在路边摊上吃饭。”支队执法科负责人施伟介绍道。

支队组建之初，针对职工不熟悉高速执法工作的现象，李伟采取积极有效措施，加强思想教育和业务技能培训。每月分别举行业务素质、法律法规学习，使大家尽快适应新岗位的需求。

如今，支队干部职工增加到 149 人，主要负责攀西地区高速公路的路政、运政和收费稽查等交通执法工作，管辖里程共 428 公里，包括雅泸（雅安至泸沽）、泸黄（泸沽至黄联）、西攀（西昌至攀枝花）、攀田（攀枝花至田黄）、丽攀（丽江至攀枝花），辖区全线共有隧道 27 个，各类桥梁 605 座，运营服务区 4 个。

2008 年 1 月 10 日凌晨，“嘟嘟，嘟嘟……”正在睡梦中的李伟被手机铃声叫醒了。“刚才据一大队、二大队报告：泸沽到永郎路段突降暴雪，道路积雪结冰严重，特别是泸沽到德昌积雪深达 20 多厘米……”接到施伟的紧急报告后，李伟指挥道：“立即通知相关人员做好应急抢险工作。”他从温暖的被窝里跃身跳下床，迅速穿好制服，疾步出了门。此时是早晨 5 点 43 分。

李伟与施伟等人驾车风驰电掣地到达现场后，立即了解路面积雪情况，将情况迅即上报，并安排工作人员在受灾情况严重路段对过往车辆进行安全提示，同时与一营运公司、公安交警协商处置方案，分段疏散托乌山上和沿线被困车辆 560 多辆，被困人员 720 多人，然后按上级指示进行了拖车封道。

抢险的第一阶段工作直到第二天凌晨 3 点多才结束。李伟他们这时才感到饥肠辘辘。在西宁服务区伙房，李伟动手热了碗头天的剩饭来充饥（因下暴雪，服务区人员当天无法赶来上班）。尔后，他又到 100 多公里长的积雪路段查看路面积雪情况，带头组织人员除雪除冰，在确认无暗冰、无积雪后，与高速公路营运公司、公安交警协商，向上级请示解除封闭，待他回到支队机关已是下午5点多了。

李伟以顽强的奋进精神，谱写了一个老共产党员的光辉历史：2004年被评为稽征局（执法总队）执法先进工作者；2007年被评为稽征局（执法总队）优秀党务工作者；2012年被厅直机关委员会评为优秀共产党员；2013年被省直机关工委评为优秀共产党员……

“组织上把我安排在这个岗位上，就必须拼命干好，才不辜负上级领导的信任和百姓的厚望，才对得起我一米七八的大个。”

2013年7月9日下午，在支队会议室召开支队半年工作总结会，会议进行到一半，李伟讲话的声音越来越小，人们发现他脸色变白、虚汗淋漓。有人低声建议道：“支队长，您先休息一下。”话音未落，只见李伟头偏向右侧，鲜血从口中喷涌而出，身高178cm、体重99公斤的他“砰”的一声栽倒在地。

霎时，参加会议的支队领导、科室负责人、大队负责人等20余人被眼前突如其来的情景惊呆了，片刻之后，大家呼喊着“支队长，支队长”奔跑过去，眼前的李伟紧闭着双眼、不省人事，豆大的汗珠布满了黝黑的面颊，鲜血仍然不停地从嘴角涌出，染红了地板和他白色的衬衣。住进凉山州第二人民医院急救室的李伟，又一次喷吐了大量的鲜血。生活是那么的残酷和无情，医生告知：“人是抢救过来了，但是，他已经确诊为胃腺癌晚期。”

这一躺，李伟在医院住了12天。出院的第二天，李伟拖着虚弱的身体到支队组织班子人员召开了会议：“在我生病期间，将财务管理工作交由梁国滨副支队长临时负责，执法管理工作交由胡刚副支队长临时负责。”随着时间的推移，李伟的病情越来越重，强健壮实的身躯迅速地消瘦了下去，体重也由99公斤锐减到54公斤。

2014年3月2日，李伟出现了“幽门梗阻”的现象。此时，热爱生活、热爱交通事业的李伟有些瘫软了。李伟本想放弃继续治疗，但在上级领导、单位同事、亲朋好友以及家人强烈要求他继续住院治疗的情况下，他很无奈地住进了省肿瘤医院，医生告诉他：“要抓紧消炎，好马上进行手术。”他坚决地说：“等明天局里开完工作布置会后再进行手术吧！”医生说：“你不要命了？再不抓紧时间进行手术治疗,我们也无能为力了!"

3月3日下午,李伟提前半小时,第一个赶到局里三楼会议室参加了全省高速公路管理工作会议。会议一完,局(执法总队)党委书记刘刚等领导对他进行了慰问,希望他好好养病,不要牵挂工作。他当时眼眶里噙满了泪水,感激地说:"组织这么关心我,我很感激。但我也知道我的病情,我想把我最后的这点时光用在工作上。"看着身体虚弱的李伟,刘刚拍了拍他的肩,哽咽地说:"多保重!"躺在医院的病床上,输上液,李伟又给负责纪检工作的胡刚打电话说:"六个大队的纪检工作要进一步抓紧抓实……"

3月9日,李伟躺在病床上,从手机微信上得知辖区一辆黄磷运输车发生爆炸后,强忍着手术后的剧痛,挣扎着坐起身来,连续拨打10余个电话给支队现场负责人,密切关注、关心救援工作进展情况和抢险人员安全。

3月28日,他办完了出院手续,在这之前的26天里,他曾分别10多次打电话到单位了解工作情况。

3月30日,支队召开安全工作会议,一大早,他强忍病痛,第一个到达会议室,同事们都劝他好好休息,他说:"我的时间不多了,要多努力工作。"这朴实的话语使在场的人们为之动容。

比钢铁更坚硬的是共产党员的血肉之躯,面对身患癌症的绝境,李伟坦然笑之,辛勤工作。

可以说,为了工作,他一直在透支生命。生病期间,李伟还深入大队、收费站和服务区50余次,全面了解支队职工、公司人员和广大驾乘人员的实际困难和需求,为干部职工解决实际困难21次。驾乘人员张勇厚、罗万琼夫妇为执法六支队送来一面锦旗,上面写着金光闪闪的两行字:"滴水情深献爱心,永传后世留功名。"

"只要生命不息,我就会战斗不止,为高速公路的发展贡献自己的余晖。"

"我深感这次的病是不能好起来了,我好怀念过去56年来那些美好的时光,父母把我从小拉扯大,和同学们一起读书,和同事们一道工作几十年,现在的工作、生活,在共产党的领导下是多么的幸福美好哟!我也想像你们一样,多活几十年,为父母养老送终,没机会了,就拜托我的孩子们了。中国健康发展,未来多么美好,我舍不得呀……我真诚地祝福你们健康、幸福地走完一生。愿

天下人健康长寿，别了，亲人们！别了，美好的祖国！”这是2014年7月15日21时40分，李伟在生命垂危之际发给领导、同事和亲朋好友催人泪下、让人动容的短信。

李伟住院期间，四川省交通运输厅党组副书记、副厅长周道平代表厅党组看望了他；四川省交通运输厅高速公路管理局局长罗玉宏，党委书记刘刚，副局长梁奕、陈光华，总工程师祁家全等领导前往医院慰问了他。李伟深情地表示：“只要生命不息，我就会战斗不止，为高速公路的发展贡献自己的余晖。”

2014年7月30日8点24分，四川省肿瘤医院第三住院部33号病床，李伟怀着深切的眷恋走完了他56年的人生道路，永远地离开了为之奋斗了近40个年头的交通战线，永远地离开了所深爱着的亲人和并肩战斗的同事们。噩耗传来，支队干部职工都为失去这样一位好领导、好兄长、好同事而悲痛不已。

7月30日下午，省交通运输厅党组副书记、副厅长周道平率厅高管局、厅人事劳动处、厅办公室负责人，前往成都东郊殡仪馆，代表厅党组和厅党组书记、厅长彭琳，沉痛悼念积劳成疾、因病逝世的李伟同志，并看望慰问其遗孀和女儿。周道平强调：“李伟同志长期在边远地区交通运输战线一线工作，他对党忠诚、为民务实、爱岗敬业、甘于奉献，带病坚守岗位、坚持工作，终因积劳成疾使病情恶化而不幸逝世，表现出了一个党员领导干部的优秀品质和崇高品格。我们要大力学习宣传李伟同志的先进事迹，进一步凝聚弘扬交通运输系统的正能量，按照省委省政府的部署，以昂扬的斗志、振奋的精神，推动全省交通运输科学发展、加快发展，向党和人民交出一份满意的答卷。”

李伟为人们做出了精彩的注解：共产党员不能只为自己活着，只有把自己的全部精力和奋斗融入党和人民的事业中去，个人的精神就能在这之中得以永生，与人民同在，与青山同在，生命就能在高速路上延伸！

李伟在交通战线上留下坚实而闪光的足迹，演奏出了一首激动人心的“忠诚”之歌！他带着“人的生命是宝贵的，但是，为了崇高的交通事业，就是付出生命也值得”的铮铮格言走了，无限眷恋地静静地走了。

让我们听听领导们对李伟的评价——

四川省交通运输厅高速公路管理局（执法总队）党委书记刘刚说：“李伟同志近40年来，无论在交通系统哪里工作，都始终挥洒着自己的汗水，燃烧着自己的生命，用钢铁般的意志和信念，实践着自己的人生誓言。”

四川省交通运输厅高速公路管理局（执法总队）局长罗玉宏说：“斯人已逝，风范长存。李伟同志的精神像一面永不褪色的旗帜。永远激励着我们为交通事业奋斗、创造、献身！”

四川省交通厅党组书记、厅长彭琳说：“李伟同志没有豪言壮语，也没有惊天动地的壮举，但是，他那可歌可泣的事迹依然让我们震撼！李伟同志在自己的工作中以他的满腔真情，以他的无私奉献，以他的无悔追求，为我们树起了一面共产党员的旗帜。我们为李伟同志感到骄傲！李伟同志虽然走了，但是他的精神永远留在我们四川交通人心中！全省交通人要向李伟同志学习！”

著名诗人臧克家说过：有的人活着，却已经死了；有的人死了，却还活着。2014年7月，四川省交通厅党组书记、厅长彭琳指示：“要深入广泛地学习李伟的先进事迹，在全省交通系统大力宣传李伟的先进事迹。”2014年9月，四川省交通运输厅做出了向李伟学习的决定。

倒下的身躯化作了巍峨的群山，不死的精神化作了交通建设者的雄风！李伟那对党的事业的忠诚，对交通建设的真情，就像火焰一样熊熊燃烧，将永远激励着四川交通人阔步前行！

原刊于《公路执法》2014年第6期

驶向北极

童翠龙　庞　博

曾几何时，跨越北冰洋，开辟北极航线，缩短东西方距离，是无数航海家的梦想。然而由于北极海区海冰阻隔严重，16 世纪到 19 世纪，数以百计的航海家为探索这条航道付出了生命，直到 19 世纪中叶，航海家才分段走通了这条航线。近 30 年来，受全球气候变暖影响，北极海冰融化的速度加快，北极航线的开辟变为现实。

"北极航线"是指经北冰洋连通亚洲、欧洲与北美洲的海上新航线，其中包括连接欧洲和东亚的靠近俄罗斯北冰洋沿海的东北航道、连接东亚和北美东海岸的经过加拿大北极群岛的西北航道以及从白令海峡出发，直接穿过北冰洋中心区域到达格陵兰海或挪威海的穿越北极点的中央航道。此外，还有连接俄罗斯和北美沿岸的北极桥航道。

北极航运：梦想变为现实

21 世纪以来，全球平均气温不断升高，对北冰洋海冰的影响尤为显著。冰层融化正在使北冰洋夏季冰面以每 10 年 9% 左右的速度消失，2012 年 9 月 16 日夏季海冰范围减小再创历史新低，仅为 341 万平方公里（约为整个北冰洋面积的 1/4）。

根据卫星资料显示，夏季俄罗斯北方海区会出现 3 个月的无冰或少冰期，加之俄罗斯方面会提供破冰引航服务，东北航道对普通商船而言，通航已成为现实，2013 年全球通过东北航道的商船已达 71 艘。东北航道的通航时间跨度已从两三个月延长到 5 个月（7 月中旬到 12 月上旬）。2012 年最晚的一艘是运载 LNG 的船，12 月 6 日出发，从挪威的哈默非斯特港到日本横滨港。另据俄罗斯专家预测，到2020年前后，北极东北航道的每年通航时间将有可能达到8个月。另据预测，到2030年，亚洲和欧洲之间总贸易量的1/4将通过北极东北航道运输。

被航海界称为连接亚欧的“黄金水道”的北极东北航道一旦全面开通，将大幅缩短我国通往欧洲相关口岸的航程。以我国上海港至荷兰鹿特丹港为例，商船取道北极东北航道的航程大约为3000海里，比传统的经马六甲海峡、苏伊士运河的航线缩短航程约2800海里，可以节约9天的航程时间。

北极西北航道的前景同样诱人。作为连接欧亚大陆与美洲最近的航线之一，北冰洋西北航线的发展可使美、亚、欧航线缩短6000公里至8000公里。举一个简单的例子，我国的船舶若从上海起航采用习惯航线（经苏伊士运河）到格陵兰的努克港，总航程约为13098海里，若采用西北航道仅为6058海里，为习惯航线的一半。

北极地区丰富的自然资源也将促进北极航运的发展。北极蕴藏着巨大的石油、天然气、矿产等资源，且目前大部分未开发。随着气候变暖，北极地区长期以来被冻存的资源价值即将得到释放。大量能源的外输必然离不开航运。此外，北极的渔业资源和旅游资源同样需要航运的支持。

北极航线一旦完全开通，将直接改变世界海运格局，同时对国际贸易、世界经济、资本流动以及能源开发将产生深远影响。对我国而言，最为显著和直接的，就是北极航线开通将缩短运输周期，降低运输成本，对我国的对外航运和贸易带来经济利益。此外，北极航线还将给我国东部沿海特别是北方地区带来新的经济发展和增长机会，并为中国与欧洲、北美、俄罗斯之间的联系增加新的纽带，有利于加强中国同这些地区之间的关系。最重要的是北极航线将使我国海洋交通路径进一步多元化，有利于减缓对印度洋航线的依赖，分散海洋运输安全风险。作为北极东北航道主要航经的沿岸国，俄罗斯对东北航道国际航运的态度逐渐出现了可喜的转变。2013年1月17日，俄罗斯颁布实施了新的《北方海航道水域航行规则》。与原来相比，不再强制进行破冰领航，转而实行许可制度；并大幅降低了收费标准，收费标准根据提供的服务而定。

自然科学家已经断言，北极的海冰融化是一种不可逆转的趋势。北极航运由预期变成现实，加之航海制造技术的不断进步，未来北极航线一定会发展为一条新的国际海上交通大动脉，改变现有的世界海运格局。

畅行北极：短期仍非易事

诚然北极航线的开通已成为现实，未来国际海上大通道的前景十分诱人，可为中国航运业及相关企业提供较大机遇。但同时也应清醒地认识到，对于北极航行我们尚处于探索阶段，短期内想要畅行北极，仍非易事。

恶劣的自然环境依然首当其冲，北极冰情依然存在较大不确定性。据美国国家冰雪数据中心（NSIDC）数据，2014 年 8 月 24 日，北极海冰范围数据为 563 万平方公里。虽然从过去 30 年的数据看，北冰洋总体海冰覆盖范围是减少的，但是其中的起伏仍较大。2007 年 9 月 14 日，北冰洋海冰范围达到年度最小，仅为 416 万平方公里。当时一些科学家曾预言北极海冰即将消失。但此后两年间，海冰范围的年度最小值有了回升，到 2009 年 9 月 12 日升至 505 万平方公里。然而，海冰范围数值从 2009 年起又持续下跌，直至 2012 年到达 341 万平方公里的“历史最小值”。近两年来海冰范围又有所上升。浮冰和冰情的不确定性对船舶航行安全造成很大威胁。

北极西北航道穿过加拿大北极群岛，地形极其复杂，由于北冰洋海洋和大气环流的作用，海冰往往漂移到西北航道水域，进入大洋后形成很多冰山，对航运构成很大威胁，使得其通行条件比东北航道差一些。现在西北航道主要用于地方补给，尚不具备进行国际航运的条件。迄今为止，除 1969 年美国亨伯石油公司的“曼哈顿”号油船在加拿大、美国两艘破冰船护航下象征性地携带一桶石油穿过西北航道外，很少有外国船只过境。

即便是已有百余艘商船通过的东北航道，仍未成熟，其航运基础设施仍然较匮乏，比如灯塔、引航、无线电服务都需要补充。俄罗斯北方沿海的海上搜救站点较少，搜救能力目前还难以满足整个东北航道的需求。

要在北极航行，对船舶和船员自身的要求也很高。目前北极东北航道仍为季节性航道，若想拓展航行时间，则必须建造高冰级的船舶，虽然从造船技术上来说问题不是很大，但其昂贵的造价仍然值得斟酌。对于北极通航，我国尚没有与其相适应的管理人员和船员群体，更没有冰区航行船员的培训标准，也未对冰区航行船舶的配员进行系统的研究。

目前，我国航运企业由于各种条件所限，对于北极通航还停留在试航阶段，没有形成一定规模，缺乏有组织的通航船队。

航运开发对北极生态环境的影响同样需要高度关注。由于北极特殊的地理环境，一旦通航，如何防止船舶污染北冰洋，尤其是如何应对突发的极地航行船舶溢油事故，怎样才能保护北极生态环境不受到破坏，这些都是必须解决的问题。

北极通航同样也受着沿岸国的制约。东北航道和西北航道分别主要航经俄罗斯和加拿大沿岸水域。两国都对北极水域设立了严格的航运管理制度。俄罗斯将东北航道称为“北方海航道”，宣称具有管辖权。加拿大也一直声称西北航道是其内水。对航经船舶，两国均实行了报告制度，并在船舶检查、破冰引航收费、环保制度等方面设置了诸多要求。

北极通航：中国积极应对

我国对于北极的考察始于20世纪90年代。1999年，“雪龙”号搭载科考人员首次赴北冰洋开展综合海洋调查。2012年，“雪龙”号第五次北极考察横穿北冰洋，首次到达北冰洋的西侧。这次考察成功访问冰岛开展北极合作，被冰岛总统誉为“北极合作的示范和破冰之旅”；同时成功探索东北航道，回程更是独立航行穿越北冰洋中央航道，作为低冰级船舶，可能是世界首次。2013年9月10日，中远“永盛”轮靠泊荷兰鹿特丹港，圆满完成北极东北航道首航任务，实现了中国商船的北极破冰之旅；2014年7月11日，“雪龙”号再次启程，第六次探索北极……这一切都为我国商船航行北极探索着道路。

在北极航线开通条件逐渐成熟，北极航线研究成为国际热点的过程中，国内的研究机构和专家也倾注了大量心血。实施北极航线研究，优先掌握极地的航行环境和资源状况，不仅能促进我国航运事业的跨越式发展，还有助于维护北极的共同发展和我国的极地国家利益，提升我国在国际极地事务中的话语权。

2013年，交通运输部海事局组织东海航海保障中心、集美大学、中国极地研究中心等学研机构，聘邀多方专家，启动了全球首部中文版北极东北航道航行指南的编撰工作。

如同一份“说明书”，该指南可为计划通过北极东北航道的船舶提供较为全面、系统、详细的海图、航线、海冰、水文、气象、航行方法、引航破冰服务、应急、沿岸国法律法规等航海保障服务。

这样一部北极航行“攻略”，是编写组收集大量相关资料，翻译校对20多万字陆续完成的，主要包括水文气象、习惯航线、定位条件和航行方法、船舶操纵、海上通信导航、沿岸港口国法律法规、沿岸港口国相关资料、事故应急等内容。

日前，《北极航行指南（东北航道）》已正式出版。作为首部中文版北极东北航道的航行指南，该书基于“雪龙”号和“永盛”轮的北极航行实践，专业性、可操作性极强，可为我国国际航行船舶取道东北航线提供准确、权威的航行指南服务。

与权威、实用的航行指南有所不同，一本更通俗易懂、内容更广泛、角度更多元的“大参考”——由交通运输部北海航海保中心编制的《北极航行参考图集》也将于今年10月出版。《北极航行参考图集》以图为主，生动形象，全书约180页，详细介绍了北极地理、地貌、气候、冰况、洋流、资源、人文、北极航道、主要港口、通航环境、船舶航行要点、海图覆盖、法律法规、国际公约、极地航行规则、国际组织等方面的情况，集知识性、实用性和综合性为一体，旨在为政府决策、船舶航行、科学研究提供有益的参考，同时也希望能为关注北极开发的广大非专业爱好者提供翔实的参考资料。

这两本著作是近年来我国海事部门对北极航行研究和探索的阶段性成果。据悉，后续我国还将陆续出版供北极航行使用的海图，以解决现有北极航行资料仍较贫乏，海图较少且陈旧的问题。

已经多次审议和修改的《国际船舶极地水域操作规则》有望于今年通过，一方面使极地航行有规可循，另一方面也将给我国的造船、航运业带来新的挑战。鉴于北极航线环境的特殊性及基础设施的缺乏等情况，如何保证航行安全，保护北极环境仍然是需要深入研究的课题。

北极地区尤其是北冰洋上的公海，是人类社会的共同遗产。北极地区的生态和环境变化关乎全球环境的安危，更危及中国的气候、经济、能源、航道等安全。利用自身优势，积极开展同北极国家的双边外交，加强与北极各国的经济交往以及北极环境保护、科考等方面的合作，近年来，我国在深入了解北极、提高自身在北极的影响力取得了一定成果。

我国是全球性贸易大国，北极航线的开通对我国影响十分显著，也将成为我国建设“21 世纪海上丝绸之路”和实施“海洋强国”战略的组成部分。全球气候变暖已是大势所趋，未来北极航线的全面开通必将形成亚、欧、北美国际航运新的大通道。驶向北极，准备好了吗？

原刊于《中国海事》2014 年 9 月 15 日第 9 期

用一颗心　守一条路　护一辈子

——国道黑大公路梅河口境内段“养路工一日”体验记

张士鹏　阚世儒　高　强　鲍　俊

6月12日,“体验·交通运输一日”媒体记者系列采访活动第三站,来自9家媒体的11名记者来到梅河口市境内国道黑大公路宝山道班养护现场。

边坡整修、路肩除草、隔离带美化、边沟疏通,上午11点45分,11名记者在远离都市繁华的黑大公路1052~1053公里,身穿橘红色养路工服装,在工作人员的指导下,弯腰劳作,额头的汗水、小腿的麻木、手臂的酸痛以及车辆瞬间驶过带来的惊吓,让每一位体验者都极为不适。此时此刻,有记者微笑,自嘲竟不能胜任这看似简单的劳作;有记者皱眉,短暂的弯腰与下蹲已让自己的腰部、腿部、手臂酸痛不已;还有更多的是凝思,体味着养路工不一样的人生和情怀。

一颗心守一条路,辛勤忙四季

“这段路真是太美了!”上午11点30分,采访车辆行驶到梅河口市境内的国道黑大公路上,绿树成荫、花草飘香、路面整洁,吉林日报社记者王丹情不自禁地说道。“看,前面就应该是咱们体验的地点了吧。”坐在前排的吉视公共频道“第一播报”栏目记者赵天雪兴奋不已,离老远就指着前方锥形筒隔离出来的一段半幅公路说。11点45分,车辆停在了黑大公路1052~1053公里处,这里就是这次体验活动的地点。下车后,大家穿上工作人员送过来的养路工工作服,迫不及待地走上养护现场。

记者们被分成两组,女记者负责清除杂草,男记者负责清理边沟。“像这样的大草要用手连根拔掉,这样就不会重生,而这样的小草就要用这把小锄头锄掉，大家要注意的是区分好杂草和花苗，既要干净锄草又不能伤到花苗。”养路工关宏宇边熟练地锄草边对女记者们说。“这还不简单，不就是锄草么？以前在农村我干过这些活。”吉林乡村广播记者李琳自信满满地说。随即，她蹲在中央隔离带上拿起锄头就想开始进行锄草工作，可是，“花苗和草长在了一起，不好下手啊。”李琳还未下锄头就遇见了问题。“你这样，就不会伤到花苗了。”关宏宇边说边伸开左手手掌挡在花苗的根部，把花苗和草划分开，右手拿着锄头紧贴着左手手掌将杂草清除掉。“这些绿美化景观都是这么一株株、一棵棵修剪出来的呀！难怪这么美！这是纯手工制作啊！”城市晚报记者阚瑶琪惊讶地说。“我的腿都麻了，这活真不好干。”吉林交通文艺台记者高辉皱着眉说道。“我现在都不敢起来，一起来就迷糊。”王丹跟着“分享”自身感受。仅仅几分钟，第一组的记者们已经坚持不住这种看似简单的劳作。

此时在另外一组，省电台记者韩政武正挥舞着镰刀快速地进行路肩除草工作。“快刀斩乱麻嘛，看，我这挺有速度吧？”“你这样的除草根本就不合格，就是乱砍一通啊。”梅河口市恒兴养护公司宝山道班班长孙明久说道，“手握镰刀，弯腰，镰刀把与地面垂直，刀刃向上，刀背紧贴地面，像打高尔夫球一样的动作挥舞镰刀，草的长度不能超过10厘米，这样才符合标准。”“好吧，我重新返工，弯腰、垂直、向上、挥舞。”男记者们一边念念有词，一边进行着路肩除草。“我怎么老是把刀磕在地上和石头上？”显然香港大公报的记者金磊还未领会路肩除草的要义。“腰部往上提，头再抬起来一点。”孙明久对金磊说。“不行了，腰酸、手臂酸，我估计一会儿手都能磨出水泡来。”不一会儿的工夫，长春晚报记者李贺已经吃不消了，再看养路工王国录，10分钟左右的时间，已经将体验者们落下很远了。

“公路是经济发展的命脉，养路工看似平凡却肩负着光荣的使命和重要的责任，养好、护好每一寸公路都是养路工用自己的劳动为城市的美丽添砖加瓦、为经济发展贡献力量。”这次活动带队的厅直属机关党委工作人员曲权说道。“为了栽好树，保成活，我们养路科人员与专业施工单位同步，每天起早贪黑，没有节假日，他们栽好树，我们就要做好后期的管护工作，既保证成活率，还要美观。”梅河口市公路段段长时万有向记者介绍。今春，截至4月底，梅河口市已在国道集锡线和县道靖西线栽植银中杨2455株，国道南环绕越线栽植樟子松、云杉、红端木、水腊球和火炬2.6万株(丛)。“每到夏天我们这段公路上绿树成荫、鲜花锦簇,空气可清新宜人了!”副段长时蕊自豪地说。

“养路工们自己称自己叫‘忙四季’,这些绿美化工作只是养路工作的一个侧面,还有春季修补坑槽、清理垃圾,夏季防汛抢险,秋季整修路基、修剪路树,冬季除雪保畅、防滑保通,一年四季全省9000余名养路工一直都在路上忙碌着,就为了那4个字:畅安舒美。”省公路管理局政工处工作人员介绍说。

一公里往返几十年,心酸谁人知

“这是什么味道,怎么这么臭?”赵天雪拿着话筒向正在进行边沟清理工作的洪师傅问道。“这是废水和淤泥夹杂散发出来的,就是典型的臭水沟子,这味道我都习惯了,有时候除草的时候不知道会碰见什么腐烂的动物尸体,一天的饭都别想吃了,那才叫难受!”洪师傅说。

国道黑大公路1064公里处,经过沿线村屯,生活垃圾与废水都会从边沟流走,一年四季散发恶臭。只见洪师傅穿着黄胶鞋站在流淌着臭水的边沟里,清理淤泥,疏通边沟,将边沟内的沙子铺在边坡上,再用锹拍实,臭水和淤泥经常会溅自己衣服甚至是脸上。记者们试着体验此处的边沟清理工作,却发现根本无从下脚。“已经三十年了,我在这一段路上记不得走了多少来回,磨坏了多少双胶鞋。”粗糙的手、黝黑的脸,满身质朴气息的洪师傅略带疲惫的眼神对记者说。记者粗略算了一下,每天只往返一个来回,就是2公里,30个365天就要走上21900公里,快赶上两次红军长征了,可是这并不是单一的走路,还要进行边沟清理、路肩锄草、除雪防滑等工作……

12点15分,天空下起了小雨,体验活动也接近尾声。“你们快上车吧,别被淋到,我得尽快把这点草除完,要不然雨一下,不出两天草就长大了,那时再除草除根就容易伤到花苗。”关宏宇对记者说。她还告诉记者,像这样的小雨天进行体验是记者们的“偏得”,干活挺舒服的,起码不热,要是顶着日头干活那才叫遭罪呢,汗水会像雨水一样噼里啪啦地往下掉。“所以我们会在早晨天刚亮的时候就出工,就是为了图那个把小时的凉快劲儿,中午吃完就马上再开工,晚上凉快了我们就再多干一会,进度也会快点。”关宏宇继续说道。“这一公里的锄草工作大概多长时间能完事啊?”记者边锄草边问道。“一天顶多能干100米,这是个细致的活，蹲在地上一棵棵地锄草，比爬行还慢！所以经常要家人来帮忙除草，25 年了，天天如此、月月如此。儿子经常说我，干的累、挣得少，还得‘买一搭一帮’，太不划算了！”

13 点，记者们来到宝山养护道班。“这就是我们养路工的午饭，一饭一菜一汤，你们来了加个肉菜。”时万有很不好意思地说道。4 两饭，土豆丝加酱牛肉，想必酱牛肉就是为我们加的菜，疲惫饥饿的记者们狼吞虎咽地吃了起来，感觉格外的香。

13 点 30 分，简单的午饭过后，记者们与养路工座谈。“我们的工作家人很多时候是不理解的，可是我们最希望得到的是行路人的理解，这样公路环境会更加干净美观。”恒兴养护公司总经理李振国说。“一些群众不知道养路工的辛苦和危险，有些垃圾随意就丢在路上，就说那些办丧事撒的纸钱吧，都是撒在路中间，尤其是遇到下雨天，纸钱会粘在路上，很难清理。而长时间停留在行车道上是非常危险的。还有白色垃圾、矿泉水瓶都会在路上出现，我们都得一一清理干净。”孙久明苦笑着说。有时候，一些沿线群众的生活垃圾也会出现在路面上、边沟里，额外增加了养路工的工作量。“有时候群众还会有意见，说涵洞堵了，水淹了地。如果大家多注意一些，不随意丢弃生活垃圾，涵洞被堵情况就会很少发生。”梅河口市交通运输局党委书记杨笑竹说。“就咱们道班门前这道涵洞，就不知道堵了多少次，我们都要蹲在臭水沟中去掏涵洞里的淤泥、垃圾、腐烂物。”洪师傅指着宝山道班门前的涵洞说道。

一份工作一生情，说什么也丢不下

“工作这么辛苦，为什么还能坚持下去？”“无论挣钱多少，活儿有多累，几十年了，我就是割舍不下对这份工作的这份情。”在座谈会上，关宏宇等人一同向记者们道出了这样的心声。

“我刚刚参加工作的时候，我的一位女工友在进行路肩整修时被车撞到了，她那时还是个未婚的大姑娘，正值花季，知道吗，她现在还在床上躺着，生活不能自理 20 多年了。”一位养路工对记者们黯然说道。“其实，我们也是把脑袋系在腰带上工作的人，前几年一位养路工在中央隔离带除草，一辆车突然向她冲去，还在工作的她还未作出任何反应，就失去了生命。今年我们的养路工也有 4

个受伤的了。"时蕊说道。"这些都没有让你们想放弃这份工作?"新文化报记者于滙感慨地问道。"几十年了,如果让你们放弃现在只从事了几年的记者工作,去重新开始一个相对轻松的工作,你们愿意么?"一时间,所有记者因这些养路工的执着而哑然。

此时,宝山道班门口,养路工冯奕志还在雨中进行路面清洁工作。车辆急速经过扬起的水雾让正在补拍视频画面的赵天雪愤慨不已。冯奕志告诉赵天雪:"千万要注意安全,扬起的水雾不仅让你看不清车辆位置,行驶的车辆也同样看不清路况,或溅一身水,或吓你一跳,更重要的是人身安全。"赵天雪反问道:"那你们呢?""这是我们的工作,我们习惯了,再说我们经常在路上,有一些经验,在车辆很远的时候就开始注意避让了。"冯奕志透露着成熟、坦然。"说养路工工资不多是普遍现象,说工作危险30年也过来了,这毕竟是一份工作,还是为大家服务的工作,生活拮据一点我可以去打零工,咋的也不会割舍这份工作。"还在疏通涵洞的洪师傅眼神中更是透露着坚毅。

"冬季除雪我采访过,感觉冬季除雪防滑累一些!"高辉很有经验地说道。"其实都一样!"养路工们反驳道。他们说,冬季除雪防滑是以雪为令,按照要求、时限除雪,还有机械作业,相对轻松,主要是冷的厉害,干起活儿来不能停,停下来身上的汗被寒风一吹十分难受,多数养路工的风湿病就是那时候坐下的。"夏季防汛保畅工作更是紧张得要命,就说去年8月吧,梅河口市连续遭遇暴雨袭击,我们对重点桥涵和路段死看死守,全体领导和养路工每天24小时昼夜巡查,说不上哪里会出问题、哪里会有险情,全体员工胆战心惊,出现问题,我们养路工就第一时间到达目的地开始抢险保通,半夜上路工作是常事,还经常是饭吃不上一顿、水喝不上一口。还有春季整修吹着大风吸着尘土、夏季灌缝上晒下烤等等,这些你们一样也体验不到。"一位工作人员说道。

下午返程路上,雨还下着,望着车窗外冒雨作业的养路工们,记者耳边回荡着那自信、自豪的声音:"我工作30年""我25年""我20年"……寒来暑往,树木不知换了几茬,当年的帅小伙已变成身材佝偻的"大叔",曾经貌美的姑娘也已容颜老去,然而这些可亲可爱的养路工们就这样用一颗心,守一条路,护一辈子。

原刊于《吉林交通》2014年6月19日第24期1版

“甘推”:攻坚在雪域高原

泽基志玛　周显仁　扎西美朵

一路跋涉,甘孜的美景尽收眼底。蓝天白云下,野花如星点般散落在绵延起伏的草原,阳光耀眼而美丽。但是在海拔4200多米的高尔寺山隧道里却全然另一个世界,机器轰鸣,各种大型机械进进出出,忙碌在隧道内。工人们正克服恶劣的施工条件,进行全力冲刺。

“甘推”工程适时出台

甘孜藏族自治州位于四川省西部,地处云贵高原和四川盆地过渡地带,因《康定情歌》的传唱而被誉为情歌的故乡,其凭借壮美的自然风光和独特的康巴文化吸引着世界的目光,正逐步成为世界旅游市场的“生态旅游和康巴文化旅游目的地”。但是,由于其经济底子薄、地形地貌复杂,导致甘孜州内道路线形标准低、通行能力弱、抗灾能力差,严重制约着甘孜州的城乡建设和经济发展。重峦叠嶂如同一道阻隔发展跨越的屏障,羁绊着甘孜人民追求突破、追逐梦想的脚步……

2013年,四川省交通运输厅、四川省发展和改革委员会、四川省财政厅印发《四川省甘孜藏族自治州2013～2015年公路建设推进方案》,继续加快甘孜州公路交通基础设施建设。

方案明确了按照“科学规划、突出重点;量力而行、分步推进;争取支持、多方筹资”的基本原则,通过加快甘孜州公路交通建设,2013～2015年力争完成新改建公路6839.1公里,完成投资335亿元。其中,全面开工建设雅康高速公路133公里,规划期完成投资105亿元;加快建设14个目前已经开工建设的国省干线公路项目,总规模2034.1公里,总投资236.5亿元;力争开工建设国省干线公路项目8个,总规模469.8公里,总投资43.1亿元(规划期建成215.5公里,投资30.4亿元);力争尽快完成10个项目前期工作,总规模1147.5公里,总投资115.9亿元,形成项目储备,适时开工建设。同时,规划期内确保建成农村公路4800公里,总投资23.6亿元。

采取措施积极推动工程建设

面对交通建设战线长、人才缺、时间紧、任务重、困难多的实际情况,甘孜州创新工程管理体制,组建了具有独立企业法人的甘孜州交通建设投资有限公司,委托川高公司、兴蜀公司、厅交通设计院、省公路工程咨询监理公司等省级管理优秀团队,负责重大交通项目建设管理工作。

在整个"甘推"工程推进中,甘孜州委、州政府切实把交通建设列入各级政府的重点工作日程。各级政府把交通建设作为本级政府的重要职责,认真研究制订本地区交通发展的政策规划,及时协调解决交通建设中的问题。在工程建设重点时段、关键环节,甘孜州委领导多次带队深入项目实地调研,督察项目建设情况,现场办公解决问题,保证了项目顺利推进。

在甘孜修路除了要克服恶劣的自然环境外,资金短缺是不得不面对的一个难题。为此,甘孜州多渠道筹集建养资金。搭建政府性公路建设投融资平台,充分利用土地资源、旅游资源、矿产资源及其他政府性资源,增强项目建设资本筹措能力;加大财政支持力度,通过财政贴息贷款方式,发挥财政性资金的引导作用;积极推进社会办交通,通过水电库区公路复建及企业援助建设。

破解了资金难题后,一场交通攻坚在雪域高原上演。百年大计,质量、安全第一。在这场攻坚中,管理者和建设者始终把工程质量和安全生产放在首位。确保工程建设质量的关键,是建立一套行之有效的监管体系,甘孜州采取委托三方检测和"飞行"检测方式相结合,加强质量监督,确保工程质量总体受控。同时,为了确保安全,在所有工地开展"平安工地"建设活动,加强桥梁、隧道、高边坡和施工营地等重点工程、重点部位的安全防护,建立起完善安全生产预警和应急救援体系措施。

三年时间力争完成新改建公路6839.1公里,完成投资335亿元。这一浩大的工程几乎涉及全州的每一个县,涉及人数多、范围广。如何协调组织好施工成为这场攻坚的关键。为此,甘孜州加强督查,促进落实。各督导组通过现场督查、暗访督查、信息督查、表格调查等方式，全面准确掌握建设管理单位、施工单位、监理单位、协调部门的工作进展情况。建立重要事项通报和挂牌督办制度，对检查中发现的工程质量、进度、安全情况及时公开通报，对严重的质量隐患和问题挂牌督办，狠抓问题的整改落实。强化考核，月度排名后3位且未完成目标任务的，项目指挥部分析排名靠后的原因，提出整改措施，并报送甘孜州交通运输局。连续2月排位靠后的，各项目指挥长必须常驻工地直到整改落实，并将整改落实情况报甘孜州交通运输局。

同时，严格执行《甘孜州交通建设协调工作管理办法》，甘孜州协调办和各项目协调办加强协调管理工作，切实做好交通重点项目的建设用地、地材、炸材、施工用电、建设环境等要素保障，主动营造良好的交通建设环境。因协调不力导致施工环境差，影响工程进度的，报送甘孜州目标办督查。

发扬交通精神奋战雪域高原

皑皑白雪覆盖高耸云端的神山，微微山风吹拂着广阔无垠的高山草甸，远处牦牛在悠闲地吃草漫步，在这美丽如画的背后，是一场与高原反应、与大山峡谷较量的交通建设攻坚。

在高原开展交通基础设施建设，会遇到平原无法想象的困难。在高原上修路，体力、精神上的反应，变成无时无刻考验着建设者神经的强大对手。

在甘孜州交通运输建设攻坚的每一个建设现场，在海拔4000米以上的高原，面对困难，建设者以坚强的意志，挑战艰难困苦，尽管因缺氧40%左右经常引发头昏头痛；尽管强烈的紫外线和干燥的气候，致使不少人面部脱皮、鼻干流血；尽管因长期在高原工作致使他们早生华发、大量掉发、视力减退、记忆下降；尽管因高原性感冒而致使部分职工患上肺部疾病；尽管因饮用水大肠杆菌严重超标致使他们肠胃病不断，但他们毫不退缩，以坚强的意志战胜了一切困难，满腔热情地投入到项目建设中。

在东海路上，兴蜀公司国道318线东海路建设指挥部副指挥长陈昕告诉记者，由他分管的125公里路上海拔基本都在4000米以上，在修路的过程中要克服一切困难，在项目最艰难的时刻，他们面临着长达3个月的雨季。在路基交验的关键阶段，施工人员每天在现场守着路，用石头把路填好，结果到了晚上，一阵狂风大雨就让路上泥泞不堪，第二天所有施工人员为了保证道路通行又要去填，还要面对群众的不理解。日复一日，大家共同想办法、想措施，一起克服了那个阶段。现在路修好了，看着这条既漂亮质量又好的路，作为交通人心里感到非常踏实。

在东海路剪子弯隧道施工现场，总监办的陈豪告诉记者，在高原隧道施工要克服的困难很多，他们都齐心协力共同克服，即使每天很辛苦，即使两三个月才有一次假，但一想到淳朴的藏族人民看见修好的道路脸上洋溢着幸福时，再多的辛苦都是值得的！

交通绘就甘孜美好未来

随着“甘推”工程的推进，甘孜的路网结构更加优化，路面舒适度和安全性得到全面提升。交通的发展，为甘孜州政府打造全域旅游奠定了坚实的基础，为甘孜州打造中国全域旅游先行区和世界最佳旅游目的地打开了大门。

在素有“中国人的景观大道”之称的 G318 线上，随处可见自驾、骑行、徒步的游客，他们欣赏着高原风光，享受着畅通的道路带给他们的快乐。在剪子弯山，来自西安的自驾游客张先生告诉记者，汽车行驶在这么好的道路上，一边还能享受到这么美的风景，感觉都能忘却高原反应带来的不适。

筑好路，快致富。随着一条条公路的建成通车，源源不断的游客带来了人气，也带来了财气。交通的变化，切实改善了当地群众的生产生活水平。

66 岁的理塘县高城镇哈戈村村民小甲塔告诉记者，他这一生算是见证了国道 318 线翻天覆地的变化，从 60 年前的基本没有什么公路到碎石路，再到现在的柏油路，从最初理塘到成都要花半个多月的时间，到现在去成都一天就能到。

“前所未有”的力度促进“前所未有”的交通大发展。随着“甘推”工程的顺利实施，以甘孜州公路骨干网络体系为基础的综合交通体系，将让甘孜州的腾飞插上翱翔的双翅。有了业已形成的交通基础畅通网络，甘孜州的旅游业、生态能源和矿业以及高原特色现代农牧业、特色文化产业和中藏医药产业也将步入良性发展的轨道。

2014 年，注定是一个甘孜人民期待的一年。这一年，川藏公路通车 60 周年，这一年，甘孜交通继续持续发力。苍茫雪山与离离草原之间，一条条蜿蜒平整的公路正悄然嵌入甘孜州山明水秀的风光之中，神秘的雪域高原、淳朴的藏区百姓正在走出大山，拥抱世界。

原刊于《四川交通》2014 年 7 月总第 235 期

“小岗位”里的“大责任”

——记奋战在廊坊市公路工程质监一线的大兵小将

闫　晶　王亚杰

用卡尺度量青春，用数据定格人生；

把心血融入路基，将汗水铸进桥墩；

他们用特有的执着与严谨捍卫着交通工程质量。

走进廊坊市公路工程质量监督处，你会发现有60多名这样的公路卫士，无论严寒酷暑，他们常驻一线，每年步行1.5万多公里，试验检测原材料和工程实体59000多组(点)……

他们的岗位很小，但是肩负的责任却很大。现在，就让我们走近质监一线，了解这些大兵小将的辛苦与付出。

练就“火眼金睛”

干好监理工作绝非易事，任何细小的差错都有可能影响整个工程的施工，用密涿高速总监周海成的话说就是，“一定要眼观六路，耳听八方！”

去年年初，密涿支线开展冬季现浇梁施工，对保温和技术的要求都很高。为了确保工程不出问题，周海成冒着严寒连盯三天三夜。“咚咚”，一天夜里凌晨两三点钟，处于半睡觉状态的他忽然从轰鸣的机器声中敏感地察觉到浇筑模板发出的声音有异响。“等一下！”周海成立即跑出去下令停止施工，爬上十几米高的架子看个究竟。技术娴熟的他，打开手电一照，短短几秒钟就发现了问题所在，原来是第5孔左幅局部模板发生崩裂。随后，他立刻派人修复，使一项重大安全隐患得以排除。

扎实的理论知识，严谨的工作实践，练就了周海成的“火眼金睛”，促使他善于革新，事半功倍。在沿海高速承担测量工作期间，他不断积极查阅资料，请教专家，研发测量软件用于线路的复核，将计算器点对点计算变为电脑线性统计，使工作效率提高了整整5倍，全处推广沿用至今。为了在高速公路建设中推行好标准化，周海成一眼找准切入点，一方面从强化首件工程模板制和工序交接制入手，建立明确的标准化台账，将繁琐的施工标准由厚变薄，提高可执行性；另一方面也将标准化施工流程、标准细化并以公示，使标准由薄变厚，确保精细施工。

上演“黑脸包公”

做工程，必须要较真，有底气。在之前的大广高速牛驼互通跨线桥施工中，监理工程师乔建新就着实唱了回“黑脸”。

因为桩基和承台浇筑衔接是一个重要环节，一般桩基顶0.5米至1米处为浮浆，混凝土骨料少，强度不够，必须进行“破桩头”工序。但在这项施工中却出了一次“小意外”。现场施工队凿了将近1米，露出了钢筋，但一直未见到骨料，此时夜色已晚，大家又冷又饿，施工队长向乔建新求情说：“少凿一点也看不出什么，您看能不能通融下?”乔建新一听火了，怒斥道：“一旦处理不好，就是沙滩建楼阁，露不出骨料整个桩都得返工!”就这样，1米、2米、3米……直到施工队下探到3.2米，混凝土露出骨料砂浆，断面颜色一致，乔建新才肯罢休，而此时已经是夜里12点多了。

监理员吴艳利，也是一个“精细人”。2006年刚毕业的他被派往廊涿高速工地负责预制梁现场控制，从原材料到配合比，甚至连搅拌时间、加料顺序，他都会严格抽检。刚到工地那会儿，第一车混凝土就由于坍落度过高被他叫停：“这车混凝土不合格，用于预制梁浇筑是万万不能的!”

一开始，施工方认为这个刚走出校门的年轻人是在故意刁难。为让施工方心服口服，吴艳利与施工方商量用这车料做浇筑试验。三天后，当一联水纹深、气泡多的报废预制梁摆在面前时，施工方终于心悦诚服。

甘当“及时春雨”

康保健，瘦高的个子，说话斯斯文文，浑身上下透着一股儒雅气，谁也想不到他竟是一位有着25年工作经验的"老兵",一干起活就成了"急性子",不但对工程严抓敢管,更号称"及时春雨",多次替施工方献策出力。

2010年,由于地方问题干扰,导致控制性工程大广高速跨保津高速枢纽互通段工期严重滞后,业主无奈做好了推迟该段通车的准备。时任桥梁监理工程师的康保健看在眼里,急在心上,连夜组织工程人员讨论,分析工程量和人力、设备配置情况。同时,一连几个月全程盯守,积极与当地政府部门、群众沟通,硬是啃下了这块硬骨头,帮助施工方按时完成了建设任务。

在近期的沿海高速公路箱涵整体浇筑工程中,康保健充分利用休息时间,亲自观察整个浇筑过程,到涵身内检查有无漏浆、跑模现象。一次路基施工中,他发现部分路段处于稻田软土沼泽地段,原路基施工工艺必须变更。随后他迅速组织开展试验,对不同材料填筑效果进行对比,对试验成果进行分析,并通过与投资方沟通商讨出了最佳解决方案,使得该段不但保证了质量和工期,而且大大节约了投资商的建设成本。

他常说:"只要用心,与参建各方想到一块、干在一起,就没有解决不了的难题,攻克不了的难关。"

成为"拼命三郎"

如果说工程施工有忙闲期之分,而对于计量监理工程师李伟亮来说,则一年四季都在忙,他是个名副其实的"拼命三郎"。

计量款、农民工工资能否及时拨付到位事关工程进度和稳定,平常计量工作一个月统计一次,到抢进度时期一个月两次;每到年底,变更手续突击申报、农民工工资结算等一件接一件,忙到腊月二十九仍不能回家。2011年底密涿支线管理处规定10天内办完所有遗留变更手续,李伟亮加班加点,连续奋战,体重足足减了5斤,但30份合同变更任务却毫无缩水,不但按期完成,而且数据清晰准确、内业井井有条,多次被列为观摩样板。

质监人员加班加点是常事,舍小家、为大家早已成为习惯。

2011年计量工程师刘建超原本计划8月举办婚礼,却赶上廊沧高速保通车,抓质量、赶工期,忙于工作的他硬是说服未婚妻将婚期推迟到第2年。而2012年眼看婚期临近,他又接到了102支线LJ4标增加跨线桥工程需履行变更的紧急通知，只得怀着愧疚的心情拨通了未婚妻的电话。就这样，婚礼一直拖到今年1月才举行。

选择了监理事业，就是选择了与路桥、山野为伴，一不能叫苦，二不能喊累……奋战在廊坊监理一线的大兵小将就是这样！

原刊于《河北交通》2014年1月22日4版

导语:绿色循环低碳发展是全世界各行各业的共同话题,公路养护如何走绿色循环低碳发展之路?记者在2014年6月召开的中国公路学会养护与管理分会二届一次理事会暨公路养护新技术研讨会上,捕捉到一些信息,与同行分享。

寻找绿色养护之路

张　波

现代社会,绿色低碳的生活方式越来越成为流行趋势。对公路行业而言,绿色循环低碳的发展方式,是我们必须坚持,也是我们正在为之努力的方向。

绿色循环低碳的发展方式,要求我们不只是宣传概念、倡导节约,更要求我们必须深刻理解绿色循环低碳的内涵,提高思想认识,树立正确理念,创新发展方式,加大技术研究与运用。在公路养护实践中,我们必须创新管理方法,推广新技术和新设备,把理念和措施切实落到具体工作中,才能真正实现公路养护事业的可持续发展。

改变从理念开始

绿色循环低碳的概念对公路养护行业来说并不新鲜,行业主管部门提倡了多年,也被行业发展证明其经济效益和社会效益十分明显。然而,一些养护单位仅仅把绿色循环低碳理解为开会宣传概念、倡导节约办公经费,养护工作绿色低碳却迟迟未能付诸实践。

其实,在公路养护事业中,任何时候开始绿色循环低碳的实践都为时不晚。首先,树立正确的发展理念,让所有公路养护工作者的脑海中都深深刻入绿色循环低碳的概念,是最为基础也最为重要的工作。其次,从实际出发,制定未来发展目标,创新管理方法、制定切实可行的操作方法,是开展绿色循环低碳发展方式的保证。另外，应理论联系实际，根据本单位条件积极引入新技术和新设备，将理念付诸行动，才能真正将绿色低碳循环发展的理念落到实处。

对行业主管部门特别是对国家而言，新技术的成果转化能力是目前最为紧迫的工作之一，官、产、学、研协调互动，共促发展的国家创新体系，亟待建立。

百说不厌的预防性养护

提到全寿命周期内的养护策略，不得不提的是预防性养护。《黄帝内经》曰：上医治未病，中医治欲病，下医治已病。预防性养护被誉为公路养护的上医之策。预防性养护是公路养护的一种理念，也是一种方法，其好处之多，业界早已耳熟能详：以预防为主，推迟大中修时期的到来，最大限度延长公路使用寿命。这与绿色循环低碳的根本宗旨是完全一致的。

与传统的“哪里坏了补哪里”的粗放型养护方式不同，预防性养护要求公路养护部门提前计划、有针对性、主动地对公路进行“体检”与“保养”，预防大病的发生，并且其养护对象是所有的公路设施，包括路面、路基、桥涵，及其所有的附属设施。

然而，由于预防性养护要求养护部门在公路“大病”之前投入“体检”与“治未病”的资金，这与传统的公路管理养护模式不相适应，特别是资金跟不上。曾有报道显示，某些养护单位排斥预防性养护，因为预防性养护把路养好了，推迟了公路大中修时机的到来，进而影响到该单位申报大中修项目资金。这一问题的出现，也反映了目前我国公路养护管理在行政层面上缺少一些措施，一方面需要明确预防性养护的具体技术状况指标，另一方面需要明确养护资金来源，并明确考核目标。而对一线养护单位而言，在目前没有明确的预防性养护行业标准和规范的情况下，能做的就是提高认识、树立理念，争取上级主管部门的支持，利用有限的资金“治未病”，并向行业主管部门反映情况，为决策提供参考。

科学有效的养护策略

提倡绿色循环低碳的公路养护发展之路，应该如何入手？交通运输部科学研究院环保与安全研究中心主任简丽提出，可以从资源节约与循环利用、节能降耗、保护环境和防止污染几个方面入手。

建立绿色循环低碳公路养护之路是一项长期而艰巨的工程，在目前公路养护现实面前，我们能做到的首先是节约资源和资源的循环利用，包括路面再生的推广应用、废旧橡胶的利用、垃圾分类处理和枯枝落叶堆肥。而在节能降耗方面，又可从以下几个方面着手：养护标准化（提高管理水平、提高管理能效、节约资源、降低养护成本），温拌沥青技术的使用和推广（降低施工温度、改善施工环境、减少二氧化碳排放），节能照明（推广 LED 灯，节省能耗），绿色能源的应用（太阳能和风能发电、利用地源热泵为服务区冬季供暖等），建筑节能、不停车收费（提高通行率、降低能耗、减少排放），超限超载不停车预检系统（提高通行率、降低能耗），建立低碳运行管理系统（提高路网安全性和运行效率、降低事故率、减少油耗）。

要实现绿色循环低碳发展，必须保护路域生态环境。简丽提出，可从生态监测、野生动物保护和碳汇植被营造三个方面入手。目前我国公路行业在生态监测和野生动物保护方面已经开展了不少的研究和实践，比如根据路域野生动物生活习性，在公路上增设提醒标志、增加野生动物通道等。而碳汇植被营造可以根据当地环境和公路运行状况，在可行的情况下种植大量植被，以吸收、存储公路上车辆排放的二氧化碳。

防止公路污染是养护部门一直研究的课题。一方面，对于路面径流污水可采用人工营造生态净化系统的处理方式；另一方面，对融雪剂产生的污染，可采用增加机械化除雪、减少传统融雪剂、采用环境友好型融雪剂等方式。

可从材料方面入手的方法

路面材料循环利用

路面材料循环利用是实现绿色循环低碳发展的有效方法，目前我国公路养护工作中材料循环利用率并不高。据公路养护技术国家工程研究中心副主任王松根透露，我国公路路面材料，特别是沥青料的循环利用存在“三低一滞后”

的问题:利用率低,全国沥青旧料回收利用率总量不足30%;旧料掺量低,厂拌热再生混合料旧料掺加量仅为20%~30%;利用价值低,一般是面层材料用作基层、高速公路材料用于低等级公路甚至是被老百姓作为他用;技术研究、材料与装备研发滞后,缺少全面系统的技术研究。

沥青路面材料的循环利用有4种技术7种应用:

沥青路面厂拌热再生(面层材料):

将回收的旧沥青料,选择适宜的掺配比例与新料拌和,必要时添加再生剂,再使用间歇式或连续式厂拌设备生产新的热拌沥青混合料。

沥青路面就地热再生(面层材料):

采用专用的就地热再生设备,对沥青路面进行加热和软化,然后耙松(或铣刨)至一定深度,掺入一定量的新沥青、再生剂或新沥青混合料等,形成新的热拌再生沥青混合料。

沥青路面厂拌冷再生(面层材料、基层材料):

将沥青路面旧料与新骨料、乳化沥青或泡沫沥青结合料、水硬性活性填料和水进行常温拌和,常温铺筑形成路面结构层。

沥青路面就地冷再生(面层材料、基层材料、面层和基层复合再生材料):

采用专用的冷再生设备,对沥青路面进行就地冷铣刨、破碎和筛分,掺入一定量的新集料、乳化沥青或泡沫沥青结合料、水硬性类活性填料和水,经过常温拌和,常温铺筑形成路面结构层。

温拌沥青节能减排

温拌沥青是实现节能减排的一项良好技术,特别是温拌再生沥青混合料,完全符合绿色环保的要求。江苏省交通科学研究院股份有限公司副总裁、新型道路材料国家工程实验室主任曹荣吉介绍,温拌沥青技术采用物理或化学手段,增加混合料的施工操作性,而不会对路面性能造成负面影响,是一项革命性的新技术。温拌沥青可将施工温度降低30℃~60℃,减少30%~90%的烟气排放、改善施工环境,减少约30%的燃料消耗,提高路面的压实性能,减小施工中的老化,并能提高再生料的用量。

目前,生产温拌沥青主要有两种方法,一种是沥青发泡法(采用设备发泡或者是材料发泡)，另一种是添加化学添加剂。目前，温拌沥青在我国的研究应用已经取得了巨大进步，试验路段通车运行情况良好。

原刊于《中国公路》2014 年 8 月 1 日第 15 期

为民族复兴提速

——写在我国高速公路总里程突破十万公里之际

刘传雷

25 年之后，再看沪嘉高速那短短的 20.5 公里，意义非凡。短短 25 年，10 万公里，这是中国，也是世界公路发展史上的奇迹。从 1988 年到 2013 年的 25 年间，从古丝绸之路上的新疆霍尔果斯，到亚欧大陆桥头堡江苏连云港，从天涯海角的三亚湾，到东北亚综合交通枢纽城市吉林珲春，横穿神州的一条条高速公路，为这个拥有超过 13 亿人口的东方古国注入了源源不断的活力，让这个拥有 56 个民族的美丽国度焕发出前所未有的勃勃生机。

25 年间，从两纵两横三个重要路段，到五纵七横，再到“7918”，纵横华夏大地的高速公路网，成为经济的大通道、大走廊，也为区域合作互联注入新生力量。25 年，10 万公里，高速公路见证和承载着无数国人的梦想跨越时空得以实现；25 年，10 万公里，高速公路见证和支撑着一个大国的崛起，也让中华民族复兴的步伐更加坚定有力。

争论中跨出第一步

20 世纪 80 年代，对于公众而言，“高速公路”还是一个全新的概念。据时任沪嘉高速公路建设指挥部副总工程师的张奎鸿回忆，改革开放初，上海的道路建设难以满足交通运输量的增长，交通拥堵日趋严重。从上海市区到嘉定科学城不过 20 多里，但在高峰时段，乘车要两小时，尤其在杨家桥铁路道口，市民常常一等就是几十分钟，人们对出行难怨声载道。

在那个格外看重时间和效率的年代，交通堵塞，其实阻塞是市场要素的流动，无谓的等待，其实是在空耗积压已久的发展干劲。毕竟早在 1981 年，深圳蛇口招商局便打出了“时间就是金钱,效率就是生命”的口号,每个人和这个国家都正以“只争朝夕”的气概,追回过去丧失的发展时间、机遇和梦想。

时间、效率,堵塞、等待,这不仅表现在上海,更是当时整个国家发展状况的表现,这些让有识之士十分焦心。

据时任交通部部长钱永昌回忆:我多次去过美国。不是它的高楼大厦,也不是它的地铁、城铁,恰恰就是它发达的高速公路,是惊人的州际高速公路网震撼了我。那时我就感到,高速公路是一个国家、一个民族、一个地区经济实力的象征。高速公路不仅是社会生活、经济生活的组成部分,更是一种文化、一种精神,可以当成是国家与国家的竞争之要,也可以看成是事业发达、国家强盛的象征。我们要搞这个东西。改革开放的中国不能没有高速公路,渴望强大的中华民族不能没有高速公路。在建设高速公路的过程中焕发出来、凝聚起来的民族精神力量,在建成之后给予拥有它的民族的激励的力量,对我们国家正在进行的建设,对我们民族的成长,意义巨大!

作为高速度和高效率的代表,高速公路进入人们的视野。起初,让一个农业文明长期占主导地位的大国,接受来自现代工业社会的风驰电掣,这中间颇费了些周折。建不建高速公路,甚至成了《人民日报》等重要媒体大讨论的话题,各派争论不休。

讨论也是一种等待,世界发展的步伐并不会等待原地讨论不休的人们。

当时,交通人秉持“不争论”的实干精神,让实干和实效给是否要建高速公路一个“定论”。

1984 年沈大路先用一级路的名义开始建设。之后,沪嘉、西临、广佛等 3 条一级汽车专用道(之后的高速公路)相继开建。沈大一级路通车后,沿线 5 个城市外商投资意向增强,实际利用外资规模不断扩大,建立各类经济开发区 80 多个。沪嘉高速正式通车后,效益一下子就显现出来:它改善了沿线乡镇的投资环境,使沿线土地价值由原先的每平方米 5 元左右增加到每平方米 30 美元至 80 美元。1990 年至 1993 年,沪嘉沿线乡镇企业数量、固定资产规模和工业利润的增长率达到 6.9%、30.4% 和 29.3%。

摆在眼前的效益,一下子平息了质疑的声音。1989 年 7 月 18 日。由交通部组织的“高等级公路建设经验交流现场会”在沈大路召开。这是我国交通发展史上第一个专题研究高等级公路建设的全国性会议，也是我国高速公路建设处在关键时期召开的关键性会议，它统一了未来高速公路发展的声调，协调了快速发展高速公路的步调。

从此，我国高速公路发展开始大踏步前进，一个史诗般的发展大幕开启。

大国崛起的“高速度”

从1988年到2013年的25年间，我国高速公路平均每年通车4000公里，特别是1998年全球金融危机后的15年间，全国平均每年通车里程高达6400公里。

从滞后到相对适应，再到适度超前，25年间，一个覆盖城乡、便捷高效的高速公路交通网络初步形成。

高速公路作为国民经济和社会发展的重大基础设施，如此快速的建设给我国国民经济的发展、国土资源的开发、生产力的合理布局、区域间的合作、投资环境的改善等诸多方面都带来了巨大影响。

如果说始建于20世纪40年代的“艾森豪威尔州际与国防公路系统”是推动美国40年来经济持续繁荣的发动机，那么，更加全面、完善、系统的国家高速公路网，推动了我国社会经济飞速前进的滚滚车轮，释放了中国发展的无穷潜力。

2007年世界银行发布了一份针对中国高速公路的研究报告，主题便是“中国高速公路：连接公众与市场，实现公平发展”。这份报告认为，中国1992年以来在经济增长和减贫上取得了举世瞩目的成就，其重要成就是基础设施尤其是交通基础设施的发展。

据相关统计，在我国高速公路快速发展的25年间，公路客运总量从1989年的64.45亿人次，上升为2012年的355.7亿人次；公路货运总量从1989年的73.38亿吨，增长为2012年的318.85亿吨。

这些成绩的背后，高速公路功不可没。一条条高速公路减少了运输时间，给各地带来了更多的招商机遇，令整个国家的工业更具竞争力。

1993年，京津塘高速公路通车。这是我国第一条利用世界银行贷款建设的跨省、市的高速公路工程。当时建设的初衷是为了加强京津两地的交通联系，加快天津港的货物集散速度。但出人意料的是，在这条高速公路的周围，却形成了一条高速公路产业带。从北京到塘沽11个出入口附近区域，形成了11个新兴经济技术开发区。而1992年至1993年京津塘高速公路天津段沿线的国民生产总值平均增长速度为36.6%，同期天津全市的平均增长速度为25.1%。

之后，随着高速公路的不断延伸，与此相似的效应得以辐射全国。

25年间，一条条高速公路让中国所拥有的巨量劳动人口能够更容易地迁移，人们得以去别的地方寻找机会，巨大人口红利得以不断释放。

25年间，一条条高速公路凭借其强大的通行能力、快捷的运行速度、灵活的运行方式，极大地提高了运输效率和优化了高速公路沿线地区的区位条件。从长三角，到珠三角，再到泛长三角和泛珠三角，从京津唐，到山东半岛城市群，再到环渤海经济带……高速公路让城市群之间的联系更加紧密。

25年，由于高速公路网的串联，全然不同的地方商品和服务市场被结合起来，推进了地区性和全国性市场的形成，并不断改善着我国的经济布局。从长湘潭、中原城市群的逐渐发展壮大，再到北部湾经济区、成渝经济区、海西经济区从雏形到初具规模……高速公路网起到了输入发展机遇，激活发展潜力的巨大支撑作用。越来越密集的高速公路网在支撑我国巨变的同时，也反映出这种巨变。

25年间，我国国民生产总值从1988年的13853亿元，增长为2013年的568845亿元，年均增长率约为9.74%。2010年，我国国民生产总值超越日本，成为世界第二大经济体。

汽车社会的高速公路服务

中国是一个快速发展的国度，高速公路里程的增加和极速增长的汽车保有量，便是最好的注脚，而这两者又有着密切的关系，并一起改变着人们的生活。

汽车+高速公路，意味着一种生活方式。出行效率变高，生活半径不断增大。

截至2012年6月底，中国机动车总保有量达2.33亿辆，其中汽车1.14亿辆。全国机动车驾驶人达2.47亿人，其中汽车驾驶人1.86亿人。而截至2013年11月底，我国私家车的保有量达8500万辆。

汽车进入家庭，中国进入汽车社会，在此背景下高速公路在宏观上迅速改变着国家的同时，也正在从大大小小各方面改变着人们的生活。

20年前，山西人想从太原坐汽车去北京、天津等地，只有一条道可走——国道307线。“怎么说呢？简直是不堪回首！”一提起当时的国道307线，50岁的平定县人李泽斌摇着头说：“那时候，这条路一堵就是几十公里，堵上两三天是家常便饭，七八天也不稀罕！”每逢堵车，路边的村民便提着水壶和食物到国道上叫卖，成了国道307线的独特“风景”。

现在，再从太原到北京，已有数条高速可供选择。

2013年7月，杭州湾第二座跨海大桥嘉绍大桥通车，该桥连通沪昆、绍诸、上三、乍嘉苏、杭甬等多条高速公路。至此，以杭州为中心的“一小时经济圈”全面贯通，为杭(州)湖(州)嘉(兴)绍(兴)4城市“同城同节奏”提供无限便捷。

杭州“一小时生活圈”只是一个例子，在住建部编制的《全国城镇体系规划》中，北京、重庆、天津、上海、广州被确定为国家五大中心城市。这五大中心城市，基本上都已经形成了“一小时经济圈”。

经济圈的背后都有高速公路网的支撑。以重庆为例，10年前，由于区域阻隔，相隔100公里左右的重庆长寿区和北碚区，两地人说话口音都不尽相同。如今，“二环八射”高速公路网的建成已让北碚成为重庆发展的新重心。大城市、大农村二元结构的重庆，以高速公路建设破题来统筹城乡综合配套改革，给当地城乡居民带来诸多实惠。

当然，这样的实惠正在不断向中西部地区扩展。

2013年12月30日，云南大(理)丽(江)高速建成通车。它串起沿线众多文化旅游景观的旅游黄金线，不仅使大理、丽江两大世界级旅游地融入两小时旅游圈，还激活了滇西北公路网。20分钟到挖色，半小时到双廊，一小时到洱源地热国，它让沿线白族、纳西族和藏族等各族群众充分感受到了现代文明的魅力。

所有这些变化，只是服务国人，并给生活带来巨大变化的点滴折射。

值得注意的是，25年来，在支撑经济和社会发展的同时，高速公路“为人民服务”的能力正在不断提高。

2013年12月，继珠三角区域ETC联网、长三角6省市ETC互通之后，京津冀鲁晋5省市高速公路ETC实现全面联网。之前的6月21日，北京市ETC用户已超百万；7月9日，浙江省实现省内高速公路“ETC全覆盖”；9月15日，江苏ETC仅用57个月的时间客户突破百万。

ETC的应用是25年来高速公路收费体系和方式等各方面，不断适应满足“货畅其流、车畅其道、人畅其行”交通需求的缩影，也是高速公路提升服务水平的表现。同时，作为我国高速公路信息化和智能化发展的代表，基于ETC的综合应用也将引领未来高速公路发展。

更让人欣喜的是服务区的变化。起初的服务区的功能被驾驶员们戏称为：车加水，人放水，仅此而已。现在全国1700多对服务区，正在向着现代化、专业化和标准化的方向发展。如今在这些设施齐全、便捷舒适的服务区，有40多万人在提供加油、餐饮、维修、购物以及清洁等优质服务。由此，服务区逐渐成为沿线各地社会发展的窗口和名片。

25年间，从地处长江入海口的上海崇明岛，到湖南著名的苗寨景区德夯大峡谷，从中越边境的广西靖西县安德古镇，到中俄边境的新疆阿勒泰，一条条高速公路穿山越海，让我们的出行也变得更加快速和便捷。

25年间，从长途驾车出行，到双城生活，从选择工作、选择配偶，到选择居住地，一条条高速公路正在改变着人们的生活方式。

25年间，随着这些高速公路的投入运营，巨大的人流、物流、信息流以前所未有的立体流动方式，将人们的时空观念和生活方式带入了一个新的时代——高速公路，惬意生活。

超级工程的世界纪录

1993年，当杭州湾跨海大桥建桥设想第一次摆上桌面时，一位外国专家不客气地说：“在杭州湾上架设大桥，本身就是一个奇迹。坦率地讲，我们要做的可能是研究不可行性报告，而不是可行性报告。”专家的担忧不无道理。作为举世闻名的三大强潮海湾之一的杭州湾，浪高、流急、潮差大，且流向紊乱，小气候变化无常，一年中能在海上施工的时间只有180天；海底还有30多米深的砂性淤泥层，南岸还有大量的浅层天然气，一打桩随时会喷涌而出……施工难度之大举世罕见。

2002 年 5 月，带着技术难题，杭州湾跨海大桥工程指挥部考察团来到美国纽约曼哈顿一家世界著名桥梁建筑公司。当考察团把浅层天然气打桩施工、滩涂区架梁等难题介绍完毕后，世界一流桥梁专家们一时集体“失语”。

25 年间，我国的高速公路建设不断给世界带来惊奇——

2007 年，全长 36 公里的杭州湾跨海大桥开通，它攻克了在强潮海湾建设跨海大桥的技术难题，获得了 200 多项技术革新成果，创造了多项世界纪录。

2010 年 4 月 26 日，厦门翔安海底隧道建成通车。作为我国内地首条海底隧道，也是世界上覆盖层最浅的海底隧道。不仅如此，它还是国内专家自行设计的第一条海底隧道。

2011 年 6 月 30 日，世界最长跨海大桥——青岛胶州湾大桥和中国最长海底隧道——青岛胶州湾海底隧道在青岛同时通车，成为中国桥隧建设史上的一座里程碑。

25 年间，在 10 万公里高速公路建设过程中，一批施工难度大、科技含量高的特大桥梁和隧道相继建成，我国已迈入世界桥隧强国行列。主跨 1088 米的苏通大桥是世界上首座千米级跨径的斜拉桥，也是目前世界上主跨最长的斜拉桥；舟山大陆连岛工程西堠门大桥为主跨 1650 米的钢箱梁悬索桥，主跨长度居世界第二位，也是世界上抗风要求最高的桥梁之一；秦岭终南山隧道双洞共长 36.04 公里，是世界最长的双洞高速公路隧道……

25 年间，这些举世瞩目的“超级工程”，共同见证了 25 年间中国高速公路在勘察设计、施工工艺、科技创新等全方位的世界级水平。

写给未来

过去的 25 年，我国高速公路发展速度惊人、成就巨大。10 万公里，这是梦想的实现，也是梦想的出发点。

2013 年《国家公路网规划（2013 年～2030 年）》发布，其中提出：保持原国家高速公路网规划总体框架基本不变，补充连接新增 20 万以上城镇人口城市、地级行政中心、重要港口和重要国际运输通道，在运输繁忙的通道上布设平行路线，增设区际、省际通道和重要城际通道，适当增加有效提高路网运输效率的联络线。调整后的国家高速公路由 7 条首都放射线、11 条北南纵线、18 条东西横线,以及地区环线、并行线、联络线等组成,约11.8万公里;另规划远期展望线1.8万公里,远期展望线路线主要位于西部地广人稀的地区。

要想实现这个新的梦想蓝图,我们面临许多困难,资金、土地、断头路,养护、管理、信息化,覆盖范围不足、通道能力不够、网络效率不高等问题,都是拦路虎。

据测算,到2030年,我国公路交通的客货运输需求以及客货周转量基本上是现在的2.2倍至3.6倍。我们如何来面对和应对这样的交通需求和压力?交通运输部提出的“四个交通”发展目标给出了答案。未来,只有将综合交通、智慧交通、绿色交通、平安交通的相关要求贯穿于高速公路的建、管、养各个环节,始终坚持安全第一,服务至上,绿色环保和科技创新的发展思路,将提质增效和提升服务质量作为重中之重,才能实现高速公路持续健康发展和新的跨越。当前,我国工业化、信息化、城镇化和农业现代化的大潮,给公路交通发展带来了新的机遇,也向人们昭示:这里是梦想实现的地方。

为了我国高速公路实现新跨越,让我们一起聚集力量,用激情点燃梦想。

原刊于《中国公路》2014年第3期

导语："从家出来，步行不超过30分钟就能找到共享汽车（一种以短期、自助为特征的汽车租赁业务模式），开车到车站，乘火车到机场，登机，一切都环环相扣，因为这个旅程的每个环节都已通过单一'交通服务供应商'预订和付款。到达目的地后，乘坐另一辆共享汽车继续旅程……"

"这便是《2012年毕马威全球汽车业高管人员调查》报告前言中描述的一种最优化交通服务。"中国道路运输协会高级工程师张一兵向记者介绍，"汽车租赁因适合个性化交通需求和相对高效率的特点，成为实现最优化交通服务的关键环节，其前景不可限量。"

汽车租赁的理想趋势

——专访中国道路运输协会高级工程师张一兵

楚　峰

让汽车租赁实现自助化、变得更为方便，并融入整个出行交通服务环节中，实现"门到门"的交通出行服务——在张一兵看来，这便是未来汽车租赁行业发展的趋势。

"这种理想的出行交通服务，其实，距离我们还很远。"与国外的相对成熟比起来，中国的汽车租赁行业仍处于早期发展阶段。

现状：多种模式争相并存

虽然稚嫩，但随着产业巨头、大资本的陆续渗透，国内汽车租赁正展示出矫健的步履。

尤其是2014年神州租车、一嗨租车相继上市，让国内汽车租赁市场迎来增长爆发期。从传统的租车模式到如今的各种线上模式不断涌现，汽车租赁这几年的势头一年胜过一年，竞争也是愈演愈烈。

张一兵将中国的汽车租赁模式归结为以下三种：

第一种是占整个市场一半以上份额的长期租赁。在神州、一嗨等出现之前，中国的汽车租赁市场基本是都属于长期租赁，像首汽、安吉等，80%的业务来自大企业、跨国公司、事业单位，甚至国家机关提供车辆服务。这种模式一直延续到现在，甚至还扩展到汽车销售领域。一旦出现汽车销售不好的情况，就会采取“以租代卖”模式，承诺承租方租车达到一定时间就将车辆过户给承租方。

第二种是短期租赁，像神州、一嗨等企业，采取按小时、按天计价租车，只是满足承租方临时的出行需要。

第三种是带驾驶员租赁。这种模式在国内法律法规范围内还存在一定的不明确性，呈现出来的形式也是各式各样。但这种模式在国外发展得很好，尤其是北美地区，带驾驶员租赁从法律法规到整个行业管理，都有一整套完善的管理模式，值得中国借鉴。

“长期租赁有点偏向于汽车销售这一块；短期租赁是一种交通服务，跟公共交通的关系更为密切；而带驾驶员租赁实质上就是客运。”张一兵进一步分析，“虽然三种模式都属于汽车租赁，但三者之间又不尽相同，可以分别独立出来。”

而在这个不断创新的时代，汽车租赁也如中国其他行业一样，吸收国外先进经验和理念，各种创新模式也层出不穷。比如神州租车推出的“企业云”产品，包括了短租自驾、短租代驾、长租、融资租赁、车队管理等多项服务，既是交通服务、车队管理概念在汽车租赁业务上的体现，也是汽车租赁业务融合趋势的体现。其实，像神州、一嗨租车等这样有良好服务网络基础的汽车租赁服务企业，扩容汽车融资业务应当更有优势。

另外，还有近期很火的P2P模式，私家车主或者租赁公司将处于闲置状态的私家车或者待出租的租赁车辆出租给身边的用车者，由其自行驾驶，不带陪驾，从而解决其用车需求，缓解交通及环保压力，节约社会资源。该种模式以PP租车、友友租车等为代表。

“目前的P2P模式，是通过建立平台，让承租人和出租车主通过平台对接进行交接，但费用结算必须得通过这一平台，承租人把钱交给平台，平台再把钱结算给出租车主。这样一来，P2P平台就相当于一个中介机构。”张一兵说，“但P2P模式并非汽车租赁的主流，这种模式还存在一些不确定性，有待进一步完善。”

此外，各种APP租车也在快速扩张。“其实，不管汽车租赁以什么形式、什么模式呈现，最终的结果是提供更为方便的运输服务。”张一兵说，“这也是一个竞争、创新、整合的过程，这个过程必然充满各种阻力、动力。”

难点:信用体系&资源整合

“小、散、乱”，这几个耳熟能详的字经常出现在很多行业分析中，而汽车租赁也无例外：市场主体规模小，市场集中度不高，经营方式和管理水平落后，市场相对混乱……

抛开这些问题，在张一兵看来，汽车租赁行业目前急需解决的一个难点便是信用体系建设。

“租赁企业将车租出去，结果汽车被承租人转卖，租赁企业该怎么办?”张一兵说，“这种问题在汽车租赁行业时有发生。”

所以，应当建立完善的承租人信用信息系统。该系统应包括身份证、支付能力及信用、驾驶执照及通缉犯罪嫌疑人信息等。目前，很多部门拥有部分信用系统的信息，但因为独立运行，未能整合资源，没有建立一套完整的为汽车租赁所需要的承租人信用信息系统。

“另外还有配套问题。比如租赁车辆交通违规处罚问题就一直困扰着租赁企业。解决办法是什么？国外有现成的案例可资借鉴，就是由租赁公司把承租人的信息给交管部门，然后交管部门直接把处罚发给承租人。这种做法在国内法律上绝对没有障碍，但是执行起来却遇到了麻烦。”

国内的真实现状是，当租赁车辆违章时，由于汽车租赁企业无法约束违章驾驶员去接受公安交通管理部门的处罚，经常出现承租人违章后不主动去接受处罚，交管部门只能直接处罚机动车所有人即汽车租赁企业。“这样就使汽车租赁企业遭受不应有的损失，客观上也纵容了某些交通违章行为。”

所以，张一兵认为，汽车租赁全国联网平台的建立非常必要。这一平台不光是为汽车租赁企业服务、为承租人服务，同时也为行业管理、公安等部门服务。租赁企业也非常希望有这样一个信息系统，通过该系统能获得承租人的信用信息，及时掌握租赁车辆的违章情况，行业管理部门也可以通过该系统获得行业的信息。如今利用租赁车辆从事犯罪活动也比较多，公安部门通过这个系统可以快速获取嫌疑人用车情况，以便于及时采取行动。

“已经有个别地方规定租赁企业营业场必须安装摄像头，建立跟公安部门连接的信息系统，及时上传承租人登记的相关信息。”张一兵说，“但要在全国范围建立一个统一的信息平台，资源整合就是一大难题。但是这是未来趋势，中国道路运输协会目前也欲牵头搭建国内首个汽车租赁信息服务平台，目前正在努力中。”

借鉴：国外管理经验丰富

“我们的管理模式跟日本有些类似，我们可以借鉴他们的一些先进做法。”张一兵说。

例如，一直以来，汽车租赁行业定位不清给我国的汽车租赁行业管理带来很多困惑。而在日本，汽车租赁行业划分比较细致，特别是将短期汽车租赁这个交通属性比较突出的行业单独确定为“自家用自动车有偿贷渡业”，这样既便于针对其交通属性进行行业管理，也区别于传统道路运输行业。

“不管是长期租赁还是短期租赁，都设有专用牌号。从车牌就可以分出营运车和非营运车，租赁汽车的车牌又区别于营运汽车和非营运汽车。而且，租赁汽车在保险和年检方面都有严格的条件要求，以确保安全。”

“或许我们也可以在国民经济分类中确定短期租赁是一个新的道路运输领域，并针对短期租赁的特性，采取与传统道路运输有所区别的管理政策。”

日本汽车租赁与传统运输模式关系紧密，特别是短期租赁，可以与民航、铁路、地铁、公交汽车等交通进行无缝衔接，解决“最后一公里”问题，完善公共交通的服务功能。比如，西日本旅客铁路运输公司（新干线）旗下租赁公司在日本有 269 个站点，多数和各车站连在一起，新干线乘客租车可以对火车票打 8 折，最小租期 6 小时，大多是经济型小客车。

日本最大汽车租赁企业欧力士公司在政府部门的支持下，在地铁沿线、住宅区开展汽车共享服务，最短租期 30 分钟，计费单位为 15 分钟，客户可以使用公交汽车 IC 卡结算。“这种短期租赁与公共交通的结合，既是一种绿色交通方式，也符合我们前面提到的理想出行交通服务标准。”

实际上，我国汽车租赁行业所遇到的汽车租赁诈骗、交通违章处罚等问题在日本也同样存在，但这些问题并未给行业发展造成严重影响，为什么呢？

张一兵认为，日本在汽车租赁方面的法律法规比较完善，车辆登记、会计税务管理、合同、保险、车辆检验等方面都有相关法规，汽车租赁作为道路运输的一个类别，还有专门的行业法规指导。

趋势：自助租赁加规模发展

“为什么现在网上租车、手机APP应用这么火，就是因为方便。那么，就此角度看，汽车租赁的发展方向应该也是越来越方便。”张一兵说。

自助租赁服务在日本已经得到成功应用。使用公交IC卡就可以租赁汽车，跟坐公交一样方便。“这也跟我们现在常见的公共自行车租赁模式非常类似。”张一兵说，“我前一阵子了解到，现在已经有地方尝试电动车自助租赁服务，没准下一步自助汽车租赁服务就会出现在我国。这些实践都跟公车改革紧密结合，既是新能源的推广，又可以作为短期租赁充分满足交通出行需求。”

“我们一直强调大力发展公共交通，但是不管公共交通做得多么完善，但有一点是做不到的，那就是真正的门到门的服务，门到门只能借助以汽车租赁为主体的交通服务能实现。这两者结合，才是理想的城市交通模式，大网络布局的公交和实现门到门的个性需求服务相结合是效率最好。”

而要达到那种要求，规模化不可避免。“汽车租赁行业发展的趋势之一就是实现规模化。”但是，中国的汽车租赁市场发展还处于初级阶段，基本上以占整个市场80%强的中小企业为主。

规模小，问题多。首先一点就是经营成本高，汽车租赁的主要成本是车辆折旧费用，小企业没有能力跟上大汽车厂商的大客户要求，所以拿到的车价就高，大企业去买车就能比小企业最多便宜20%左右，这就是成本上的差异。

另外，在管理方面，很多小企业的管理都不到位，甚至是家族几个人一起就可以成立一家公司，虽然规定上称，汽车租赁企业必须达到多少自营车辆才可经营，但实际上很多租赁公司挂靠的都是私家车，如此一来，服务质量肯定不能保障，也容易出现纠纷。

那么，怎么才能达到规模化发展呢？张一兵认为，现在，大资本、大财团的不断加入，就有利于汽车租赁行业的资源整合、规模化发展。

“当交通服务成为商品，人们将从购买汽车转向使用汽车。汽车租赁企业提供车辆更新和调度、驾驶员管理等核心服务。客户不再谋求获得租赁车辆所有权，也不承担残值风险，这便是汽车租赁的未来。”张一兵总结说。

原刊于《运输经理世界》2014 年 12 月刊总第 519 期

导语:25.8→24.6→20.7→18.5→15.7→15.2,这是从2009年到2014年上半年一路走低的快递价格。“价格战”,快递企业最频繁使用的搏杀利器,它的背后,玄机重重。利益的博弈和平衡之间,大家试图从绝杀中寻找出路。

一报还一报
快递企业的“囚徒困境”

武文静

“初到深圳,肖然靠贩卖CD为生,别人卖7块,他卖6块,价格永远比别人低,卖光CD后抱着空箱子,同行都行起了注目礼……”这是最近热播的电视剧《相爱十年》中的一幕,邓超所扮演的肖然就是靠低价打败了竞争对手。

同样的桥段正在快递市场上演。所不同的是,“快递版肖然”的同行们行的不是注目礼,而是以更低的价格进行还击。刘嘉(化名),某快递公司合肥分公司的片区经理,今年“五一”后,他所在片区每天的派件量由原来的700多件增至900多件,揽收量也上涨了两三倍。但刘嘉却没有想象中的兴奋,这次冲量的成绩主要归功于他新开辟的几家淘宝大客户,动用的“尚方宝剑”,依然是降价——表面上涨的数字,并没有带来乐观的收益。更令他始料未及的是,之后他所在片区的其他快递网点也开始降价,整个片区被卷入“价格战”漩涡。

为何你低我更低,用管理学中著名的“囚徒困境”来解释,就是为了自己的利益而损失伙伴的利益,结果到最后谁也没有得到好处。上述事件远非个案,自2013年3月以来,“价格战”在全国各地都不同程度地上演,而且大有愈演愈烈之势。每一个从业者都哭着说不能活,但面对同行竞争时,却又毫不犹豫地冲锋陷阵,近身肉搏。5年,同城、异地、国际及港澳台快递业务收入平均单价,从25.8元一路跌至15.2元,从积极意义来讲,一路走低的快递价格有其惠民的一面,长此以往行业真的“很受伤”。非零和游戏环境下,当竞争双方都采取友善合作的态度,结果就是双赢,但如果继续“一报还一报”地互相倾轧,最后的结果就是彼此都得到惩罚,谁也不会拿到希望中的奖赏。

吐槽:杀敌一千,自损八百

“你不想降价,但别人在降,你不降怎么办?”“降价就是找死,不降价就是等死。”“人工成本、费用都在上涨,但快递价格不涨反降。”

……

说起“价格战”,快递企业吐槽不断。没有具体的时间点,没有特定的发起企业,仿佛一夜之间,快递“价格战”席卷全国。在5月30日召开的“京交会·中国快递行业发展大会”上,零点研究咨询机构给出的数据显示:此次快递“价格战”,从2013年3月在局部地区开始,到2014年3月全面展开,所有具有规模效应的快递企业基本上都参与进来。最直接的结果就是快件单价水平持续降低,并且有进一步降低的趋势。

在这场史无前例的“价格战”中,二三线市场、基层网点,成为重灾区。据记者了解,在江浙沪、福建、广东这样的经济发达地区,“价格战”最激烈的往往不是省会城市,而是地级市和县级市。

“这不,前几天,浙江义乌网点经理又给我打来电话,说价格压得实在太低,快扛不住了。”尽管已经在快递业内摸爬滚打多年,但今年的价格战还是让陈阳(化名)颇感无奈。作为某快递公司浙江区经理,他已经不记得这是今年以来义乌网点经理第几次向自己诉苦了。

今年3月,从义乌发往全国的小件,只要发货量达到一定件数,首重0.3千克以内的快件全国统包价降至4元/件,甚至更低。这场“价格战”究竟缘何而起,陈阳也有点摸不着头脑,“谁也不知道是哪家快递公司最先挑起的,但大家又不得不去迎战。如果你不降价就会有客户流失,就意味着失去市场份额”。

4月,福建泉州市下辖的县级市石狮,有快递公司推出“3元跨省件”,以超低价来吸引寄往邻省的一些快件。在湖北随州,一些中小型、区域性快递企业为了争夺网购件这块“大蛋糕”,更是拼命压低价格,甚至打出发全国各地每件只要2.8元的“跳楼价”。

“杀敌一千，自损八百”，激烈的“价格战”导致企业利润在吃水线上下徘徊。“我干了14年快递，唯独今年特别难做。以前也打过‘价格战’，但至少还能有点儿利润，今年几乎是在亏损的边缘，可以说是史上最惨烈的快递‘价格战’。”天津市韵达快递服务有限公司经理汪北方苦笑着说。“现在大家是在喝稀饭，肚子撑得很大，但实际上没什么营养。”他给记者算了一笔账，一个面单至少要1.2元，基础派送费1.5元，至少就要2.7元，这还不算人工等基本费用。就目前天津发全国的快件只要4元、3.5元来看，肯定是不正常的。

如此惨烈的“价格战”，也让一些快递企业谋求“抱团取暖”。8月初，重庆圆通、申通、汇通、中通、韵达、天天6家快递公司取消了之前对电商快递的“协议价”优惠。涨价方案为：同城首重每千克5元，续重每千克2元，异地则是首重6元，续重3元。

之后，6家快递公司受到重庆市物价局调查，公布的调查结果为：6家公司统一提高快递收费标准，存在相互串通、操纵市场价格的行为，并向涉事的圆通、申通等6家快递公司重庆分公司下发责令整改通知书。

“我们几家公司在当地的市场份额还是比较大的。但是如果我们某一家先提出涨价，人心不齐，其他5家不涨价，那业务量肯定会马上萎缩，萎缩之后就撑不下去，就面临倒闭。”参与了这次涨价的重庆申通快递公司副总赵昕道出了其中的缘由。

自己涨价怕竞争，抱团涨价又违规，快递企业价格理性回归陷入两难境地。快递公司有苦难言——什么都在涨价，快递价格却越压越低。据天天快递总裁陈向阳透露，天天总部每个月给重庆公司的各种补助加起来高达60万元，这才能维持运营。不过，就这样，加盟商都不想做。“像重庆这样的情况在全国有很多，大概占到1/3。”

如何跳出“谁先涨价谁先死，谁不涨价谁等死”的怪圈？快递物流咨询网首席顾问徐勇建议：除了建立快递产品服务标准，也要建立快递与电商间的游戏规则，让电商和快递之间直接议价。比如消费者付电商10块，相关结算部门应当如数返给快递公司，而不应当让电商去赚快递费。

起底：三种商业逻辑的背后

“双11”“双12”快递企业会同电商平台为了一场购物狂欢，共同堆出一个个美丽的“雪人”。殊不知,“人造节”一过,“雪人”就会融化。

价格低,则服务差;服务差,又只能靠更低的价格揽客,这就形成了一个恶性循环的怪圈。当低价竞争充斥市场,服务显然难有保障。这个怪圈背后的商业逻辑究竟是什么?

逻辑一:只能拼价格的同质竞争

在快递企业打“价格战”的诸多原因中,同质竞争首当其冲。快递市场的“价格战”实际上是同质化产品之战。

就目前快递市场而言,除去个别企业产品有明显差异外,其余绝大多数快递公司呈现产品同质化。在“三通一达”的业务量中,电商快件的占比在60%左右。产品单一,“价格战”便不可避免。与此同时,消费者对价格的敏感度也逐渐提高。“在服务差不多的情况下,用哪家快递主要就是看价格。”当问及选择快递的原因时,不止一个消费者这样回应。

这一点,在7月15日国家邮政局公布的《2014年上半年快递服务满意度调查》报告中也得到了充分印证——调研报告显示,消费者对价格的敏感度越来越高。从2011年开始,价格敏感度便高居不下,位列第二,成为消费者选择快递服务的关键参考因素,且占比由2011年的27.3%上升到2013年的38%,重要性仅次于时效。

逻辑二:加盟网点的“生意经”

在这场快递“价格战”中,矛盾的焦点直指末端加盟网点。不少业内人士表示,一些区域性小快递公司和加盟网点是此次“价格战”的始作俑者。众所周知,国内民营快递以加盟模式居多,尤其是在县乡镇一级主要以加盟为主。在加盟扩张方式下,总公司对网点的管理相对松散。从经济利益来看,加盟网点和总公司之间的关系更是微妙。一方面,加盟网点要向总部交纳面单费、管理费等各种费用,快件发得愈多,总部收到的费用也愈高;另一方面,同质化竞争的巨大压力最终都传导到加盟网点,网点不得不以低价搏量。“由于在加盟体系中,利益是不对称的,即使加盟网点亏损也得给总部交钱。但加盟公司也得生存,就开始拼价格,互相抢客户。”一位不愿透露姓名的业内人士说。

而面对愈演愈烈的“价格战”,总部似乎没有太多办法。“总部也不希望打‘价格战’,低价竞争必然会影响到服务,影响到企业品牌,最终受到损害的是整个企业。但网点是一个独立法人,总公司对其业务干涉能力有限。"上述业内人士亦表示。

更为残酷的现实是,"价格战"导致一些加盟网点陷入困境,不得不萎缩经营。在湖北某快递公司网点,"价格战"使其受损严重,目前已将乡镇网点收回,集中到市区经营。但毕竟快递公司是做全网服务的,一个网点的瘫痪,势必会影响到全网服务的运行。

也有一种观点认为,"价格战"与加盟模式无关,以直营为代表的邮政速递和顺丰,也或多或少地存在"价格战",目前行业发展的初级阶段决定了这种行为的存在。

逻辑三:滚雪球 OR 堆雪人?

成也萧何,败也萧何。在短短几年内业务量从"百万级"跃升到"千万级",电商对快递的推动作用无疑是巨大的。但是,对网购件高达 60% 左右的依赖度,也让快递公司在产业链中处于弱势地位。

"外部力量的影响也是价格扭曲的原因之一。"上述业内人士说。随着业务量逐年倍增,各大快递企业纷纷更换大场地、增加人力,尤其是为了应对"双 11""双 12",很多快递企业更是提前好几个月做准备。

最初,快递公司只是简单地认为,谁在"双 11""双 12"中的消耗最大谁就最厉害,同时企业也想借"人造节"的机会把自己的基础夯实,为未来的市场竞争做好准备。然而,当旺季拐点一过,重新回归正常业务量时,这些新增的产能无法消化,为了争夺有限的市场必然会引发"价格战"。快递企业的初衷是利用"人造节"增加产能,像"滚雪球"一样,把企业越做越大。但实际上,这个过程更像是"堆雪人"——快递企业会同电商平台为了一场购物狂欢,共同堆出一个个美丽的"雪人"。殊不知,"人造节"一过,"雪人"就会融化。难怪申通快递董事长陈德军也曾无奈地说:"爱也是电商,恨也是电商。"

另一个值得关注的现象是,电商网店也极力从快递"价格战"中分得一杯羹,靠赚取差价获利。小杰做网店已经多年,主要卖打底裤、丝袜等产品,现在是淡季,每天发货量只有几十件。3 月起,小杰的网店搞活动,一些产品甚至低于成本价销售,比如出厂价 4 元的打底裤只卖 1 元多。价格这么低怎么赚钱?面对记者的疑惑,小杰道出了其中的奥妙:"江浙沪每单收快递费 6 元,其他省

份收费更高一点，我每单只要给快递公司 4 元。”也就是说，卖产品亏掉的这些钱，可以通过快递费的差价补回来。

这一点很多快递公司也心知肚明，但只能“哑巴吃黄连”。“很多网店上的快递费标价 12 元，其实作为大客户，他们和快递企业之间的协议价往往都会很低，有些甚至只有 4 元，这中间的差价就变成了淘宝商家的利润。但为了留住这些大客户，我们也没有办法。”经常与网店打交道的某快递网点经理如是说。

“电商在上游，快递在下游，这种链条就决定了电商会影响快递的价格，但也并不能完全认为‘价格战’是由电商引起的。”交通运输部第四届专家委员会邮政组成员、浙江省邮政管理局原局长杨世忠说。

在他看来，电商作为上游环节，必然会影响到快递的价格，正如快递企业会影响其下游企业的价格一样。所以，并不能简单地认为电商是引发快递“价格战”的原因。

终结：用服务竞争创造更多空间

不论是身陷“价格战”困境的快递企业，还是作为行业管理部门，所提出的破题之道都是服务——提供差异化服务，从价格竞争转变为服务竞争。

迈克尔·波特提出，企业要赢得竞争优势，可采用的基本竞争战略无非是两种：成本领先战略和差异化战略。显然，目前差异化战略是快递企业逃脱“价格战”的法宝。记者在采访中发现，不论是身陷“价格战”困境的快递企业，还是行业管理部门，所提出的破题之道都是服务——提供差异化服务，从价格竞争转变为服务竞争。

药方一：差异服务定价格

“快递企业低价竞争的目的是为了生存，而不是为了死亡。所以对现在的状况也不必太惊慌。”杨世忠表示，从自由竞争向寡头竞争的阶段，价格竞争是任何一个行业在成长中都要经历的。“价格战”是快递业发展不成熟的表现，短期来看，通过“价格战”是能抢到市场份额，但长远来讲，这对电商、消费者和快递企业自身都是不利的。“这种低价竞争、违反规律的事儿早晚都会终结。”

“经过这几年的发展，目前快递市场主要形成商务件和网购件两大业务，商务件看重时效和安全，网购件对价格更为敏感。正是基于这两个方面的不同诉求，快递企业在经营过程中要发挥比较优势，明确自身到底是向商务快递发展还是向网购快递发展。要让价格竞争向服务竞争转变，差异化服务是一个很好的切入点。”在国家邮政局 2014 年二季度新闻通气会上，市场监管司司长王丰给“价格战”开出了一剂良药。

如何差异化？徐勇一直在呼吁，如果要改变现状，最关键的是要出台一个快递服务时限的产品国家标准，通过不同的快递产品标准，来确定不同的价格，让消费者、电商根据需求去选择。他还建议快递业建立一个浮动定价机制，像航空票价一样淡季打折，旺季平价，以确保市场秩序的规范和稳定。

药方二：强力监管倒逼升级

“作为邮政管理部门，要引导快递企业按照快递服务标准去做，确保标准在全网的实施，认真履行承诺，提高客户的信度。类似于满意度调查、实现测试、申诉报告等都是很好的手段，通过这些方式扩大测评范围，加大调查结果对社会的公布力度。对快递企业形成倒逼，倒逼企业提升服务质量。”王丰表示，管理部门的主要职能之一，就是通过强有力的监管来规范市场。

“通过有效监管传导合理价格体系的建立。如果标准实实在在落实到位了，流程也做到位了，价格绝对不会是很低的水平了。”杨世忠表示。也有业内人士建议，行业标准制定出来了更要执行下去，一方面，快递企业要按照快递服务标准去做，服务提升了成本就会高，那么价格自然就会上去；另一方面，市场监管部门要加大查处力度，达不到标准和要求的就要接受处罚或被取缔。在这个情形下，有资质的快递企业通过服务达标来提升整个品牌，如果服务品质不好就会被市场所淘汰。

一位在美国邮政有着多年从业经历的李先生告诉记者，美国快递没有“价格战”，促销就是促销，他们甚至会为了开放一个区域采取零收费模式。也就是免费发放面单，让消费者试用，而不是互相压价。而且促销前都要做市场调研，看看客户的实际需求和承受力。

“快递越快越好的概念并不正确，而应该是越准越好，美国快递的精髓也就是在准上面，所以频次很重要。在美国，下单的时候就会预计这个件几点到，而且可以选择左邻右舍签收、放到门口、自提等。美国讲究安全、准点、快乐，让客户有快乐的服务体验。哪怕是免费服务,也要达到标准。”李先生说。

竞争是市场经济的核心行为,但失去秩序的低价竞争,只会使行业和企业陷入僵局而不可自拔。对于快递业的发展来说,源头活水还有很多,竞争其实是在创造更多的“生存空间”,而非在价格战中打得你死我活。如果每家企业只打自己的小算盘,不考虑行业,不考虑全网,不考虑客户感受,最终会发现,被淘汰的,终究是自己。

把同行当成学习的榜样,从竞争对手交付的问题中寻找更多的机会,将服务作为竞争优势,大家一起进步,远离低价泥淖,这一点,从思想上讲,我们还差得很远。

原刊于《快递》2014 年第 9 期

“双11”之夜，“最强大脑”守卫战

秦　磊　赵立涛

“业务量怎么样？”

“转运有压力吗？”

“未来天气对投递有没有影响？”

……

11月11日22时，国家邮政局邮政业信息监控中心（以下简称监控中心）里保障人员齐聚，国家邮政局局长马军胜一边紧盯着LED大屏幕上不断翻滚攀升、不断刷新纪录的快递业务量数据，一边与各地邮政管理机构负责人实时视频对话，详细了解当地业务量、运行等情况。

“双11”首夜
平稳迎战骤增压力

“情况总体平稳，快递企业这几年积累了丰富经验，有些货物不用经过分拨中心，直接就发出去了。”在快递企业总部集聚的上海，上海市邮政管理局负责人信心满满地表示。

“浙江业务量增长迅猛，达到2000万件没有问题。但宁波可能扩容不到位，快件派送面临较大压力。”浙江省邮政管理局相关负责人预测，作为阿里巴巴集团总部所在地和民营快递企业诞生地的浙江，将面临较大挑战。

“截至目前，广东业务量已达到2300万件，揽收1700万件，派送600万件。”当问及广东快递业务量情况时，值班人员立刻回答。

与全国总体情况相比，福建、浙江、上海、江苏、广东等快递大省的压力更大，“翻番”一词不时地从当地负责人的口中传出。令人稍感欣慰的是，“平稳”

成为这一夜的关键词。

根据以往经验，与东部省份相比，西部省份的快递高峰期将在14～17日到来。今年，随着“快递下乡”工程的有效推进，中西部省份快递进出不平衡的情况有了一定好转。当得知四川省今年快递业务量比去年增加了92%时，马军胜关切地询问：“场地够吗？五六天后你们将面临较大压力。”听到四川省邮政管理局负责人“肯定”的回答后，马军胜露出欣慰的笑容。与陕西省邮政管理局局长李洛郑连线时，李洛郑大声说：“业务量已经上来了，有的快递企业都堆成一座小山了！”听到此话，监控中心里响起了会心的笑声。

面对各地快速进入高峰期的情况，马军胜强调，快递企业不要一味地比量，而要比安全、比平稳、比畅通。

今年已经是第6个“双11”了，整个行业发生了哪些变化？深圳市邮政管理局局长唐健文的话最具代表性，他说：“面对‘双11’，我们2012年有点彷徨，2013年比较有序，2014年有了自信。”

“云端”背后
“最强大脑”险遇梗阻

“双11”之夜在监控中心指挥调度，似乎成为“惯例”——去年此时，马军胜在这里与阿里巴巴董事局主席马云连线，首次提出“错峰发货、均衡推进”，共同保障快递、电商协同发展。那一年的“双11”，最终平稳度峰，广获好评。

监控中心的作用在这种关键时刻步步凸显。在全球迈入大数据时代的背景下，这里承担邮政业“大数据中心”的职责，堪称行业的“最强大脑”，不仅有全国十几家主要快递企业的动态数据，更与主要电商平台实时相连。这里的反应是否敏锐、决策是否准确，很大程度上决定了“双11”快递服务的成败。

今年“双11”成交额创下新高，该中心传输的数据量也创下新高，是平日的2倍以上。但谁又知道，这套高速运转、平稳运行的系统，差点因为业务数据暴增、带宽不够而遭遇“脑梗阻”。

旺季之前，为了保证信息系统流畅运行，国家邮政局发展研究中心与各大快递企业、电商平台进行了多次“压力测试”后，决定大幅度增加带宽，从20M

到100M再到200M，最终决定在“双11”期间提升至1000M。

时间很快到了11月10日，距离“双11”开场仅有十几个小时。当日上午10时，马军胜到监控中心发现带宽问题仍未解决。马军胜直接拨通了中国联通的电话，一番沟通，对方终于同意为监控中心增加带宽。

11月10日23时左右，带宽成功扩展到1000M。经过检测，数据传输顺畅，实时视频无碍，马军胜这才长舒一口气。

国家邮政局一直十分重视信息监控中心的建设。在旺季保障动员会上提出“六个强化”中，其中之一便是强化信息系统的支撑保障作用，充分利用好信息系统，加强信息收集、监测预警、沟通协调等工作，提高全网运行调节的有效性。阿里巴巴驻场负责人称赞说，这个系统很务实。

跨越高峰
“百万大军”任重道远

11日晚，国家邮政局副局长刘君在监控中心现场接受媒体采访时表示，今年“双11”的网购促销产生的快递包裹量超过预期。百万快递员队伍任务不轻。今年，国家邮政局协调电商、快递企业，继续强化“错峰发货、均衡推进”的工作机制，力求通过上游延长发货期，避免过度集中放量，均衡快递企业在“双11”期间的处理压力。从信息系统监测到的流量流向情况看，目前全网运行没有发现异常情况。

采访结束后，在等待“双11”当天业务量数据时，刘君与市场监管司的几位相关负责人开始研究快递的下一步去向，以保障邮政行业平稳运行。

12日零时，天猫“双11”直播大厅数据显示，“双11”当天支付宝成交金额为571亿元。国家邮政局信息监控数据则显示，“双11”当天邮政、快递企业揽收快递包裹8860万件。

此时，监控中心响起了热烈的掌声。楼外，深夜的寒风嗖嗖；楼内，暖意浓浓。

原刊于《中国邮政快递报》2014年11月13日第91期1版

总有一种力量汇聚成“风”

罗　超

青葱的岁月，知识的国度，校园，承载着莘莘学子关于青春和梦想的无限向往。在这段珍贵而短暂的青春时光里，宿舍、班集体是每一个大学生都难以割舍的符号。大学宿舍镌刻着每一位大学生在象牙塔里的成长足迹，班风折射出每一名大学生的操行品德。从本期开始，《院报》将带领大家一同走进我院那些优秀的宿舍和班级，感受他们的优良舍风、班风。

自主创业型

2 号园区 123 宿舍

经管系 2012 级男生宿舍

大一上学期，唐豪、秦冰洁、周星宇、吴吉强合作办起了学院自行车、电瓶车租赁的小生意。大二期间，秦冰洁独立创办学院报刊亭，周星宇也开始筹备学院超市的招投标事宜。现在，2 号园区 123 宿舍经管专业的 4 个小伙已经成为学院小有名气的“创业新星”。

宿舍宣言：因为年轻，我们接受一切挑战

关键词：合作

创业初期，租赁生意如何管理、如何规范，这个“生意”怎么运营，4 人也只是一知半解，“我们连最基本的租赁签单都不会。”秦冰洁说，后来大家分别查阅资料，向《市场营销》专业课的老师取经，再相互分享自己的学习心得，才让这“小本经营”看起来有模有样。

关键词：坚持

“担心车辆被偷”“担心在租赁过程中，车辆出现损伤”“担心车辆在出租过程中没电”……一系列的担心,可没少让这4个小伙吃苦头。每天24小时轮班,即使晚上和周末,也必须有人看守,这样的日子一直持续了一个学期,“少一点意志和毅力,都很难坚持下来。”4人都认为,这段日子让他们成熟了很多,待人接物、人际交往的能力也有了很大提高,甚至对于“节约”一词也有颇多感触,“且用且珍惜”,周星宇用最新流行词道出了这两年的创业感悟。

关键词:互助

尽管宿舍里每一个人来自五湖四海,脾气秉性各不相同,但是大学室友间的相处,却让4人像亲人一样互相帮扶,有着一种难以割舍的感情。生活中不管谁有个头疼脑热总会有人帮忙打水买药;创业过程中,只要一个人遇到困难,其他几人都会帮忙出主意、想办法。“我们没有血缘关系,却总是觉得像家人一样亲切,123宿舍就是我们在学校里的家。”

室长秦冰洁有话说:“兄弟齐心,其利断金”,我们的成功就是百分之一的幸运加上百分之九十九的汗水。

宿管中心老师点评:123宿舍的每个人都有自己的闪光点,积极的学习氛围、多方面才能的积累、合理的规划和明确的目标,有了这些素质,他们的成功才会水到渠成。

学生干部型

9号园区123宿舍

道桥系2012级男生宿舍

123寝室大门上挂着“学生干部寝室”的牌子,是整个寝室引以为荣的骄傲。班级组织委员陈朕,预备党员刘潇,园区楼长、入党积极分子付练武,入党积极分子杨新……6名同学中有4名是学习干部,学生工作各有专长,寝室学习氛围浓厚,他们是同学们心中学习的榜样。

宿舍宣言:为人民服务

关键词:关爱

“寝室就像一个温馨的家,无论外面风雨再大,回到家就有温暖和关爱。”陈联说,“如果有同学有事,没有吃饭,我们都会帮忙给他带饭。”寝室里有谁生病,他们都会一起帮忙送医或买药,在生活的相互扶持上,他们用点点滴滴的关爱把寝室点缀成温馨的家。

关键词:兼容

“我们每个人都有各自的兴趣、爱好。”杨新说。陈联学习积极性很高,只要有时间便会泡在图书馆里;刘家兵喜欢运动,经常鼓动室友们和他一起打球;王一伟对计算机有一种强烈的热爱;付练武偏向学生工作,在园区的实践工作中收获经验和能力……百花齐放才是春,每个人各自的出色表现构架了一种兼容的寝室文化,也激励着他们追求更加卓越的进步。一种兼容的氛围就像催化剂一样,促使整个寝室一起翻腾前进。

关键词:团结

“我们经常一起学习。”每到期末或重大考试之前,整个寝室就一起努力看书、学习。不仅在学习方面,在生活上、任职工作中遇到困难,室友们也是一起解决。兄弟们一起参加园区活动,一起外出旅游,就连班委竞选演讲,室友们都是最早的听众和修改者。“敢爱敢做勇敢闯一闯,哪怕遇见再大的风险再大的浪,也会有默契的日光……”6个兄弟用默契的目光支持着彼此,共同开拓美好的未来。

室长付练武有话说:我们用点滴的关爱,将寝室点缀成温馨的小家,我们互帮互助,共同进步,将大学的青春时光点亮得更加绚烂。

宿管中心老师点评:这个寝室有一种活泼、团结、奋进的文化氛围,他们目标清晰,勤奋踏实,全体室友在学生干部的带领下一路向前。

比 赛 型

7男园区106宿舍

航运系2012级男生宿舍。

卓云龙获全国航海技能大比武优秀奖;袁林获四川省交通厅演讲比赛第二名;罗建刚获大学生宿舍文化艺术节军被大赛第三名;刘柏晨、陈华林获系级高压油泵拆装比赛第二名;卓云龙在大学生宿舍文化艺术节寝室歌手大赛进入决赛;106宿舍集体获系级航海月操艇比赛第一名;大学生宿舍文化艺术节捆绑大赛、连接大赛第一名;系级航海月操艇比赛第一名;寝室设计大赛第三名……这一个个奖项,一次次荣誉,都汇集在这个闪亮的“文明寝室”中,而各名同学也成为学院鼎鼎有名的“赛场精英”。

宿舍宣言:生命不止,奋斗不息

关键词:包容

6个同学性格不同,做事各有特色,有时室友之间也会有些小矛盾,有时学习生活中遇到不顺利也会耍耍小脾气。陈华林说:“我们一起生活,总会有些摩擦,但彼此包容,真诚沟通才能解决问题。”

关键词:坚持

航运系进行全国航海技能大比武的选拔训练,106宿舍全体出动。第一个月,每天早上6点起床,跑步10000米,第二个月,每天早上6点开始训练游泳,直至晚上10点结束。刘柏晨说:“每天晚上拖着疲惫的身体,回到寝室,大家都说明天不再去训练,但第二天6人又都整齐地出现在训练场上。”耐心之树,结黄金之果,一份坚持的信念,激励着他们在一个又一个的赛场上拼搏奋斗。在他们看来,这段挥洒汗水的过程却是如此快乐。

关键词:挑战

“这一次陈华林又站上了歌手比赛的舞台。”室友调侃起这位在“歌手”道路上,屡败屡战,却越战越勇的室长来。而陈华林则表现淡定地说,参加比赛的初衷只是为了锻炼自己,提高胆量,“无论成败,只要我站上了舞台,我就赢了。”曾经赛前不敢上台的经历告诉陈华林,必须克服上台的恐惧。

当然,强烈的集体荣誉感,也让这群“好战”的小伙在集体比赛中,对名次有着无穷渴望。“捆绑比赛我们一共参加了两次,第一次得了第二名,第二次才拿到第一。”为什么会连续参加?刘柏晨诚恳地回答说:“希望每一次比赛都不留遗憾。”比赛前的那段时间,6人只要一有机会,就会练习捆绑走路。“我们不是想争或证明什么,而是想通过一次次的比赛努力挑战自己的能力,完善自己。”

舍长陈华林有话说:航运系军事化的管理,培养了我们坚强的毅力和严格的生活作风。我们如同战友般互帮互助,共克万难,是彼此的信任和关怀,才让平淡的生活变得生机无限。

宿管中心老师点评:他们为了追求自己的梦想,相聚在同一个校园,生活在同一所宿舍,是不可多得的缘分。他们相互促进,共同提高,一同为梦想而奋斗。

学　霸　型

7 女园区 346 宿舍

经管系 2012 级女生宿舍

346 寝室住着来自经管系会计专业的 6 名同学——李舟、宋华娟、王雅君、张茜、汤秀秀、朱敏。大一下学期，6 人中有 5 人的成绩积点达 3.0（平均分 80 分以上），有 2 人获学院“三等奖学金”，有 3 人获“五四”青年表彰，有 3 人考取会计从业资格证。这六朵金花正在用奋斗的汗水浇灌知识之花。

宿舍宣言：用奋斗诠释青春

关键词：勤学

王雅君是 346 寝室的学习主力军，经常带领全室成员奔赴图书馆自习，这一坐就是一天，“学习上，大家应该要相互鼓励，相互监督。”王雅君说，“每次自习回到宿舍，都感觉日子过得特别充实和快乐。”

课前早早地到教室占靠前的座位，上课认真听讲、做笔记，下课讨论问题，各方寻求正确答案，李舟认为学习没有捷径，“只是一个日积月累的过程。”

关键词：多艺

别以为她们是一群只知道读书的“书呆子”。为了丰富自己的校园生活，大一刚入学，她们便纷纷投向各大社团的怀抱：李舟加入太极拳社打起了太极；宋华娟出演话剧，成为话剧社的一员；王雅君参加了心理学协会，她一直喜欢心理学；张茜的书法写得好，加入了书法协会；汤秀秀要挑战自己的胆量，因此参加了演讲与口才协会；朱敏则选择了她最钟爱的日语，从每一个发音开始学习到现在已经是一名日语助教了。全面发展的特质让她们真正做到了“劳逸结合”。

关键词：奉献

大一下学期开始，李舟便担任了班级的班长一职，常常因为办活动而忙得不可开交。为了分担李舟的工作重担，姐妹情深的室友们也常常加入工作人员的行列，帮助她把班会活动操办得有声有色。谈到做学生工作是否影响学习，李舟说：“要统筹兼顾，尽量利用课余时间去做学生工作。”

舍长李舟有话说：我们是一个温馨、团结、和睦的大家庭，如同我们寝室的名字一样“Happy Family”。如果说我们比别人学得稍微好一点的话，那是因为我们比别人多付出了一点。

宿管中心老师点评:这几名同学有一个共同的特点就是目标坚定,学习刻苦,她们用努力造就了实力。

原刊于《四川交通职业技术学院报》2014 年 5 月 15 日 4 版

谁持彩练当空舞　和谐画卷入眼来

——记荣获第十二届“詹天佑”奖的沿江高速芜湖至安庆段

金海礁　唐　成　张婷婷

这是一条加速皖江经济带东进西促、通往长三角和汉渝经济圈的快速通道；是加快皖江城市群奋力崛起、实现跨越发展的开放路、致富路和幸福路……

她，沿江东西而建，全长161.15公里，乃800里皖江第一条高速公路，将芜湖、铜陵、池州、安庆等沿江城市群一线串联；东接芜马、芜宣、芜湖长江大桥，直通苏浙沪；西连安景高速，对接赣鄂两省；北连安庆长江大桥，承东启西，连南接北，成为我省及西南省份通往东南沿海的一条主要陆路通道和旅游线路。

她，大气磅礴，既是国家高速公路G50沪渝高速的重要组成部分，又是安徽省“四纵八横”高速路网中的“一横”，与长江黄金水道、京福高铁、宁安城际铁路共同构筑起安徽省综合交通运输体系。

这，就是沿江高速芜湖至安庆段，是安徽高速3000多公里运营路网中的重要组成部分，是集团公司建设“环境友好、资源节约、技术创新”工程中的典型示范代表，见证了安徽高速人为实现“成就投资典范”而凝聚的大智慧和大力量！

铭记辉煌

2014年12月4日，北京。集团公司副总经理钱东升在颁奖现场，从交通运输部领导手中，接过了一座沉甸甸的奖杯——第十二届中国土木工程“詹天佑”奖荣誉奖杯。这是集团公司继去年安景高速捧得“优质工程一等奖”后，在土木工程建设领域获得的首个最高荣誉。

2003年8月、2005年7月，国家发改委分别批复了沿江高速西段（毛竹园至大渡口段)、沿江高速公路东段(芜湖至铜陵段)以及沿江高速中段(铜陵至池州段)可行性研究报告。

2004年4月28日,伴随着沿江高速公路西段破土动工,一场打造沿江城市群大动脉的战役,在长江南岸打响,一条打通皖江城市带东向发展的陆路快速通道自西向东逐步延伸开来……

历经建设者2年多的披荆斩棘,2006年12月24日,全长46公里的沿江高速西段毛竹园至大渡口段建成通车。随后,2007年6月28日,全长60.6公里的沿江高速东段芜湖至铜陵段建成通车;2008年6月,全长55公里的沿江高速中段铜陵至池州段建成通车。至此,分三期建设的沿江高速芜湖至安庆段历时4年多时间全线贯通。

2013年5月29日,沿江高速芜湖至安庆段顺利通过省交通运输厅组织的项目竣工验收,项目建设综合得分95.11分、综合评定等级为优良。

特别值得一提的是,建设期间,该项目取得国家专利9项,攻关了"软土地基处理的新工艺研究""超薄沥青混凝土在特大水泥混凝土桥面中的应用研究"等十多项科研项目,在施工技术规范、设计文件的基础上,创新制定《工程质量管理办法》《路面水泥稳定碎石底基层、基层施工技术指南》《沥青路面施工技术指南》等施工原则以及多条质量和环保控制细节,并获得了省部级科学技术奖、"黄山杯"优质工程奖、施工工法、优秀勘察设计奖等近20项荣誉……

这一段段精彩的时刻,由每一名参建人员的汗水和泪水镌刻;那一座座丰盈的奖牌奖杯,承载着每一名安徽高速人"成就投资典范"的成功希望……

不断创新

也许,人们只是记得华丽转身后的靓丽容颜,却未曾注视到喜悦背后的艰辛与创新。正如,炫丽彩虹悬挂天际之前,必然经历过凛冽的风雨。

沿江高速规划线路,位于沿江平原与皖南山区过渡区域,地形地貌复杂,其中还有大规模的地下溶洞群;地质灾害类型多,有些灾害具有极强的隐蔽性。沿江城市带人文历史源远流长,繁昌县"人字洞"、柯家村古窑址,和南陵吴越土墩墓,南陵大工山古铜矿遗址、铜陵铜都等璀璨明珠。施工沿线水网密集、湖泊岗地交错,农业耕地少,特别是项目区域内有九华山风景区、升金湖国家级自然保护区以及十八索省级自然保护区等保护区,给规划、设计、施工、生态环保、文化保护、安全等工作提出极高要求。但是,项目创新性地运用全过程动态风险管理的理论及方法,在高风险地质环境条件下,建成了“生态路、旅游路、文化路”,取得了公路建设效益最大化。

建设伊始,建设者以“八为”理念为先导,以“安全为天”为主轴,首次提出全过程风险管控理念,明确风险管控范围,对重大风险源严格按照风险管控流程进行操作。在地质环境极其不利的条件下,开展了线路规划风险规避及设计、施工风险管控研究,提出了“四维风险管理”的新模式。建设过程中通过科研攻关、专项设计等风险控制措施,解决了“岩溶区桩基勘探与设计”“加快现浇梁施工进度工艺”“弯桥、坡桥、斜桥、分叉桥梁设计”及“复杂立体交叉的施工组织设计”等技术难题,降低了工程风险水平。

针对安徽省公路建设史上最大规模的地下溶洞群高风险源,提出了“岩溶区桩基勘探与设计”新技术,规避解决了设计、施工中的各种风险,建成了华东地区特大型交通枢纽的代表工程——上水桥互通立交枢纽。

针对沿江深厚软基的孕险环境,突破传统地基处理方法,提出了“干振复合桩复合地基处理”新技术进行深厚软基浅层处理,有效规避软基引起的各种不利后果,达到保护湿地环境、保证地基承载力与变形控制、节约工程造价的效益最大化目的。

该项目在设计与建设管理过程中对工程质量风险的预判、评估与控制在工程实践中随着岁月的流逝充分得到了验证。建成通车7年之久,在重交通荷载和自然因素的相互作用下,路面使用性能基本没有衰减,行车安全舒适,基本处于“零养护”状态。这是迄今为止安徽省公路建设史上独享这份荣誉的高速公路。

把公路放到自然环境和社会环境的大系统中考虑成本,对公路在“建、管、养”全寿命周期内的成本进行分析论证。从设计、施工、管理阶段积极采取减少后期养护、延长使用寿命的方案,通过积极采用新工艺、新材料和新技术,提高工程建设质量。从工程概算64.9亿元到最后工程决算54.4亿元,减少工程投资10.5亿元。

路景和谐

针对项目区域内的省级、国家级自然保护和风景区，建设者以打造“环境和谐、资源节约”型生态高速公路为己任，按照“生态路、环保路、发展路”的思路，遵照工程与环境相协调的原则，在总体设计、施工中体现生态环保要求。

在路基施工中，提出了路基路面一体化设计的低路堤建设技术，规避和控制了公路建设对生态文明建设的不良后果，达到不破坏自然环境、节约用地的建设目标。如一层金箔般的腐质土，是植物生长的命根。全线清表腐质土近85万立方，全部利用到边坡、弃渣场等表层覆盖绿化上。对于令人头痛的“弃渣”，采取精细设计，用于路基回填、景观营造，弃渣回用率达75%以上。

坚持坡面防护同步进行并因地制宜，土质边坡采用挂网植草和预制块防护相结合，石质边坡采用客土喷播和厚层基料喷播相结合，实现路景协调。边坡还设置急流槽、排水沟、截水沟等，既保持边坡稳定又起到防止水土流失。项目还在节能减排方面迈出了先行步伐：服务区生活污水应用沼气净化技术处理，变废为宝、达到了投资少、效果好，是确保污水达标排放的一个新的尝试；在管理及服务区中应用太阳能LED灯照明，也是当时我省高速公路建设中的新举措，在后续工程建设中起到示范引领作用。

沿江高速东至境内有13公里路段需要穿越升金湖自然保护区，其中高速公路与保护区核心区最近距离仅为70米。为防止公路建成后产生的交通噪声和灯光“扰鸟”，建设者从开工伊始就采用了种植防护林、设置隔音墙、设立特殊交通标志、建立鸟类实验监测站以及设置噪声自然监测设备等方法进行生态环境保护。还特别要求，在候鸟越冬期间，施工人员严禁在靠近核心区路段施工、保护区内不得建设料场等。

在惠民利民工作中，全线通过多项技术创新和路改桥等方式共节约土地1125亩。在征迁中实现了有情拆迁、真情安置，将移民安置与区域开发及经济发展相结合，让失地农民做起了“农家乐”，增加了沿线农民收入。

今天的沿江高速芜湖至安庆段，已经在营运管理的快车道行驶了近7年。面对与日俱增、南来北往的车流、人流，所属路段管理处将始终秉承“重道笃行，通达致远”的核心价值观，不断探索高速公路营运管理的新成果，让这条串起沿江城市群的七彩纽带，在全面建成小康社会、建设美好安徽的征途中纵情挥舞！

链接：

詹天佑奖是我国土木工程界工程技术方面的最高荣誉奖，设立于1999年，旨在表彰和奖励我国在科技创新和科技运用方面成绩显著的优秀土木工程建设项目。

原刊于《安徽交通运输》2014年第12期

船舶经纪开启强者时代

涂　华

2014，注定是一个不甘寂寞的年份。在各方抄底乏力之后，各种航运与造船指数应声掉头向下，行业的兼并重组愈演愈烈，最近，船舶经纪业也爆出一连串的并购交易，继今年5月，百力马(Braemar Shipping)和艾斯盟(ACM Shipping)宣布合并之后，11月全球最大的船舶经纪商克拉克森(Clarksons)与柏拉图(RS Platou)宣布合并计划，同月，毅联汇业航运经纪(ICAP Shipping)与豪罗宾逊(Howe Robinson)宣布合并。之后，马士基经纪(Maersk Broker)也宣布，决定与丹麦船舶经纪公司Lightship租船公司合并业务。各大经纪公司，你方唱罢我方登场。那么，为何并购如此流行？各方的筹码又是什么？无缘参与国际角逐的中国船舶经纪公司都在忙些什么？

鲸吞，还是互补？

船舶经纪源于欧洲，兴于欧洲，至今，大部分知名经纪公司依然保留着纯正的欧洲血统。他们为使船舶顺利地成为一种流动的资产，而提供买卖、租赁、融资等全方位的信息，并将船舶转移过程中一系列的复杂程序一一代办。传统的船舶经纪以信息的不对称而获得佣金，而随着信息化的迅速普及，船舶经纪也逐渐转变和增加着各自的服务范围。随着船舶家族的不断庞大，船舶经纪也纷纷涌现出各细分市场中的佼佼者。

克拉克森，船舶经纪类第一大上市公司，有业内人士这样评价，“它的特点是什么都有，比如买卖船、新造船、海工、船舶融资、投资业务。但又好像什么都不强，在各个领域都无缘前两名，但其综合实力却无人能敌，特别值得一提的是克拉克森在市场咨询研究领域的卓越表现，使其公布的数据和研究报告，经常会成为各大报刊与研究机构引用的不二选择。这足以证明其在市场研究领域的公信力。”那么，这样一个行业翘楚，为何要搅起这一场并购的风波？上海航运经纪人俱乐部秘书长刘巽良认为，“经纪也必须与时俱进，否则就要被淘汰。转型发展喊了很多年，但真正转型的并不多见。总之，经纪如果没有增值服务的功能就要被淘汰。以往经纪服务的增值功能靠的是信息的不对称，如今增值功能就是提供全方位的服务，无论是 Clarkson 并购了投行等金融业务较强 R. S. Platou，还是 Howe Robinson 考虑和衍生品交易较强的 ICAP 的合并，都源自于市场资源调节的自然反应。”最终，克拉克森以 2.812 亿英镑（约合 4.41 亿美元）收购柏拉图（RS Platou）。柏拉图是一家挪威公司，业务涵盖买卖、新造、二手、租船、融资领域，特别是海工领域，排名第一，在这一领域，克拉克森要比柏拉图差很多。另外，柏拉图还有一个最强业务版块，就是投资与融资业务，这也恰恰是克拉克森不太强的地方。在这两个版块，柏拉图的强力注入，必将使克拉克森如虎添翼。有专家认为，至此，Clarkson 少了一个叫 Platou 的竞争对手，同时，Clarkson 的进一步强大，对其他经纪公司构成了巨大的威胁。另外，经纪公司的合并重组对经纪人的职位一直是有影响的，两家公司存在职位重叠，势必会“牺牲”掉一些经纪，尤其是高级职位。据悉，欧洲总公司的合并重组，对中国的分公司职位产生冲击。百力马上海的原总经理已经离职。也有专家认为，合并的“牺牲”在所难免，但这项合并的性质与以往不同，即其目的不在于“消灭”竞争对手或者过剩产能，而是优势互补。无论，合并是为了“消灭”，还是“共生”，同样的并购依然发生在 HRG 与 ICAP Shipping 的合并之中，HRG 实际是一个英国公司，由于业务的东移，以及税务等优惠的吸引，把公司搬到了新加坡。而 ICAP 也是一个英国公司，业务以船舶金融收购为主，这两家公司，也是一个有机的互补，原来 HRG 是一个很保守的英国公司，而 ICAP 风格比较激进，HRG 在集装箱租船、买卖、新造方面表现突出，与马士基经纪公司是世界排名前两位的公司，而这一板块，ICAP Shipping 是几乎没有的。以集装箱船经纪业务见长的马士基经纪与以散货船经纪业务见长的 Lightship 的合并，依然选择互补共生。据外媒报道，这两家公司未来会组建名为 LMB 的新的散货船租船公司，当然，更早前的百力马与艾斯盟的合并，也是基于互补共生。

如今，随着营业成本与利润空间不断承压，航运业的每个板块都在朝专精化的方向发展，而船舶经纪业也不可能“幸免”，所以接下来很可能会出现更多类似的兼并交易。的确，克拉克森首席执行官 Andi Case 透露，克拉克森对柏拉图的收购交易不会是其扩张企划的终点。同样，马士基经纪也表示在寻求合并。

帮理，还是帮亲？

有消息人士透露，马士基集团不再通过马士基 Broker 订船，而直接与中国大型船厂接触，此举有何含意，是为了节省成本，还是准备另换别家？马士基 Broker 是何许人也？此做法是否已在行业内蔓延，会给船舶经纪带来哪些影响？

刘巽良猜测：“我不知道马士基集团不通过马士基经纪公司订船的事情，如果属实，也是很容易理解的事情，凡是遵循市场经济法则的国家、机构或个人，一般都不会以行政权力，或母公司的身份去支配或照顾子公司，而是让市场机制充分发挥作用，让子公司参与竞争。所以我不相信马士基集团会有意避开马士基经纪公司，更大可能是，马士基经纪公司和其他经纪公司一样公平竞争，并不因为姓马而无须竞争就可得到生意。”

有业内人士透露，首先，马士基来中国船厂，并不是一个针对中国船厂订船的举动，而是因为马士基正好要到中国召开采购大会，那么，船厂也是供方的一种，所以就一并参观了。第二，马士基对船舶的采购，不一定要通过马士基经纪。马士基经纪 1914 年成立，在全球拥有 350 多名经纪人和员工。马士基经纪公司属于马士基集团创始人孙女的个人公司，而并不是马士基集团的子公司，在该公司成立的前 75 年，主要做马士基集团的内部业务，但最近 25 年开始拓展至其他公司。

可以说，马士基的做法，还是把自己放在国际市场上，以一个市场化的视角来运作自身的订船商务运作，从而保持自己在市场上的引领作用。中国一些较大航运公司，其订造新船主要依靠其下属子公司或下辖部门运作，对于市场分析和市场的判断往往并不能站在一个完全市场化的视角，如何能够将船舶商务运作与公司的持续发展有机统一，需要有更加开创性的思考和做法。

隐者，还是忍者?

2010 年 7 月 29 日，内地首批 9 家国际航运经纪公司在上海诞生，其中，有的是在国际航运界享有百年历史的“老字号”，有的是新兴民营企业的杰出代表。那么，改革开放 30 多年，中国船队早已遍布全球，何以时间进入 21 世纪的第十个年头，中国内地才出现首批航运经纪公司，之前，中国船舶经纪都去哪儿了?

刘巽良介绍，由于之前航运经纪公司无法在中国大陆注册，从事国际航运经纪服务的公司多数以非经营性的办事处形式在国内运作，包括上海在内的中国大陆城市只是为世界航运市场提供了一个更贴近船舶买家和货主的场所而已，这也解释了为什么在政府的视野中见不到国际航运经纪人的存在。正所谓，大隐隐于市。

2009 年 12 月 9 日航运经纪人俱乐部成立。为当时的上海国际航运中心建设软环境补足了一大块空缺。自此之后，俱乐部代表业界积极向政府建言献策，介绍国际航运市场的惯例和成熟经验。2010 年 3 月 26 日交通运输部水运局到上海调研，俱乐部组织了发起人会员与交通运输部官员和上海市政府有关部门一起对话，航运经纪人第一次正式进入了政府视线。鉴于当时的国情和上海市地方法规，7 月 10 日成功举办了首届实体航运经纪人考试。虽然准入考试是国际航运市场惯例与中国旧体制的一种妥协，但毕竟，从此航运(实体)经纪人有了名正言顺的身份。即使告别了“隐者”的身份，中国的船舶经纪公司依然比较弱小，刘巽良认为，“所谓比较弱小，指的是综合实力、业务量都不如欧洲的经纪人。综合实力体现在经纪行能做的业务种类和影响力，我在上面已经说了，合并增强他们的综合实力。再举个例子说，能否推出有影响力的指数、在业界能发出有影响力的研究报告也体现了经纪公司的实力。众盟航运咨询(上海)有限公司就是各家经纪公司合作的一种尝试，只是目前仅限于发布中国新造船价格指数及配套的新造船市场报告。”

那么，弱小的原因何在? 刘巽良认为，实体经纪公司合法化后，在成长的初期阶段，最需要得到政策上鼓励和扶持，对于这样一个国际化的行业，政府的做法应符合国际航运市场惯例，为脆弱的本国航运经纪产业塑造一个不明显亚于香港或新加坡的经商环境，辅之以比香港或新加坡更加积极有为的产业扶持政策。否则由于税高、事烦等种种不利因素导致流动性极大的经纪产业很可能在短期内流出中国大陆，或继续选择“办事处”模式在老的框架下继续他们的离岸业务模式。总的来说，政府部门如果要管理到位、合理，就要对国际、国内航运形势的发展有深入的研究，从而出台国内航运经纪人真正迫切需要的政策，扶持国内船舶经纪业的发展。如果注册了本地公司，烦事一大堆，好处看不见，那么业界的普遍反应就可想而知了。值得庆幸的是，本届政府倡导的简政放权已经惠及船舶经纪产业，准入考试于今年取消。这才是符合国际航运市场规律的仁政。

中国经纪，从隐者到忍者，真正的强大，告别单干户或兄弟公司的生存方式，任重道远。

原刊于《中国船检》2014 年第 12 期

伶仃洋上的“孤岛兄弟”

张　诚　李朝晖

蔚蓝的伶仃洋，王子富和他的16名兄弟已经在港珠澳大桥CB03标工程灌注桩平台上连续工作了40天。如果不算避台时下陆地的必须休假，这17位一线工人在平台上最长的连续工作时间是196天。

拿起“梦里的锤子”

17位工人都是北方人，这是他们第一次深入大海工作。他们正在施工的灌注桩工序是工程进度的“咽喉”，也是后期申报质量大奖的关键工序。

平均桩长89.5米的灌注桩沉渣厚度控制在5厘米之内，一类桩成桩率90%以上。首次参与外海灌注桩施工的王子富认为，这样的标准太高了！

技术方案一点点完善，施工平台被精心设计，王子富带着16位工人忐忑地走上平台。这时，他的心里充斥着不安：工程进度慢造成奖金低怎么办？工人们受不了海上施工环境辞职怎么办？他甚至想到，会不会按照方案施工达不到质量标准？

朴实的工人们怀着疑惑拉开了灌注桩施工的序幕，他们负责的是桥梁主体工程首个灌注桩施工平台。首件施工持续了85天，工人们两班倒，钻孔机、空压机24小时轰鸣。一些工人梦里都是在干活，睡醒时拿起“梦里的锤子”继续砸钻机上的螺母。

汗水换来的是首件施工的成功。在专家评审会上，项目部副总工孙建波将连夜整理的《施工作业指导书》放置在评审组的案头。《施工作业指导书》不仅得到了专家的好评，更为兄弟单位提供了成功经验！

此刻，10几公里的海上，孤岛兄弟们正准备向下一个平台进发！

“孤岛兄弟”的孤岛生活

工人们所在的灌注桩平台面积为620平方米，平台的大部分空间被钻孔机庞大的身躯占据，17位兄弟住在4个6米长的集装箱内——其中一个集装箱住了8位工人。

平台上的一切生活物资都要用交通船运输，厨师邵建国每天晚上用短信和陆地沟通，列出需要的生活用品。一大早，交通船将物品运输到平台，平台与交通船相连的是一块宽30厘米的踏板，交通船来到时候将踏板和船连接起来，物资通过踏板运输到平台。踏板一撤，平台便恢复了自己的平静——与外界失去了物质联系。

“最怕海上起风，交通船不能运输食物。好几次，平台上只能用白面打成疙瘩汤吃。风浪大的时候，厨房的锅碗瓢盆会唱起响亮的歌，摇晃得人也很不舒服。”厨师邵建国带着他的儿子、女婿共同在平台工作。王子富更是习惯每天睡觉前把平台上唯一的一个办公桌用装满海底岩石的面袋顶住，他说“为防止浪把桌子打得摇晃！”

平台的设施异常简易，排水漕是在胶皮管下的平台上挖出的几个长条形的洞。卫生间设置在平台一角，四周用布围着。晾衣绳设置在两个集装箱间，绳子上打着很多结。王子富说：“海上风大，晾衣架需要绑在结上，不然衣服会被风刮到海中。”正是在这样的环境下，大部分工人除去避台时的短暂休息，已经在平台连续工作了196天，他们将完成一根灌注桩的时间从28天缩短到了13天！

“孤岛兄弟”的执着

为完成50号平台上6根灌注桩的成桩任务，他们已经在这个平台上钻了一个月。王子富将岩石样品拿出来，塑料袋上详细记录着取出岩石的深度和时间：去年11月15日晚9点的取出深度是-105.621米；11月16日上午11点，取出深度为-106.021米。

“遇到地质复杂的坚硬岩层，隔一段时间就要把钻头从100多米下的地底一节节提上来，把240个接头螺母用锤头砸紧。一个螺母要砸10下，4个人在两个小时里要不停抡动2400下锤子,每次砸完,下夜班睡觉都疼。遇上小雨,外面是雨,里面是汗,难受得很!”张广斤摸着自己的肘关节说。

比劳累更可怕的是进度落后。平时,一根桩的钻孔、清孔、灌注13天之内能全部完成,而50号墩光第一根桩的钻孔就用去了1个月时间,第二根桩正在钻进中。

“微风化岩的抗压强度为120MPa左右,钻进很困难,目前的速度已经是设备的极限。不过,施工中遇到微风化岩的概率不高,几个桩基已经进行了工程变更。在大桥建设中我们遇到的困难太多了,工艺在不断的优化,有能力应对这局面!”项目部副总工孙建波还是乐观的。

12月6日,50号平台完成了第二根桩的清孔,工人们忙碌着向海底下放钢筋笼。

孤岛兄弟们乐观地认为困难已经过去,技术员史虎彬微笑着、认真地说:“春天还会远么!”

在港珠澳大桥CB03标,有16个施工平台,174名孤岛兄弟!

原刊于《筑港报》2014年1月1日1版

绿美廊道建设“36计”

刘丽莲　张　伟

今年是绿色河北攻坚工程启动实施的第一年，按照“三年任务两年完成”的任务目标，今年全省交通运输系统将投资10.53亿元，完成干线公路绿化5449公里，一年建设总量相当于过去20年之和。

绿美廊道工程何以在省交通运输系统大规模迅速开展？绿化过程中普遍存在的土地、资金等难题如何解决？怎样结合道路出行要求探索出适合自身发展的新路子？且看绿美廊道建设的“36计”。

何以解决土地难题？
从“等米下锅”到“借米下锅”

巧妇难为无米之炊，没有土地，绿美廊道建设难以开展。随着土地资源的日益紧缺，绿美廊道建设者们经常遭遇无米下锅的尴尬。土地不会从天而降，坐等米来不如起而行动，借米下锅。

借米方法一：反租倒包　变难为易

与征地相比，租地相对容易一些。在土地流转的问题上，一些地区采用“反租倒包”的方式，收到了良好效果。

邢台市平乡县开展通道绿化时，在乡村道路的两侧，每侧租地5米或10米进行绿化。租好地后对路段的路肩、边沟进行整修，要求路肩宽度不少于1.5米。通过这一做法，解决了农村公路边沟用地、绿化用地问题，目前已绿化43条线路共计95.8公里，栽植速生杨13.6万棵，退耕还林1589亩。

借米方法二：移山造地　无中生有

邯郸市武安县地处山区，公路多临水临崖修建。在绿化过程中，他们通过采取削坡、整形的方式，充分利用公路边坡、边沟，移山造地，见缝插绿，在保护原有植被的基础上，在公路挡墙、山体石壁上种植攀缘植物，使山梁峭壁形成了一道道苍翠的绿壁长廊。同时，在岩体上采取挂网绿化和喷播技术新工艺相结合进行防护，既减少了土石方的坍塌和流失，又降低了后期绿化投入。

借米方法三：把握节点　化方为长

提到园林，似乎人们的思维定式就是方形的。然而在山区找这样的大块土地，谈何容易。打破常规思维，把方形变化成长条、带状，有何不可？承德市交通运输局将城镇出入口、隧道口、省市县（区）交界、高速公路进出口等路段作为重要节点，打造了112线凤山镇交叉口段、大屯段，111线的南岗子与北京交界段等具有特色的带状园林，提高了公路绿化覆盖率。

借米方法四：盘活资源　以一当十

在绿化过程中，邯郸市积极建设干线公路"绿色银行"，以利用路界内用地为主、以开发利用政府提供土地或承租土地为辅，盘活土地资源，实现"以路养树、以树护路"的循环发展新模式。该市在符合条件的地块建设苗圃基地，长成后间隔取苗，为公路绿化提供用苗。现在，广平县、馆陶县等陆续建立了6个苗圃，自主培育苗木量达90万株，为该市的绿美廊道建设提供了丰富苗源。自主育苗具有本土栽植、宜生宜养、成活率高的特点，平均可节约20%的养护成本。

无独有偶。承德市在普通干线公路的一些弃土堆、荒坡和路界内空闲地内，大量栽植小油松和樟子松，营造公路线性苗圃，在增加绿色覆盖的同时，形成育苗基地。今年，该市已投入1420余万元，栽植小油松203万株。

如何破解资金困难？
从"一家取火"到"众人拾柴"

下锅的米有了，要做成热腾腾的饭，离不开火。资金，就是烧饭的柴。单纯靠"一家取火"解决资金问题，困难很多；多渠道、多方式地众人拾柴，火才会越烧越旺。

拾柴行动一：他山之苗　间来我用

今年承德市绿美廊道建设需要栽植的油松数量很大，达3万多株。但是，由于近年来对山林苗木移植控制严格，致使油松苗木十分紧缺，价格飞涨，一棵

2到3米高的油松苗就达200元左右。为解决油松苗源问题，承德市交通运输局内部协调，将京承高速公路服务区、互通区和分离式路基内生长过密的油松采用间苗的形式无偿移植到干线公路上。今年共移植油松25458株，节省苗木资金410万元。他们将节省的资金又用到今年的绿美廊道建设中，超额完成了乔木和灌木的栽植数量。

拾柴行动二：各方“化缘” 由少到多

沧州市加大筹资力度，积极争取地方政府支持，加大资金投入，提升了绿化规模和档次。青县交通运输局为了更好地打造104国道绕城段绿美廊道，在原来批复资金的基础上，该局又争取县政府补贴投资1300多万元。

衡水市政府在财政收入较低的情况下，建立了多元化投入机制，加大了财政资金引导作用。今年，该市财政预算安排2500万元用于重点支持廊道绿化，各县级财政筹集造林资金共计1.1亿元，预计全市吸引和撬动的社会资金可达近10亿元。

拾柴行动三：抓住契机 形成合力

今年，邯郸市抓住“大气污染治理专项行动”及“干线公路两侧农村环境综合整治行动”的契机，充分撬动县政府力量参与到公路绿化工作中来，争取用地、水源等方面的政策支持。广平县政府将309国道边沟两侧路界外各30米、507亩土地，无偿提供给县交通运输局进行绿化，共种植苗木3.8万株，购苗费全部由政府出资。肥乡县将路界外50米土地由政府出面进行租用，头3年由政府承租，交由绿化企业义务种植，第4年由企业交70%、政府出资30%。馆陶县政府将路界外50米土地征用15年，交由企业绿化，头8年由财政承租，后7年由绿化企业承租，提高了各方参与绿美廊道建设的积极性。

怎样彰显自身特色？
变墨守成规为标新立异

9月22日，全省秋冬季造林动员会议指出，我省过去的廊道绿化中重绿轻美、档次不高的问题很普遍、很突出。季相上缺乏叶色变化，地带上缺乏宜赏景观，动感上缺乏波动起伏。会议强调，要抓好绿美廊道的景观改造和建设工作。

墨守成规只能坐以待毙，创新思路、标新立异才能走出一片新天地。

标新立异典型一：植物语言　凸显安全

怎样让公路绿化景观化？如何彰显自身特色？省公路局创新思路，力求通过植物语言导入公路安全文化，实现景观性与功能性的融合。廊涿高速公路引线绿化新植工作开展时，利用多种植物在不同路段提示行车环境变化。如在中央隔离带断口两侧 15 米距离内不栽植灌木植被，改植景天，为驾驶人提供安全视距；在过街路段，以卫矛和红王子锦带组团栽植，在体现层次感的同时，有效防止村民随意横穿公路的可能性。

实际中，在注重实用性的基础上突出景观效果，这一直是省交通运输系统的绿美廊道建设的硬性要求。今年初省厅就超前谋划，制定了《河北省 2014 ~ 2015 年绿美廊道建设公路绿化提升实施方案》，提出“重要节点景观化、重要路线特色化、路域景色自然化、植物选配多样化、公路绿化功能化”的要求，着重打造“四季常绿、三季有花”的景观效果。

标新立异典型二：随势造景　路景相融

行走在古城邯郸境内，苍翠的油松，嫩绿的柳树，紫色的鸢尾，金色的金叶榆，路肩上五颜六色的野花组合，山壁上攀缘的爬山虎……干线公路一片生机盎然的景象。

什么是绿美廊道？邯郸市有着自己的独特见解。他们依据不同路段的自然景观、地势地貌的差异，因地制宜、随势造景，采用微地形自然景观设计，达到常青与落叶树种相搭配、彩叶树种与绿色草坪相衬托的园林式绿化景观。如邯大线结合公路沿线民居和田地较多的特点，以金叶榆、垂柳等交替种植，打造多层次、立体式、园林化的绿色景观廊道；平涉线结合公路依山傍水的特点，种植藤本植物，提高山区公路的绿化覆盖率，打造了绿色旅游长廊。目前，邯郸市东部干线公路形成了“二纵二横”绿美廊道闭合圈，公路绿化逐渐由“点线串联”向“路景相融”转变。

标新立异典型三：依托旅游　打造品牌

我省旅游胜地不少，结合本地旅游特色，各设区市以视觉价值、自然价值、历史价值、文化价值为核心，打造了多个“春有花、夏有荫、秋有色、冬有绿”的绿化品牌。保定白洋淀支线依托水域资源优势，打造了荷塘景观；106 国道衡水湖段做好“水”的文章，选择适宜树种，突出湖城特色，使公路兼具交通运输和旅游体验双重功能。

随着公路绿美廊道建设的深入推进，公路绿化正由最初的区分道路边界、中央隔离带等单一功能向承载视觉、生态、安全、服务等多重功能转变，由单一品种、单一层次的简单绿化模式向物种多样、色彩丰富、层次分明的景观化、园林式立体绿化模式发展。

原刊于《河北交通》2014年10月8日3版

从长江走向亚丁湾护航

——记长江海事局赴亚丁湾护航第一人牛百龙

刘国山　刘锦辉　吴雪颖

亚丁湾，一个曾让世界航运界谈虎色变的海域。也是中国对外贸易和能源运输的重要海上通道，该海域频繁发生的海盗袭击事件，严重危及过往船舶和人员安全，对中国国家利益构成重大威胁。

牛百龙，一个刚满四十岁，具有多年远洋航行经验的甲类船长，承载着交通运输部和全体长江海事人员的重托，随海军南海舰队井冈山舰赴亚丁湾、索马里海域执行第15批次护航任务，成为长江海事局第一位护航船长，也是长江海事局赴亚丁湾护航第一人。

近日，记者专访了为人憨实，不善言谈的牛百龙。说说他在参与亚丁湾护航期间的二三件事。

从“躲”海盗到“打”海盗

牛百龙介绍说，我是2013年8月8日随编队启航赴亚丁湾、索马里海域执行第15批次护航任务。在其十几年的航海生涯中，也曾多次遭遇海盗，但以前更多的是被动的防和躲，而这一次却是随着我国海军护航编队，在先进的舰艇上去主动“打”海盗！

可是，赴亚丁湾护航这么重大的任务，自己能不能顺利完成，第一次上军舰，第一次和军人共事，能不能和编队其他同事协作融洽……想到这里，已经做了很多准备工作的牛百龙也会感到十分紧张。

为顺利完成护航工作任务，去年2月4日，就在春节前5天，本来打算春节回老家看看的牛百龙放弃回家，来到了中国海上搜救中心交流，熟悉护航工作流程。这次他将担任交通运输部护航工作领导小组总值守联络组的护航专项船长一职，负责亚丁湾商船护航的相关联络、协调、跟踪以及海盗袭击事件的应急处置等工作。在搜救中心工作学习了约4个月后，他终于等来了出航的通知。

执行第15批次护航任务的主要由井冈山舰、衡水舰和太湖舰三艘军舰组成，井冈山舰就是这次编队的指挥舰。当他第一次登上井冈山舰，那一幅幅井冈山革命根据地时期的图片、展板让牛百龙同志产生了强大的视觉和心灵震撼。

8月20日，编队抵达当时的亚丁湾护航航线东点，与第14批护航编队会和，共同执行联合护航任务。为了较详细了解和熟悉编队组织情况，牛百龙每天较早就到了驾驶台，守在甚高频电话旁了解编队和被护商船的通信联络和编队组织情况。在一次执行任务中，共有9艘中、外籍商船参加护航，这是牛百龙第一次组织商船编队，也是他整个任务期间参加护航商船数最多的一次。

亚丁湾、索马里海域的海盗活动，经过近几年国际社会的持续打击，得到了有效打击，在牛百龙同志们执行任务时，海盗活动已没有前几年那么猖獗，然而编队每个人都没有因此而放松戒备，都认识到险情随时都有可能发生。

牛百龙说，在每次执行护航任务时，海军全体指战人员都保持着高度的警惕，某天，编队值班人员发现前方3海里处2艘疑似海盗小艇正向护航商船编队高速接近。被护新加坡籍“太湖”号商船向衡水舰求助，该船附近发现可疑高速目标，试图从多个方位向其接近。衡水舰迅速进入一级反海盗部署，立即高速接近该船，并通过甚高频国际频道指导其加强自身防范。衡水舰接近可疑小艇，并鸣汽笛一长声进行警示，通过声波拒止系统向小艇喊话：“我是中国人民解放军海军军舰，正在向你接近，你立即停车，请接受抵近检查。”一可疑小艇见状迅速逃离，另一可疑小艇停车漂泊。衡水舰2艘工作艇搭载10名特战队员和1名取证人员向可疑小艇接近。经抵近查证发现，这艘可疑小艇上有7人，携有多个油桶。为防止再次发生险情，衡水舰直升机起飞对编队实施巡逻警戒，编队进入正常值班状态。

“还是见到祖国的军舰，感到踏实”

去年10月1日，正值国庆节。当天中午12点左右，牛百龙午饭后正准备午休，电话响了。接听后获悉，台塑“贵华”轮主机增压器爆炸起火，后机舱火灾虽被扑灭，但主机一时无法修复，船舶处于漂航状态，船舶事故海域为海盗高风险区，船方担心遭受海盗袭击，加之刚经历了火灾，全船上下极度紧张，请求护航编队为其提供保护。

险情就是命令。接报后，牛百龙一方面让值班参谋向指挥组组长汇报情况，另一方面及时到通讯室直接与该船建立了联系，了解详细情况，以便制定救护方案。

得悉，台塑“贵华”轮为液化气体船，船籍为利比里亚，船东为台湾台塑海运股份有限公司。当时船舶为空载状态，由韩国驶往土耳其，船舶货舱内约有20吨液化气，船上有大陆船员19名，台湾船员3名。事故当日9时加入韩国海军“王建”号西行护航编队，航行没多久就发生了增压器爆炸起火事故。事故后“王建”号在台塑“贵华”轮附近担负临时护卫任务，但随后“王建”号通知船方，因有其他任务，无法提供长时间护卫，不久后将离开事故地点。

船方接到通知后万分着急，立即通过中国海上搜救中心向海军第15批护航编队求助。当时船长反馈的信息是公司正协调安排拖轮将船舶拖往附近港口进行修理。为及时了解公司安排打算，以拟定救助方案，他随后直接与公司台湾总部建立了电话联系，对公司的救助计划进行持续跟踪，并根据自己的专业经验，向公司提供救助建议。公司在综合考虑当时船舶状况、船舶和公司技术能力、港口备件的配送能力等情况后，做出了将通过视频指导船上力量对船舶进行临时修复后再慢速航行至也门亚丁港的救助决策。台方人员在电话中并恳请祖国海军克服困难，无论如何要保障“贵华”轮的安全。

此时，护航编队与“贵华”轮相隔近千里。为了炎黄子孙的生命财产安全，编队立即调整护卫方案，派出衡水舰从亚丁湾西部海域紧急启航赶赴事发海域。为防止“贵华”轮在漂泊期间遭海盗袭扰，中国海军第15批护航编队通过国际反海盗网络公布了台塑“贵华”轮的情况。此时，牛百龙已经和台湾公司及船方的电话联系持续了十多个小时，直到获悉台塑“贵华”轮在自行更换滑油后成功启动了主机并已慢速驶往既定港口后才回宿舍休息。

在衡水舰赶赴事发海域期间，编队协调欧盟465编队意大利“和风”号护卫舰赶往事发海域，在衡水舰抵达前接替“王建”号驱逐舰协助护卫，并协调“王建”号延长护卫时间，在“和风”号抵达后再行离开台塑“贵华”轮。衡水舰经过昼夜航行急驰600余海里，于当地时间2日11时抵达事发海域接替意大利“和风”号护卫舰对其进行护卫。10月4日井冈山舰接替衡水舰，继续对“贵华”轮实施伴随护卫。10月5日“贵华”轮进也门亚丁港紧急补充滑油，井冈山舰在港外漂泊等待，待“贵华”轮出港后，继续对其进行伴随护卫，于10月5日23时将“贵华”轮护送至曼德海峡口解护，确保了“贵华”轮安全顺利通过亚丁湾海盗高风险区。

此次具有特殊意义的台湾籍船舶“贵华”轮的护航共历时6天、航程1000余海里，与韩国、意大利等四国，五艘军舰接力进行，不仅赢得了船方的感激和赞扬，还被台湾同胞亲切地称“还是祖国军舰好”。

该轮的台湾同胞说：见到了我们自己的海军，大家那颗紧张不安的心终于踏实了。作为漂泊在大洋上的船员，我们真真切切地感受到了祖国海军对自己的那份呵护。因为有你们的辛勤付出，漂泊在外的游子才不再害怕。在我轮这次的特殊护航中，他做了大量的联络协调工作，工作细致周到，“牛船长”，在此要特别说声：谢谢您！

在护航的近6个月时间里，牛百龙共处理邮件4000余封，收发海事卫星电话150余次，协助完成了46批次181艘中外船舶的护航任务，其中特殊护卫6批次，18艘次（含协调护送世界粮食计划署船舶1艘次）。

近6个月的护航任务在人生的旅途中并不长，但在牛百龙人生中，留下了重彩的一笔。他说，此时参与护航任务，在我一生的职业生涯中，我从中国军人身上学习到了什么叫责任感和执行力。

链接：

牛百龙在护航期间，充分利用多年远洋船长经历和液化气体船、油轮、化学品船、散货船等船种的工作经验，主动与商船、船东联络，为护航各方建立了有效的沟通桥梁。其突出表现和贡献得到了舰队领导的高度认可，被井冈山舰授予该舰首批“荣誉舰员”称号，也是海事系统护航人员首次获此殊荣。交通运输部副部长何建中专门批示了该编队发来的感谢信，并对牛百龙的事迹进行了表扬。

原刊于《寰球物流报》2014年7月18日3版

占劲松　把流动红旗钉在墙上

陈克锋　丁　南　吕　博

"不是挂,而是钉在墙上。"12 年前的一个秋日,沪瑞高速公路昌傅至金鱼石段 AR3 驻地监理办负责人占劲松对同事说。

站在凳子上,正忙着将流动红旗挂在墙上的同事被他这么一说,愣了,"钉在墙上,很难取下来啊"。"钉上去,就是让大家好好干,我们不能让红旗再流动到其他地方去"占劲松说。他说出了,也做到了。在他的带领下,大家一起努力,AR3 驻地办连续 8 次在驻地监理办评比中获得第一名,真正实现了把流动红旗钉在墙上。

10 年后,占劲松就任江西省公路工程监理公司总经理,回忆往昔,心潮澎湃。这个敢将流动红旗牢牢地钉在墙上的人,到底有哪些特别的过去呢?

禾苗总是往上长的

1969 年 10 月,占劲松出生于江西省婺源县秋口镇秋溪村。他的母亲是村医疗站"赤脚医生",父亲是民办教师。村里按工分发粮食,由于父母都不从事体力劳动,挣的工分远远低于其他人家。

集体土地包产到户,他们家分了 5 亩 8 分水田和 10 亩茶山。除了母亲,其他人都没有种植水稻的经验,村里有劳力的人家指手画脚:"以前我们大家养活你们,现在看你们的田能不能种起来!"母亲说:"只要大家齐上阵,没有什么大不了的。"在母亲的带领下,一家人开始学着插秧,因为不熟悉农活,秧苗歪歪扭扭,母亲鼓励大家:"歪一点儿没关系,禾苗总是往上长的"。

家人的辛勤耕作没有白费,当年,他们种植的双季稻收获三四千公斤。这件事深深触动了占劲松:"生活不同情弱者,再困难的环境,只要勤奋好学,总会收获成功的硕果”。

占劲松高考进入了本科线，被解放军理工大学南京工程兵工程学院桥梁工程专业提前录取，从此与公路桥梁结缘。

大四上学期，根据学校课程安排，在老师的带领下，占劲松与班上同学参与了南京至连云港一级公路勘察设计，作为他们的毕业设计。

一个冬日的傍晚，天空突然下起瓢泼大雨，对讲机失去了信号，占劲松所在的小组为及时赶到集合处，须通过一座桥。由于年久失修，该桥栏杆都没了，桥面泥浆高出两侧安全带。如果从6米高的桥上滑下去，后果不堪设想。他们背着仪器设备，手脚并用硬是从近百米的桥面爬到了对岸，最终按时到达了集合处。经过一个多月的努力，最终圆满完成了项目的外业工作。

内业制图是很精细、繁琐的工作，容不得一丝马虎。通过翻阅大量资料、专家指导、老师辅导，自身的计算，一遍遍地反复修改设计，日夜加班是习以为常的事情。那时图纸都要手工绘制，需要先画好初稿，再用描图纸描上去。恼人的是，偶尔墨水滴到图纸上，整张图纸又得重新画。

大学毕业后，占劲松被分配到江西省公路管理局科研所从事图纸审查工作。1995年，江西省公路管理局科研设计所成立，占劲松调任该所从事设计工作。

在进行某公路项勘测设计之前，占劲松从没有使用过全站仪。有一天，负责测量的同事因妻子生孩子临时请假，把全站仪留给了他。占劲松几乎摸索了整个晚上，第二天就承担起测量任务。在主持某国道项目设计时，工期紧张，占劲松带着团队40多个小时没合眼，加班加点赶出了让业主满意的设计图纸，如期圆满完成工作任务。在主持某国道的勘察设计时，占劲松碰到了技术上的“硬骨头”，所里之前从没有人做过隧道勘察设计，他带领团队翻资料、请专家，啃下了这根“硬骨头”，逐步成长为单位乃至行业的核心技术骨干。

把红旗钉在墙上

2002年9月，占劲松调任沪瑞高速公路昌傅至金鱼石段AR3驻地办，担任副驻地监理工程师。在项目办组织的首次月度评比中，他们获得了第一名。于是，出现了文章开头的一幕。

当然，作为驻地监理办主要负责人，仅有勇气还不行。尽管占劲松之前没有从事过监理，但在大学期间就曾学习过这方面的理论知识，从事设计工作时还参加过监理培训。有了这方面底子，占劲松购买书籍资料，自主钻研，强化了监理专业知识。

一次，驻地办下发监理指令，要求清除某段软基路基，施工方拒不执行，并恐吓现场监理人员。占劲松了解情况后，立即找到施工方项目经理和总工程师，责令"这段路基若不清除，相关数据就不要呈报，整个工程段都将通不过。"对方见硬的不行，带着礼物登门拜访。占劲松说："只有你们把工作做好，才是对我们最大的支持。如果我把东西扔出去，你们就难看了。"最后，施工方只好作罢，按指令清理了那段软基路基。

巡查某段挖孔桩作业时，占劲松发现施工方在给井下通电、通风时，没有对线路采取有效保护措施，存在漏电的危险。他立即制止了危险作业，并下达停工整改的指令，但遭到施工方围攻。占劲松没有胆怯，给他们讲道理："你们都上有老下有小，难道生命就值几个开关钱吗？万一出了事，父母和孩子怎么办？"这么一说，施工人员听了进去，事情得以平息。对方很快安装了开关，重新开工。

就这样，占劲松带领团队，在8个驻地办历次评比中，连续八次获得了月度评比第一名。"流动红旗"成了名副其实的"固定红旗"。

井冈"劲松"奋战南疆

2010年5月，占劲松被江西省交通运输厅抽调，成为对口支援新疆工作前方指挥部江西二大道项目工作组成员之一，前往离家乡万里之遥的边陲小县——新疆阿克陶县，参加援建工作。

接到通知的前一年，新疆发生了"七·五"事件。况且母年事已高，经常生病，母亲脑部肿瘤刚动完手术，妻子工作很忙，他们的儿子刚读初中，正处于叛逆期，家人需要有他照顾。可是当家人消除了安全顾虑后，都表示坚定的支持。带着家人的期望，占劲松肩负使命，飞赴边疆。

有着十余年勘察设计研究的他，很快发现，江西省规划院的规划路网与实际项目设计存在偏差。占劲松立即展开实地调查，和设计代表、施工及监理单位技术人员重新查图纸、想对策。经过连续奋战,方案得以修改和优化。援疆建设的第一战,占劲松打得很漂亮。在他的带领下,援建工作如火如荼地开展,项目建设稳步推进。

在接下来的一年多建设工作中,包括占劲松在内的所有参建人员所经历的不仅仅是自然环境的改变,还要忍受寂寞与孤独,但想到身后妻子默默的支持,想到父母的鼓励,想到孩子的期盼,他一次次告诫自己,无论工作生活多么艰辛,也要坚持下去。

2011年8月,江西二大道项目工作组提出的"阿克陶第一、南疆一流"的建设目标宣告完成。占劲松带领的这支江西公路建设铁军,为南疆人民修筑了幸福之路。回乡前的晚上,在一望无际的戈壁滩上,占劲松借着清冷的月辉,拣起两枚光滑的砾石,悄悄地放进了口袋。

"三个定位"引领"二次创业"

2011年9月16日,占劲松调入江西省公路工程监理公司,被任命为该公司副总经理兼江西省公路工程检测中心常务副主任。初到检测中心时,正逢公路检测综合甲级申报的攻坚阶段,他还未来得及熟悉环境,就立即投入到一场没有硝烟的战斗中。

为了打赢申甲攻坚战,占劲松查资料、跑现场、组织技术交流,带领全体申甲人员一遍遍地练实操,毫不厌倦。有时为攻克一道技术难题,他会连续奋战几个昼夜,困了就在办公室打个盹,醒来继续投入工作。9月30日,交通运输部专家评审组进行了严格的现场评审,综合评定结果为基本符合综合甲级资质标准,并提出了四个方面存在的6个需要整改的问题,要求一月内提交整改报告。

同事被占劲松的敬业精神深深感染,放弃国庆长假,冲刺申甲攻坚战。最终,江西省公路工程检测中心顺利获得交通运输部颁发的公路综合类甲级试验检测资质。二十多天下来,占劲松瘦了一圈。

占劲松很快构思了"三步走"的科学发展思路,开始了二次创业。他提出:第一步,将检测业务开展起来;第二步,做大做强检测服务;第三步,塑造检测技术服务的权威品牌。

摸着石头过河,谈何容易。占劲松经常问自己:“我们的出路在哪里?”经过一番思考,他决定在市场中找答案,到省内外20多个城市调研。

2012年4月,占劲松结合企业发展实际,提出了“三个定位”战略目标(即“成为省公路局行业管理强有力的检测技术支撑系统,成为公路试验检测人才培训基地,成为全省公路行业的试验检测技术重点试验室”),这成为江西省公路工程检测中心“二次创业”的“行动纲领”。

这一年,检测中心承接业务合同额首次超过了传统的监理主业合同额,首次尝试省外市场招投标,连续中标省外的两个第三方检测项目。江西省公路工程检测中心强劲的发展势头,促成了江西省公路工程监理公司由单一业务经营,到“两条腿走路”的良性经营结构转变。

把鸡蛋放到多个篮子里

2012年9月,占劲松履新江西省公路工程监理公司总经理兼江西省公路工程检测中心主任,提出了“把鸡蛋放到多个篮子里”的响亮口号。

占劲松看到,国内公路监理市场日益萎缩,转变经营思路,主动在市场中找机遇。因此,他在全体干部职工大会上强调,如果单纯指望一个“篮子”盛“鸡蛋”,企业不仅难以快速发展,还将随着竞争的加剧面临被淘汰的危险,公司要由较为单一的公路监理业务拓展为监理、检测双主业驱动、多元化经营,推动公司经营结构优化升级。

占劲松带领团队推进经营改革,以公路监理、试验检测的双引擎驱动,为经营发展增添了强大动力,努力盘活的房建监理、工程咨询等业务,使公司逐步走向多元化经营发展之路。2013年,在监理市场形势严峻的情况下,江西省公路工程监理公司承接业务合同额实现了新突破。

占劲松坚持“稳住公路监理主业的大市场,有序开发监理相近业务市场”的经营思路,稳住省内市场份额的同时,积极开发周边省份市场;立足外省各参建项目,积极开发周边地区业务市场。

2013年,江西省公路工程监理公司作为江西永修至武宁高速公路项目的监理单位,荣获“2012年度至2013年度国家优质投资项目监理单位”荣誉称号;作为参建的景德镇至婺源(塔岭)高速公路项目的唯一监理单位,荣获“第十一届中国木土工程詹天佑奖”，并获得了“2013 年度全国工程建设监理 AAA 级信用企业”荣誉称号。江西省公路工程监理公司正逐渐走出一条品牌化发展之路。

“未来的江西省公路工程监理公司，必须发展成为集监理咨询、试验检测、设计、咨询、科研于一体的公路行业综合类技术服务机构。”占劲松富有战略眼光的观点，为团队进一步发展壮大指明了方向。

远方，传来大山亲切的呼唤。赣江之滨、英雄城下，一支公路铁军的新长征已经启程……

原刊于《中国交通建设监理》2014 年第 1 期

全国“节能技术明星”是咱郑州公交车长

——记快速公交公司B11路车长畅通的冠军之路

葛 亮

5月25日至26日，第三届(2015)“宇通杯”全国公交驾驶员节能技术大赛在上海举办。郑州公交快速公交公司B11路车长畅通获得12米级油电混合车型冠军，被评为全国“节能技术明星”。

全国节能冠军驾车 每个细节都很讲究

清晨5:30，在嵩山路南三环B11调度室门口，畅通正在积极准备发车前的检查，围着12米的公交车转了好几圈，胎压、防冻液、电瓶水……每一个车辆安全部位他都要细致地检查一遍。畅通说，每次车辆发动前他都会对车辆进行发动机预热，预热时间差不多10～20分钟。如果车辆没有做好充分预热，发动机温度过低会导致燃润料燃烧不充分，无形中就会造成浪费。

等车辆状态调整完毕后，畅通坐在驾驶室内一边调整座椅和后视镜，一边深呼吸调整心态。畅通告诉笔者，“运营开始前，车的状态和驾驶员的状态都要全部调整到最好，这样才能更好地应对驾驶过程中各类突发情况。”

畅通起步和行车速度都非常平稳，而且很少出现猛踩刹车的现象。“起步时一定要稳，小油门慢慢加速，行驶时一定要保持中速行驶，对道路情况时刻细致观察，千万不要猛加速、猛刹车，不然在你不经意的情况下，燃润料就被悄悄地浪费掉了……”

畅通对自己所驾驶的线路非常熟悉，畅通说，想要把车开好，必须不急不躁、不抢不闯，跟着车流缓缓前进。同时为保证乘客乘车舒适，一定要和四周其他交通参与者保持安全距离，尽量减少急刹车。有些路口距离较近，有时可能一等就是两个信号灯，遇到这样的情况畅通很少急加油、急刹车，畅通说："每天都在线路上跑，每个信号灯的时长心里都大致有数，就像过了嵩山路航海路后，到了嵩山路政通路就得再等一个信号灯，与其加速跑过去再狠踩一脚刹车，还不如匀速通过，这样大家坐得也舒服，也不会产生不必要的浪费。"

从"超油大户"到"节油标兵"冠军之路全靠琢磨

畅通今年33岁，2008年初领驾照后才开始开公交车，开车时间并不算长。畅通说自己刚开公交车时，对车辆不熟悉，经验也不丰富，月月都是线路上的"超油大户"，后来还向车队提出换车要求，而车队长却驳回了他的要求，并批评他说："大家开的车都一样，你咋不问问人家为啥不超油?"

在队长的激励下，畅通开始和节油较上真儿。自那以后，畅通工作更加勤奋，经常向线路上其他车长请教经验，自己开车时一边琢磨一边尝试不同的节油妙招。每天他都时刻观察油箱压力表，心里反复对比盘算哪种方法才更省油。通过一个个细节的养成，畅通终于摘下了"超油大户"的帽子。

"超油大户"的帽子摘掉以后，畅通工作更加积极，2009年在一次加油过程中，他发现自己的车没跑多少趟就要加一千多块的燃油。畅通突然意识到，自己每天辛辛苦苦运送的乘客收入，远不及燃油的费用支出，从那以后畅通继续琢磨节油办法，希望能够通过节约成本维护企业利益。也正是从那一刻开始，节能降耗才深深地埋在畅通的心底。

通过不断的钻研尝试、经验积累，畅通在节能降耗方面越发突出，2014年月月都拿节油奖，还被公司评为"爱车之星"。不管是什么车型，到了畅通手里他都会把车辆状态调整到最佳。除了日常的出车前、收车后检查，每次发车间隙他都会细致地做好趟检。中停休息时间，他总会打开发动机舱对设施设备进行细致擦拭。车辆每一个零部件的运转情况如何他都了如指掌，正是有了对车辆无微不至的关爱，车辆才时刻保持最佳运行状态。时间长了对于一些简单的设备故障，他都能够对其进行准确判断，并及时地进行修复。

线路上其他职工，也时常受到他的“关照”，大家车辆遇到什么问题都会找他帮忙，而他从来都是十分热心地给予帮助。大家经常交流、信息共享，在他的带动下线路其他职工也逐渐养成了良好的节能意识，身边的节油标兵也渐渐多了起来。

原刊于《郑州公交》2015 年 6 月 15 日 1 版

拿出甩开膀子的干劲儿

——记股份轮驳公司“日港拖18”轮

宋　霞　张海鹏

2月17日，迎着初春的第一场雨，记者踏上了“日港拖18”轮的甲板，随着船体的晃动，已经感到有些晕，“今天浪太大，接到海事局通知封航，不能带你们出航了。”船长张华锋笑着说。

其实，作为公司的主力拖轮之一，“日港拖18”轮2013年作业艘次达1473次，平均每天至少4次，也只有这种无法作业的条件下，才能有机会“抓到”他们接受采访。

谈创新：抓细节、消盲区、提效率

“管理创新是提升执行力的有效手段，也是‘日港拖18’轮的法宝。”正在跟船作业的船舶二队队长胡建苹对记者说。三创年活动开展以来，“日港拖18”轮坚持“高标准、严要求、精益求精、持续创新”，总结出了“抓细节、消盲区、提效率”的工作方法，船舶管理实现“全覆盖”。“机工全程监督加油过磅并做好记录，留存每次加油油样对油质进行检测，船舶加油时设置安全隔离带，加油时拖轮船头一律朝向出口……”仅拖轮加油这一个环节，“日港拖18”轮便总结创新出如此诸多的管理方法。

同时，通过实施船舶安全过程控制，他们把船舶作业过程细化为70多个环节，将各个环节的危险因素、安全注意事项进行逐项分析并制定出相应的安全措施和操作规范等，使每个环节都规范化、标准化。以此为基础，“日港拖18”按照公司的统一部署，实施了船舶“千次作业无事故”考核机制，“只要出现一次事故，之前累计作业次数清零，这事儿说着都有点儿心跳，”张华锋笑着对记者说。

论创效：成本控制是法宝，省下的就是利润

"我们作为一支港口服务团队，创效的法宝就是成本控制。"张华锋说道。近年来，随着港口吞吐量的不断攀升，拖轮作业量逐渐增大，能源消耗量也逐年增加，燃油、水、电消耗已经成为股份轮驳公司最大的可控成本。"日港拖18"轮将节约燃油作为节能重点，从日常管理、操作技能、节能意识等方面入手，结合多年工作经验总结出一套简单实用的"拖轮节油措施40字箴言"——"驾机勤联，杜绝冒漏，准确过磅，能慢不快，能单不双，加车平顺，等候双停，左右轮靠，定常吃水，节约共勉。"

"'驾机勤联'就是驾驶台与机舱人员对备车时间和停车时间随时沟通，控制设备运转时间；'能慢不快'则是拖轮作业一般都采集经济航速，主机负荷控制在600转左右，保持主机在最低油耗状态下运行。"轮机长焦安成介绍道。"'左右轮靠'就是根据船底海生物生长特点，采取左舷与右舷轮换着贴靠码头，控制船底海生物附着，减少航行的阻力……"一旁的船员们也如数家珍般补充着。显然，40字箴言已经在全船深入人心。

节油40字箴言的推广实施，取得了良好效果。2013年1~6月份，船舶节油共计10.48吨，港内平均每艘次节油16.35千克，与2012年下半年相比油耗同比下降6.4%。特别是赴岚北作业过程中，单车航行每航次平均节油将近200千克，成效体现得更为明显。在节油40字箴言的实施过程中，并没有因为节油而影响服务和安全，这一节油措施在降低油耗的同时，还为船舶整体的管理带来了良好的效应。

说创业：喊破嗓子不如甩开膀子

1月30日，除夕，由于连续的雾天，"日港拖18"轮日作业2次。这是张华锋工作以后在船上过的第6个年三十。1981年出生的张华锋，是公司最年轻的船长。由于工作的关系，从2005年来港工作至今，张华锋只在家过了三个春节，家住潍坊的他，常常都是年三十下了班再匆匆赶回老家。"咱们港口在创业，我们个人也都在创业，创业哪有不付出的。"他淡然地说。

牢记创业精神，“夙夜为岗”，团队才有力量。由于工作是三班倒，“日港拖18”轮的小伙子们不像其他年轻人那样喜欢熬夜，“大家伙只要不当班，不但晚上早睡，还都保持了午休的好习惯，我们是提前开始养生了。”张华锋笑着对记者说，“养成这种习惯，目的是让每个船员达到只要上船，精力必须高度集中的状态。”在这种理念指引下，“日港拖18”轮自投产以来，安全实施港口拖带作业5600余艘次，主机安全运行11000多小时，安全航行85000余海里，在拖带量、作业时间等作业指标上连年名列公司前茅。

新的一年开启新的希望，新的起点成就新的梦想。走过辉煌的过去，“日港拖18”轮即将迎来充满挑战和期待的未来。“今年是集团‘三次创业’的开局年，别的不敢说，我们船一定拿出甩开膀子的干劲儿。”张华锋年轻的脸庞透着坚定。

原刊于《日照港口》2014年第2期

评　论　类

获奖名次：图片类三等奖

标　　题：《路通景现产业旺——干支相连四通八达的皖南村路》（组照）

作　　者：吴　敏　孟东晓　张林春

原 刊 于：《安徽交通运输》2014 年 9 月

获奖名次：图片类三等奖

标　　题：《路在山花烂漫中——优美的公路曲线成为画作的主角（歙县石谭村路）》

作　　者：张　路

原 刊 于：《陕西交通报》2014 年 3 月 28 日 1 版

一等奖

收费公路政策支撑交通运输跨越发展

陈　林

《2013 年全国收费公路统计公报》今天正式发布,这是交通运输部回应社会关切、推进政务公开的重大举措,我们为这一举措由衷叫好。

30 年前的 12 月 25 日,是我国公路交通发展史上值得铭记的一天。国务院第 54 次常务会议通过加快公路建设的“三大政策”:开征车辆购置附加费、适当提高养路费征收标准、出台“贷款修路、收费还贷”政策。这三项政策特别是收费还贷政策,不断释放红利,源源不断加注宝贵的血液,支撑起高等级公路特别是高速公路发展的黄金 30 年,铸造了中国交通运输举世瞩目的发展成就。

选择收费公路政策推进交通运输发展是历史的必然。改革开放初期,经济持续快速增长、人民群众出行需求激增与公路交通服务能力严重不足的矛盾日益突出,1984 年全国二级及以上公路仅 1.9 万公里。受制于政府财力严重不足,基础设施建设投资严重短缺,公路建设速度和整体规模增长缓慢。收费公路政策的实施,打破了公路建设单纯依靠财政投入的机制束缚,形成了“国家投资、地方筹资、社会融资、利用外资”的多元化投融资格局,极大地促进了我国公路基础设施建设的跨越式发展。

收费公路政策对加快高等级公路发展进程功不可没。从 1984 年至 2013 年年底,我国公路总里程达到了 435.6 万公里;高速公路从无到有达到了 10.44

万公里，里程规模跃升为世界第一，我国用30年走了相当于发达国家近百年的路程。世界银行报告曾指出："在这一史无前例的高速公路网扩展的同时，一级和二级公路在中央政府和全国31个省(自治区、直辖市)的协作努力下持续发展。还没有任何其他国家，能够在如此短的时间内，大规模提高其道路资产基数。"发展经验表明，只有调动中央与地方两个积极性，发挥多方优势，才能保证各项事业的顺利前行。收费公路政策的实施，为地方政府提供了一条稳定可靠的资金筹措渠道，调动了地方发展公路的积极性与能动性，增强了银行贷款、民间资本大量进入高等级公路建设领域的动力，最终实现了我国公路建设的跨越式发展，也为其他国家加快基础设施建设提供了经验与借鉴。

收费公路政策"用路者付费"原则兼顾了公平与效率。在我国，收费公路大部分是高速公路，通行条件比免费公路优越。有一种说法，公路作为公共产品应由政府提供，不应该收费。事实上，世界上没有免费的高速公路，只是存在收费形式的不同。一些国家高速公路的建设与养护费用全部由国家财政负担，资金来源是一般税收，也就是说，无论是否驾车，都必须付费；另外一些国家高速公路的建设和养护资金采用燃油税收入，燃油税是专项收入，要比一般税更为合理，但是对驾车者而言，无论是否行驶在收费公路上均要纳税。中国采用的是"用路者付费"制度，在地区发展不平衡、贫富差距大的国情下，相对更合理，更能发挥价格调节作用，把收费公路(往往是通行条件较好的高速公路)给最急需的人使用，应该说是一项有利于提升我国社会整体效率的制度安排。

随着经济社会的发展和公路发展外部环境、内在条件的变化，收费公路政策"红利"优势有所减弱，实践中累积的问题逐步凸显。因为对政策缺乏全面、准确的理解，社会上不时有人质疑收费公路的合理性与必要性，不可否认，收费公路发展中存在一定的问题亟待解决。在这样的背景下，更需要我们用理性凝聚共识，汇集正能量，引导社会公众客观认识收费公路在经济社会发展中的积极作用，助力收费公路政策在推进交通运输可持续发展、服务全面建成小康社会进程中做出更大的贡献。

原刊于《中国交通报》2014年12月23日1版

作品评析

引领导向 明辨是非

杜迈驰

我写这篇作品评析时，恰逢2016年2月19日中共中央总书记习近平在京主持召开党的新闻舆论工作座谈会。习近平在会上说，在新的时代条件下，党的新闻舆论工作的职责和使命是：高举旗帜、引领导向，围绕中心、服务大局，团结人民、鼓舞士气，成风化人、凝心聚力，澄清谬误、明辨是非，联接中外、沟通世界。用总书记的话衡量一年前《中国交通报》发表的这篇评论，引领导向，明辨是非，正是作品的出发点和落脚点。

收费公路问题社会关注度很高，2014年底交通运输部首次向社会发布全国收费公路统计公报，这是交通运输部回应社会关切、推进政务公开的重大举措。考虑到交通运输部"晒账本"之后可能引发社会热议、误读甚至质疑，《中国交通报》未雨绸缪，提前谋划，做好舆论引导，刊发了系列评论。这一开篇评论的作者，考察了众多收费公路研究成果，直面问题，真诚对话，摆事实，讲道理，从收费公路政策的历史作用交通，客观评价了这一兼顾公平与效率的政策，以事实回应关切和质疑，有高度、有深度、有温度，在喧嚣的舆论场中发出了理性的声音，为发展汇集正能量，营造了良好的舆论氛围。

评论主题确定为"收费公路政策支撑交通运输跨越发展"，论点鲜明，一语点破《2013年全国收费公路统计公报》正式发布所要表达的含义。

论述的第一段表明收费公路统计公报发布的重要意义之后，接下来的四个自然段围绕收费公路政策如何支撑交通运输跨越发展步步展开。其一，"贷款修路、收费还贷"是国务院常务会议通过的加快公路建设的"三大政策"之一，有了这个国家政策而非部门政策，高等级公路特别是高速公路才能快速发展30年。其二，这个政策不是拍脑瓜拍出来的，而是解决"经济持续快速增长、人民群众出行需求激增"与"政府财力严重不足，基础设施建设投资严重短缺"矛盾的历史选择。其三,30年来高速公路从无到有、目前里程规模跃升为世界第一的发展实践证明,收费公路政策的实施,调动了中央和地方政府发展公路的积极性与能动性,且得到世界银行报告的充分肯定。其四,收费公路政策体现了"用路者付费"原则,"兼顾了公平与效率""是一项有利于提升我国社会整体效率的制度安排",何况"世界上没有免费的高速公路",收费公路并非中国一家。这四个段落论述有理有据,态度平和,并非强加于人。评论最后一段说得比较辩证,评论承认"收费公路发展中存在一定的问题亟待解决"。解决这个问题不是因噎废食、废除收费公路政策,而是"理性凝聚共识,汇集正能量"。

分析2013年、2014年中国新闻奖获奖评论,它们的共同特点是:新闻性强,主题重大,观点鲜明;论证有力,逻辑清晰,说理到位;语言朴实,分寸感好,充满张力。《中国交通报》这篇评论,或多或少体现了上述特点。美中不足的是,最后一段对解决收费公路发展中存在的问题,光靠"理性凝聚共识,汇集正能量"恐怕不能服众。如果对各地正在加快研究2014年全国交通运输工作会议提出的收费公路特许经营制度实施办法、《收费公路管理条例》的修订正在广泛征求意见、今后形成政府公共财政承担的普通公路和用路者交费的高速公路两个体系、每一条收费公路的附近或平行走向上将有一条以上可供选择的非收费公路等做法进行提纲挈领介绍,对读者的说服效果可能会更强一些,而且这些实实在在的内容并不影响后面发表系列评论的展开论述。

(作者系中国交通报社原总编辑、中国交通报刊协会副会长)

跨越时代的精神坐标

刘传雷

今年是川藏、青藏公路建成通车60周年。8月6日，习近平总书记做出重要批示，强调要进一步弘扬“一不怕苦、二不怕死，顽强拼搏、甘当路石，军民一家、民族团结”的“两路”精神，养好两路，保障畅通，使川藏、青藏公路始终成为民族团结之路、西藏文明进步之路、西藏各族同胞共同富裕之路。

1954年12月25日，康藏（1955年改为川藏）、青藏公路同时胜利通车拉萨，这翻开了西藏交通史，乃至共和国交通史上光辉的一页。从1950年到通车日，5年艰苦卓绝的筑路过程中，11万筑路军民砥砺前行，以“让高山低头，让河水让路”的英雄气概，让西藏和内地血脉紧相连；3000多名烈士忠骨埋高原，他们用年轻的生命打通高原，以忠魂守护“生命线”。在那个人背畜驮和没有现代筑路机械的年代，筑路军民用钢锤、钢钎、铁锨和双手挖填了3000多万立方米土石。

5年挖填缔造了人类公路建设史上的奇迹，并让“两路”成为“老西藏精神”的厚重基石和那个时代的精神坐标。在这里，世人都能领会得到“爱国主义、自力更生、吃苦耐劳、边疆为家”的璀璨光辉。

跟诸如雷锋精神、铁人精神等英雄个体色彩浓重的精神坐标不同，两路精神的感召力来自于一个庞大群体所焕发的集体英雄主义力量，其背后是一部有着3000多个忠魂、11万人民和不朽功绩的伟大史诗。不可否认，因为条件制约，我们错过了太多感人至深的故事，也错过了太多的英雄事迹，更错过了太多可以永留历史的场景。但是，蜿蜒于高原之上的川藏和青藏公路像两条飘落雪域的洁白哈达，把西藏与祖国大家庭紧紧连在一起，它们像一座永恒的丰碑，向过往的人们言说着那段历史。

60年来，“两路”是跨越时代的精神坐标，穿越历史，照亮心灵。60年来，代代交通人响应着两路精神，他们用热血和汗水筑就和养护了更多的“天路”。公路建设者和科研工作者攻克多年冻土公路、桥梁建设和养护等多项技术难题，武警交通部队和广大养护工人全力保通。两路上涌现了唐古拉山“天下第一道班”、四川雀儿山五道班和陈德华等模范代表。在全国援藏的支持下，西藏建成了以公路运输为主，航空、管道运输为辅，辐射城乡，通达祖国内地，连接周边国家和地区的现代化交通运输网络。在交通援藏中，以陈刚毅、朱汉华等为代表，无数交通运输职工，扎根雪域，无私奉献。而更多交通人正用踏实的工作续写着两路的精神史诗。

在改革发展的新时期，弘扬两路精神不是忆苦思甜、不是喊口号，更不是走过场，而是真正领会两路精神的真谛，继承和发扬集体主义精神，心往一处想，劲往一处使，齐心协力，克难攻坚；弘扬两路精神，就是要弘扬全面深化改革中不可或缺的担当精神，铭记职责，恪尽职守，以健康向上的心态、饱满的工作热情、良好的精神状态投入到各项工作中去。

原刊于《中国公路》2014年第17期

用历史事实强化主题

杜迈驰

60年前，为建设西藏、发展西藏、巩固边防、维护民族团结，党中央做出了修筑川藏、青藏公路的重大部署。人民解放军和广大各族群众以及工程技术人员组成的11万筑路大军，在极为艰苦的条件下，战胜千难万险，历时五个春秋，在“人类生命禁区”和“世界屋脊”创造了公路建设史上的奇迹。“两路”的通车，结束了西藏没有现代公路的历史，改变了西藏原始的交通运输方式，开创了西藏现代交通运输事业的新纪元。“两路”的建设，是我国和平建设时期的辉煌成就，是我国交通建设史上的伟大壮举，创造了世界公路史上的奇迹，留给后人的不仅仅是两条重要的运输生命线，更重要的还有宝贵的精神财富。

60 年后，中共中央总书记习近平做出重要批示，强调要进一步弘扬“一不怕苦、二不怕死，顽强拼搏、甘当路石，军民一家、民族团结”的“两路”精神。

“一不怕苦、二不怕死”，是对“两路”建设者百折不挠、自强不息精神品质的深刻解读，是对不畏艰难险阻的革命英雄主义、对事业坚定与忠诚的高度概括。正是靠这种精神，建设者才能在极为艰苦的条件下修建出当时世界上最艰苦、最复杂、最具挑战性的两条公路。

“顽强拼搏、甘当路石”，是对“两路”守护者忠诚履职、无私奉献的生动诠释，是对他们勇往直前的进取意识、敢为人先的担当精神、乐于奉献的高尚情怀的高度升华。唐古拉山“天下第一道班”、四川雀儿山五道班、陈德华等广大养路职工，正是在这种精神力量支撑下，用青春和生命保障着高原天路的常年全线畅通。

“军民一家、民族团结”，是对“两路”精神力量传承的深度挖掘，是对水乳交融的军民鱼水深情、藏汉各族团结互助的社会主义民族关系的高度凝练。无论是建路之初 3000 英烈捐躯高原，还是 60 年来各族群众与武警交通官兵团结协作，坚守保通，无不体现这一精神力量的传承。

上述 3 个方面，既相互联系又互相影响，形成了一个有机整体，有力诠释了 60 年来一代又一代交通运输人创建、守护、传承“两路”精神的内涵特质和精神底蕴，成就了一代又一代英模人物和战斗集体，从而成为“跨越时代的精神坐标”。

精神坐标是以崇高精神为原点，以个体或群体的奋斗实践为横轴、以世界观、人生观、价值观为纵轴的广阔精神空间，让“精神原型”成为心灵的永恒召唤，内化于心、外化于行，物化为创造美好社会的价值坐标。《中国公路》这篇评论的主题定位于“跨越时代的精神坐标”恰如其分，立意高远，特别是抓住“两路”建成通车 60 周年习近平总书记做出重要批示进行论述，主题重大，新闻性强。

从第 2 到第 5 自然段，作者以大量历史事实为支撑展开论述。第 2 段

“3000 多名烈士忠骨埋高原，他们用年轻的生命打通高原”的介绍，以及“‘老西藏精神’的厚重基石和那个时代的精神坐标”的确立，第 3 段“庞大群体所焕发的集体英雄主义力量”展示，第 4 段对一代代交通人传承两路精神、用热血和汗水筑就和养护了更多的“天路”的说明，不但对习近平重要批示中提出的“两路”精神做出全面深刻的诠释，而且步步围绕评论主题、支撑主题、强化主题、升华主题。

最后一段论述了当前如何发扬“两路”精神：一要真正领会“两路”精神的真谛，二要“铭记职责，恪尽职守，以健康向上的心态、饱满的工作热情、良好的精神状态投入到各项工作中去”。纵观评论全文，段落安排得当，给人一气呵成之感。

当然，这篇评论仍有提高的空间。一、如果对精神坐标从“定义”上适当解释（注：评析中我已做了尝试），读者就更便于理解题目和评论的主题。二、最后一段谈发扬“两路”精神，最好和当年的公路乃至交通运输中心工作结合起来，比如当年全国交通运输工作会议提出的“四个交通”建设、加快转方式调结构，着力提质增效升级，着力服务民生改善等，这样就增强了发扬“两路”精神针对性，比泛泛而谈好得多。

（作者系中国交通报社原总编辑、中国交通报刊协会副会长）

二等奖

“平时”与“评时”

石连友

所居社区正在创建卫生小区。检查团在的那几天，社区街巷楼道，真可谓面貌一新，措施到位，设施到位，监管人员到位，秩序规范整洁，氛围浓烈，令人赏心悦目，居民们多么盼望这样的环境和氛围能够长期保持下去啊。可是，等到检查团离开后，没过几天，人们再去看那些曾经被多次投诉过的地段，垃圾仍然是垃圾，恶臭仍然是恶臭，混乱仍然是混乱，让居民很是失望。看来，没有一个长效监管机制，不注重平时的检查督促，创卫生小区活动就如做应景文章，中看不重用，不起实际效果。

由此想到，到了年底，每家单位都要进行检查考评。无可否认，这是促进企业各项工作取得实效的重要措施，非常必要。但问题是检查考评采取怎样的方式，更关乎该项工作的实际效果。

比如对于水运企业而言，安全总是一票否决，所以在岁末年终，安全检查必不可少。所以每当此时，各基层单位多要自上而下反复动员、广泛发动，采取各种措施治理违章违纪现象，可谓措施得力，轰轰烈烈，卓有成效。但从以往的一些经历看，等上级领导或检查团离开了，相关工作就稍稍松懈，一些“随便”行为，就会有所反弹，甚至是会出现一个相当长的“消极”时期。这种抓安全“时紧时松”的现象，容易让员工产生“儿戏”心理，不如将检查考评活动，多放在平时进行，不打招呼，随时检查，既可以看到真实情况，又可以让基层单位和员工，能以平常之心对待考评，让安全管理工作，能够在全年均衡进行，从而保证安全生产。

其实，企业检查安全工作和创建文明社区，本质上是大同小异的，都是一项“为民”“惠民”的工作，为了保证大家的安全和健康，绝大多数的员工或居民，都是投赞成票的，也愿意投身其中做出贡献。但关键在于，一个单位的长治久安，一个社区文明程度的提升，通过短时间的突击就能一蹴而就吗？回答当然是否定的。

看来，平时的保持，要比“评时”做出的样子，更具实际效用，更能体现相关工作开展的情况。但是，这绝不意味着可以轻视检查考评，更不能说该项工作可有可无，正如学生高考一样，其形式尚无法找到更为科学的替代。

如何将“评时”与平时统一起来？有文章认为，关键在于提升员工或居民的素质。这是一项艰苦复杂的系统工程，是一个潜移默化、长期积累的过程，需要一个社会、一家企业长期不懈的努力，需要完善的激励措施、约束制度、政策导向、价值体系和文化氛围的综合作用。如斯，就要在“评时”之余的平时，建立起完善的监督网络，经常开展巡访工作，及时对不安全、不文明现象进行监控，让相关陋习没有藏身之地。如果长此以往，就可让“评时”与平时，高度地统一起来。

原刊于《寰球物流报》2014 年 1 月 17 日

安全管理的“木桶理论”

郭　佳

人们常说的“木桶理论”指的是:一个木桶的容量取决于竖着的板子,就是最短的那块竖板。但目前看来,安全管理在企业运营中的地位,则更适用于升级版的“木桶理论”:即它已经不是众多的竖板之一,而是木桶的“底板”,它决定的已经不仅仅是桶的容量,而是这个木桶究竟还能不能盛水。

安全出了一丝纰漏,就相当于木桶的底板出现一道裂缝,哪怕缝隙再小,倘若不及时堵住,那么迟早会让已经取得的所有成果付诸东流。

既然把安全管理比作“木桶的底板”,那就决定了我们平时的安全管理工作决不能“浮在水面”,而应该“沉到水底”。杜绝工作中的形式主义,不要再搞浮光掠影、走马观花的检查,以及与此相对应的表面光鲜、弄虚作假的应付检查。施工现场的隐患与险情,坐在办公室里是发现不了的;整改措施的落实,光靠遥控指挥是产生不了效果的;守着一大摞的台账,对解决现场安全问题是丝毫没有帮助的。安全管理就应该关口前移,沉到一线发挥作用。

既然把安全管理比作“木桶的底板”,那就要求构成底板的木材本身必须要坚实,没有弹性,更不可以“放水”。安全从业人员同样需要这样的高素质:他们必须得坚实,因为坚持原则就必须承受来自方方面面施加的高压;他们不能有弹性,因为安全工作非理即谬,不存在所谓的“灰色地带”和“议价空间”;他们更不可以“放水”,因为他们是企业安全管理的最后一道防线。所以,除了扎实的安全理论功底,丰富的施工从业经验,排查隐患零遗漏的技能外,安全从业人员还应具备一丝不苟、实事求是、铁面无私的工作态度。

既然把安全管理比作“木桶的底板”，那么企业的其他工作就是木桶的众多“竖板”。我们需要关注“底板”和“竖板”的衔接，即使所有木板材质均很密实，但接缝处渗漏，一样等于竹篮打水。企业的各项管理，最终都和安全有着密不可分的联系，牵一发动全身，安全管理更加注重与其他工作的接口。因此，安全管理工作不能仅靠安监部门单打独斗，而是要跳出画地为牢的局限，与其他部门紧密合作。我们常说的“安全工作齐抓共管”“人人都是安全员”，讲的就是这个道理。

原刊于《三航报》2014年6月6日1版

在新常态中保持“常新态”

任国平

时间划向2014年的最后十几天。

这一年，有太多的惊喜值得回味：快递业先后5次被总理点赞，并首次写进政府工作报告；基层快递员赴纽交所见证全球最大IPO盛典，代表阿里巴巴敲响上市钟；首趟电商快递班列正式运行；县级邮政管理机构在义乌“破冰”，应运而生、顺势而为……

可以说，在中国正在进行的经济转型中，快递业也正经历着又一个全新变革，坚持科学发展，在适应新常态中保持发展“常新态”，是必然的选择。

保持“常新态”，要抓住社会需求，适应中国经济从投资和出口主导型向消费主导型的过渡。总理说：“中国快递企业的发展最终取决于市场需求，水草肥美才能养出好羊，我相信中国的水草是很肥美的，比如电商的高度发展、流通市场的转型等，都是快递公司发展的机遇。”实际上，这种机遇正在日益凸显。2013年，服务业增加值占GDP的比重首次超过制造业，达到GDP的46%；服务业对经济增长的贡献率（48.2%）也超过了工业（46.5%），尤其是消费性服务业表现突出。在此状态下，快递业必须进一步和电商协同，嵌入制造业供应链，抓住农村、西部和跨境的快递需求，合理辐射网络，加强创新驱动，真正做好“服务业的关键产业”。

保持“常新态”，要踏好互联网节拍，真正做到响应市场呼唤。所有的用户都有他的个性，如果体验不好，都能把他的感受变成新闻直播。作为服务生活、服务生产的基础性产业，快递服务就是为了满足用户多层次、多样化的需求。在快递业成为我国新一轮对外开放战略的试验田，经营许可程序进一步简化，社会资本亟待进入，社会化物流尝试利用移动互联网开创全新的智能化配送的大背景下,时效是一个目标,质量是一个方向,细分市场是快递业转型升级的重点路径,优质的用户体验才是宗旨所在。国内外快递企业同台竞争,大型企业细分业务,小型企业个性经营,消费者便利地享有最适合自己的产品,这才是互联网时代的观点和节奏。

保持"常新态",要做好内外因转化,发展好人才和技术两大行业保障。竞争的表现层面是业务的竞争,但真正的竞争在于背后的"冰山",标准化、信息化、队伍建设才是真正推动转型升级的利刃。人社部公布的求人倍率(表明劳动力市场紧缺程度的指标)为1.1:1,劳动力市场供不应求现象日趋明显。与此同时,义务教育和高等教育普及的后续效应加速显现,劳动力人口素质的提高对冲着劳动力数量的下滑,为快递业技术应用提供了契机。从"双11"数据可以看出,技术应用的成熟程度,市场会在关键时刻给予直接反馈。智能手机APP、巴枪和手机合二为一、电子面单、光机电合一的分拨处理设备、物联网、云计算、大数据运用,为未来提供了无限可能。

按照经济学家亚当·斯密的增长模式理论,资产规模越大,分工就越细,技术就越进步,创新就越快,经济发展就越快,财富就越增加,又开拓新的市场,这就形成了经济发展的正循环。我们欣喜地看到,行业的发展,正在朝向这个循环努力。

原刊于《快递》2014年第12期

不要让公交司机再挨骂挨打

蔡少渠

近年来，各地公交车司机被打、被骂的事件频频曝光。据初步统计，仅2013年，宜昌市发生各类司乘公交纠纷60余起，48名司乘人员受伤害。黄石市37起。荆州市发生驾驶员被殴打事件50起。6月22日，一名乘客乘坐荆州13路公交车投币不足，驾驶员鲍师傅要求其补齐差额5角钱。该男子对鲍师傅做了一个威胁手势。次日，该男子竟邀来4名壮汉，拦下鲍师傅开的公交车，5人一起将鲍师傅暴打了3分多钟。据公交车监控显示，在鲍师傅被打期间，同车乘客无一人劝阻暴徒，无一人报警，这让鲍师傅很伤心。特别是2013年6月，一名公交司机因拒绝违规停车遭到5名男子暴打达5分钟之久，后来5名男子均被绳之以法。武汉市公交集团相关负责人称，每年大大小小加起来有近百起司机被殴打的事件，2008年曾发生因醉酒乘客殴打司机，造成公交车将湖北省气象局高级工程师谭义晓撞死的恶性事件。

公交驾驶员肩负维护车辆和乘客安全的重任，安全重于泰山。公交车内发生冲突，驾驶员人身安全、行车情绪都会受影响，不利于行车安全。由于缺乏安全感，公交驾驶员流失严重，影响公共交通事业健康发展。

在美国，攻击公交车司机被视为置全车乘客的生命于危险之中，为避免由此而引发的交通事故，美国各州都有严格法律。2002年，纽约州立法规定，攻击公交车司机或地铁工作人员为刑事重罪，等同于攻击警察。公交车驾驶座上方有摄像头，车头显著位置有一个告示，上面写道："攻击巴士司机为刑事重罪，将处以7年监禁。"新泽西公交车驾驶座与乘客座位之间地板上有一道很粗的白线，车辆行驶过程中，所有乘客都不得跨越白线站而在驾驶座附近。任何人试图跨越白线或停留在白线以内视同犯法，司机都会立刻发出口头警告。为保障巴士司机安全,波士顿有奇招,该市不仅增派着装交警,还在巴士第一排乘客座位上安放一个戴着手铐的仿真模特,上方还有一个告示:“不要骚扰司机。暴力攻击巴士司机违法,将被起诉。”

在国内,许多公交企业为了推进公交文明服务,严格要求公交司机面对乘客的责难时要做到“骂不还口,打不还手”。有的公交企业甚至设立了专门的“委屈奖”,用以奖励那些被乘客恶意殴打的公交司机。公交企业作为一个城市文明的窗口,规定公交司机“打不还手”无可厚非,但是依法保护公交司机的合法权益,同样也是社会和公交企业责无旁贷的责任和义务。

加大惩处力度。在公交司机遭到乘客的恶意肢体伤害时,鼓励公交司机及时报案,通过法律手段来维护公交司机的合法权益。对于恶意殴打自己的逃逸者,公交部门更应该把相关的车载视频资料,及时提供给公安机关。公安要做到发现一起、查处一起、打击一起。

全社会形成尊重和爱护司机的良好氛围,当司机受到人身侵害时,倡导乘客主动站出来维护正义。

建立健全保护司机合法权益的法律法规。在有关公交的法规中进一步细化对司机的保护。《城市公交条例》征求意见稿中,虽明确提出了不得干扰城市公共交通驾驶员、乘务员的正常工作,但比较原则,不具体。

只有让公交司机在工作中有尊严,让公交司机的合法权益在工作中得到切实的保护,公交司机才能更好地为乘客服务,公交服务的文明窗口才会有更多的和谐景象。

原刊于《中国道路运输》2014 年 3 月刊

三等奖

学会“弹钢琴”，突出“主旋律”

——做好思想政治工作保安全

王　雷

大量事实证明，事故往往源于安全意识淡薄、安全思想麻痹。可以说，人在生产活动过程中出现的各种思想问题，是影响安全生产最基本、最重要、最直接的因素。我们开展思想政治工作的目的，就是要使每个人都认识自己肩负的安全使命，筑起安全生产思想防线，树立“安全第一”的思想，提升自我保护的能力，实现把抓人的思想作风作为提升安全执行力的关键。因此，做好思想政治工作对安全生产工作极为重要。

只有树立起正确的思想认识，才能增强安全工作紧迫感、责任感、使命感和自觉性，要通过开展思想政治工作，统一思想，把每个人对安全生产工作的认识提高到政治高度，彻底转变把安全生产仅看作一时一地的人员伤亡和财产损失的观念，坚决站在维护职工的根本利益，维护企业发展大局，维护社会稳定的高度开展安全生产。

是否重视安全生产，是否遵守安全生产的规则，关键在于安全的主体——人，是否有安全意识、是否确立了安全生产的观念。思想是行动的先导，要通过思想政治工作，端正企业安全发展的思想认识，牢固树立正确的安全发展观和安全生产理念。一是树立“以人为本”的理念，充分发挥员工在生产经营每个环节当中的安全主体地位和作用，教育员工珍惜生命，善待自己；二是树立安全发展的理念，发展必须以安全为前提，绝不能以牺牲人的生命健康为代价。

在安全生产中做思想政治工作时，要注意针对性，学会“弹钢琴”，突出“主旋律”。对船舶领导等管理层，主要通过思想政治工作，使他们树立科学发展观，统筹协调处理好安全与效益、安全与发展的关系，使他们认清责任，不辱使命，加强管理；对一线船员和一线员工，重点放在自觉履行岗位职责和遵守各项操作规则上，提高安全防范意识和安全素质，使他们掌握必要的安全生产知识和操作技能，熟悉并自觉执行安全生产的各项规定，把“自上而下”要求安全生产，变为“自下而上”自觉追求安全生产。做思想政治工作还要预防为主，想在前，做在前，积极适应安全生产的需要，经常分析职工的思想状况，及时掌握职工的思想动态，增强工作的预见性，掌握工作的主动性。广大党员干部要进一步认识到做好安全工作的重要性和紧迫性，切实增强责任感和使命感，做好做实思想政治工作，充分发挥思想政治工作的作用，为企业安全发展提供坚实的思想保证。

原刊于《中国远洋报》2014 年 12 月 19 日第 A01 版

会计的脚步

汤永胜

国务院办公厅2月7日出台《注册资本登记制度改革方案》以后，又于3月7日印发《国务院关于进一步优化企业兼并重组市场环境的意见》。这是进一步贯彻落实十八届三中全会关于加快发展社会主义市场经济，紧紧围绕使市场在资源配置中起决定性作用深化经济体制改革，坚持和完善基本经济制度，加快完善现代市场体系、宏观调控体系、开放型经济体系，加快转变经济发展方式，加快建设创新型国家，推动经济更有效率、更加公平、更可持续发展的重要举措。

坚定地走社会主义市场经济发展道路已不容置疑。企业作为市场体系中的细胞，保持健康、活力是整个机体健康发展的基础，而造血机能作为中枢，健康运行是细胞再生至关重要的保证。曾几何时依靠拉郎配来实现国有企业兼并重组的行为将退出历史舞台。实现社会主义市场经济的健康可持续发展，如何更好地发挥市场调节、提高企业竞争力将变得尤为关键。

马克思在《资本论》中指出“过程越是按社会的规模进行，越是失去纯粹个人的性质，作为对过程的控制和观念总结的簿记就越是必要”，“簿记对资本主义生产比对手工业和农业的分散生产更为必要，对公有生产比对资本主义生产更为必要”。这里讲的簿记指的就是会计，这里讲的过程指的是再生产过程。归结为一句话，那就是：经济越发展，会计越重要。换言之，经济越发展，会计肩负的责任越重要。

会计伴随着人类社会的发展，从原始社会的结绳记事产生最初的会计活动，历时几千年的演变，从简单的收、支记录到现代的复式簿记，无论会计理论、会计方法、会计手段如何演变，会计服务的功能没有变化。随着20世纪中期计算机在会计上的应用,把财会人员从繁杂的手工记账活动中解放出来,也为根据现有数据进行复杂的财务分析提供了便利,这也就使服务于企业决策的管理会计应运而生并不断地更新完善,成为与对外提供信息的财务会计并行的一个分支,在世界范围内得到了广泛的推广和应用。

之所以管理会计能够得到重视和普及,主要是因为管理会计是通过对财务会计提供的数据进行分析,为生产经营活动的预测决策、通过预算对当前的经济活动进行控制以及对经营活动的效果进行评价提供有效的会计信息,贯穿于企业经济活动的始终。特别是在未来企业管理中,成本管理与业绩考评将变得越来越重要,企业长、短期战略的制定,将会越来越依赖管理会计提供的有效信息。

管理会计工作要做到行之有效,就要求会计人员不仅要对财务会计信息资料处理烂熟于心,还要熟悉相关的业务知识、了解市场变化信息,熟练掌握非财务信息的收集使用,只有具备高度敏锐洞察力、全面完备知识结构、较强适应能力的管理会计人员,才能跟上在变幻莫测的市场环境中企业发展壮大的脚步。

原刊于《交通财会》2014 年第 4 期

从“中国速度”到“中国高度”

胡恩燕

早在2008年，中国的城市建设，特别是交通基础设施建设的快速发展，给《纽约时报》的著名专栏作家托马斯·弗里德曼里留下了深刻印象，在一次中国旅行之后，他发文督促“重启美国”。重启什么呢？就是重启包括交通在内的国家基础设施优势。

几年之后，中国依旧既是当今世界交通基础设施建设速度最快的国家，又是交通需求增长最快的国家。截至2013年年底，全国综合交通网总里程接近470万公里，其中公路通车总里程为434.6万公里，高速公路由1988年的零公里猛增至现今的10.4万公里，跃居世界第一；农村公路猛增到377万公里；“五纵七横”12条国道主干线提前13年全部建成……

这些数字背后是十多年来中国交通运输发展的巨大成就和令人惊艳的“中国速度”，当然，这也见证了交通运输科技的巨大发展。

高速发展与创新激情

最近十几年堪称交通运输基础设施建设速度最快、数量最多、质量最好、成效最大的时期。一张覆盖城乡、便捷高效的公路交通网络业已形成，交通运输的瓶颈制约和全面紧张状况得到基本缓解，为保持我国经济平稳较快增长、改善民生增加就业、提高综合国力做出了杰出贡献。

新中国成立之时，国内仅有30多个专门研究机构，全国的科学技术人员不超过5万人，公路科技人才更是凤毛麟角。中国的科学技术需要在一片“废墟”上重建，中国的公路事业几乎是从零开始。

经过几十年的发展，我国已建立较为完善的区域科研开发与成果转化体系，科技基础条件明显改善，科技实力和支撑力显著增强。尤其是近年来，交通运输行业大力推进理念创新、科技创新、体制机制创新和政策创新，激发了交通人的科研激情。

"十五"期间，交通部成立了西部交通建设科技项目管理中心，每年投入两个亿的专项科研经费，带动我国公路科技创新步入高产期。虽然两个亿的投入在工程建设领域能做的事不多，但它起到了十分重要的杠杆作用和激励作用，把整个行业的创新热情调动起来了。

之后科技兴交、科技强交等战略实施，一个个科技之星冉冉升起，一项项创新项目引人瞩目，一项项超级工程得以实施，科技创新不断为现代交通运输业发展提供更为强大的驱动力。

以桥梁建设为例，多年来，我国现代桥梁建设遵循"解放思想、自主建设、博采众长、自主创新"的指导思想，走过了规模从小到大、技术从依赖外援到自主创新为主的历程。截至 2012 年年底，全国公路桥梁达全国公路桥梁达 71.34 万座、3662.78 万米，比上年末增加 2.40 万座、313.34 万米。其中，特大桥梁 2688 座、468.86 万米，大桥 61735 座、1518.16 万米。苏通大桥、杭州湾跨海大桥、舟山跨海大桥、秦岭终南山隧道、青岛胶州湾跨海大桥、矮寨大桥和嘉绍大桥等一批具有国际一流水平的特大型跨海跨江河桥梁、长大隧道的建成，使得我国从桥隧大国向桥隧强国迈进。乔治·理查德森奖、尤金·菲戈奖、古斯塔夫斯·林德恩斯奖，一座座世界级桥梁大奖花落中国，世界瞩目。沉寂多年的纪录一项项被打破，人类跨越障碍的梦想，在 21 世纪的中国不断地实现……

随着交通事业的大发展，公路行业的高新技术推陈出新，人才层出不穷。如今，面向优势资源转换的科技创新战略已成为全社会共识，公路行业也扭转了过去在人们心目中"土"的印象。尤其是那些重大经典工程的成功实施和行业发展中科技引擎作用的日渐突出，证明了我国公路行业不仅有"中国速度"，更有"中国高度"。

新形势下的创新需求

科技创新的能力和水平是一个国家交通运输发展水平和核心竞争力的重要标志。加快推进科技创新，是交通运输深入实施创新驱动发展战略、实现全

面建成小康社会目标的必然要求，是交通运输服务发展社会主义生态文明、建设美丽中国的必然要求，是交通运输提升信息化智能化水平、加快转型升级的必然要求，是交通运输抢抓新科技革命机遇、提升行业核心竞争力的必然要求。

当前交通运输正处于转型升级、加快发展的新阶段，推进科技创新的任务很重、头绪很多。公路发展也不例外，只有科技创新成果的不断涌现，才能有力地支撑公路交通事业的发展，使我国公路交通适应综合交通、智慧交通、绿色交通和平安交通的要求，为实现区域经济发展和新型城镇化做更好的支撑。

2013 年 10 月，交通运输部部长杨传堂在“全国交通运输科技创新电视电话会议”上强调，全行业要深入贯彻落实中央的决策部署，紧密结合“四个交通”建设的任务要求，把科技创新摆在更加突出的位置，进一步明确思路、聚焦重点、实化抓手、狠抓落实，不断增强科技创新的支撑引领作用，加快形成开放协调、充满活力的交通运输科技创新发展体制机制。

未来几年是基本建成现代交通运输网络的关键时期，也是构建综合运输体系的重要时期。城乡和区域交通发展不平衡，农村和贫困地区交通基础还比较薄弱；客货运输需求日趋旺盛、多样性明显增强，但运输结构不合理短期内难以根本改变，公路承担长距离、大运量物资运输的比重过大，运输服务集约化规模化水平较低；重建设、轻养护、轻管理的问题仍然较为突出，场站管理、信息服务等基层基础工作比较薄弱，改进和提升服务品质还需要下更大功夫。所有这些问题的解决都需要科技创新给予助力。

然而，我们也不得不面对交通科技创新能力不强等问题。为进一步“明确思路、聚焦重点、实化抓手、狠抓落实”，近年来，交通运输部召开了一系列片区需求座谈会，分别从支撑重大交通工程建设、提高存量交通资产安全高效使用性能和提升交通运输服务品质出发，重点梳理和凝练了几个方向的交通需求。

就在不久前，2014 年交通运输科技十大重点推进方向被确定并向行业发布。“沥青路面快速维修技术及装备”“基于物联网的公路智能管控技术”等行业科技成为重点推进方向。集中的项目支持，将让这些领域诞生一大批重大科技成果，并有力地支撑行业加快转型升级。

为创新营造良好氛围

党的十八大报告把实施创新驱动发展战略摆在国家发展全局的核心位置，

提出促进创新资源高效配置和综合集成，把全社会智慧和力量引导和凝聚到创新发展上来。

创新，更要创新有利于“创新”的环境。政府主管部门从政策上或激励，或引导，或保护，或协调，营造出一个鼓励创新发展的环境无疑是行业创新体系运行的重要条件。营造创新的环境是创新资源、技术的基础和保障，良好的创新环境可以在更大程度上使创新资源、技术的作用得到充分发挥，而创新环境的缺陷则可能削减创新资源、技术的有效性。

同样是在2013年10月的“全国交通运输科技创新电视电话会议”上，杨传堂强调，要继续优化环境，积极营造行业科技创新的良好氛围。加大对基础前沿研究和社会公益类科研机构的稳定支持力度，探索建立优秀科技人才和团队持续承担政府科技计划项目的机制。推进科技资源的市场化配置，支持部属科研机构和企业完善竞争与合作机制。进一步完善科技成果评价办法，突出成果的创新性、成熟性、实用性及对行业发展的实际贡献，加大对创新成果的奖励力度。同时，他还强调，应大力宣传创新成果和创新人才，广泛宣传先进典型的创新精神和创新历程，激发创新活力。

在今年的国家科学技术奖励大会上，李克强总理在报告中强调：“要把发挥人的创造力作为推动科技创新的核心。人是科技创新最关键的因素。必须充分尊重人才、保障人才权益、最大限度激发人的创造活力……努力为广大科技人员和各类创新主体创造有良好服务、法律保障和公平机会的创新创造条件，用改革红利、人才红利、创新红利推动经济社会持续健康发展。”

为了奖励在公路交通科学技术进步中做出突出贡献的个人和组织，2002年中国公路学会科学技术奖设立。十多年来，“中国公路学会科学技术奖”也逐渐成为全行业科技奖励的权威，不仅得到了同行的认可，更吸引了多个行业领域项目申报奖励。在2013年度中国公路学会科学技术奖的评选中，中国公路学会科技奖励工作办公室共受理申报项目510项。申报数量与去年的472项相比增长8.1%，创历史新高，首次突破500项。共评出获奖项目181项，其中特等奖4项，一等奖30项，二等奖57项，三等奖90项，总授奖率35.5%。

十多年来，中国公路学会科学技术奖的颁发，调动了公路交通行业从事科学研究、技术创新与开发人员的积极性和创造性，有力促进了科技成果的转化和实现高新技术产业化进程和公路交通建设、养护、管理和服务水平的提高。

未来，随着长期以来片面依赖基础设施投资拉动发展的观念被扭转，投资和力量将逐步转到优化运输网络结构、提升网络整体效能和改进提升运输服务上。同时，交通运输业发展的土地、环境和资源等因素的刚性制约明显增强。加之交通基础设施向中西部地区深入推进，建设成本和施工难度也将进一步加大。

总体而言，交通运输粗放型发展将更加依赖于科技创新的引领和驱动，也只有这样，中国交通的发展才能实现“中国速度”向“中国高度”转变，“四个交通”才能协调发展，交通运输服务经济社会发展的基础性、先导性作用更加突出，公众出行将更加安全便捷、更加舒适满意，为实现交通运输强国目标打下坚实基础。

原刊于《中国公路》2014 年第 7 期

“混改”首秀能否成为国企改革新引擎

胡安梅

14日晚，国企混合所有制改革迈出实质性一步。25家投资者以现金共计人民币1070.94亿元认购中国石化销售有限公司29.99%的股权。这在大型央企混合所有制改革中开了先河。国有、私营、社会资本混搭的全新股权结构形式给其他国企改革带来了新的思路，这能否成为国企深化改革、提高经济竞争力的新引擎？

国企混合所有制改革有据可依。党的十六届三中全会在论述公有制的实现形式时，首次明确提出了要大力发展国有资本、集体资本和非公有资本等参股的混合所有制经济，实现投资主体多元化。2013年11月，党的十八届三中全会明确提出，要积极发展混合所有制经济。而经济专家也建言，在关系国家安全和国民经济命脉关键行业和领域不要随意引入或尽量少引入非国有资本，而在完全竞争性领域，要大力发展混合所有制企业。这些都为国企混合所有制改革提供了理论依据。

中国石化为国企混合所有制改革提供了样本。中国石化销售公司用接近三成的股份，换回了1071亿的“真金白银”。银河证券油气行业分析师裘孝锋认为，融资资金明显高于预期，中国石化只赚不亏。但有人担心，会不会造成国有资产的流失？中国石化新闻发言人吕大鹏说：“不存在国有资产流失的问题，而是使它保值了，而且增值了”。对于和中石化合作的战略伙伴来说，他们得到了中石化整个的网络平台，而且应该会有比较稳定的股东回报。样本摆在面前，就看其他国企如何结合自己的产业特点，寻找最合适的路径和对象了。

国企混合所有制改革引进的不仅仅是资金，还有运营模式。中国石化销售有限公司副总经理柴志明表示，这次引资不仅是资金，更重要的是引进专业的

运营、专业化的人才队伍，同时打造新的业务发展。比如，像水、环保产品燃油宝、尾气处理液等，都是他们和合作方推出的主打产品。所以，在引进资本的同时，还要考虑双方的业务协同及运营模式的契合度。

完善公司治理结构，规范发展，混合所有制改革才能走得更远。据了解，重组后的中国石化销售公司将成立新的董事会。在11人的董事会中，中国石化占4席，投资者和独立董事各占3席。还有1个是职工董事。从这种配置可以看出，他们是想突出增加民营资本在话语权中的权重，规范建立法人治理结构。这样，才能有效保证国有资产能够保值增值，保证投资者的利益。虽然，混合所有制改革有了第一个吃螃蟹的人，具有划时代的积极意义，但能否真正实现国企实力和民企活力的完美释放，还有待时日，慢慢消化吸收。

原刊于《寰球物流报》2014年9月19日1版

信仰、信心和信任

唐隽永

1400多年前，俗名韩玄恽的唐朝高僧道世在《法苑珠林》卷九四中指出："生无信仰心，恒被他笑具。"我们可以理解为：一个人如果没有信仰的话，就会常被当成嘲笑的对象。可见信仰对人生的重要性，那是一个用以安身立命的东西。

但有人说，现在是无信仰的时代。那么什么是信仰呢？词典的解释是：信仰是对某种主张、主义、宗教或某人极其相信和尊敬，拿来作为自己行动的指南或榜样。现在真的是无信仰的时代吗？仔细分析之，非也！有的人信仰某种宗教，比如佛教、道教、基督教、伊斯兰教；有的人信仰权力和金钱，官要当得大，钱要足够多；有的人表面上没有信仰，此时什么对自己有利，此时就信什么，彼时什么对自己有利，彼时就信什么，全然不顾自己先前的言行，可能这就是人们所说的无信仰吧，其实质是信仰利己主义。

共产党人的信仰是什么？共产主义！这是马克思在研究社会发展规律后提出的人类社会发展的终极目标。可是有人说，那太遥远了，我看不到，于是就不再信仰它，于是就信仰其他更加现实的、对自己更为有用的"主义"。这种想法，即使在共产党员中也不少。但他忘了，社会的发展阶段有初级和高级之分，目前我们的社会主义还处于初级阶段，并将长期处于这一阶段。从理论上讲，共产党人是既来自于普通群众，又怀有为共产主义事业奋斗终生的远大抱负的先进分子。习近平指出："特别是近现代以来，一代又一代仁人志士为了改变半殖民地半封建社会的地位，为了追求民族独立和人民解放，不惜流血牺牲，靠的就是一种信仰，为的就是一个真理。尽管他们也知道，自己追求的理想并不会在自己手中实现，但他们坚信，一代又一代人持续努力，一代又一代人为此做出牺牲，崇高的理想就一定能够实现。”我们可以不加入共产党，但一旦成为其中的一员，就应该将之作为自己的终生信仰。加入一个组织而不相信这个组织的信仰，这是典型的投机分子。这样的党员，是不合格的党员。参观息烽集中营革命历史纪念馆和瓮安猴场会议会址时，看到那么多有识之士为革命的成功舍弃私利、呕心沥血、肝脑涂地，那是真正为信仰可以牺牲自己的人，纯粹的人、高尚的人，值得我们永远学习的人。

什么是信心？信心是对某种行动抱有必定成功的信念。它是一种心态，一种相信能把事情做好的心态。几千年中，中国曾是世界的超级大国，社会、经济、文化等等都是一流的，那时我们信心满满，但是由于社会制度的日益僵化和腐朽，在西方殖民者的坚船利炮下迅速败落，多少人消沉了，醉生梦死。但中国从来不乏“脊梁”，振臂一呼，应者云集，而终有今天的复兴气象。这就是信心的力量！当下，对中国人来说，我们要对中国梦一定能够实现抱有信心；对贵州人来说，我们要对贵州的“中国梦”一定能够实现抱有信心；对贵州公路人来说，我们要对建设适应贵州经济社会发展的公路交通基础设施抱有信心。贵州诚然落后，但只要我们抱有信心并为之努力，贵州一定可以后发赶超；贵州公路诚然滞后，但只要我们每个公路人抱有信心并在各自的岗位上勤奋工作，贵州公路必将迎头赶上。信心，既含自信之心，又含信他之心。如果只对他人抱有信心，而无自信之心，作壁上观，无所作为，贵州，包括贵州公路才会永远落后。落后是耻辱。我们须知耻而勇！

唾手可得的事情不需要信心！知其不可为而为之、迎难而上的事情才需要信心！在中国革命史上，中国共产党由小变大，并最终成为执政党，期间经历了无数的挫折，甚至数次达到了被消灭的边缘，迷茫、消极的气氛一度弥漫，没有毛泽东等一代伟人不断强化信心、选择正确的道路，取得革命的最终胜利是不可能的。在当前贵州实施“两加一推”的战略下，要实现“县县通高速、村村通油路、村村通客运、组组通公路、村寨道路硬化”的目标就需要树立信心，就需要保持“只能成功，不许失败”的积极心态，奋发有为。落后是现实，后发赶超是目标，连接线是积极作为的信心！

信任是相信并敢于托付。但现在信任成了一个突出的社会问题。它弥散在整个社会的各个方面，不仅存在于不同人群、阶层和行业之间，也不同程度地存在于每个社会细胞内部。不仅可能在家之中，朋友之间，陌生人更不待言，即使在政府部门与群众间，信任也成了一大隐忧。我们称之为“信任危机”。丧失信任的社会是可怕的社会。它既耗费了大量的资源，更侵蚀了社会健康发展的肌体。古今中外，人民推翻政府，根本原因是人民对政府的不信任，“水能载舟，也能覆舟”，中国共产党在成长、发展、壮大中最有体会。

中国共产党的“三大法宝”之中就有“密切联系群众”，我们称之为“群众路线”。从党史中我们看到，中国共产党依靠群众，发动群众，才建立了根据地，才赢得了各场战争的胜利，才获得了执政的权力。尽管我们党非常注意这个问题，提出了要公平、公正、公开，提出了改革开放的成果要全民共享，但在具体工作中仍然出现了一些问题。比如2008年发生的“瓮安事件”，一名中学女生的非正常死亡，迅速发酵，最后演变成一起震惊中外的群体性事件，这就是人民群众对政府工作不信任的最直接表现。留给我们的深刻教训是：心系群众鱼得水，脱离群众树断根！

全心全意为人民服务是我们党的宗旨，群众路线是党的生命线和根本工作路线。邓小平说：“由于我们党现在已经是在全国执政的党，脱离群众的危险，比以前大大增加了，而脱离群众对于人民可能产生的危害，也比以前大大增加了。因此，目前在全党认真地宣传和贯彻执行群众路线，也就有特别重大的意义。”党中央正是看到了脱离群众的危险，总结挖掘出了脱离群众的主要表现主要就是形式主义、官僚主义、享乐主义和奢靡之风问题，开展了“为民、务实、清廉”为主要内容的群众路线教育实践活动。“四风”问题，背离了人民群众的要求，损坏了人民群众的利益，败坏了党和政府的风气，使党群、干群关系从“鱼水关系”变成了“油水关系”。如果不下决心整治“四风”问题，人民群众凭什么相信又如何放心地把治理国家的权力交给党和政府呢?！三十年前苏共的教训历历在目。曾经的“老大哥”就因为脱离了群众，被人民毅然抛弃，党倏忽交权，国家瞬间易帜。

习近平指出：“崇高信仰始终是我们党的强大精神支柱，人民群众始终是我们党的坚实执政基础。只要我们永不动摇信仰、永不脱离群众，我们就能无往而不胜。”近百年前，正是一批有远见者怀着对共产主义的信仰，抱着必胜的信心，与广大人民群众水乳交融，赢得了人民群众的信任，才最后夺取了政权。今天，我们必须坚定信仰，树立信心，为民、务实、清廉，认认真真为老百姓办事，让人民真正得实惠，生活真正得到改善，保持党同人民群众的血肉联系，发挥党密切联系群众的优势，才能实现我们伟大的中国梦！

原刊于《贵州公路》2014年第1~2期（合刊）

安全，不能总靠大检查

李景峰

综观2013年几次较大安全事故的发生，都会引来无数次的各级大检查，每次检查后都会在汇报材料中出现通过安全大检查，查出所存在的安全隐患多少处，整改多少处，取得了显著成效等等，却都难以走出“事故发生、查找漏洞、快速整改、监管放松、事故发生、查找漏洞”的怪圈。

诚然，“亡羊补牢，为时未晚”。事故发生后，安全大检查是一次吸取他人教训的好时机，是对安全工作有针对性的一次全面检查。通过大检查可以发现方方面面存在的问题和不足，集中查找，集中整改，这对于保障安全生产具有十分重要的作用。

每次大检查完成后，多项问题得到了整改、多项隐患得到了查处，成绩似乎做到了人人满意，甚至无可挑剔。但是实际情况远非如此，应付检查有之，编造材料有之。冰冻三尺，非一日之寒。任何隐患、事故都不是一夜之间冒出来的，都有一个萌芽、形成、发展、爆发的过程。若是许多问题直到事故发生或者安全大检查时才查出来，说明了三种情况：一是平常基本没有检查、防范，靠天吃饭；二是检查了没有发现问题；三是发现了问题，没有引起重视。三种情况一是管理问题，二是水平问题，三是态度问题。无论何种情况，这样的安全管理工作着实让人担心。即使这些单位的安全生产天数在不断增加，那也是在钢丝上侥幸走过来的。

对安全生产中可能存在的隐患，不能只热衷于造势，应付检查了事，要切忌蜻蜓点水，要沉下心去做细做实工作，始终保持对安全工作的重视，发现问题要及时解决，否则后患无穷。

事故隐患猛于虎，但是老虎不发威，也并不是病猫。你尽可以在它“打盹”

时心存侥幸，轻视它、不理它，可一旦它“醒”过来，就会“咬”你一口，这一口甚至致命。只有平时扎紧安全生产的“篱笆”，以百倍的警惕注视和防范，才有可能避免悲剧的发生。安全工作重在长效机制和平时的一丝不苟，不能光靠“大检查”。抓安全工作应当兢兢业业，每一天都如履薄冰、如临深渊。

原刊于《筑港报》2014年1月11日第1060期

构建新闻宣传新格局 提升交通运输软实力

钱瑞荣

交通新闻宣传工作是交通事业的重要组成部分,对交通改革发展和稳定起着重要的舆论导向作用,也是交通管理部门与群众密切对接的桥梁和纽带。能否充分发挥好交通新闻宣传这一软实力的硬作用,直接影响到交通发展的大政方针和各项具体措施的贯彻落实,关系交通行业的社会形象与和谐交通的构建。

当前,时代正在变革,媒体多元融合进一步加快,新闻宣传方式日新月异,网络的快速发展、移动终端的广泛普及和微媒体的蓬勃兴起,不仅给传统传媒带来了巨大的压力,也给交通运输宣传带来了新的机遇。如何做好新时期交通新闻宣传工作,习近平总书记在全国宣传思想工作会议讲话中指出:要因势而谋、应势而动、顺势而为。

“明者因时而变,知者随事而制。”为做好新时期的交通新闻宣传工作,我们要科学研判面临的新形势、新环境,充分认清交通运输新闻舆论的新变化,着力构建起传统媒体与新兴媒体相融合的新闻宣传新格局。

坚持正确的舆论导向是做好交通运输宣传工作的第一要务。杨传堂部长在交通运输新闻发言人高级研修班上强调,必须在把握正确舆论导向上下功夫,坚守互联网阵地的舆论主导权。导向正则方向明,方向明则思路清。构建新闻宣传新格局,我们要在不断总结和探索中前行:

首先要创新机制,构筑交通新闻宣传工作新体系。在加强与中央驻闽主流媒体、省内主流媒体和交通行业主流媒体联络的同时,加强《福建交通》、福建交通新闻网等自有媒体的宣传工作,不断探索政务微博、微信、手机客户端等新兴传播渠道和平台终端在交通新闻宣传中的应用,重构升级新闻宣传工作流程,建立适应媒体融合发展的机制,着力构建起一个纵向到底、横向到边、辐射全社会的交通新闻传播矩阵。

其次要改进方式，增强交通新闻宣传工作实效。交通运输宣传要重心下移，变“宣传思维”为“对话思维”和“服务思维”，通过新兴媒体平等地与公众进行直接沟通。在继承以往宣传工作成熟经验的基础上，围绕“四个交通”、“两大体系”等工作“重点”，抓住体现行业形象的“亮点”、人民群众关注的“热点”、社会反映的“焦点”，积极探索交通新闻宣传工作的新办法、新举措，在宣传内容上求“深”，在宣传手段上求“新”，在宣传质量上求“精”，在对外宣传上求“强”，全面准确地把握交通发展的新思路、新理念，述说交通好故事，传播交通好声音，大力弘扬交通行业先进文化，更好地服务于推进福建交通运输现代化进程。

再次要筑牢基础，健全行业新闻宣传工作长效机制。要建好“一个网络”、完善“三个机制”，即建好系统内交通新闻宣传通联网络，完善交通新闻宣传工作考核机制、激励机制和人才培养机制。队伍是基础，人才是根本。要采取强有力的保障措施，加大投入力度，培养出一批讲政治、懂交通、善宣传、肯奉献的交通新闻宣传工作人才，这是交通宣传工作能否开展得有声有色的基础和关键。

追逐梦想，我们步履铿锵；面对未来，我们信心满怀。新时期，我省交通新闻宣传工作要贴紧厅党组、贴近基层、贴近群众，牢牢把握正确的舆论导向，不断辛勤耕耘、不断追求宣传质量，展示交通运输行业软实力，弘扬交通好精神，以绵绵深情感染群众，为福建交通事业发展尽心尽力尽情鼓与呼，为推进我省交通运输转型升级、科学跨越发展营造良好的舆论氛围。

原刊于《福建交通》2014 年 10 月第 10 期

公交是不可或缺的基本公共服务

胡　旭

2010年之前和之后，亳州公交发展呈现出的两种截然不同景象，其背后是一种深刻的理念之变。

对于城市公共交通的属性，这些年来的认知一直并不统一，在实践中也经历过一波三折的探索。亳州公交2010年前所走的路子，其实是将公交视作一种营利性服务业，当时呈现的乱象也是经营主体一味逐利所致。这种定位曾经大行其道，很多城市都掀起了公交改制、引进社会投资者的热潮，省内的合肥、芜湖都曾经进行过这种尝试，但最后又相继回到了政府的"怀抱"。

城市公共交通运量大、客流稳定，理论上来说，是一块可以用来经营的"优质资产"。但公共交通的需求刚性决定着营利性的路子很难走得通。《国家"十二五"基本公共服务规划》中，对基本公共服务做出了明确的界定：由政府主导提供的，与经济社会发展水平和阶段相适应，旨在保障全体公民生存和发展基本需求的公共服务。

城市公共交通对市民的"生存和发展基本需求"具有基础性的保障作用，市民工作半径和生活半径的拓展都离不开公共交通的支撑。因此，公交是不可或缺的基本公共服务，公交的发展理当由政府来主导。

此前对于公交营利性的探索，既有政府在财力紧张状况下依靠社会力量"补缺"的考量，亳州公交正是由此起步，也有政府希望通过机制转换激发公交发展活力的意图。前一种考量说到底还是在规避政府的投入责任。随着城市化进程的提速，公交对创造便利生活环境、支撑城市发展、提升城市品质的作用越来越重要，政府还需要进一步强化对城市公共交通的投入责任，亳州公交2010年后回归公益性也是适应了这一大势。

至于公交运营的机制创新，在政府主导、回归公益的大框架下，仍然具有很大的探索空间。政府主导并不意味着政府包办，否则就会陷入“政府花钱多，百姓不满意”的僵化格局。亳州“开门办公交”可以被理解是一种提升百姓满意度的机制创新。而顺应全面深化改革的新形势，通过政府与社会资本合作(PPP)、政府购买服务等全新的制度安排，不断激活公交发展活力、改善市民出行质量，仍然是一篇亟待破题的“大文章”。

原刊于《安徽交通运输》2014 年第 8 期

又是超载

涂德谦

11 月 19 日，山东蓬莱潮水镇四村机场连接线附近，一辆严重超载的幼儿园校车与涉嫌超载的运沙车相撞，导致校车被黄沙掩埋，造成 11 名幼儿及该车司机死亡。

“校车”核载 8 人，运送幼儿 14 人，加司机共 15 人；媒体对运沙车的报道说得挺客气：涉嫌超载。可事故发生时，车上倾泻的黄沙几乎把校车整个埋了起来，车顶被压扁，车门被压脱落……

事故令人痛心，各种评论将矛头指向“黑校车”。其实，这不过是公路上的老问题——超载运输的又一次翻版。引发广泛关注的原因是：这次的事惹得有点大！

《道路交通安全法》，业内人士的说法一点都不夸张：这是用鲜血凝成的法律！

超载运输，是明文规定的违法行为。从常识上来说，该行为严重影响车辆的结构、刹车等机械性能，对安全的负面影响最为突出。超载车辆大量上路，才是名副其实的“马路杀手”。其对公路的危害，大家心知肚明。只不过，驾驶超载车的驾驶员和路人们，都有那么一点类似酒后驾车那样的小小自信——小心点，不会出事的！至于那被压坏、又不能喊叫出声的公路，是国家的，反正我已经掏了一份钱，不压白不压！再加上一些媒体，屡屡为超载者们鸣冤叫屈，于是有关管理部门迫于舆论的压力也好、窘于人员不足也罢，反正在执法时多是睁一只眼闭一只眼，更加助长了一些人违法超载的气焰。

其实，大量的超载车辆上路，事故的隐患每时每刻都存在，再叠加其他诸如超速、疲劳驾驶等违法行为，事故就成为必然。

可能大家都以为治超应该是公路部门的事,因为它直接危害的是公路。对自身安全,不出事故就没问题。殊不知,隐性的危害远大于直接的损害。说直白些,公路压坏了只不过大家多掏点钱而已,而这样的违法行为每天都在我们周围存在,随时都可能夺去我们的生命。连自己的生命都会漠视,他们究竟是怎么想的?

11月16日,一位老外在北京市姚家园路段,用自行车逼停在非机动车道行驶的汽车,并命令驾驶员倒了出去,于是成了英雄得到广泛点赞。有人站出来维护法律固然可喜,但我们的交通秩序需要一个过路的"老外"站出来,不觉得脸红吗?

老外"护法"被广泛点赞,说明我们的道路安全管理漏洞极大,人们非常盼望这样的英雄站出来,维护法律,守护大家的安全!在面临安全威胁时,人们想到的首先不是法律,看来,依法治国,我们仍然任重道远。

原刊于《交通决策参考》2014年12月1日第48期

副　刊　类

获奖名次：图片类二等奖

标　　题：《候车室里的钢琴声》

作　　者：黄金峰

原 刊 于：《陕西交通报》2014 年 8 月 8 日 1 版

获奖名次：图片类三等奖

标　　题：《红河县打造旅游精品环线》

作　　者：叶松林

原 刊 于：《中国交通报》2014 年 11 月 25 日 1 版

一等奖

贾庄,转型乡村的喜乐忧愁

——晋东南山村调查笔录

杨红岩

走近、观察、重新认识故乡,每一个在外的人,都希望留住些记忆,也希望看到其进步,但时代的大潮,泥沙俱下,遥远的村庄,也被裹挟其中,或许只能剩下淡淡的乡愁……

老侯爷咕噜噜吸着水烟袋来过,来福爷手捻一小撮花白山羊胡来过,老虎儿、匪孩爷、五爷都来过……他们都死了,可是,在离故乡千里之外的大都市,这些故乡的一个又一个熟识的面孔,又都长途跋涉来到我的梦里,一个都不落,就在近两年。

在山西省东南部,一个名叫贾庄的小山村,就是我的故乡,她隶属长治市屯留县。

在我看来,故乡就等同于我出生、嬉戏、成长的这个村庄。她属于庞大中国版图的一个微细胞,在这个细胞里,个人情怀、家国命运休戚与共。在中国30余年农村改革的大潮中,这里的生态、民俗、伦理、经济、政治、社会等方方面面都发生了翻天覆地的变化。透过她,中国农村的历史变迁、发展脉络将渐次铺陈开来……

今年春节再回家,一番寻觅,那些熟悉的老人连同他们居住的土窑洞全都不知所踪，只留下一座又一座荒凉的坟茔。记忆中的故乡永恒在梦中，现实中的故乡却永远消失在眼前。

从所遇的一张张陌生又年轻的脸庞中，我猛然惊醒，再过若干年，再提及故乡，或许真就印证了范伟的那句话——“我不想知道自己是怎么来的，只想知道自己是怎么没的”。彼时，将是一种欲知而不得知的无奈，对故乡的记忆或许早已沦陷在岁月的洪荒中。是到了留住她的生命轨迹的时候了！

利用春节后的一段时间，我对她的调查逐步展开——

路还是那条路，路也不是那条路

从屯留县城一路向西，过一片煤矿区，平整的沥青路由双向四车道变为双向两车道，沿途车辆呼啸往来，道路通行显得有些局促。一色红砖红瓦的四方小楼，结构简单，没有个性和特色，沿着公路向前延伸；如果不是路边的标志牌，会搞不清楚村庄彼此间的分界线。贾庄村就在这条县道的边上，距离县城的车程大概20分钟。

不要小看这20分钟的车程，在很长一个时期内，它一直都阻碍着村庄和外界文明的沟通。

今年83岁的杨德忠曾在人民公社时期给村里的大队部赶过马车，过去，他无数次走过这条路。

他耳背，记忆力却好。他说，赶马车那会儿，县交通局都没一辆机动车，3匹马拉的大车就是主要的交通工具，自己吃香得不得了。从乡粮站往长治提马乡运粮，从长子县往回运缸，从高平市往回拉煤，路是泥土路，运一次物资，一个来回经常要两三天，沿途有车马店，不管在哪家店打尖，店主都会当贵宾接待，跑一天能挣一斤粮食，不光自己吃穿不愁，还可以为家里留些口粮。当时，很多人都吃不饱饭，赶马车的到哪儿都牛哄哄。

“老富山不是个东西，大队部成立了畜牧场，他当场长，看我赶马车眼红，非说我赶车出去捞了外快，组织人开批斗会整我，到最后也没查出我贪污一点东西。”杨德忠提到的富山是村里已经过世多年的一个老人。

后来，人民公社解散，土地包产到户，村民的温饱问题解决了。但是，在之后很长一段时间内，连通外界的这条道路还是老模样，一直是砂石泥土路。

父亲在全乡最早经营机动三轮车。有几年，他开着一辆8马力的三轮车，拉砖、拉水泥、送苹果、运牲口，学生开学送学生，谁家结婚送嫁妆，都走这条路；沿途没有加油站没有维修点，用柴油要到县城的油库拉，车坏了要自己摸索着修。

“小马拉大车，路坑坑洼洼，下雨陷在泥里出不去，下雪窝在雪里干捣腾，路上交警查、稽查查，就连沿途的派出所也查，就那样，也是没日没夜地跑，没车啊，谁家有人生病了，说是夜里要去医院，再晚再冷也得送……”他唠叨起来这些事没完。

村民张永胜说，那时候，村民进城大都骑自行车，驮点东西，上坡推不动，下坡刹不住；岁数大点的出远门赶毛驴车，进一趟城要跑一整天时间，不会骑自行车的妇女，有的一辈子都没进过县城。

儿时，我和小伙伴上学放学，也无数次走过这条路。路两边是粗壮参天的杨树，几个人合抱不过来，一到夏天枝繁叶茂，成了天然凉亭，路上也没车，一群小孩儿玩累了，躺在路中央就能睡觉，避暑又解困。

如今，这些都成了回忆，不仅县道宽阔平整，就连村与镇、村与村之间也都成了沥青(水泥)路；路连着村，村傍着路，很多人家出门就是路，平时在村里串门，路又成了街；在村内行走，要时刻提防过往的车辆，孩子上学，家长需要全程护送。

去年，西村，吹唢呐的孬孩儿，他娘让摩托车撞死了；宋家沟，有个年轻人自己开车撞到树上死了，不知道是不是喝了酒；本村的老闫，已经到了自己家门口，一下公交车，过马路时被一辆农用车撞死了……路好了，机动车辆猛增，交通事故开始多发，这些成了村民们闲谈时绕不开的话题。

不过，这种情况已在悄然发生改变。去年正月初二开始，当地普降大雪，通往县城的路上，凡是有坡道的地方，就有车辆横七竖八地挡着，有追尾的，有滑到路边坡外的；今年春节过后，从正月初五到初十，又是连降大雪，不过，我几次往返这段公路，再没遇到一起交通事故。

短短一年时间，沿途弯道、坡道增设了不少安全防护栏，一些学校、路口附近增设了减速标识或减速带。今年下雪期间，县交通运输局专门组织铲车铲雪，前后几次，基本上是雪停路通；通村公交车在降雪期间一直处于停运状态，据说，也是出于安全考虑。

村民们的安全意识也增强了，今年春节期间，只要路面有积雪，上午很少有车辆上路，基本上都在中午路面积雪融化以后，车辆才会增多，且绝大多数车辆都上着防滑链。“机动车对农村家庭可是一份重要财产，谁肯去冒险?”有村民说。

当然，有些问题还是需要引起警惕，如酒驾、在路边随意停车、小客车超员等问题还是普遍存在。一位朋友要开车去走亲戚，我提醒他一定别喝酒，他却诡异一笑，说:“开着车，才好喝口儿。”完了，一脚油门走了。

不被珍惜的环境和粮田

在村子里，还有一个问题，可以用“触目惊心”来形容——生态环境的恶化和土地资源的大规模萎缩。

10 多年前，草木遍布村庄的各个角落，村前是一片树林，杨树、梨树、枣树、杏树、香椿树、李子树等各种树木密密匝匝，林前是横贯整个村庄的一片肥沃的河滩地，地东头是一片茂盛的杨树林，河滩地中央横亘两条并行的河流，河流上游一直到村西头也是一片树林，林间是长年不干不旺的整片湿地，水草茂密；还有集中成片的果树林，足有数百亩。春天花香鸟语，夏天瓜果遍地，秋天蛙叫蝉鸣，冬夜群狼低嗷。遍布村庄各处的土窑洞依山而建，也只是绿树丛中的星星点缀。

如今，站在村庄高处，放眼望去，连片的砖瓦房突兀着，只能看到零星散落的树木，很多还是最近两年补种的。

而这还是表象。宽阔的河道成了小水沟，连续几年断流。自我记事起，全村人就共用一口老井，即使在特别干旱的年份，周围村子的很多水井没有水时，这口老井也从没断过水。但是，几年前，这口井干了。如今，村里家家户户都打了机井，不过，大部分要钻到地下百米深的地方才能出水。而在 10 年前，只用铁锹挖不到两米就能出水，有的挖不到一米深就能见水。

有村民说，自从距离村庄 7 公里外的一家大型煤矿开始采煤，这里的水位就开始大幅下降。当地大面积的植被资源遭到破坏或许与此也难脱干系。

去年 7 月，当地连降大雨，四处山洪倾泻，不少道路损毁，田地坍陷，庄稼大面积被淹没。直到春节回家时，村里进过水的田地，还瓮着那次洪水留下的一片又一片的水洼，已经凝固成冰，还不知道开春能不能继续耕种。

公路重修过，宽阔平整，依然是原来的老线路，并没有新占多少农田。但是，在公路沿线的村庄密度明显增大了，蚕食了不少粮田。

贾庄村一共有7个自然庄近千口人，其中，小南岭、大南岭、梧桐庄、河儿南4个自然庄不在县道旁边。现在，这4个自然庄已经处于消亡边缘。大南岭鼎盛时期有50多户160多口人，现在剩下不到20人，基本上都是老年人；小南岭原有30余户人家，现在只剩下3户，有一户只有一位年近八旬的老太太；梧桐庄和河儿南的情况也与此类似。这些地方消失的住户大部分迁到了公路沿线，还有不少从其他村迁来的住户。这些住户重新选址盖房，占去了公路沿线大面积的耕地。

贾庄村村委会主任郭保红说，原来全村的耕地有3000多亩，现在剩下不到2500亩。现有耕地还包括了将河流沿线几百亩芦苇地、湿地、荒地开垦后新增的农田。

这些新垦农田短期内为少数承包人带来了实惠，却打破了原有的局地生态平衡，破坏了沿线流域的水域资源环境，而这需要整个村集体和子孙后代来承受由此带来的伤害。

尽管如此，占用耕地的势头仍然不减。刚开始时占用的只是紧挨公路两边的耕地，与公路平行，只有两排楼房；现在村子中间的人口聚集区，新盖的房屋逐步向外延伸，由线成片，变成了5排、6排，房屋所到之处，耕地惨遭蚕食。如今，村里已有人开始炒土地，花数万元将其他人的承包地买过来，坐等变卖，等待的买主便是需要盖新房者。

国家为全国耕地保护设置了“18亿亩”的红线，如果放任这种情况发展下去，后果会如何呢？

乡亲，摆脱了对土地的单纯依赖

令人欣闻的是村民们的经济状况和生活条件大为改善。家家小洋楼，大部分人家有了机动车。今年春节期间，村里几次停电，这是多年不遇的事情。

负责当地电力供应的一位变电所的农电网营业员说，10年前就对这个地方的电网进行过一次升级改造。但是，当时没预测到农村会发展这么快，现在，电视机、电冰箱、空调、热水器等各类家用电器已经普及，加上抽水泵、洗车等各类用电，原来的农电网已经难以承受现在的电力负荷，县电业局已经在对当地的电网逐步进行升级改造。

带来这种变化的原动力是村民自身，而其外在的推动力，主要是国家对农村地区的两次重大政策调整——一次是土地联产承包责任制，一次是取消农业税费。

两次涉农政策的根本调整，使农村地区的生产力得以彻底解放，农民的自主权、自主性、创造力得以全面释放。

今年50多岁的杨书湘说，她嫁到贾庄村时，正是人民公社后期。“那时候，缺衣少穿，经常吃不饱肚子，上工干活儿都是能偷懒就偷懒。”她所说的是1980年以前的贾庄村。

“记得有一次，听说去修一天地可以分到几个土豆，一大早就跟着别人去了。那天干得特别卖力，就想着晚上可以改善改善生活了。可等到天黑下工，还没有轮到自己，土豆就让人分完了。我背着镢头回家好一顿哭。那时候的日子真是看不到一点希望！”

贾庄村落实土地联产承包责任制是在1980年年初。到第二年秋天，家家户户就有了余粮，大家不用再为饿肚子发愁。耕地成了自己的，想吃什么种什么，农民从集体经济中彻底解放出来，干活儿也有了积极性。

温饱问题得到了解决，可是，农民仍然无法从农村和土地中解放出来。

杨计山能写一笔好毛笔字，会画中堂，对村里的大事小情了如指掌，村里人都叫他“秀才”。

他说，那些年，每年夏秋两季，田里的粮食收不完，上边就催着交公粮，各家的成年劳动力还要被摊派各种义务工。“修路、修坝、植树、除草，名目繁多，白给集体干不说，谁家的义务工干不够，还要被折算成钱或公粮，倒交集体，很多人家都是今年交了明年欠，欠公家的钱永远还不完，哪有精力外出打工啊？”

在这个时期，贾庄村的发展几乎处于停滞状态，干群关系一度很紧张。当地农民形容当时的干群关系，编有顺口溜：养头牛能耕田，养只鸡能下蛋，养个干部算个蛋！

这种情况从国家取消农业税费后彻底得到了改变。这项政策的实施，不仅直接减轻了农民的经济负担，最重大的意义是使得农民从农村和土地中彻底解放了出来。

“种地不用交公粮了，也不用再摊派义务工，玉米产量高，就全部种玉米，春种秋收，一年地里的活儿不用两个月就能干完，剩下的时间就能外出打工。”郭保红说，现在村里的青壮年劳动力，除了在外有固定工作的，其他人基本上都外出打工，下煤窑、搞建筑、当厨师，各有各的行当，家里在外边都有收入，日子自然比过去过得好。

作风、伦理、民风、民俗，瓦解与重建

村里的公共服务和公共事业也有明显改善。2011 年，山西省统一安排为农村进行街巷硬化，贾庄村得到上级拨款 36 万元，加上村里的欠款，共投入 50 多万元对全村大部分街巷进行了水泥硬化；去年，也是省财政拨款，县农业局组织实施为各村人口聚集区和学校等公共服务区统一安装了太阳能路灯，贾庄村在公路沿线一共安装了 18 盏。此外，村里还按照县司法局的要求，在村庄的主要地段安装了监视器。每天早上，都有专人负责打扫卫生，干活儿的都是村里的妇女等留守人员，工资也由县里统一支付。

原来村里加上幼儿园一共有 4 所学校，由于教育资源分散，条件一直较差。冬天没暖气，有几年冬天，学生要从家里带劈柴到学校，说是学校没钱买煤，要用于取暖。

现在，村里的小学全部撤掉，与周边几村合并为一所规模较大的寄宿制小学，学校的各项条件均有改善。“学生上学不用花钱，教育局还花钱给每个学生每天至少补助一两肉和一个鸡蛋。”姚环平是这所寄宿制小学四年级的老师，她说，村里唯一剩下一所幼儿园是私人开设的，听说县教育局也要将其扶持为公立性的。

新发展也产生了新问题。现在村委会没有财权，却需要承担方方面面的工作。县里给村委会的钱，每年固定的主要是一笔转移支付款，2013 年为 5.3 万元。这笔钱还包括了村支部书记、村委会副主任和村会计的工资，再除去近 4000 元的各类报刊摊派发行费、5000 元各种印刷费，几乎没有结余。

郭保红说，开销的地方却远不止这些。每年开春植树造林要花钱，各级检查时雇人打扫卫生要花钱；街巷硬化上级拨了 36 万元，但实际造价却是 50 多

万元，不够的也是村里欠着；司法局让在村里安监控器，只安排工作，却没有专项资金，也是村里赊账。

“这还是看得见的，还有看不见的。镇里的个别领导经常到村里吃喝，刚开始来了就招待，有的不仅吃喝，还张口要，过年过节要东西，让你买点鸡蛋或给在哪个地方赊的烟钱付个账，后来实在应付不起，便能躲就躲。”这位村主任无奈地笑笑，说，“可是，这样又得罪人，今后工作更难做。”

上一届村委会欠了 8 万多元外债，账目表上显示，所涉款项五花八门，欠这家两袋梨钱，欠那家两袋苹果钱，还有在一些商店赊的烟酒钱。如今，那届村委会主要成员中，村委会副主任去世了，村会计成了哑巴，这些债务怎么来的，原村支部书记又借口一个人说不清，于是成了一笔糊涂账，现任村委会领导班子已经快干完一届，这笔账仍然没有正常交接。

有一个好的转变是，去年，中央出台八项规定后，当地的干部作风大有好转。“2014 年春节，村里第一次没有到各个部门去送礼，省了钱也省了心，只是希望这种好风气能够延续下去！”郭保红觉得这种歪风早该刹，送礼群众骂，不送礼领导骂，凭什么村官就得是风箱里的老鼠？

也有一种不良风气在蔓延。村里原有的大戏台没了，对外出租的自动麻将桌却增加了不少；一些村民在野地到处铺设铁夹子捕杀野兔、獾子，四处放毒药毒杀野鸡；还有一些人专门干起了盗古墓的勾当。对于这种既伤害老祖宗又殃及子孙后代的行为，村里的多数人不以为害，甚至会坐在一起交流经验，使得更多的人也开始跃跃欲试。

农民不再专注于务农，“五谷丰登”“六畜兴旺”这种以前常见于各家粮屯、槽头的字眼没了，粮、禽、肉、蛋基本靠买，只是每年春季把玉米种子连同化肥、除草剂一同撒到田里，人便天南海北地各奔前程。

村不再是那个村，人也不再是那时候的人，记忆中的村庄在时光流转中渐行渐远，是喜是忧？说不清。或许，过去的村庄也是从更远的过去如此这般一步一步蹒跚而来吧。

原刊于《中国交通报》2014 年 2 月 24 日 4 版

作品评析

反映农村当代生活的风俗画

杜迈驰

在第五届全国交通运输优秀新闻副刊作品评审时,《中国交通报》以报告文学体裁上报了《贾庄,转型乡村的喜乐忧愁——晋东南山村调查笔录》一文,那么就让我们以这两年获得中国新闻奖报告文学的特点来赏析这篇文章。

从2013年、2014年中国新闻奖报纸副刊作品中的报告文学,都具有比较强的新闻性、文学性、思想性乃至政论性,且时代感强烈,新闻价值大,社会意义强,引人入胜、艺术价值高。

学界认为,报告文学是在真人真事基础上塑造艺术形象,新闻性体现在内容要真实、不允许虚构,时效性也很强,且有一定时代意义和时代价值。

报告文学的文学性体现在对真人真事的艺术的加工。作者通过精心选材、剪裁、提炼主题,合理布局,并运用人物刻画、景物描写、气氛烘托等手段来表现人物,再现事件;语言更形象、更抒情、更个性化,富于感情色彩和文学色彩,使读者能够获得如临其境,如闻其声、如见其人的艺术效果,从而受到教育和感染。

报告文学富有时代特色的思想性。思想性除了在典型事例上体现外,还直接体现在强烈的政论色彩。作者在感情爆发时随时穿插自己对人物、事件言简意赅的评议,或者把自己受到的情绪感染直截了当地传达给读者,这样,就使报告文学带上了强烈的政论性。第二十四届中国新闻奖报告文学三等奖《人民前线》报的《血脉》一文,在描写工兵团指导员罗昊为保护战友牺牲、留下遗腹子的故事中,就运用了“这是一个家庭的血脉,一支军队的血脉,一个民族的血脉”的政论句子。

新闻性、文学性、政论性三者之间既对立又统一,相互依存,相得益彰,是内容和艺术形式的辩证统一。第二十五届中国新闻奖报纸副刊一等奖作品江西日报报告文学《那山那树那人》就是一篇新闻性、思想性、艺术性完美融合的优秀作品。

在我国大力推动新型中小城镇化和新农村建设的背景下，《贾庄，转型乡村的喜乐忧愁——晋东南山村调查笔录》一文，通过“解剖麻雀”，从小处着手、大局着眼，客观观察、记录了农村发展历程，让读者既可看到国家涉农大政方针对释放农村生产力所产生的一系列重大变化，也看到了深化改革、转型发展中的新问题，看到改善农村生产关系、重塑新型乡村文明的紧迫性。

从写作方法看，作者浓烈的乡愁贯穿始终。引言部分提到农村改革带来的翻天覆地变化，但熟悉的老人和土窑洞不知所踪，“只留下一座又一座荒凉的坟茔”。第一部分记述了家乡交通条件的变迁。尽管村与村之间都修了沥青(水泥)路、“路又成了街”，但是“路好了，机动车辆猛增，交通事故开始多发”。第二部分述说了村里环境和粮田的变化。尽管当地农民见了“连片的砖瓦房”，但生态环境恶化，土地资源大规模萎缩，使得“春天花香鸟语，夏天瓜果遍地……”不见踪影。第三部分介绍了村民经济生活的改善。尽管“各类家用电器已经普及”“农民的自主权、自主性、创造力得以全面释放”，但村里青壮年除有固定工作的“其他人基本上都外出打工”了，且干群关系恶化。第四部分讲了村里公共服务和公共事业明显改善。尽管全村大部分街巷水泥硬化，安装了太阳能路灯，寄宿的小学生上学不用花钱，但是欠债的村委会仍“需要承担方方面面的工作”，见了镇里干部“应付不起，便能躲就躲”。此外，打麻将、毒野鸡、盗古墓的不良风气蔓延。这幅反映农村当代生活的风俗画，通过作者所见所闻和典型事例展示徐徐打开。文字虽长，读起来并不枯燥。

这篇作品的新闻性自不必说，文学手法用起来得心应手。引言把记叙和议论紧密结合，简明扼要地把“转型乡村的喜乐忧愁”主题提示给读者；其余四个部分按空间转换、作者思想感情起伏变化安排层次，运用最精彩、最感人、最能吸引和打动读者的关键材料，进行歌颂与暴露的对比，点、面、线统一，从而增强了作品的艺术效果。

文章中的政论随处可见，“现实中的故乡却永远消失在眼前”，直抒胸臆，点明题意；“国家为全国耕地保护设置了‘18 亿亩’的红线，如果放任这种情况发展下去，后果会如何呢?”尽管是悬念，但表明作者对“耕地惨遭蚕食”的担忧。

“温饱问题得到了解决，可是，农民仍然无法从农村和土地中解放出来”，起到穿针引线、承上启下的作用。文章结尾“记忆中的村庄在时光流转中渐行渐远，是喜是忧？”再次强化主题，揭示本质，且留下了值得读者思考的余音。

（作者系中国交通报社原总编辑、中国交通报刊协会副会长）

导语：千百年来，房山大石窝形成了独具民族特色的石作文化村落，我们沿着国道108线一路寻访，欣赏到了汉白玉文化艺术宫、云居寺、中华石雕艺术园里规模相当、栩栩如生的石雕作品，被其中的美丽所震撼；在各个村落中找到了热爱石刻的手工匠，被他们执着的心和付出的辛勤劳动所感动。

大石窝，紫禁城的基石

朱　婧　刘向阳

先有大石窝，后有北京城

房山大石窝镇位于北京西南80公里，去大石窝镇的交通十分便利。沿着国道108线行驶，当你看到公路两旁摆满造型各异、栩栩如生的精美汉白玉石雕制品时，大石窝镇到了。大石窝石材品种繁多，质地优良，其中汉白玉是我国唯一被国际市场认可的一种优质大理石。据统计，北京市列入国家统一编号的石材品种有19个，房山区有14个，而大石窝镇就有12个。在全国83个优质石材品种中，北京市有4个，房山区有3个，大石窝镇就占2个。可见大石窝石材在全国天然石材品种及石材行业中的位置之重。说这里是“汉白玉的故乡”一点也不为过。

大石窝镇对石材的开采、加工已有两千多年的历史，这里的石作文化历史悠久，雕刻技艺更是高超——早在560年的北齐时代，大石窝村北云居寺的静琬大师就开始用这里的汉白玉雕刻工程浩大的石头书——石经。历经隋、唐、辽、金、元、明、清等朝代，一千多年中共雕了14278块石经板，总重达1000吨，成为世界文化宝库里的一颗璀璨明珠。金代时，房山大石窝还因盛产石料，朝廷下令命大批工匠自汴梁迁入这里修建陵墓，陵墓的石料几乎都取自大石窝。

随着时间推移，大石窝石料的开采加工已形成了一定的规模，这为元代建都北京以及明清两代扩建或新修城池、御花园、陵寝等大规模的开采利用打下了基础，于是在民间就有“先有大石窝，后有北京城”之说。再经过明清两代，大石窝的部分工匠还逐步掌握了开采雕刻技艺，将大石窝石作工艺真正发展成一套完整的手工工艺，它集开采运输、加工雕刻为一体，同时伴有铁匠、木匠等辅助手工业。

大石窝聚集了一批来自河北、山西、陕西、河南等地的工匠，这里形成了明显的村落，艺人们以石为业，以石为生，通过辛勤的劳动创造出一套石作工艺及行业习俗，并相传至今。早期大石窝的石匠艺人充分发挥其石料产地优势，凭借娴熟的古建技艺和精湛、独特的雕刻技艺，参加了如故宫等皇家园林的修缮、"北京十大建筑"建设、毛主席纪念堂的修建、清东西陵的修复和卢沟桥的修复等工程。那些历代的皇家花园、皇陵古墓、亭台楼阁所采用的石料多采自大石窝。20 世纪 60 年代起，大石窝镇的石材企业开始出口汉白玉石雕产品，90 年代以来，石雕艺人们在继承雕刻技艺的基础上，古今结合，开发新产品，走出了国门，为泰国、日本、美国等十多个国家雕刻了许多杰出的石雕作品，像日本北海道中国公园、新加坡国家森林公园、美国纽约唐人街等十多个国家的石材工程均由大石窝的石材企业进行加工、安装，可以说，大石窝石作文化已名扬国内外。

从故宫三大殿的栏板石雕，到天安门广场上的人民英雄纪念碑，再到中华世纪坛……古都北京几百年来的重要建筑都离不开房山大石窝的汉白玉。今天，我们站在京城遥望西南，可以毫不夸张地说，当年是大石窝的石头，打下了帝都的基础，托举了这几百年来令人魂牵梦绕的大城。

石雕艺术——大石窝的文化符号

大石窝生产汉白玉石雕作品的厂家很多，国道 108 线两边比比皆是。这些厂家全部是开放式的大院。抬头望去，多姿多彩的石雕作品夺人眼目，尤其在阳光下更是熠熠生辉。就拿汉白玉文化艺术宫对面一家汉白玉石雕厂来说，名人、诸神、祥兽等不同题材的作品千秋各异，作品虽然无规则排列院中，却是相映成趣。徜徉其中，听着工厂里斧凿刀刻的声音，心里充斥着无尽的美。这里的石雕，有的是仿照欧洲文艺复兴时期的雕塑作品凿刻而成的，让人享受西方美学的同时，又感受着西方神的力量。有的是中国古代的美人像和儒、道、佛等圣贤人物像，让人陶醉在东方美学的同时，又能体会到东方神明的魅力。那些现当代伟人,自然而然让我们肃然起敬。还有历史长河中的英雄,自然而然让我们高山仰止……这其中的美,有的来自于眸,有的发自于心。

一位看到我们拍摄石像的老乡告诉我说:“路南边汉白玉文化艺术宫里的石雕作品更经典、更珍贵。去看看吧!”抬眼望去,老乡说的汉白玉文化艺术宫在阳光下岿然屹立。走过去巡视四周,我发现这座宫殿全部是用汉白玉建造的,其外墙镂空的窗户上刻有花草等精美图案。穹顶上横跨一座拱形石桥,中间位置是一座石亭高高耸立空中。目光下移,浮雕门楣上方的“汉白玉文化艺术宫”7个鎏金大字格外耀眼。平视宫前宽阔的广场上高大的汉白玉华表昂然而立。面对高25米,左右长40米,建筑面积2200平方米,且完全选用汉白玉建造而成的这座伟大建筑,可谓当今世界绝无仅有。遗憾的是,这座中西合璧、富丽堂皇的建筑因为室内装修而禁止外人进出。那位老乡告慰我说:“去中华石雕艺术园吧,那里可以参观,还免费。”近在咫尺的中华石雕艺术园,一个参观者都没有,只有几名园林工人,正在修剪园中的花草。中华石雕艺术园占地一万多平方米,这里汇集了大石窝石雕艺术的精品佳作。在园中,我看到了奋力挥锤的“石神”,看到了雄浑高大的石鼎,看到了玲珑剔透的巨大球状图腾,值得注意的是矗立在门口的牌楼,重400吨,高8米,宽5米,长23米,是选用379立方米大青石和汉白玉建造而成。艺术园前门有6根汉白玉雕刻的盘龙玉柱,气派非凡,尽显皇家园林建筑的浓重特色。

在一家汉白玉石雕厂,我看到了四五位工匠师傅正在忙碌着。电锯、电锤、电錾声此起彼伏。我摸着一座两米多高的石狮问一位工匠:“要雕成这样一座石狮得多长时间呢?”他热情告诉我,若是过去可能得三个多月乃至更长时间。现在有了电动和现代化的机械工具,效率提高了很多,但也得百日左右。其中一位年长的师傅执意推荐我去云居寺参观,他说那里的石经也是汉白玉雕刻的,有着一千多年的历史。我早知云居寺的石经是中国文化遗产中的稀世瑰宝,光镌刻的佛教经籍就有一千余部、三千余卷,石刻经版则达到14278块,是佛学研究的巨大宝藏。但我却不知石刻都是选用汉白玉作材料雕刻而成的。

云居寺坐落在距离大石窝镇10公里的水头村,我们驱车沿着国道行驶约20分钟就到达了目的地。站在云居寺的藏经洞前,面对眼前一片又一片石刻的佛教经籍,我思绪万千。想当年,北魏太武帝灭佛,佛教遭受了毁灭性的灾难。

静琬大师为护佛法，率领僧徒日夜刊刻佛经，殚精竭虑，以期传承。

我暗自思忖，静琬怀济度众生之心，保护佛教文化，其矢志不移之虔诚，众生当感动之至也！静琬大师偏偏选中了质地坚硬、洁白如雪、清润庄重的汉白玉作材料，也是从那时起，“金篆玉版”的石经，渐渐使汉白玉名声远播。

石作传承全靠口传心授

李士玉早已在石窝村迎接我们，今年65岁的李士玉退休后开始整理起石作工艺的文献档案，他身穿西服，夹着一个文件夹，一看就是村里的“先生”。他告诉我自己年轻时曾因施工需要，走遍大江南北，还去国外设计过汉白玉石桥。在大石窝从开采运输到加工雕刻都有自己的传统，且每个过程又独具特色。工艺可概括为敲、打、滑、拉、安五字。石作工艺在当地普及性很高，二十多个村，几乎村村有石匠，这是千百年来传承的结果。

大石窝的石匠分工各不相同——有专门负责探山开采，有负责石料的粗加工，还有就是精细雕刻。当然，这期间的界线是不完全清晰的。李士玉告诉我大石窝世代的手艺人，从采石运输、粗加工到精细雕刻，传授方式为口传心授。传承关系以父子传承和师徒传承为主。在清代以前，手艺和绝活多数为家传，儿童自幼便耳濡目染，及至长大成人，渐渐习得真传，独立从事石匠工作。这样的传承具有固定的风格和特色，利于石作工艺的不断积累与发展，但并不利于普及。另外一种主要的传承就是师徒传承，一般师傅用3年的时间完成徒弟的教授，同一时间内收徒数量不等。学徒一般从开山学起，然后学习石料加工，最后才能学习精细雕刻。在整个过程中，徒弟要主动学习，心灵手巧的才能学到本事，真可谓“师傅领进门，修行在个人”。

曾经在20世纪50年代，大石窝有过一段石匠教习的垄断时期，外来的人不能在本村当学徒。到20世纪80年代，这种垄断渐渐被打破，学徒现象的出现，使大石窝从事石作工艺的人又不断得到了补充。

李士玉说大石窝雕刻工艺属北派大理石雕刻，历史跨度长，风格多变，雕刻类型繁多，工艺完整。加工与雕刻俗称粗活与细活。石料在出来前就经过加工，称为打荒料，加工成石板、石条等都是粗活。运出后，再根据具体的要求精细制作，另外还有一部分石匠被调集在京城内，专门从事精细雕刻工作，称为细活。根据敲打方式的不同，在粗加工的基础上，能雕出石兽、人物、栏板、华表、门墩、石碑等数十种。基本程序为选料、放线、打荒，再经过挖、打、吹、剁、扁光细作、打磨雕刻等工序完成。每件工具的大小都根据实际的要求有所不同，雕刻一个圆雕根据大小和工艺的简繁决定用时多少。如雕刻一只石狮子最少需要一百多天的时间才能完成。老一辈的石匠艺人雕刻时，更多的是随意性与规律性相结合，其雕刻的艺术品有不同样式，总体不会脱离民族的特色，如狮虎龙凤的传统造型，花纹图案的传统样式等，直到今天在大石窝的雕刻品中仍可见传统石雕艺术品的富丽堂皇与精美大方。

在石作工艺里，最让李士玉难以忘怀的是石作号子。过去没有起重机械，巨石的搬运就靠人工滑橇。做滑活时，众石匠要站好位置，找好支点，由号头师傅叫号。号头其实就是指挥员，他的喊号口令分为几部分，开始是预备号："哎——嗨——我！"预备号的作用是询问众人是否准备好，如果有一个人还没做好准备，号头就要一直喊预备号。预备号后是起动号，这是石作号子的主要内容。号头喊"哎嗨——我来！"，随着"来"字一出口，众人答号"嗨呀"，并同时向前滑动一步。当遇到地形不利或特殊情况需要停下来时，号头还会喊停止号："我撂。"一听这句号子，众人就会停止工作。李士玉说："我自小就听这些号子，我的叔叔曾是远近闻名的号头，虽然30年前号子就不用了，可我到现在还能唱。"不过，从来没人给这些号子整理过词谱，于是李士玉整理了一份石匠号子乐谱，还复印了很多份，凡是有人来问号子的事，他就立即从文件夹里拿出一份给来者，他希望石作号子能像石雕技艺一样能传承下来。

抽文：石匠艺人们在大石窝繁衍生息，为我们留下了宝贵的石刻文物，而大石窝手工石作工艺，是大石窝石作文化的核心，包括开采、运输、加工、雕刻等一套完整的工艺过程。

祖宗留下的手艺不会失传

在距离石窝村不远的高庄村有一家雕刻厂，我在这里见到了老匠人赵连城。据说他是这里为数不多的老匠人了。今年70岁的赵连成告诉我，自己是赶上了改革开放的好时代，从20世纪80年代就受聘于这个厂，三十多年来还从未离开过，厂里从来没有拖欠过大伙的工资，3个月一发。有了稳定的收入，日子也过得安逸而踏实。赵连成还说他现在年纪大了,眼神和手劲不如从前,没法再像年轻人那样挥锤弄錾子,于是让儿子接自己的班。他指着不远处一个正在雕刻的四十岁左右的人说,那是他的儿子。赵师傅虽然不在"一线"雕刻,但他每天还像正式上班一样,主要是指导年轻的匠人工作。虽然现在石雕加工很多地方都能采用机械工具,效率提高了很多,但出来的活却比手工差些,很多精细的部位还需要靠手工。

当我问他是否会担心自己这套"绝活"会失传时,赵连城肯定地回答我:不会的。虽说现在家家都盼着自己的孩子考上大学,但考出去的毕竟是少数。在大石窝镇大部分人还得靠此谋生,干其他营生还不如学祖宗留下来的这门手艺,现在大石窝镇很多村子里的人几乎还是靠石作谋生的。

其实,在大石窝有不少像赵连成老师傅那样痴迷于石雕工作的年轻人,在下营村找到彭润昌时,他正在车间手持榔头铁撬,聚精会神敲打着比他还高的石狮子,打量四周,在这个有些零乱的车间内,却摆放着很多件与周围环境差异巨大的精美的雕塑艺术品。寒暄过后,彭润昌向我讲述起了他与雕塑的情缘。彭润昌小时酷爱绘画,对雕刻艺术充满了兴趣,本来梦想着初中毕业后读高中,然后上大学,实现自己的工艺美术理想之梦。可是家中兄弟们多,经济实在困难,他初中毕业后不得不到北京一家建筑工地当小工,打了一年工后,由于活重,累坏了腰。于是他就选择了在家做雕塑,实现自己的创业之梦。他从小喜欢绘画,有相当的美术功底,只用两年的时间就出徒了。出徒后,他没有向家人透露半点风声,就在本村租了5亩地,盖了几间厂房,开办了雕塑厂。我注意到彭润昌的手上的老茧很厚,手掌中间还有几道口子。为了不断提高自己的雕刻水平和技术,彭润昌经常想方设法训练自己,并在平常的实践中摸索经验。他收集了不少关于石刻的书籍,抽时间慢慢琢磨消化。

"你看见过狮子嘴里的那个宝珠没,要刻那个宝珠,不是很容易的事情。"彭润昌聊起石雕时头头是道,他告诉我石狮嘴里的宝珠要越圆越好,能够在嘴里自由滚动,但不能随意被取出来。"雕刻这个宝珠,就要掌握相当的技巧,一般的艺人是无法应付的。宝珠比嘴大,而且嘴巴挡住了雕刻工具的进入,很不好操作,最初雕刻宝珠的时候,戳子一进去,宝珠就四处动,后来就想出一些土办法,把它暂时固定住了。"

我发现彭师傅雕刻的狮子，有的头向左歪斜，嘴巴、眼睛紧闭，狮毛随意雕刻，前腿直立，后腿与身体连为一体，显现出一副神态安详的样子；有的体型结实，眼凸，额头扁平，鼻翼冲天，仰视天空，前腿站立，后腿下蹲，胡须长长地垂于前腿上，威严肃穆；有的身体细高，头向右侧视，狮毛卷曲在额头上，眼睁，嘴闭，仅雕出前腿，后腿同身体连成一体，十分机灵的样子。"石狮虽然是石头做的，但它也应该有生命力。"彭师傅说狮子雕刻是一门艺术，不光是把石头变成狮子，更应该变成有灵气的狮子才对。彭师傅从勾线放样、粗雕、精雕、打磨、着色、清理、包装出品，按传统手工雕刻下来，至少要三个多月，且每天至少工作10个小时以上。"这是个辛苦活，但是我还是比较喜欢这个手艺，我希望将来能传授给更多的年轻人。"彭师傅说，当他看见一块块石头在他的精雕细刻下，变成栩栩如生的狮子，他的心里充满了成就感。尤其是看见自己的作品变成一尊美丽的塑像挺立在某个公园，或者某单位的大门前，他心里更会有种欣喜的自豪感。

"石雕艺术品是被赋予了思想的，你要是用工业化生产它就有工业的气氛，没有人的思想在里面。"大石窝80后副镇长高璞对我说道。据他介绍今天的大石窝镇石材开采和石刻加工早已不见过去尘土飞扬的场面，现在他们实行限制开采，最大限度地保护环境。他告诉我全镇的石材开采企业只保留了一家，其他全都停了，尽量采取一些先进的工艺，达到生产低噪声、低粉尘污染。

行在大石窝，其实我还有很多的疑问。那天我问过赵连成师傅："为什么过去很多皇家园林、私人花园以及现在很多人的深宅大院等场所，都喜欢装点汉白玉石雕呢？"赵连成边笑边指着正在雕刻的一尊佛像说："你看看这块石料，汗线密布，色泽洁白无瑕，质地坚实细腻，斧凿刀刻时，非常容易造型。再有就是，汉白玉不容易风化，能够长久保存。更重要的是汉白玉石雕作品，蕴涵镇宅、祥瑞、福禄，崇文、尚德等多种象征，人们能不喜欢吗？"原来汉白玉不光自然天成，是成就石雕艺术的材料，更重要的是，汉白玉石雕作品中隐含了人们异彩纷呈的梦想和寄托。

链接：

大石窝镇位于北京市房山区，是北京石材的主产地。这里的地理位置优

越,交通便利,有(北)京张(家口)高速公路、国道108线穿境而过,这些为大石窝石料运输提供了便利。而在旧时大石窝石料的运输路线有4条:一是由大石窝经今半壁店、长沟,到达琉璃河;二是由大石窝经半壁店、长沟、房山、良乡、卢沟桥,到达紫禁城、东陵;三是由大石窝经长沟,进入涿州市;四是由大石窝经南尚乐,进入涞水、易县,到达西陵。

大石窝镇历史悠久,古迹众多,驰名中外的“北京敦煌”云居寺石经山就坐落于此。镇内蕴藏着丰富的大理石资源,经勘测,大理石总储量2450万立方米:有汉白玉、艾叶青、螺丝转、青白、麻子石等十几个品种。这里以工匠精湛的雕刻技艺和大量汉白玉石闻名于世,其中,石材开采、雕刻加工历史可追溯到战国,历史悠久,成就斐然,许多相关书籍、调研材料均有记载。而汉白玉不仅在故宫、人民大会堂、人民英雄纪念碑、中华世纪坛等一批重大建筑上都有应用,还在日本北海道的中国公园、加拿大的枫华园、新加坡的国家森林公园、埃及的中国公园、德国柏林的德月园、美国纽约的唐人街等20个国家和地区得到应用。2006年底,大石窝石作文化村落入围第一批市级非物质文化遗产名单,进一步提升了大石窝镇的知名度和美誉度。

原刊于《中国公路》2014年第18期

作品评析

石雕艺术的纪实性述说

杜迈驰

在第五届全国交通运输优秀新闻副刊文学作品评审时,《中国公路》上报了《人文纪实》栏目的《大石窝,紫禁城的基石》一文,现在就让我们以纪实文学的眼光来分析。

什么是纪实文学?学界常引用诗人、纪实文学作家李辉的表述“纪实文学是指借助个人体验方式（亲历、采访等）或使用历史文献（日记、书信、档案、新闻报道等），以非虚构方式反映现实生活或历史中的真实人物与真实事件的文学作品，其中包括报告文学、历史纪实、回忆录、传记等多种文体。”因此，有人称纪实文学是一种迅速反映客观真实的现实生活的新兴文学样式。它以真人真事为基础，具备新闻“五个W”等要素。它的文学性体现在三个方面：一是文趣。结构设计和情节取舍进行文学处理，环境描写、气氛烘托、心理刻画等方面采用文学技巧。文学是语言的艺术，文学语言与其他语言的主要区别在于它的形象性，让人读后如临其境、如闻其声、过目难忘。二是情趣，正如法国著名文艺理论家泰纳所说：“一部书越是表达感情，它越是一部文学作品；因为文学真正的就是使感情成为可见的东西。一部书越能表达重要的感情，它在文学上的地位就越高。”三是理趣，也就是思想性，有审美愉悦。它采用文学思维方式选择题材、提炼主题、深化文本的社会意义，一般是从字里行间艺术地折射出来的，是“意在言外”“意味深长”“言在此而意在彼”，而不是明说的。作品蕴涵的文趣、情趣和理趣有机结合得越巧妙，文学性就越强，文学价值就越大。

《大石窝，紫禁城的基石》一文的落脚点是石雕艺术，是历史，更是文化。作品从盛产汉白玉石料的北京房山大石窝镇开始寻觅，用汉白玉文化艺术宫、云居寺、中华石雕艺术园、现场加工的石雕作品，在文章的四个部分徐徐道来。

第一部分“先有大石窝，后有北京城”是概况，先后介绍了大石窝的地理位置、石材在全国乃至世界同类中位置之重、开采和加工历史、雕刻产品在国内外重要场所的使用等，纪实的新闻要素十分清晰。

第二部分“石雕艺术——大石窝的文化符号”文化味、文学味很浓。古代的美人像和儒、道、佛等圣贤人物像，形神兼备；宫殿窗户和石桥、华表、图腾、牌楼、石狮等建筑构件，栩栩如生；尤其是云居寺的藏经洞前14278块佛教经籍，更是令人叹为观止。作者在这一部分展开了文学想象的翅膀，“徜徉其中，听着工厂里斧凿刀刻的声音，心里充斥着无尽的美”“想当年，北魏太武帝灭佛，佛教遭受了毁灭性的灾难”等句子，让读者一起心潮澎湃，情趣盎然。

第三部分“石作传承全靠口传心授”介绍了石雕的基本程序、工艺、民族特色及其传承。这部分文化味最足的是搬运号子，且有人整理了词谱、乐谱，这样就显得文趣十足。

第四部分“祖宗留下的手艺不会失传”以艺人彭润昌建筑工地当小工、在家做雕塑、当学徒学艺、收集书籍琢磨消化、赋予石雕作品生命力和灵气的成长经历，回答了读者关心的手艺失传问题。作者对他雕刻的几类石狮观察入微、刻画入微，运用娴熟的文字功夫，理趣大增，让读者享受了审美的愉悦。作品结尾处“汉白玉石雕作品中隐含了人们异彩纷呈的梦想和寄托”，进一步夯实了文化落脚点，深化石雕艺术的社会意义。

作品中新闻要素和文趣、情趣和理趣的有机结合、“三趣”的穿插和融合，大大增强了艺术感染力和对读者的吸引力。

从高、从严要求，我认为有三点值得提醒作者及其工作单位：一是在申报作品推荐表介绍采编过程时，作者想做一次“跳出交通看交通的尝试”、思考“公路与地方产业的关系和它们之间的相互影响”，于是在“链接”中介绍了“旧时大石窝石料”的四条运输路线和现在的两条公路。我以为，这些内容不如穿插到正文中作为背景交代。二是尝试和思考的出发点很好，但题目太大，需要采访更多的内容，需要产业发展的描述和相关数字支撑，不是靠正文中一句话——沿着国道108线行驶能看到公路两旁摆满石雕制品、“链接”中“两条公路穿境而过”——就能说清楚的。三是“链接”中的个别内容与正文有重复，应该避免，毕竟版面惜字如金。

（作者系中国交通报社原总编辑、中国交通报刊协会副会长）

二等奖

铿锵跫音　交响时空

——写在福建省交通运输厅援藏事业20周年之际

薛荣泰

山水因人赋予其间的感情而富有生命。

东海之滨，有条闽江，蜿蜒秀美，静静流淌于八山一水一分田之地，用它独有的灵秀养育了八闽儿女。雪域高原，有条雅鲁藏布江，险奇峻美，奔腾咆哮在世界屋脊的巍峨群山之中，灌注给高原儿女斗天换地的豪气。如今，却有人牵起了两江的手，迈出铿锵步伐，默默奉献，铺实脚下的路，铸牢心中的情，将两地紧紧地联系在了一起。

没有深入西藏的人很难理解西藏的艰苦。这是一片片被皑皑白雪和烈烈寒风所遮掩和包围的广袤土地，她的神秘让人敬畏，她的壮丽让人陶醉。当你对面高原的经幡和玛尼石，面对天空中翱翔的雄鹰，你的心里就会回荡着生命的旋律，你的生命就会随着雄鹰的那一双骄傲的翅膀在这一片蔚蓝纯净的天空飞翔。

然而，对于福建交通援藏干部们来说，这一切却有着更深层次的理解：高寒、缺氧、莫名的孤独、无尽的思念、刺眼的阳光、艰难的翻越……这些，他们要用三年时间来品尝。援藏三年，说长也短，说短也长，但对于福建交通援藏人来说，三载足以耕耘千里路、谋得万民福。

陈锦辉是福建交通系统第一批援藏的干部，作为第一个“吃螃蟹”的人，初到林芝地区他便硌到了“刺”：路面泥泞不堪，交通极其不便，基础设施极其薄弱，物资极其缺乏，环境极其恶劣；住的房子除了酒精炉等几样简单家具，几乎是“家徒四壁”，尤其是电力供应，一周中只有三天有电供应使用，其余时间只能点起蜡烛工作。

交通问题一直是封堵西藏发展的大难题。进藏难，1300 年前，文成公主进藏，驻足拉萨，走了两载；进藏险，60 多年前，十世班禅由青海返藏，随行的上万头牲畜抛尸沿途。其中的墨脱更是被当地人称为“山高鬼见愁，悬崖伴激流，行人攀石壁，走路栽跟头，轻者被跌伤，重者把命丧”。在主持修缮墨脱公路期间，天寒地冻中险些长眠、险遇悬崖路突然坍塌差点被埋、缺氧中带病爬山口几乎坐化的经历让陈锦辉对藏地交通建设环境的艰辛刻骨铭心。但是，他却用坚强的毅力和“万水千山只等闲”的气度硬是在狰狞的高原气候中运筹着早日抢出一条通畅的墨脱公路，践行着新时代“特别能吃苦，特别能战斗，特别能忍耐，特别能团结，特别能奉献”的老西藏精神。

忘不了。陈斌永远忘不了他到任的那一天，老天爷恶作剧般地用洪水冲断了八邛公路，这是林芝地区政府所在地八一镇向外连接的唯一陆地通道，这是在向福建第二批援藏交通人示威。陈斌顶着身体的不适，毅然开展了八邛公路的修复工作，保质保量地提前完成了工期。援藏期间，他走过了 2 万多公里的行程，其中大部分是徒步，整个人变得又黑又瘦，当地交通人亲切地称呼陈斌“康巴汉子”。

2000 年 4 月，“康巴汉子”差点见了长生天。那时候波密县易贡发生特大山体滑坡，形成了长宽几公里，高约 60 米，体积约 3 亿立方米的堆积物，4000 多名群众被困。灾情严重，形势紧迫，时任西藏自治区党委副书记、常委副主席杨传堂亲自到现场指挥抢险救灾，陈斌和同事们 10 天抢修 10 公里，打通了往灾区的公路，为抢险救灾工作赢得了时间。这期间，他一度失联，被困暴雨泥流之中许久，当他被找到时，时任行署副秘书长陈照瑜忍不住冲上前，一把抱住奄奄一息的陈斌号啕大哭。

雪域高原，对于第四批援藏干部陈岳峰来说是视觉的天堂，也是健康的炼狱。高原严酷的环境条件，磨炼着他的身体和意志。进藏两年多，陈岳峰就因工作劳累住院4次,但他毫不犹豫地带病上阵,轻伤不下火线,经常奋斗在最前线:负责起草了《福建省第四批援藏项目管理办法》和福建省队3个援藏重点项目建议书;负责林芝商贸城、巴吉高原湿地生态园、福建公寓等援藏重点项目设计方案征集、评审组织工作;负责福建大道、比日神山农家乐及配套工程、新区中心环岛藏舟雕塑工程建设和林芝商贸城招商引资协调工作……怀着对西藏人民的真情和对援藏工作的热情,他赢得了西藏老交通人"想干事、能干事、干成事"的赞誉。

走遍基层的陈岳峰深深知道,道班工人最大的烦恼不在于生活条件的艰辛,而是在于后代的教育上。因为自身工作需求,道班工人的子女得不到稳定良好的教育,文化水平和就业情况令人揪心,工人们"献了青春献子孙"的自侃,让他倍感心酸。在陈岳峰的努力争取下,由福建省交通厅投资100万元修建的林芝交通学生公寓于2005年9月12日正式启用,福建省交通系统也开始对贫困养护职工子女实施交通对口助学工程,孩子们终于有了一个稳定良好的学习环境,学习成绩也显著提高了。道班工人们用那为西藏交通做过无数贡献的粗糙双手紧紧握住了陈岳峰的手,把他们的额头紧紧贴在他的手背上,泣不成声。西藏自治区交通厅原厅长加措到林芝检查工作时动情地说:"感谢福建省交通厅给西藏养路工人做了一件功德无量的好事,我们永远不会忘记。"而陈岳峰总是说,他深深爱着这片古老而又神奇的土地,和在这片土地上创造着辉煌的人们,哪怕能为他们多做一点点事情,他都愿意付出所有的努力。回到福建至今,他还一直资助着3名藏区学生。

与他们一样,黄善明、高金勇、彭贻希、胡玉库、张逢桂、黄强等一个个福建交通援藏干部充分发扬"舍小家为大家,缺氧不缺精神,艰苦不降标准"的优良作风,克服高原反应、生活艰苦、语言不通等种种困难,感情上融入,工作上专注;用人品交友,用诚信办事,用政绩说话,全身心地投入到交通援藏事业中去。

在藏期间,他们走公路、进牧区、下基层;徒过步、涉过险、住过洞;学藏语、唱藏歌、品青稞酒、喝酥油茶,与广大干部职工、农牧民群众打成一片。他们心系群众,想群众之所想,急群众之所急,帮群众之所需,解群众之所难。

在偏远艰辛、虫蚁遍地的边防线上，在山高坡陡、飞石如雨的交通干线上，在急弯难行、暗冰铺路的临崖便道上，在泥泞汹涌、暴雨狂泻的农村小道上，在风餐露宿、顶风冒雨的施工一线，在山体滑坡、路基塌陷的抢险保通现场，在贫困艰难、条件简陋的农牧民群众家中，处处都留下了他们的身影和乐于奉献、甘于牺牲的感人事迹。求真、务实、勇敢、奉献、亲民的优良作风，影响和带动了藏地干部的成长和进步，使当地干部群众真切感受到祖国大家庭的温暖和福建交通人的深情厚谊。

在他们的努力下，福建交通援藏工作真真正正地落到了实处。全国唯一不通公路的墨脱通了公路，林芝地区甩掉了“无三级油路”的帽子，“交通年”活动在雪域高原解决了39个行政村一万多人的农村通路问题，基层道班换下了手推车不再步行、用上了全新的养护机械和交通工具，鸣鸣作响的道班房被结实明亮的现代平房所替换，亮堂整洁的学生公寓让养护工人的子女再也不用怕无处上学，一排排的道班温室大棚大大改善了道班工人的生活条件……

“输血”重要，“造血更重要。”通过“智慧援藏”，福建交通系统为西藏培养了一批优秀的交通技术人员和管理者，开阔了藏地交通干部职工的视野，知识进一步增长，思想进一步解放，观念进一步更新，为林芝交通发展注入了强大的内生动力。

20年来，当交通对口援藏任务一个又一个顺利建设与完成时，人们心中都记得，这一切离不开福建省大本营——这个坚强而有力的后盾。

福建省委、省政府反复强调援藏工作的重要性和必要性。1998年6月，时任福建省委副书记的习近平同志率队进藏，赴拉萨、林芝等地考察，肯定了福建援藏干部的工作业绩，并细致安排福建对口援藏工作。福建省交通厅高度重视援藏项目的落实，历任厅领导都亲自进藏，了解工作情况、解决实际问题、慰问援藏干部、指导并布置援藏工作。

万里江山多锦绣，一枝一叶总关情。一笔笔援藏资金、一个个交通项目、一项项惠民工程，铺就了藏地发展的一条条天路。这些天路犹如一双双有力的大手，推开了沉重的山门，为藏区同胞打开了一扇扇对外开放的窗口；犹如金秋硕果，挂遍了雪域高原，加快了西藏经济社会跨越式发展和长治久安的步伐。

喜马拉雅山直入云霄，雅鲁藏布江奔流不息，汉藏援助情历久弥坚。岁月流淌，援藏依然。日出日落的雪域高原依然有歌，有舞，有青稞酒和酥油茶，有人们心中那最长最长的哈达。

原刊于《福建交通》2014 年 9 月援藏 20 周年特刊

梅　芳　桥

邓国光　孙启生

石岭背的梅芳自从开办了农家乐，整天忙于她的生意打理中，渐渐淡出了文艺领域，文艺圈子的朋友都不知道详情，聚在一块，总会有点惋惜的口气，一代才女，就那样沉寂在十峰九岭，怪可惜的。

世事难料，就在梅芳沉寂两年之久后，她作为嘉宾，出席了中央电视台在袁州的明月情大型文艺晚会。还是那么美丽，一头长发披在肩上，乌黑铮亮，柳眉凤眼恰到好处地镶嵌在脸庞上，前胸的曲线总是那么诱人，举手投足有一种大腕的气派。当主持人介绍到嘉宾梅芳时，梅芳深深鞠躬，以答谢大家的掌声。

“梅芳是石岭背的媳妇，青年时代，是名牌大学的高才生，为了爱情，走进了十峰九岭，也就是明月山这片神奇的土地。在这里梅芳夫妻大刀阔斧创业，带领村民致富，促成了十峰九岭通水泥路、通公交车，现如今，梅芳夫妇又热衷于公益事业，修建了梅芳桥，建了梅芳小站，前后为公益事业耗资500多万元。”当主持人介绍到这里时，台下掌声雷动，梅芳再次鞠躬答谢！

开弓没有回头箭

十峰九岭的水泥路主干道修通以后，周边很多村落的经济发展都带动起来，竹木、种植、旅游项目的开发如火如荼，但简陋的交通设施容易引发灾难，在简易路上翻车、过桥跌进山涧等等，这些事时有发生。当那些碰上灾害的人急匆匆路过梅芳的农家乐去就医时，梅芳总是束手无策、爱莫能助，从那时起，梅芳就有一个心愿，要在主干路周边的山涧上建水泥桥，要在梅芳农家乐附近建一座梅芳车站，为路人乘车提供方便。梅芳是个说干就干的人，她把想法与丈夫竹根一说，竹根的头摇得像拨浪鼓一样，“不是我不想干，这些事太大了，不光是资金的问题，还有很多技术性的问题，怎么解决，我们只会办点小事，像这种系统工程，设计、施工、机械、原材料、征地、拆迁、赔偿，都只有政府部门才能做到，我们再有能力，也没有这种权限。”梅芳说：“开弓没有回头箭！”她把远在浙江的妹妹梅芬找来打理农家乐，自己一头扎进筹办建梅芳桥的事宜中。

农村里有句俗话，老虎走熟路。十峰九岭修水泥路，当初是梅芳硬拉着竹根来找任书记。这次任书记是在自己家中接待梅芳夫妇，因为任书记年事已高，已退休了。

听完梅芳的陈述，任书记乐了：“这是一件大好事、大善事，修桥补路在以前叫积德，你们这叫行大德，我哪有不支持的道理。”当天，任书记就领着竹根、梅芳到交通局、运管局，然后又到市委、市政府，向新任市长介绍梅芳夫妇。事情解决很顺利，立项、选址……政府部门都参与协调。

我必须负责

桥址选在梅芳农家乐往东约 100 米处，这里叫雪涌潭，这里是通往梅林的一处必经之处，一条山涧飞流而下，隔断两岸，山涧上面是座三板木桥，凌空有 5 米之高，桥下是飞爆、深潭，每逢山洪暴发，这里飞瀑直下，跌入深潭，震耳欲聋，桥面没有扶栏，人走在上面摇摇晃晃。梅芳农家乐开办两三年来，梅芳就亲眼看见 3 个人跌入桥下。

梅林的村民听到梅芳要在雪涌潭上修水泥桥，都拍手叫好，表示修桥时无论是山、田、土、路，只要是供修桥所用，一律开绿灯，不用征求意见，可梅芳还是用本子，把建筑现场开挖所占用的地方都做了登记。

村民们也自发地成立了捐款的基金会，表示大力支持梅芳。

雪涌桥很快动土，施工队伍在雪涌潭边安营扎寨，挖机、铲车，轰隆隆的声音打破了山区的寂静。梅芳却像村姑一样，一改往日的斯文，做饭、洗衣服，为修桥的施工人员做好后勤。一有空就蹲在工地检查质量，千叮咛万嘱咐修桥师傅要抓好质量。

一次，任书记特地到雪涌桥来考察，见到梅芳时扑哧一声笑了，见梅芳头上扎着围巾，身上系着围裙，工作服上泥巴斑斑，这哪像往日光彩照人的梅芳，但无论怎样的穿着，也掩饰不住梅芳的美丽。握手时梅芳躲躲闪闪，生怕自己的泥巴手弄脏任书记的手，可任书记还是上前握住梅芳的手，这才叫劳动者嘛！

好事多磨，正当工地上大干快上建雪涌桥的时候，一个电话，使梅芳左右为难。

电话是梅军打来的，说是老母亲住院了，医院已经下了病危通知书，梅军是梅芳的弟弟，弟弟转达了母亲的话，这次见不到，恐怕要来世，意思是老母不久于人世。

心里揣着巨大的悲痛，梅芳却装着无事一样，施工队姚队长从竹根口中才知实情，生气了，“梅芳，你也该回老家看母亲一眼，工地上的事，你放心，你走后，我们还是会按质按量完成。”

“姚队长，我知道，你是好心，但工地上几十号人，工地上的建筑材料、生活，我不操劳谁操劳，雪涌桥是我梅芳修建，我就必须负责。”

姚队长见劝不动梅芳，便给任书记打电话，任书记也是一女性，深知母女情深，生离死别的艰难，亲自找到梅芳，“你们夫妇去浙江看一看老人家，帮我问个好，我们中国人讲究孝为大，你该去看看。工地上的事放心，我会安排人负责。”

在任书记的劝说下，竹根、梅芳回了一趟梅芳老家，服侍老人一个月，尽了孝道。

一日接到姚队长的电话，大桥修好，要梅芳回去剪彩。

梅芳接到电话，喜出望外，一个劲地说：“谢谢，谢谢！”

第二天便踏上了回石岭背的归程。

回到石岭背，梅芳吃了一惊，几百人的石岭背却不见人影，夫妻两人正纳闷，听见远处雪涌桥那边锣鼓喧天，夫妻二人直奔雪涌桥，见这里人山人海、彩旗飘飘，高声喇叭正在播放宋祖英演唱的《好日子》。

竹根把车子停放在桥边，两人一下车就被包围了，梅芳没有顾及众人的热情，却是细心地观察大桥，见雪涌潭上飞架一道彩虹，正是刚修好的大桥。汉白玉的扶栏，整座桥美观大方，不过桥两头的桥名，让梅芳大吃一惊，桥两端各竖一块黑色大理石，刻着金色字体“梅芳桥”三个字熠熠生辉。

“这使不得，使不得。”梅芳着急地找姚队长。

“这不是我一个人的功劳。”姚队长笑着说：“这个桥名是任书记取的，也不完全是以人名的意思，这桥通往梅林，也希望梅林的花朵开得芬芳四溢，与你的名字凑巧而已。当然,以你的名字命桥名,也当之无愧,想想看,你梅芳为了这座桥,花费了多少精力、财力。"

任书记笑盈盈地来了,"剪彩吧,别客气了!"

礼仪小姐把剪刀分别给了任书记和梅芳,在鞭炮声中,任书记和梅芳把剪下来的彩球放入礼盘中,小轿车开过来了,一辆接一辆驶入了久违的梅林。

原刊于《中国道路运输》2014 年 6 月刊

等我退休了……

文钦梅

到那个时候，我退休了，我最有空闲，不用忙着赶路，不必为节省时间而开车出行，不用脚步匆匆地穿越大街小巷，仅为购买生活必需品，或挑一件如意的衣服，而忽略了藏匿羊城中的古迹名胜；那个时候，我也不用气喘吁吁地爬白云山、越秀山，仅为出一身汗，锻炼身体，而来不及欣赏一路美景。

到那个时候，我可以办一张羊城通老人优惠卡，再老 5 岁还可换一张羊城通免费卡，我可以从从容容地出行，错开上班高峰时间再出来逛羊城，悠然自得地坐着那趟敬老线路——旅游公交 1 号线，慢慢浏览着羊城，想去哪儿下，就在哪儿下，那时候一定感觉羊城才是自己的家。

我想锻炼身体，呼吸新鲜空气，欣赏自然景色时，我可以带着相机，坐到终点站——白云山车站，下车便是云台花园，沿路而上，一边爬山，一边拍美景，一路爬上摩星岭，歇脚时喝碗白云山的山泉水豆腐花，估计那种惬意赛过活神仙。

我想阅读羊城，追溯羊城古老传说时，我只要带着手机，仅为拍摄一些研究资料，在三元宫站下车，信手漫步，先看看那座距今 1600 多年历史的东晋时期的道教三元宫，然后从旁边的公园南门进入越秀公园，沿百步梯而上，那是广州最经典的博物馆，远有最古老的五羊传说，“五羊衔谷，萃于楚庭”；有距今 2150 多年历史的西汉南越国的第二代郡主赵眜的王墓和越王台，可见证广州有文字记载中最早的最辉煌的历史；有明朝洪武年间建造的红墙碧瓦的镇海楼。近有民国时期孙中山总理的纪念碑，里面完好保存孙总理的遗嘱。所有的这些，不是一两次、三四次能看完、能看明白的羊城记录，还必须经常来研究，边休息边浏览边琢磨，以解开我心中的一个谜团，广州为什么能成为这么一座富饶的城市，还曾经有“天子南库”之称，我想用最美的文字诠释广州最有魅力的一面，写下广州人最值得骄傲的、最值得传承的文化。

那个时候，也是我最有闲情逸致的时候，除了锻炼、阅读写作，我也要陶怡情操，重温学生时代我最喜欢美术、但一直为生活忙碌没法实现的梦，我还是坐公交旅游1号线，带上相机，在陈家祠站下车，去慢慢欣赏一下广州的清末民间建筑艺术，细细品味装饰精巧的木雕、石雕、泥雕、砖雕、陶雕，以及陈家祠里陈列的精美的象牙雕和广彩瓷，那些让人叹为观止的、"天工人可代，人工天不如"的工艺美术。

想来想去，觉得公交旅游1号线真是了解广州的精华线路，便宜实惠，不需要去参加旅行社的广州一日游团，让导游领着到处转悠，处处只能是蜻蜓点水式的到此一游，这种游法早已满足不了我这老游客的胃口了，也不足以让我写出一篇能够引人入胜的好文章。

估计到那个时候，旅游公交1号线车上常常有个精神抖擞的老人家带着相机、手机，沿着各站点一遍又一遍地搜寻羊城的古老记忆，呵呵，年纪大了就爱怀旧。也许，我偶尔还会在六榕路站下车，进入苏东坡题字而得名的"六榕"塔，虔诚地烧上三炷香，为家人的平安、为羊城的福祉祈祷，做个慈祥的老人家。

原刊于《广州交通》2014年9月总第9期

江南好，风景旧曾谙

贺之来

时光如梭，转眼间来到北国已二十载，在这近7000多个日日夜夜里，有许多的记忆已随时光的流逝而模糊，但也有很多的记忆和情愫却越来越清晰，越来越浓厚……

清明时节，当北国还是雨雪霏霏的时候，江南已是春和景明、杂花生树、彩蝶翩飞，让人不由得想起白居易“江南好，风景旧曾谙。日出江花红胜火，春来江水绿如蓝，能不忆江南”的诗句来。那温和的风，那缠绵的雨，那绿翠的山，那清澈的水，还有那多情的人，时常让我灵魂出窍，越过万水千山，与你相约，在你宽广的怀里徜徉、休憩、沐浴春风……

记忆中的江南，没有让我心怯的摩肩接踵的人流，也没有让我恐惧的争先恐后的车流，更没有让我囊中羞涩的日益走高的物流……这里有的是流水淙淙的溪流、摇曳多姿的竹林、深似大海的森林……在这里，我喜欢看忙忙碌碌的蚂蚁在沙砾间筑巢，喜欢看螃蟹在岸芷汀兰的小岛上“横”着散步，喜欢看田螺和蚌蛤在小池塘的泥沼里缓慢爬行时留下的“地图”，喜欢看山姑们从深山里采笋归来，一路叽叽喳喳，劳动赠予她们健康而红润的脸庞；在这里，我喜欢听画眉千婉百转地鸣唱，喜欢听山蛙争吵后的幽静，喜欢听蜜蜂、蝴蝶在头顶绕来绕去的殷勤问候；在这里，我还喜欢站在山谷的源头，看着四周的群山，大声喊：“我来了——，我来了——”，更喜欢头枕双手，躺在青草之上，仰看蓝天、白云和自由翱翔的飞鸟，体味“鸢飞戾天者，望峰息心；经纶世务者，窥谷忘反”的情怀。

还有更让我眷恋的那弧形巨石下的一方水潭。潭水真清啊，清得小鱼儿无法藏身，不，它们无需藏身，因为它们祖祖辈辈的生活一直就这样。乍见我这不速之客时，它们有些儿紧张，有些儿慌乱，还有些儿羞涩，但少许之后就安静了下来，依旧相互呢喃对语，似乎在交流对我冒昧造访的看法。坐在阴凉的山石之下，望着对面蓊蓊绿绿的竹林，人的心情是如此恬淡，此时只有王维的“独坐幽篁里，弹琴复长啸。深林人不知，明月来相照”的诗句才是我心灵的最好旁白！

养育并成长我的三湘四水的江南啊，就像初恋的情人，永远让我挥之不去；我知道，无论我来与不来，你都会在那里静静地等我！

我爱你，心中的江南……

原刊于《公路执法》2014 年第 3 期

三等奖

台风里的爱情

张　诚　李朝晖

王爽是宝强的妻子，宝强大名冯宝强，是港珠澳大桥桥梁项目部一名普通的技术员。25 岁的王爽最常做的事是查天气预报，看到“台风来了”的消息，她又怕又激动。怕的是台风来了，海上工作的宝强安全么？激动的是，宝强又能下船了。自从跟随宝强来到港珠澳大桥，在王爽的世界里，“台风来了”和“宝强下船”几乎是同义词，因为在这对小情侣的世界里，早就没有周六日的概念。

台风尤特终于来了，看着同事一批一批地下来，王爽却没有发现宝强的身影。身边的同事让王爽在屋里等，她笑笑说：“没事，等等就来了”。她坚持打伞站在雨中眺望宝强。风越来越大，夹杂着雨点敲打着她。最后一批下船的宝强穿着救生衣、戴着安全帽、提溜着大包工具，看到等待着自己的妻子心里又暖又愧——分离了一个月的小两口终于又见面了。

“别人约会的日子都是晴空万里，我们约会的日子永远是阴云密布。打车都比别人贵十块钱！”王爽对约会有这样深刻的记忆。

台风尤特侵袭珠海时，两个人得空看了场电影。一出电影院，狂风和暴雨侵袭而来，两个人不到两秒钟都成了落汤鸡。精明的宝强出主意——“去茶餐厅边吃边晾”。内衬是棉花的旅游鞋穿在脚上最难受，怕王爽闷坏了脚，宝强细心地把妻子的鞋子脱下，“让她两只小脚丫躲在座位底下‘晒太阳’”。

和宝强在一起的日子总是宝贵的，毕竟台风季是短暂的。大多数时间，宝强都和陆地的妻子隔着40公里的距离。王爽委屈时常想:自己从天津来到珠海,辞去了稳定的工作,跨越了2000公里的距离,为什么偏偏被这40公里难住?

在海上工作的宝强繁忙而寂寞着。我每次上船采访,他都邀请我去他的筒子里转一转——一座印制着"中交一航"和"港珠澳大桥"的"海中陆地"。从筒顶到筒底有近10米的高度,本来恐高的宝强逼着自己去习惯在钢圆筒里的工作。望着宝强健步如飞的背影,我则战战兢兢,敬佩之情油然而生。宝强说起自己正在建设的工程,有种难以抑制的自豪感。他说自己负责的工序是国内首创,能够在蔚蓝的大海中开辟出一片"无水空间",在和陆地一样的环境中完成墩台安装和混凝土浇筑任务。从他口中还会蹦出一大串的"全国第一",虽然有些"第一"是宝强自己命名的。

宝强住宿的生活船没有活动场所,爱说爱动的宝强最怕闲着,因为"手机都没有信号,连个新闻都看不了"。为了让宝强和王爽多些团聚的日子,项目部每周让宝强下船一次。

"下船后的宝强喜欢和哥们打篮球,拿着手机把一周的新闻都看了。晚上睡一觉,早上六点不到就走了,像我做的一个梦。"王爽对宝强的"胡作非为"有些不满。但她知道,宝强在船上的生活太枯燥了,"应该让他放松下"。

王爽问宝强为什么选择这份工作,宝强说:"上学的时候,老师就说我们的专业会面临这样的情况。"王爽不高兴,说:"怪不得你没毕业就那么着急找对象,把我骗到手!"宝强顽皮地笑,用甜言蜜语哄她。王爽非要刨根问底,宝强说:"我喜欢一句话是'建筑的永恒衬托人生的短暂',从长远看,别人不会记住我们自己,但能看到我们的建筑,这是一种精神和生命的延续。再说,学弟学妹们都不来搞基础建设,国家就没路、没桥、没码头了!"

最近,全国人民都在谈"中国梦",宝强也有个梦想:愿自己和王爽在台风里的坚强爱情能够在岁月里沉淀,把美好的故事讲给后人听!

原刊于《筑港报》2014年1月1日4版

东边日出西边雨

唐艳娟

东:东经121°,中国大连,北京时间6:00

阳春三月,温暖的阳光似乎从不吝啬对大连这座滨海城市的厚爱,早上6点,万物都已沐浴在金色的晨光中。窗外,光秃秃的树枝冒出了无数嫩芽,仿佛古朴的水墨画晕染上一层淡淡的鹅黄绿,每一个枝丫都洋溢着新生命带来的希望和喜悦;粉的桃花,白的梨花,黄的连翘等不及绿叶来相衬,就争先恐后恣意开满了枝头,倾吐着浓郁的春天气息。"妈妈——大车!"儿子指着窗外的车流,咿呀地同我一起享受上班前的幸福时光。

西:东经54°,阿联酋阿布扎比瑞姆岛,阿布扎比时间2:00

初春的首轮暴风雨如约光顾了这座孤悬在波斯湾上的小岛,闪电撕扯着乌云,乌云又重新聚拢,天地间黑沉沉一片,仿佛打翻了墨汁瓶般令人胆战心寒。一个暴雷猛地在天边炸开,发出耀眼的蓝光,照得大地如同白昼;狂风夹杂着暴雨像无数条鞭子,狠命地往玻璃窗上抽;汹涌澎湃的巨浪,接连不断地驰向远方,发出像高山猝然崩裂般的巨响。在这电闪雷鸣、风雨交加的夜晚,他们栖身的板房宛如在巨浪中挣扎的小舟,随时有倾覆的危险,所有人都强忍着疲倦不敢睡去,脸上露出难以掩饰的恐惧。

时间:大连早上6:37,阿布扎比凌晨2:37

一家人正在吃早餐,电话忽然响了,我纳闷地拿起听筒,看到号码的瞬间整个人都怔住了:电话是老公打来的,可这个点他那边是凌晨2点多,应是睡梦正酣时,往常从没在这个时候打过电话,难道发生了什么事?颤抖着手接通电话,就迫不及待地对着电话喊:"老公,怎么啦?""没事,起床了吗?"听到他的声音沉稳有力,暗暗松了一口气。"这么晚还打电话,没睡觉吗?""睡不着啊。阿联酋这边现在是狂风暴雨，哪敢睡呀。”

“啊——！”刚刚放下的心又一次提到了嗓子眼，万分担心他的处境。风雨并不可怕，但他们是在阿布扎比海上的一处小岛施工，住的是简易板房，能承受得住肆虐的风暴吗？2009年阿联酋的那次“春雨”让我至今记忆深刻，风雨过后，项目部的车库被夷为平地，房顶被大风掀开刮出老远，街道上的积水都快到膝盖了，地势低的地方车辆整个被淹。

为了安抚老公内心的恐慌，我和孩子在电话里拼命和他聊天。挂断电话后，才发现在这之前老公发的信息：“06:30，窗外狂风暴雨，不敢睡觉，生怕大风会把我们板房的屋顶掀掉。”“墙壁也在颤抖，屋外电闪雷鸣……”“06:34，如果屋顶被掀掉，我想我会像羽毛一样被风刮走，但愿海水不会冲到营地来。”“好困，又不敢闭眼……”看到这些让人触目惊心的描述，我的整颗心揪成一团，被无法排遣的担忧和牵挂烙得生疼。虽然彼此的心近在咫尺，可人却远在天涯，除了内心不断祈祷暴风雨赶快过去，再无可安慰自己的方法。

上午7:50，发信息给老公：“雨还下吗？小点没？”没有回短信，微信留言也没有回复，一颗心怅然若失，但我更愿意相信风雨已渐小，老公和他的同事们现在终于可以睡个安稳觉了，唤醒他们的将是风平浪静、晴日当空的好天气。回想早上的惊心动魄，揪心牵挂，真是应了那一句：东边日出西边雨，道是无晴却有“情”。

原刊于《筑港报》2014年4月21日4版

最贤的妻 最才的女

李 华

最贤的妻，最才的女。一直认为，钱钟书对夫人杨绛的这句评价，是这个世界上最浪漫也最至高无上的评价。

读杨绛的《我们仨》时，屡屡被她平实的句子弄得眼眶湿润，那个梦里走也走不完的驿道，满是温暖的哀伤。这样一个心如止水、与世无争的三口学者之家，没有浮躁，没有戾气，我等凡夫俗子在仰望动容之余，也应学会点什么吧？记得网络上有个小段子，是说一个读者写信给杨绛先生诉说自己生活中的种种人生困惑，先生在回信给他时除了寒暄和鼓励之外，其实只写了一句话，诚恳但不客气："你的问题主要在于读书不多而想得太多。"每个人都可以对号入座，这句话是不是万能公式怎么套怎么准？一针见血。

如果说杨绛先生已经修身养性到了普通人难以企及的高度，那么普通人何不以她为指引，做不到最贤的妻就做最才的女，做不到最才的女就努力做好最贤的妻，或者你一直努力两样兼顾却最终成为两样都没兼顾好的半吊子都没关系，关键在于这个用力活着的过程中，你应该已经简单并知足地过好了平凡的一生。我周围有很多平凡但努力的女子，她们不敷衍生活，所以生活大多时候都报以她们平淡的快乐。

懂得动脑、懂得反思的女人，是聪明的女人。别人做得一手好菜，别人写得一手好文，别人保养驻颜有道，别人养娃颇有心得。面对这样有单项特长或者兼而有之的新女性，一味地艳羡盲目跟从不可取，一味地幻想"如果人生能够重来"不可取，一味地把责任推给自己的另一半不可取，一味地自怨自艾自惭形秽更不可取。我身边有这样的女子，年轻时轻狂不羁，年纪增长心性慢慢收敛，为人妻为人母之后更是潜心经营家庭，这种努力，周围的人都看得到。小到旅行拍照的小窍门，大到教育子女、处理夫妻关系、处理社会关系的方式，她都在不断地反省自身，找到差距，而后在生活中改进，而后，自然是进步。作为朋友，我肯定她的生活很幸福，我由衷地称这种爱动脑、会反省的女人是聪明女人。

豁达、乐观的女人，是聪明的女人。大学时代的姐妹淘，工科背景一心想做管理人才，于是一路从大国企的人力资源到北大光华管理学院的 MBA 再到世界 500 强企业的金领，她的经历本来就很励志，而比她的励志履历更有号召力的是她的豁达乐观。前阵子，她的儿子降生，她写了一篇文字记录生产过程，篇幅不长、文字轻松，以前在各种孕产论坛看到的各种痛苦、恐惧、疼痛、纠结统统都被她几句幽默的文字轻描淡写地一笔带过——“我只是用了几下力，小胖子哗啦一下就出来了，还顺便拉了助产士一袖子胎便”，我们这些拿着手机看文章的“娃他姨”们，跟着“娃他妈”的文字笑着见证了胖小子的诞生，嘴里还不忘补一句：“好一个神经大条的正能量辣妈！”我自认是个乐天派，但是她的豁达确实一直让我心悦诚服。

懂得“言传”不如“身教”，愿意为孩子身体力行的妈妈是聪明的妈妈。就在今早，我看了研究生时期的同窗独自带 3 岁的女儿游历呼伦贝尔大草原的游记，图美文美，动人之处更在于整个字里行间满溢这位年轻妈妈的莫大勇气和浓浓母爱。包括转机在内 4 次飞行，8 天行程，包车在海拉尔周边颠簸上千公里路程。这得多折腾？这得多累？3 岁的孩子能记住什么？这是大多数人的第一反应。可母女俩一起拨开森林的荒草在软绵绵的落叶上撒欢儿的欢乐谁又体会得到？她在她的游记结尾写道：“很多人不愿意带孩子旅行是因为怕孩子累、因为孩子记不住而觉得划不来。但我觉得无论多大的孩子，旅行的目的都在于激发他当下的感受，和他一起面对旅行中所有的喜怒哀乐，在同一个时空下平等成长。每一个孩子都具有无限可能的适应性，真正不适应环境的只可能是我们，他们才是‘良田千顷不过一日三餐、广厦万间只睡卧榻三尺’的身体力行者。所以，不要怕孩子辛苦，让他们尽情体验世界的多样性和差异性，他们需要的是真正的旅行而非度假。”看完她的游记，我的激动不可遏止，赞叹、反思、惭愧，于是我把链接分享到研究生同学的 QQ 群，群里顿时炸开了锅，我一个人的激动变成了一群人的激动。我们很庆幸身边有这样一位勇敢聪明的同龄人，她用她看似波澜不惊的生活经历给我们上了生动的一课，我们也庆幸可以一起赞叹、反思、惭愧，然后共勉、进步。

杨绛先生只有一个，修身养性到极致的人也是寥寥，不同于韩寒新电影《后会无期》里的那句“我从小就明白很多道理，但依然过不好这一生”，我依然觉得：做不到最贤的妻就努力做最才的女，做不到最才的女就努力做最贤的妻，想兼而有之也未尝不可，关键在于这个努力的过程，学学身边那些聪颖的普通女人，这个用力活着的过程中，便会简单知足地过好平凡的一生。

原刊于《陕西交通报》2014年8月8日4版

波斯湾，起风了

高 岩 马 聪

说来也奇怪，回国两年多了，每到这个台风肆虐的时节，我的思绪还是不由自主地被吹回到那个叫卡奈依的地方。那是一方孤悬在波斯湾里的岛屿，面积不足1平方公里，以至于阿联酋地图对它根本没做标注。我那段总是裹挟在台风里的记忆便来源于这个小岛上。

当时，项目部承建的卡奈依岛机场服务设施工程正在紧张施工中。突然，急促的防台警报响彻工地，随之而来的是宣泄在各种不同语言中的紧张情绪。其实，常年在岛上施工的我们早就习惯了台风的频繁光顾。但这场风灾绝对出乎所有人的意料，因为它比预计时间整整早到了2天。处在波斯湾中心的卡奈依岛距离陆地130多公里，各种生产生活物资、甚至淡水，都靠岛外供给。加之岛上气候湿热、供电紧张，食物极易霉变，项目部通常只储藏一周的粮食。台风提前到来，意味着我们满载补给的运输船不得不返航避风，意味着我们的交通艇禁止出海，意味着我们仅有的几包馒头、土豆成了岛上近百人此后多日里的全部口粮！

“这点食物撑不到台风过境，必须找船运粮……”“上哪找船呀？”“让地区项目部租架直升机吧……”最初，大家把更多的希望放在岛外，但很快就放弃了。发狂的台风在海面上掀起4米多高的大浪，岛上几棵据称饱受风灾洗礼的椰枣树这次也被齐刷刷地拦腰吹折，多亏项目部提前加固了房屋和施工设施，否则，这大风把屋顶掀到海里都不奇怪。解决眼前的困难，只能靠我们自己了！

既然不知道风何时能停，当务之急是分配好所剩无几的粮食。作为余粮最多的“大户”，我们拿出所有食物储备同协作队伍同舟共济。无论是中国人、印度人、巴基斯坦人，项目部统一定量、一视同仁。不患寡患不均！在这种公社式的管理下，虽然谁也吃不饱，却让我们这些不同肤色、国籍和信仰的人们在携手忍饥、无私互助中结下了兄弟般真挚的友谊，凝聚成一支空前团结的队伍。

节流的同时，更要开源！随着岛上风力的减弱，项目部积极组织有经验的员工到浅滩捕鱼，同时也盯上了岛上的"土豪"——为阿布扎比王子守岛的巴基斯坦老大叔。"中巴友谊"真不是说说而已，经过几番简短的交涉，大叔看在多年交情的份上，慷慨开仓，把自己所剩无多的储备粮借给项目部一大半。当然，前提是我们要帮他多干些岛上的体力活。

就这样，我们团结一心，千方百计应对缺水少食的困境，在140多个小时的焦急等待后，终于盼来了台风过境的消息。

金色的阳光洒满沙滩，海平面又恢复了以往的平静。望着不远处的运粮船缓缓驶近，所有人的脸上都露出了胜利的微笑……此后，每当遇到困难与挑战，我眼前总会浮现出这座异国的小岛，浮现出风雨后洒满阳光的海岸。

原刊于《交通建设报》2014年12月4日4版

导语：明代军事所城雄崖所，中心是东西向和南北向各长0.5公里的十字老街；东、南、西、北四座城门上内外都有题额；还规划了东南、东北、西南、西北四块区域……“方向”在这里尤为重要。如今，一条编号为“Y030”的乡路——雄东线由西北向东南延伸，贯穿城中。

从明所城到山南湾

谢博识

即墨市东北角，晨雾还没有散，太阳也还没有升上来。用路缘石和花岗岩垒砌的花坛里，花草树木绯红嫩绿相间，被花坛包围的一座两层办公楼就是即墨市王村公路管理站的所在，而管理站王君善就是我们拜访雄崖所的向导。

王君善是地地道道的即墨人，就出生于王村镇；他也是地地道道的公路人，从当初的一名筑路工干到了公路管理站的站长。这个占地不过几百平方米，只有3名正式员工的站所辖丰城、王村、田横3个镇，省道603线和297线在这里交汇，连接三镇、各村和东北部各个港口的县乡路纵横交错。

王君善每天做的事情就是跟这些路打交道，清理路面、边坡，补坑、封面，注意路边和路肩的排水、防水等，保证道路的安全、畅通和舒适。与此同时，王君善还会用一部入门级的单反相机记录道路的建设进展和巡路时遇到的人和事。雄崖所的古老和神秘，就是王君善在巡雄东线这条路时发现的。

城门题额，十字古街，明代遗风

王君善带我们从南城门进入雄崖所。进城的这条路就是雄东线的起点，这部分路段水泥路面，双向通车。

城门外的村民刚用完早餐，在城门的台阶上乘凉、闲聊，梧桐树下，他们抽几口卷烟，扇几下蒲扇，彼此之间的话并不多。台阶就像是城门的筑基，支撑着城门，也支撑着城里人的生活。

明朝初年，内忧外患。日本正值分裂时期，国内长期呈现割据状态，内战不断，一些日本政客、武士等势力勾结元朝残余势力，游弋海上，拉帮结派形成了一股强劲的海盗势力，称为倭寇。倭寇在中国沿海抢掠，即墨西北沿海一带深受其害，民不聊生。于是，山东沿海郡县举兵抗击倭寇。由于这是一场持久战，一座座军事所城相继建成，雄崖所就是即墨沿海最重要的一座，它被用来屯兵屯粮，习武操练，调养生息。现在，雄崖所是我国东南沿海仅存的明代有城门、轮廓清晰可辨的军事所城。

城外台阶的不远处，两列方形的花岗岩石料被麻绳捆绑好，放置在城门前的空地上，就像为进城的人搭起了欢迎的夹道，这些石料将用来修复古城的步道。石料一部分产自河北，一部分就产自即墨本地。即墨东邻浩瀚无边的黄海，南部跟胶州湾畔的青岛一衣带水，在即墨的地质年代里，经历了几场剧烈的造山运动，造就了即墨海湾、洼地、平原共存的格局，而崂山延伸至即墨的低山山系，成了当地最大的花岗岩出产地。从即墨中部行至西北部的一路上，看到了正在改扩建的国道204线和省道603线，这些道路建设工程采用的部分石料也来自即墨。自然的馈赠不仅让即墨路网发达，还将还使古城的明代遗风与众不同，颇具石韵。

南门是一座典型的夯土包砖城门，门外的题额写着“奉恩”，门内的题额为“迎薰”，题字已经褪色，但仍看得出来当年是由艳丽的红漆填涂。

“古城原来有东南西北四座城门，但现在只剩下南门一座完好的，东门和西门已经看不见了，北门只有一座照壁，城门已经坍塌。”王君善到访古城五六次了，特意观察了四座城门的现状，现在，南门是唯一的入口。沿门内右侧拾级而上，可以登上城门，门楼为三间正房，两侧的耳房硬山短檐为观音殿。南门外偏东800米处是曾经的兵马营和校场。

东、北、西、南门也称福禄寿喜门，南门为“喜门”，北门称“禄门”。

站在南门的半腰上，古城尽头的一座梯形砖墙就是北门遗址。“北门也有题额，相传是‘安定’二字，也有观音殿，门外是石照壁”，王君善曾在一本地方志中看到“北门于明天启年间，已圮（坍塌）”的介绍，我们现在看到的，是清光绪年间在原址上重修的。

南北、东西城门之间各长0.5公里的十字大街，是古城居民出行的主要街道，虽然现在棋盘式的路网连接起了家家户户，但能称为古街的，只有这条十字路。眼下，因为城内的道路正在进行整修，裸露在外的黄土路面更增加了这所城的古韵。虽然村民有些出行不便，但我们不禁猜想，这些黄土是否也从明朝来，是否还带着600 年前的泥土余香？

台房仓廒，军户后裔，落败商铺

进门的第一户是一座两层小楼，水泥外墙、铝合金的防盗门窗和一层开设的小卖部里出售的各式零食，与城门、题额、夯土砖石混搭，让我们觉得进城就像一次穿越。

欣赏所城民居的时候，我们再次穿越了。在雄崖古所有两栋仅间隔一条窄巷的民居，可能分别来自明朝和清朝；左右院的邻居可能分别住着民国时期的老宅或是去年刚刚动工建成的新居。王君善教我们如何分辨这些民居的年龄，“看屋顶的瓦片，是‘小瓦’铺的屋顶，那这房子至少有百年历史。”王君善所说的“小瓦”就是那种有着雕花边缘的瓦片，它们的表面都长有苔藓，苔藓的绿色仿佛已经浸透了瓦片。而民居与民居之间的巷子里，轻易就能看见“上马石”“拴马石”等已经几百年历史的古物。

眼前一座两进大院的屋顶布满了小瓦，一间果然是所城除城墙外最古老的建筑物，“它是一座天主教堂。”王君善告诉我们。这座教堂建于清光绪十六年（1890 年），是德国天主教神甫陶加禄于青岛传教时在即墨设的点，教堂曾在民国初年改建成修女院，兼设小学和诊所。这处南北长 16 米，东西宽 20 米的教堂如今已经废弃，红砖院墙斑驳不堪，院内杂草丛生，教堂主体的墙外还写有大跃进时期的标语，窗框曾因一个电视剧的剧组在此拍戏而被刷成了蓝色。我们到的时候，一群参与附近工程的民工在这里安营扎寨，6 间房里都是蚊帐、凉席、竹床。

虽然天主教堂已经废弃，但村里据说还有天主教徒。

从目前看，雄崖所在建设之初经过了统一的规划和设计，道路四通八达，排水系统完整合理，房舍规划整齐并留有余地。它以十字大街为界，规划了 4 个区域，东南隅为预留空地，东北隅为主居住区，西南隅为副居住区，西北隅主要为仓廒（官民的房屋，用来居住和储藏粮食）、庙宇等。虽然房屋都是由土木砖石搭建，但结构不同，居住者的身份也不同，根据官职大小，城里的民居主要分为台房、两间半屋和仓廒。

刚才我们看到的天主教堂就是典型的台房，它一般供给官职较高的大户人家居住，兼有办公的作用，其形制为底部垒起一座高70厘米左右的石台，4～6间房，还有一个和房间等长的大院。与这间台房相邻的民居，大多是两间半屋。一位从地里割玉米秸秆的老大妈走进我们的镜头，她的家就是典型的两间半屋，两间平房是正房，其中一间是主卧、一间是客卧，每间有一张收拾整齐的土炕，正房外是半间没有门的储藏室，里面还有一台烧蜂窝煤的暖气炉，虽然是夏天，但暖气炉旁还散落着去年冬天的煤渣。家里的年轻人都远离所城，外出打工，留守的老人过着养猪、养鸭，莳弄花草，种田务农的晚年生活，在他们看来，这样的生活就是一种幸福的归宿。

当老大妈还站在门口目送我们离开时，另一位老大爷又把我们请进了屋。这位大爷叫陈保旭，他的家也是两间半屋结构，但和大妈的家比起来宽敞了很多。黄漆涂刷的院墙正中间用红漆写着一个“福”字，南瓜藤爬过竹篱笆出院墙而去，院墙下开辟的两处不足1米见方的地里，西红柿、茄子、黄瓜都已经成熟，这些正是陈大爷一夏的菜肴。墙根靠近屋门处，一张藤椅，两只小马扎，一张象棋盘上不见棋子，却放着茶壶和杯杯盏盏。把我们迎进屋的是陈大爷的老伴儿，她正在柴锅灶台前做“土豆饼”，大妈还特意补充了一句，这就是“洋芋擦擦”。走进陈大爷的卧房，一墙的字画，字是隶书，画是水墨写意画，我们这才得知擅长字画的陈大爷原来是《雄崖所古城》这本地方志的编者之一，耄耋之年的他一直从事着文史研究方面的工作，至今笔耕不辍。

“雄崖所建所600余年，所城里有李、王、陈、韩、陆5大姓氏的居民700多户，他们都是军户后裔……”陈保旭就是雄崖所的活史书，他就像住在历史里，不仅对自家的一砖一瓦如数家珍，对城里的沟壑门楼也能娓娓道来。陈大爷家卧室的两面外墙，方砖颜色深浅不一，“浅的是近年翻新时换上的石块，深的是父亲当年在崂山做生意时，走水路运回家盖房的石料，它们都是花岗岩，最老的一块已经160年了。”陈大爷的父亲和舅舅当年都在外地经商，他们是一个富足的家庭，雄崖所像这样经商的家庭很多，当年城里的商铺林立，有经营食品的，也有经营海产的，直到大跃进时期，经济萧条，不少商铺关张。

在我们为百余年历史的建筑材料感叹，为商业落败唏嘘时，陈大爷拉着我们走出院外，来到与他家一巷之隔的一栋民居前，这面墙是村里最古老的墙，也是最传奇的墙，“它一面墙上就有明、清、民国、现代4个时期的砖石”，陈大爷一块一块跟我们讲解。这时，太阳已经高悬天际，光芒正好洒满墙壁，陈大爷古铜色的皮肤似乎跟历经古今的砖墙融为了一体，他们都是雄崖所历史中的主角。

枕山瞰海，女岛疏港，封海伏休

这座明代所城的遗迹一直延续到村外。雄崖所因为地势高，城中没有水井，先人在城外的东部、东南部和西北部分别挖了古井，供人畜吃水，如今古井也已经废弃。作为军事所城，雄崖所现在还发挥着环海边关要塞的作用，而直到雍正十二年(1734年)仍设巡检、把总1名，马步兵30名驻防。当年，为了供应建城所需的大量石材，城南、北、西3处还分别修建了窑厂，烧制城砖。雄崖所西扼群峰地势险要，是抗倭的要塞，为了稳定民心，城外陆续建起了玉皇庙、城隍庙、关帝庙、先农庙、龙王庙、九神庙、天齐庙、三官庙、山神庙九座庙宇，城内还根据姓氏族谱修建了12座家庙，人们在祭拜神灵、供奉先人时，获得了心灵上的安宁。

我们出城后，跟着王君善正式踏上了雄东线，一路向西。走完雄东线不过20分钟，但读懂雄东线边的历史遗风所需要的时间，恐怕要以年为计算单位。路边的风景除了一片片望不见尽头的玉米地，一座风力发电厂之外，还有海拔125米左右的玉皇山，一条东北、西南走向，最终汇入黄海的韩家河。经过了10个村庄，我们终于到了雄东乡路的尽头。这条枕山瞰海的乡路，把我们从古老拉回到现在。在距离雄东线尽头不到10公里的地方，就是女岛疏港，古称“山南湾”。

岛上有一座不小的渔村，每年的6～9月是封海期，也就是伏季休渔的日子，在这样的日子里虽看不到丰收的热闹场面，但能感受到渔民休整调养的惬意时光。

海滩上的细沙像水一样往鞋子里渗，渔船枕着细沙进港休息，岸上簌簌的对话声是一对正在翻修渔船的中年夫妻发出的，而叮叮当当地敲打声是渔民们正在清理船身吃水线以下的残屑，用王君善的话说，“这些船在出海的时候累积了一身的垢，只有减了负，才能再次远航。”清理完残屑后，渔民还要用白灰和桐油调制的涂料给船上漆，这样才算修整完毕。在封海期劳作的人大多数也是村子里的留守老人，海边的阳光让他们的肤色黝黑发亮，就像刚上过桐油的渔船。

渔民的作息异常规律，封海而息，开海而做，女岛上的渔民也不例外。对于靠海吃海的人来说，那些拍打石堤，飞溅如鞭的浪花是财富；那些风蚀水蚀，弯曲横斜在沙滩上的渔船是安身立命的工具。从他们朴实的面容，简陋的衣衫上，我很难发现家有万贯财富的痕迹，然而“前几年，养殖海参的渔民，一年挣一辆宝马车”，王君善似乎看出了我的疑问，他边说边问了问身边的渔民，他们笑而不答，而他们正在检修的渔船，一艘价值也在40万元左右。

这个时候正是退潮期，海滩上被磨圆了棱角的砾石均匀分布，偶尔有几团被冲上岸的浒苔。女岛的码头已经废弃，灯塔也不会再点亮，但渔民的生活不会停息，就像雄东线上的历史一样，仍在延续。

链接：

雄东线，编号Y030，四级公路，全长15.8公里，双向二车道，道宽8米。起于雄崖所，经过田庄、苏口、福台岭、营子等，止于东村。2012年，该路完成了铺油、更换路缘石、刷新道路标示等一系列升级改造。

原刊于《中国公路》2014年第16期

当春乃发生

施　蕊

亲们：

这三月是女人的，是和着春天一起来的，就像商场搞的那些促销。厦门的春天已经来了，想必你们那里也是吧。我每天摆弄着那几棵长势并不喜人的小植物，希望枯了一冬的枝条能重新柔软起来，我还轻轻地试了试它的弹性，在折断的枝条上观察令人喜悦的新绿。我这么着急，总觉得春天是我盼来的。

在我印象里，春天应该是一个有着蓬松头发的小姑娘，她穿着一身上好的衣裳，皮肤紧实，长着一双含笑的眼睛，双手略微有点小粗糙，透着人间烟火的气息。这真好，恰恰吻合了我对于你们的想象。

我对你们的想象还有很多

每个周末，你起得和其他的5天一样早。来不及梳洗，任由头发披散着，素色的睡衣外面套着碎花的小棉袄，底子是轻浅的粉，花朵是鲜美的鹅黄。尽管春天的风吹在皮肤上的感觉已经不同，但也要这样的装束才可以抵挡春天的早晨的寒意。楼下出门散步的老夫妻已经买好菜回来了，在厨房里你也能听见他们问候邻居的声音，小狗的爪子抓刨地面的声音。你把南瓜小米粥盛在碗里凉上，溏心鸡蛋放在桌上的盘子里。顺手打开厨房的收音机，收听今天的天气。叫醒还在睡觉的孩子并把适时的衣物放在他的床头。

孩子一会儿要邻窗弹琴，晚起的邻居大概会先用被子捂住，再翻个身继续睡吧？而你在孩子结束早餐后，又要带着他赶往去补习班的路。你无奈地想：不输在起跑线上，就是要每天要早起的意思？在教室外面等他的时候，你从包包里拿出喜爱的那本书，春光从走廊的尽头照进来，光线里有漂浮的灰尘，教室里传出孩子们雨珠一样的朗诵声，盖过了城市里的那些浮躁，清脆入耳。

你在电脑前面坐了一个上午，把头埋在数字里，数字的位数太多，头脑就显得特别简单。你在这个城市里没有根，你没有仔细看过这阙沟壑的全貌，如果这一切对于你来说是个异域，那就当它是异域好了。你并不想漂泊到哪里就爱上哪里。这和工作一点关系都没有，你这么想。

项目的房子是南北朝向，你在尽头上的那间。阳光路过你的桌前时，正好在你的脚边投射下一块三角形的光亮。你从数字堆里抬起头来透气，想换换脑子。在窗台旁的饮水机前接开水，今天杯子里是碧潭飘雪，有茉莉的花香，轻呷一口，春风满怀。风吹进你窗口的时候，挂在文件柜旁边的绿萝在摆动，你可以闻到的，是山里春雨过后的泥土气息，感到一种亲切温润的踏实。

是的，你觉得在工作之后看一场电影是再美好不过的事情了。尽管如此，你不愿意把事情放在第二天来完成，这一点让很多同事对你暗地里服气得要命。只有你自己知道，在很多个已经完成了洗漱的夜里，你穿着拖鞋，抓起钥匙，回到办公室，重新打开电脑，只为核实一个数据：看到它和你想象中的一模一样，你才松了一口气。嘲笑自己已经患上了强迫症。

同事在临近下班的时候，给你发了《国王的演讲》，你准备放到晚上睡觉前看完它。看电影的时候，你和你的室友蜷在彩色条纹的床上，就像坐在一条彩虹里。你们分享一整盒的饼干，还有削了皮的水果。女生可以不正经吃饭，但不备点零食怎么行？

字幕是中英文对照的，你偶尔还要跟着说两句蹩脚的英语，你们当中最小的那个女孩，一听见你的英语，就会低头织一阵毛衣。

亲爱的你们，我当然无法完全的想象出你们的生活，它当然应该比我写下的这些丰富一万倍。我想，你们的生活应该是呈现出音乐性的。其实，就我们的人生来说，何尝不是有着音乐的属性？如果是，我们为什么不让这样的音乐性更饱满一些呢？我想，生活教会我们的那些热爱，是给予了，才有回报；是点燃了，才有温暖。不管是热爱工作，还是将自己的生活安排得满满，这些都是建立在爱自己的基础之上的，不是吗？

当春乃发生，人生每一次万物生发的季节都是好时节，都值得我们珍惜。

祝万事美好。

你的朋友。

原刊于《二航人》2014 年 3 月 20 日 4 版

导语：占地6700多平方米的整洁校区，一应俱全的多媒体教学设备，收费员、养路工担任的义务教师……很难想象，一所昔日简陋、破旧的村办小学，会因一条高速公路的闯入而枯木逢春。在湖北恩施，沪渝高速公路像武陵山间涌动不息的河流，不仅富足了山乡百姓的生活，还直接灌溉着祖国未来的花朵。

润物无声

冯 帆 祝 巍

20米迁至200米，为孩子建一所清静、先进的校园

6年，是目前大多数全日制小学的现行学制，承载了一个孩子对小学校园的全部记忆。鄂西高速希望小学已落成6年，每逢周一，操场上都会举行简单而庄严的升旗仪式。占地600平方米的操场显得有些空旷，远处山林间露出的一段高速公路大桥经常闪现出悄无声息的车辆。那些“静悄悄”的汽车，是孩子们变“魔术”的道具，成就了许多凭直觉就能“喊”出汽车的小魔术师。这里离沪渝高速公路的直线距离也就200余米，但已很难听到聒噪的马达声和鸣笛声。若不是高速公路建设单位出资，将学校搬离原先与路只隔20米的旧址，孩子们将无法拥有如今这片清静的求学空间。

在一间摆着18台电脑的教室里，屏幕前的同学有的神情困惑，有的不知所措。教室后墙的黑板上有一幅粉笔画：一台开启的电脑、一枚升空的火箭和一个戴着博士帽的卡通人物，“点击兴趣，激活智慧”八个大字格外醒目，让形式简单的画面透出一份寓意深远的期盼。校长介绍说，这幢简洁、洁白的四层教学楼里，有共计1080平方米的教室，每间教室都配有电脑、投影仪等多媒体教学设备。如今，二坡村附近的山里娃也能与恩施市的孩子一样，感受多元、有趣的现代教学方式。

7位老师代10多门课程，山村教师需要支教帮扶

数学老师在体育课上客串起足球教练，一场加上教练才够11人的迷你球

赛也能踢得如火如荼。学校的师资力量严重匮乏，几乎每位老师都身兼数职，全校7位老师中，有3位已59岁，即将退休。几位老教员从不嫌自己的课时太多，只会因授课不够专业而忧心。

在年轻教员中，孩子们最喜欢上罗宇老师的课。这位与他们代沟最小的语文老师，还要分别给4个班上英语课，经常是一进学校就站上讲台，一站就是一天。与有点阳刚气的名字形成强烈反差的是，罗宇是一位瘦弱、温柔的“85后”女老师。一位老教员说，在二坡小学建校27年的历史中，罗宇是这里的第三位女老师，此前的两位都因耐不住清贫而先后离开。

沪渝高速湖北段建设完工后，原建设指挥部即撤销，该路交由湖北省交通运输厅鄂西高速公路管理处运营管理。管理处主动接过了义务帮扶的工作，先后在收费、养护、路政等岗位的职工中招募了一批英语、音乐和美术专业的员工，择优组成一支年轻的义务支教队，定期到学校开展义务教学。据统计，近3年来，管理处参与希望小学走访慰问、爱心支教的员工已达300多人次；从2012年9月启动支教活动至今，他们已完成义务教学60多个课时。

3.5元钱不到的午餐，是留守儿童眼中的珍馐佳肴

近几年，条件稍好的家庭都把孩子转到城里念书，希望小学里的学生越来越少。即使全校师生在操场上列队排开，队伍也显得非常松散。各个班级的规模也越来越小，最小只有7人，最大的也不过18人。这个高峰时曾拥有400名学生的小学，如今只有不到80名学生。学生的家庭条件很困难，且多为留守儿童。

临近午休，食堂阿姨会提前备好热气腾腾的饭菜和锃光瓦亮的小勺儿，等候即将蜂拥而至的师生。下课铃一响，楼道里忽然有一个个举着饭盒的身影闪过，最后聚集在操场一侧的食堂门口。食堂很小，孩子们只能“野餐”。操场上的乒乓球台瞬间“变身”男孩子们的露天餐桌，女孩子们则会围坐在教学楼门口的石阶上，叽叽喳喳地边吃边乐。每天不到3.5元的午餐标准，在他们眼里却是那样的美味、丰盛。

见此场景，在场的支教队员无不为之动容，不知自己家的“小皇帝”“小公主”会做何感想？队里总有几个几次三番地要求继续支教的老队友，经常是“出

力又出钱”,出发前就自备很多孩子喜欢的零食和玩具。据不完全统计,3 年来,仅管理处公开组织捐献的慰问金和日常用品已达 5 万元。

经济上的扶持永远比不上精神上的支撑,在一些仅属于儿童和青年的节日里,管理处还会邀请那些品学兼优的同学坐上汽车,走走家门口的沪渝高速公路,感受山区高速公路建设的艰辛,参观路上应用的尖端科技。一条路与一所学校的关系,至此才演绎得淋漓尽致。

链接 1:鄂西高速希望小学的前世今生

2007 年 6 月,当湖北高速公路的建设者们走进“沪蓉西高速”恩施段的建设工地时,一所与设计选线只有 20 米距离的村办学校——二坡小学,引起了他们的关注。眼前破旧不堪的校舍、年久失修的院墙,再联想到项目通车后可能对学校环境造成的不利影响,建设者决意将学校整体搬迁重建。投资 170 万元,历时近 1 年,新学校于 2008 年正式落成并投入使用,至今已运转 6 年,共解决 200 余名孩子的就学问题。除了完善学校的硬件设施,高速人对学校的支持还表现在义务支教、结对帮扶等方面,持续数年,有增无减。

链接 2:沪渝高速湖北段,曾用名“沪蓉西”

湖北境内有两条非常重要的国家大道横穿而过。一是沪蓉高速公路(起自上海终于四川,编号 G42),串联了麻城、武汉、孝感、荆门、宜昌等大中城市;二是沪渝高速公路(起自上海终于重庆,编号 G50),行经黄石、武汉、荆州、宜昌、恩施等重要结点。

这两条路经常被混淆。一直被称作“沪蓉西”的高速公路,其实是如今“沪渝”的一段。这段穿过恩施的高速公路,是原来国家规划的“五纵七横”国道主干线中的第五横——“沪蓉高速公路”的湖北段。但在 2004 年 12 月 17 日以后,这段高速公路已经被正式列入“国家高速公路网规划”中的沪渝高速公路。因此,在 2009 年 12 月的通车典礼上,虽然项目建设指挥部还在使用“沪蓉西”的前缀,但高速公路已经按新编号规定,更名为沪渝高速公路。

原刊于《中国公路》2014 年第 12 期

南山藏古道

潘庆芳

南山、村庄、古道、石刻、古寺、水库……一村一古道，一道一世界。时常听到“福如东海，寿比南山”这句话，有幸登上了最长寿的山——鄂皖交界的湖北省黄梅县柳林乡的南北山，行走了南山古道并目睹了“寿比南山”。

黄梅县以禅宗天下祖庭四祖寺、五祖寺和名扬中外的黄梅戏、艺术瑰宝黄梅挑花等闻名天下，北靠千里大别山，南邻长江黄金水道，扼八方之要衢，水陆便利，具有得天独厚的区位优势，素有“七省通衢”“鄂东门户”之称。

从县城出发，一路向北，碧绿稻田、蓝天白云、翠绿樟树、处处村庄不时掠过，半个多小时就到了位于停前镇的古角水库。按照约定，一艘铁船出现在水面，风儿徐徐、绿水悠悠、波光粼粼、青山隐隐、炊烟袅袅，悠闲地看着青山环绕、白云倒影、垂钓渔人、远处山村、养殖网箱、盘旋山路、山中有水、水山相依、树木葱郁、果菜飘香，心情格外舒畅，半小时后船停靠在黄牯岭渡口。

南北山是大别山古角山脉的南山和北山的总称，其势趋北高峻，驰南逶迤。南山又名乌牙山，亦名南乌崖。沿着由四尺长的条石码砌铺成的古道一路前行，沿途可见古代留下的石刻、石佛、石洞等景观，驻足观看。那神形兼备的镇莽佛，流传着古人与巨蟒搏斗的故事；上千平方米的晒经石上，残留着部分依稀可辨的经文；在石下，就是清朝的南阳布衣邓文滨所书的巨大石刻“寿”字。寿字上方还刻有笔道刚劲有力的“幽幽南山”4 个小字，可见，几百年前，古人就对这里的环境推崇备至，难怪历史上素有“先有南北山，后有四五祖”之说。

南山古道曾是历代鄂赣皖商贾的必经之地，始建于隋朝，长约 5 里，全部用一块块大小不一的岩石铺设而成，更有一处是以整块巨石为路。历经了千年沧桑，见证了世间许多风云变幻。这条古道路面光滑，在那个年代兴建可以说是一项浩瀚的工程，相当于现在的国道。抗战期间，刘邓大军的部分军队也经此古道而过，足见其当年重要的交通作用。

南山古道两旁，许多粗壮的松树如一把把撑开的大伞，挡住了太阳，松针落了一层又一层，踩上去软绵绵的。作为鄂东绿肺，城市的天然氧吧，理应受到公众的保护和珍惜。但是，南山古道的修复和环境保护问题却不容乐观。在户外爱好者带领下，我们都自觉将包装袋等垃圾随手带走。

群山环抱中的南北山村一组，以何姓为主，见证时代变迁的何姓祖屋已启动维修，十年多来，随着外出务工经济的影响，村里留守的只有些年纪超过60岁以上的老人，有的房屋已经倒塌，不知道他们的后代还会不会回来寻根？南北山上有古寺，一是位于南北村以张姓为主的二组的灵峰寺，几经维修的印迹可见；二是需要30分钟行程的位于山顶的紫云洞，石洞合一，鲜花绽放，住着一位老道士，墙壁上不难发现“祝毛主席万寿无疆”的字样，可见该寺也经历了几十年的风雨。

南山古道很静，这里没有汽车穿行，没有喧嚣噪声，没有雾霾PM2.5，更没有人声鼎沸，唯有林中鸟语，泉水唱歌，草中虫鸣，路旁花笑……站在南山半山腰。往上看，群峰叠翠，石壁雄峻，宛如黄山；往下看，水色蔚蓝，金沙绕山，库景秀美。

南山藏古道，古道山中笑。

原刊于《湖北交通报》2014年9月15日4版

论 文 类

获奖名次：图片类二等奖

标　　题：《台风中救助》

作　　者：王　玉

原 刊 于：《中国救捞》2014 年 9 月

获奖名次：图片类三等奖

标　　题：《路在山花烂漫中》

作　　者：张　路

原 刊 于：《陕西交通报》2014 年 3 月 28 日 1 版

一等奖

行业报何以融入新媒体转型发展之路

——兼谈中国水运报社转型发展探索

施　华

当今,随着数字技术的飞速发展,信息的传播手段与传播方式发生了革命性变化,以互联网、手机等为代表的新媒体快速发展,这对传统媒体(含行业报)形成持续冲击,全球性的报业衰退已然显现。我国的传统媒体也不容乐观:传统媒体与新媒体在竞争中此消彼长、融合发展的趋势没有改变。面对不断变化的新情况,传统媒体,尤其是行业报怎么办?答案是肯定的:必须面对现实,立足实际,选准路径,积极谋划和推进行业报的转型升级。

不可否认,行业报是我国报业中一支独特的力量,她们诞生在20世纪80年代,在经济体制改革的大潮中应运而生,开启了创业之门。行业报依托于中央各部委及行业的优势,一直以行业新闻立身,不断探索自身发展道路。同时,为服务行业发展起到了重要作用,形成了报业中一道独特的风景线。30年后的今天,行业报在文化体制改革和新媒体化的大潮中又要面对"转企改制、新媒体发展"的"双重考验",时下,已成为行业报前行中迫切需要解决的重要课题。

一、行业报向新媒体转型要走出"五个误区"

从本质上来看,新媒体就是数据处理。在新媒体的大潮中,传统媒体的主体地位变得岌岌可危,“报纸消亡论”不绝于耳。当然行业报也不例外,新媒体是其生存和发展的不二选择。就目前而言,报网融合实现互动应当是求存和发展的最佳方式,也是媒介融合背景下行业报新媒体化的第一步。那么,行业报如何介入新媒体?笔者认为首先要注意认识上和行为上的几个误区。

一是把网络媒体等同于新媒体。如今,越来越多的行业报创办了网络版,以此作为步入新媒体行列的标志,认为自身在新媒体领域占有了一席之地。这一认识误区的根源在于对新媒体缺乏足够的认知和了解。新媒体的一个重要特性体现了对市场变化、理念变迁、技术进步的及时反应和跟进。

二是介入新媒体而非构建了赢利模式。行业报介入新媒体的根本目的在于以信息技术为依托,以新媒体为技术平台,实现行业报传统商业思维向新媒体新商业思维的嬗变。介入新媒体,更为重要的是精心构建新商业思维的实践平台和实践模式,并将新商业思维贯穿于新媒体运作的各个方面,实现内容制作模式、信息传播模式、商业赢利模式等的创新。

三是融入新媒体并非痼疾自愈。新媒体的根本优势在于其信息技术优势而不是其他,传统媒体的痼疾在于管理体制僵化、市场意识淡薄、信息传播观念陈旧,以及长期在行业和系统“呵护”状态下竞争冲动和竞争能力的缺失。那种以为介入了新媒体,就能实现行业报自身痼疾自然而愈的想法是极其天真和不现实的。

四是“纸”的危机而非新闻的危机。其实,行业报的危机不是新闻的危机而只是“纸”的危机。那种认为,数字化转型就是做个网站,或者做个电子报纸,或者是弄个 APP,把报纸的内容搬上去,以为完成了数字化转型是错误的,这只能算是数字化转场。数字化转型应该是从受众需求、内容理念、组织结构、生产和发行体系的变革。

五是把“网络搬运工”当成网络编辑。行业报在数字化转型中,如果网络编辑只是做个搬运工,是不太可能吸引正在远离报纸的读者的。网络编辑其实比传统编辑工作更加复杂,绝不是复制粘贴的“网络搬运工”。越是门槛低的工作,越是需要专业的素质和长期的经验。因为,新媒体时代的受众对发布的内容、社交化趋势、移动化趋势,是为受众创造、分享而变得更有价值,更有影响力。

搞清了这些误区,行动就有了方向。如今的行业报要想在新媒体时代得到生存和发展,就必须借助新媒体和新技术,实现行业报的再生和新跨越,这是新媒体时代行业报发展的一条重要路径。

近几年来,中国水运报在这方面做了大量的探索和实践。起初,中国水运报追求的是报道深度和特定领域的权威性,数字化脚步迟缓,媒介融合的程度较低。虽然建立了网站,但大部分处于报纸电子版的初始阶段。后来,中国水运报社意识到,新媒体的快速发展,必须尽快地向现代传媒转型,顺势转型就能发展,反之就要萎缩,甚至消亡。从"能不能" 改到"敢不敢"改,再到"怎样改";正是考验报社决策者们的经验、能力和信心。于是,在"传媒控制资本、资本壮大传媒"的理念指引下,中国水运报主动融合新媒体的步子逐步迈开。报社在"一报(中国水运报)、两刊(中国水运、中运高端参阅)四网(中国水运网、中国水运研究网、中国航行通告网、中国水运网址大全)"的基础上,主动介入文化出版、视频(微电影)传播、电子刊物出版、创办武汉中运传媒文化公司和中运航悦(上海)文化传媒公司、还在全国 70 多家行业报中,首家推出"中国水运报手机移动客户端"等诸多领域跨界发展……种种"探路"积累下的资源,成为报社新媒体转型的重要基础:一批重要项目的成功运作经验、一个触手可及的资本市场、一支熟悉资本市场善于资本运作的团队,旗下超过多家公司所拥有的经营人才以及上百万读者数据,这些已成为中国水运报社转型发展的"硬实力"。

2014 年中国水运报社推出了新媒体战略行动计划,更是厘清了诸多理念,真正把一个个点上的突破汇聚成了具有"中运发展模式"的转型路线图:努力探索"采编运营新媒体化,产业布局全国化",从自身的核心优势出发,以用户经营为中心,以服务为切入点实施内部转型;充分借助自身的有利条件,通过外部扩张快速实现战略布点、产业布局;积极鼓励和促进创业创新,以媒体孵化器模式整合内外部力量,借助技术手段完善运营,力争在新媒体时代掌握先机。

为此,中国水运报社还将把技术升级作为"新媒体、全国化"战略的重要支撑。待中国水运报社采编大楼接手使用后,积极争取项目,努力实现集桌面数字电视、视频会议、远程办公以及集电话传真通讯录等功能于一体的企业融合通信系统;建设现代化机房,充分利用先进的通信技术和传播手段,打造集演播、直播等功能于一体的新闻多功能厅，创造条件建设具有强大技术支撑、高端经营模式、可实现多元媒体资源整合等特点的“云媒体中心”，占领媒体变革制高点。

二、行业报新媒体化应精准有效的深度对接

新媒体对传统媒体的挤压是一个不可回避的客观现实，这种挤压的实质是新媒体新商业思维对传统媒体商业思维坚决无情的淘汰。如今，越来越多的行业报开始意识到新媒体、新商业思维的理念价值和发展前景，逐步介入新媒体，自觉将新商业思维引入到行业报的运作之中，这是行业报走出行业和系统，走向市场、走向社会的必然选择。那么，行业报如何才能实现与新媒体精准而有效的深度对接？应把握好以下几个重要环节。

一是准确选择融入新媒体的载体和平台。行业报作为一种经济形态而存在，有其存在的条件和传统优势，而这些优势又往往是别人无法复制和占有的。新媒体缺乏的正是这些优势。双方需求的共通点就构成了传统媒体与新媒体融合的对接点。依据优势需求，行业报就可以准确选择融入新媒体的载体和平台。对双方优势缺乏准确、客观的认识，造成优势比较失真、失误，以及看不到自身优势或盲目地夸大自身优势，都一样贻害决策。

二是把“后发劣势”转化为“后发优势”。同业竞争最大的忌讳在于同质化。同业竞争优势比较可以帮助行业报在融入新媒体的过程中，更好地展现自身优势的个性和特色，为所融入的新媒体精准定位，使比较优势变为竞争优势成为可能。特别是行业报融入新媒体起步较晚，通过对同行业新媒体融入状况充分的调研和比较，分析其优势和劣势，扬长避短，还可使行业报的“后发劣势”转化为“后发优势”。缺乏充分的同业比较和论证的自我陶醉式的决策，必然会形成简单的低层次的同质化竞争。

三是确立营销模式须进行严谨苛刻的论证。对行业报融入新媒体而言，其根本目的在于借助现代信息技术优势，实现行业报传统优势的极度扩展和发挥，为行业报的生存和发展赢得先机。因此，确立什么样的营销模式，将直接影响所融入新媒体的信息流和资金流。在营销模式的设定过程中，应通过专业机构和团队进行严谨、苛刻的论证，任何不科学、不严谨的决策行为都是不负责任的，也必将使事业蒙受巨大的损失。

在这几个环节对接中，中国水运报最注重寻找与新媒体融合的对接点、展现自身优势的个性和特色，坚持自己的表达方式，坚持自己的信息取舍，坚持自己在行业内的权威性，确信这是中国水运报社的立身关键。

如中国水运报社在坚持报网互动中，不是简单地将报纸内容叠加和重复，而是根据自己载体的不同特点，坚持各自的风格，形成自己的特色，信息可以搜集，思想不可以复制，报纸和网络都要发出自己的声音，表达自己的思想，这样才能真正做到报网互补。这种互补，不只是两种媒体在内容上的优势互补，而是形成两种媒体在广告方面的联动和赢利模式的互补。

在行业报新媒体化中，“内容为王”是中国水运报社立足与发展的“秘密利器”。中国水运报的采编人员大多有行业背景，了解行业的发展趋势，熟悉行业政策、技术与市场走向。没有谁能比他们更加关注行业发展，也并没有谁能比他们对行业本身更加具有自己独特且深刻的理解。以中国水运报的专业优势提高内容的深度，辅以灵活生动的行文风格，不仅会受到行业内读者的欢迎，也有助于吸引更多的社会读者。比如《中国水运报》从只报道船舶建造延伸到船舶配套、船舶行情、船舶股市等领域，创办了《船舶周刊》与报社的网络和“中国水运报移动客户端”互动，改变以往“就生产报生产”的传统做法，打通产业链，连接上下游，把报纸内容从上游的科研、生产、加工延伸到中游的营销和下游的消费，进入了船舶交易市场，既拓宽了报道面和市场前景，又增强了读者的贴近性。

准确地说，行业新闻其实就是社会新闻的组成部分。在强化行业报道的同时，中国水运报社很注意利用报社新媒体优势，做到行业新闻与社会新闻并重报道。今年，中国水运网的每日点击人数上升到24万IP以上，在全国几多万网站中排名比较靠前。网上广告刊登量也逐日上升。可见，中国水运报社在新媒体化的道路上，较好地处理了报纸实用性与网络媒体的时效性、行业报道与社会新闻报道、特色竞争与规模竞争的关系。注重提高报纸的实用性，重视发挥专业深度优势，把专业特色放在首位，在专、精、特、新上下功夫，不仅报纸质量逐步提高、经营收入也逐年增加，行业资源的优势也从深层次中得到了挖掘和开发。

三、行业报全线突破及转型的“路径”选择

如今，信息化浪潮日新月异，自媒体发育速度惊人，新媒体转型的最大风险

在于转型速度，即转型速度能否跟得上互联网、移动互联网技术浪潮冲击传统媒体的速度。经过深入研究与精心谋划，中国水运报的新媒体转型策略随之发生变化，即从一个个点上的突破转向在较短时间内实现内部发展转型、外部联合扩张、积极孵化未来的全线突破。

一是内部转型，重在对现有传统报纸、期刊的读者数据库建设与挖掘。积极推出新媒体新产品，提供基于互联网和移动互联网的分众化、社会化的信息服务。例如，开发行业新闻与社会新闻移动阅读项目，吸附广大读者的碎片化时间，创造行业媒体的读者增量与用户体验；社会化媒体转型试点项目，我们极力提升微博、移动媒体、网站等读者交互渠道，延伸影响，汇聚用户与社会资源，全面提高信息服务能力，实现从单一平面媒体向社会化新媒体转型；中国水运网大力拓展在线转型升级项目，加强用户细分、用户直接接触和渠道掌控能力，努力成为全行业性信息与服务提供商……与此同时，加快完成整个报社的用户数据库应用平台建设，使之成为全国行业媒体中数据挖掘能力、市场化应用能力最强的系统。

二是外部联合扩张，重在联合战略伙伴，延伸产业链，布局全国化，进行横向与纵向一体化的扩张。在横向一体化扩张方面，积极介入微电影（电视）、动漫、户外和分众化的专业期刊、成熟的互联网和移动互联媒体，进行融合、参股和合资，并在建立资本纽带的基础上，将这些媒体的资源和中国水运报社现有资源进行共享和运营整合，完善中国水运报社的新媒体产品布局。纵向一体化扩张方面，将资金投向新媒体内容产品设计生产和技术支撑环节的潜力型项目，争取在三年内占领行业制高点，并和报社现有用户和渠道资源进行有机整合，完成中国水运报社在新媒体产品和技术支撑方面的战略布局。

三是立足现实转型，重在传播力的竞争，积极谋划和推进报业的转型升级。行业报在与新媒体的对垒中，必须注重内容、产品、渠道在内的传播能力的综合提升。中国水运报十分注意对报纸内容和形式进行符合读者需求和传播规律的创新；注重加强渠道和终端建设扩大受众群体。在整合原有自发、邮发、零售等发行渠道，扩大发行量和覆盖面的基础上，不断拓展网络、手机、户外视屏等新兴传播渠道，最大程度实现传播效果叠加的“最大化”，提高行业报的传播力。此外，还要注重品牌建设，通过活动、营销策划等不断提升报纸的影响力，从而进一步提高行业报在传媒市场的竞争力。

四是优势嫁接式转型，重在从全媒体发展到多媒体业务融合。新媒体时代，并非要面面俱到，而是要在发挥报纸既有优势和潜力的基础上，把重点放在多媒体业务融合上。中国水运报通过资本合作及业务合作方式，已与图书出版、海事、港航、交通、船舶、医院、科研、设计等单位建立战略合作关系，整合各方资源，进入新的传播领域，发展新的传播业态。在品牌、渠道、内容上进行优势互补，在人力资源、组织架构、运作机制、广告经营之间进行深度互动，不仅实现了新媒体形态的物理聚合，而且通过优势嫁接、集约运行、资源打通等方式，实现了媒体的深度融合。

五是向多元产业转型，重在构造新的价值链和产业链。面对传播格局的深刻变化和新一轮传媒市场的融合洗牌，行业报迫切需要解决两个问题，一是加快从单一传播方式向多媒体传播方式转变；二是加快从单一报业经营向多元产业转变。要把握国家大力发展文化产业的战略机遇，充分发挥行业报在资源、营销渠道、现金流和政策等方面的优势，以市场为手段，以品牌为利器，推动多元传播格局下报纸出版方式和行业报经营模式的转型，不仅实现行业报转型的嬗变，打造现代行业媒体大文化产业格局。更要积极打造文化产业平台，延伸产业链条。如依托发行网络发展物流配送，依托品牌优势介入商业会展等等，在专业化的基础上构造新的价值链和产业链。

六是向外部交易型转型，重在建立区域性横向价值链系。在新媒体环境下，行业报核心竞争力的一个重要方面，表现在是否具备对相关产业资源的整合能力上，整合优则胜，整合劣则败。近年来在数字信息技术推动下，行业报的行业边界逐渐被打破，并且信息技术的每一步发展，都在技术、业务和市场上增强产业融合的趋势，推动产业结构的升级。这对行业报的经营提出的挑战是，必须由内部管理型向外部交易型战略转变，即以行业报为平台，从更高层次吸收行业报发展所需要的外部资源，形成链接不同媒体、行业、地域、市场、资本及发展要素的链状发展结构。如加强与广播电视、网络、电信运营商、广告商等的战略合作关系，建立以内容平台为基础的信息传播价值链系；拓展多元化经营，大力发展文化、非文化产业，建立以报业为依托、向上下游拓展的纵向价值链系；以资本和利益为纽带，加强媒体间的跨地域联合，建立地区横向价值链系；

在资本运营上积极探索以市场为手段，利用合作、合资、融资等方式，吸收风险投资、社会资本等为自身发展服务；在符合国家政策的前提下，还可研究和运作行业报经营性资产的上市。通过资产证券化，快速构筑资金、人才和制度优势，加快转变发展方式的步伐。

原刊于《中国记者》2014 年第 8 期

作品评析

行业报媒体融合的理论和实践探索

杜迈驰

以数字技术为支撑，以互联网、智能手机移动客户端等为代表的新媒体近年来飞速发展，信息传播手段、传播方式、传播内容遂发生一系列深刻变化。党中央审时度势，2013 年 11 月召开的党的十八届三中全会提出了“要整合新闻媒体资源，推动传统媒体和新兴媒体融合发展”的要求。2014 年 8 月 18 日，中共中央总书记习近平在主持召开中央全面深化改革领导小组第四次会议上强调，坚持先进技术为支撑、内容建设为根本，推动传统媒体和新兴媒体在内容、渠道、平台、经营、管理等方面的深度融合，着力打造一批形态多样、手段先进、具有竞争力的新型主流媒体，形成立体多样、融合发展的现代传播体系。在这次会议审议通过《关于推动传统媒体和新兴媒体融合发展的指导意见》之后，包括行业报在内的各类传统媒体加快了融合步伐，从理论和实践上深入探索融合的路径。2014 年第二十五届中国新闻奖新奖获奖论文有十来篇谈了这方面内容，就是例证之一。

《中国水运报》在转型新媒体发展中研究早、起步快，见效大，媒体融合工作处于全国交通运输报刊乃至行业报的第一梯队。社长施华在撰写这篇文章之前，花费了大量精力和时间收集整理了大量资料，对走在融合前列的行业媒体进行走访、分析、比较、归纳、提炼和深入思考，同时请教了新闻业界多位知名专家。可以说，他的前期工作做得相当扎实、细致。在撰写中，他结合本报实践，归纳总结了传统媒体如何融入新媒体的经验和做法，经过多次修改、提炼，最终在新华社主办的新闻研究权威刊物《中国记者》发表。由于该作品资料翔实，事实鲜活，观点新颖，论述有力，笔墨流畅，在全国行业报有较高的借鉴作用和推广价值，因此网上点击率很高，不少同行还给该报打电话咨询情况。在第三、四届全国交通运输好新闻论文一等奖连续空缺的情况下，这篇文章获得一等奖，实至名归。

论文的第一部分《行业报向新媒体转型要走出"五个误区"》，针砭时弊，针对性强，既从侧面说明了融合的必要性和紧迫性，又引出《中国水运报》主动融合新媒体的总体思路、行动计划、建设"云媒体中心""占领媒体变革制高点"的雄心大略。

第二部分谈行业报新媒体化的精准有效深度对接，比较实在，提出了对接的三个关键环节，分析了行业报融入新媒体平台的优势，提出行业报要把"后发劣势"转化为"后发优势"，提醒营销模式的确立一定要有专业机构和团队严谨、苛刻的论证，然后详细叙述了《中国水运报》对接中的一系列做法和经验。这部分内容对其他行业报而言，可借鉴性、可操作性很强。

第三部分《行业报全线突破及转型的"路径"选择》，介绍了《中国水运报》如何"在较短时间内实现内部发展转型、外部联合扩张、积极孵化未来的全线突破"的做法。我很欣赏作者在六个转型方式中建议，比如，横向与纵向一体化扩张要把资金投向新媒体内容产品设计生产和技术支撑的潜力型项目，多元产业转型要在专业化基础上构造新的价值链和产业链，外部交易型转型要建立区域性横向价值链系，等等；特别是《中国水运报》通过资本合作及业务合作，已与图书出版、海事、港航、交通、船舶、医院、科研、设计等单位建立战略合作关系，进入新的传播领域，发展新的传播业态，实在可喜可贺。

三个部分环环相扣，行文流畅，使得整篇文章论点鲜明，论证充分，既有理论高度和思想深度，又有具体操作办法，既符合时代特征和行业报实际，又有一定的前瞻性、针对性、实用性，确实值得其他行业报学习借鉴。

（作者系中国交通报社原总编辑、中国交通报刊协会副会长）

二等奖

着力“公共外交”，以企业传播塑造国家形象

——中国企业“走出去”的传播策略

米金升　田　恬

摘要：在中国企业“走出去”影响越来越大，外部舆论氛围也越来越复杂的情况下，进入任何一个国家，都要有战略性的形象策划。在30多年的海外摸爬滚打中，中国交通建设股份有限公司在开展企业公共形象维护上，开展了较多实践，在既有策略之外，更加重视构建一种包括媒体、智库、协会、民间的多层次公关网络，争取在更多利益相关者中树立口碑。

关键词：中国企业；走出去；形象塑造；国际传播

塑造业绩、强调责任，主动开展形象公关

多瑙河大桥：主动作为，发布信息，以全新形象亮相欧洲。多瑙河是欧洲第二大河流，也是世界上流经国家最多的河流。2011年中国交建承建跨越多瑙河的塞尔维亚泽蒙—博尔查大桥及连接线工程，这一项目是中国建筑企业在欧洲第一个桥梁工程项目，被温家宝总理称为“中国企业进入中东欧国家的名片”。塞尔维亚是多党联合执政国家，各党派均控制着不同的媒体，报纸上经常出现抨击执政联盟政策的文章。在这种政治环境下，这座影响巨大的桥梁工程随时可能被不同党派用来充当攻击政敌的武器。塞尔维亚媒体对中国缺乏了解，加

上西方媒体对中国的歪曲报道，诋毁中国很容易形成气候。塞尔维亚民间曾出现过“中国修桥的人已经跑了”的谣言。面对这种局面，中国交建项目团队主动建立新闻发布制度，与业主形成媒体新闻发布的共识，积极和当地媒体沟通；同时做好工程管理工作。一系列公共关系活动，逐步打造了良好的企业形象。

缅甸中缅原油码头：先塑造业绩，再沟通媒体塑造形象。2010年以来，中国企业在缅甸经营局面开始恶化，最典型的是，中国企业经营的缅甸蒙育瓦莱比塘铜矿、中方投资37亿美元的密松水电站被叫停。这两个项目被叫停的背景颇为复杂。一个重要因素是，被媒体煽动起来的“民意”对中国的不满情绪上升。在这个大背景下，中国交建承建的中缅原油管道码头工程却基本未受牵连。良好的公共关系起到了非常重要的作用。项目团队把国内军民共建理念引入到与当地关系处理上，努力在最直接的利益相关群体中构建好感。在这一系列工作基础上，项目部充分利用缅甸政府的各种视察检查，通过缅甸主流媒体展示企业负责任的形象，并根据特点对媒体分类、进行针对性的新闻推介。

巴基斯坦喀喇昆仑公路：真情真心换来真友谊，口碑胜过媒体公关。中国交建在建设巴基斯坦喀喇昆仑公路过程中则以企业社会责任彻底打动当地民众。巴基斯坦喀喇昆仑公路全长335公里，位于喜马拉雅山、兴都库什山和喀喇昆仑山三大山脉交会的崇山峻岭之中，地质条件复杂、安全环境恶劣、社会干扰较大。中国交建项目团队在建设的同时，极为关注社会责任：2008年8月紧急打通该国北部地区的生命线；2010年1月当地发生巨大山体滑坡后全面参与救灾；2010年8月巴基斯坦遭受百年一遇洪水灾害后全面参与救灾重建。所作所为无须溢美之辞，该国主流媒体对项目建设由衷肯定。

斯里兰卡汉班托塔港：纯粹的“C2C”宣传模式，工程成了当地爱国教育基地。斯里兰卡汉班托塔港由中国交建总承包承建。建设过程中，项目部先后设立两个观礼台，向当地民众和政府部门开放，最后把汉班托塔港变成当地重要的爱国主义教育基地，在这种情况下，媒体几乎“一律”对中国港湾进行了大量积极报道。项目部也始终和媒体保持稳定的联系。

在这些工程建设过程中的形象塑造方面，中国交建逐步积累了经验：首先是坚守商业文明；其次是增加社会责任意识、更好履行企业社会责任；再次是逐步构建一种包括媒体、智库、协会、民间的多层次公关网络，最后是拿出更多精力开展企业公共形象维护，通过外国媒体讲好“中国故事”。

“面子工程”讲究技巧

一是改变传统观念，主动宣传、巧借东风，强化形象塑造。

塞尔维亚泽蒙—博尔查大桥工程中，中国交建项目团队建立新闻发言人制度，由专人负责应对媒体采访，保持对外宣传口径一致。办事处还建立网站，分英语和塞语两个版本，专人维护，动态更新。在塞尔维亚的中国新闻单位也较多，新华社、中央电视台、中国国际广播电台、《光明日报》等都有常驻机构，办事处定期邀请中国记者实地考察，为中国媒体提供多角度报道项目的素材，也通过他们向塞尔维亚同行传播。由于工程影响巨大，当地政要经常到工地考察，办事处与业主约定当地媒体报道原则，通过业主协调当地主要媒体及部分境外媒体，为项目营造良好外部气氛。为发出正面声音，根据当地惯例，办事处举办了定址招待会，邀请政府代表、合作单位、知名人士、新闻媒体参加，借此机会向其宣传介绍中国路桥、中国交建的业绩，增强他们对中国公司的了解和信任。办事处安装了远程视频监控系统，并通过光纤接入互联网，让各界关注项目的人士及时了解项目的实时动态。

二是真情真心换来真友谊，当地民众和政府的口碑更胜媒体公关。

在中缅原油码头工程中，中国交建项目团队主动为当地政府和村民做好事：专门为当地人修建学校，并请来教师，为690名当地儿童授课，项目部每学期提供学习用品；修建了缅甸劳工子弟学校，解决在岛务工人员的子女上学问题，并捐款9万人民币为当地21名孤儿复学；项目部医务室为缅工及岛民免费义诊，累计为当地居民看病10110人次（累计费用87000元人民币），并且从岛民中培养出2名具备基本功的护士。由于中国交建在当地承建的工程几乎都是国家重点工程，政府各界非常关注。有项目一年之中国家元首会“视察”好几次。在这种情况下，中国交建项目团队全力做好各项工作，同时通过政府高官表达对工程建设的肯定。

一次塞尔维亚总统大选中，竞选人曾在泽蒙—博尔查大桥工地发表演讲，表示发展不仅需要欧洲国家参与，更需要中国这样的战略合作伙伴的支持。在中国路桥进入之前，塞尔维亚仅有数千名中国个体商户从事贸易，个别不法商贩损害了中国商品的形象，使其成了“便宜和劣质”的代名词。中国交建项目团队努力让塞尔维亚人民了解到，中国桥梁施工技术居于世界前列，中国的技术标准毫不逊于西方。塞尔维亚总统和总理均曾表示，中国路桥公司是值得信赖的合作伙伴。每个月塞尔维亚的政府首脑或各政党领袖都要到泽蒙大桥施工现场参观或检查。2012 年中国春节的大年初一，塞尔维亚第一副总理达契奇，亲自到项目“陪中国工人过年”。

第三方机构也是塑造企业形象的利益相关方。有个有趣的例子。中缅原油管道工程从 20 世纪九十年代就在酝酿，2005 年开始启动，2009 年促成项目开工建设，当时中石油是跟缅甸军政府进行协商谈判而成的，但 2011 年缅甸民选政府成立后，对协议有些想法，但碍于中缅关系，缅甸政府一直公开表态支持该项目。缅甸国内反华势力与国际反华势力勾结后，想将这个中缅双赢的项目拉下马。由于中方各项工作非常到位，他们一直找不到可供炒作的理由，只有拿环境保护做文章。缅甸政府以此为由找到一家中缅双方都认可的国际第三方机构进行评估，最后结论是“项目对环境保护到位”，工程顺利开展。

“里子工程”要“实打实”

俗话说“打铁还得自身硬”，针对中国企业海外形象塑造，许多专家表示，第一取决于企业业绩。在国际上承包工程，舆论环境和国内截然不同且各有特点，如果光盯着媒体，肯定会疲于奔命，根本在做好自己本职工作，确保工程建设安全、质量、环保，切实履约，这是现代商业文明的根本。

中国路桥塞尔维亚办事处在泽蒙—博尔查大桥建设中高度重视安全质量和环境保护，每月出具符合当地要求的安全报告。欧洲环保理念极为苛刻，办事处排污系统完全采用欧洲规范，连食堂排烟都安装了大型吸油烟装置。此外，泽蒙大桥项目是欧洲第一个由中国进出口银行提供优惠买方信贷建设的基础设施项目，由于中国企业经营模式上的差异，需派遣 200 名中国员工赴塞工作，因此塞方一直关注中国企业的工人管理问题，中国路桥办事处加强人本管理，下大气力提高职工宿舍、食堂、文体活动等水平，并借助一些活动邀请塞尔维亚当地媒体到生活区进行采访拍摄，从根本上扭转了他们对中国企业和中国工人的成见。在中缅原油码头项目建设中，中国交建项目团队营地建设初期，需要采购大量物资，为稳定物价水平，项目部采取分散采购，甚至一些商品从外部空运；在当地组织开展种植和畜牧培训，鼓励当地村民养殖、种植然后卖给项目部，在平衡物价的同时，增加村民收入、提高当地农业技术水平；项目部在招收新的缅工后，为每位缅工确定中国师傅进行工作技能培训工作，培养了一大批技术操作缅工，也就培养了一批对中资企业非常忠诚的粉丝。

巴基斯坦喀喇昆仑公路沿线国家公园、野生濒危动植物、文物及风景名胜等，中国交建旗下中国路桥项目部邀请国内专家开展专题研究，提出了集环境保护、景观设计于一体的研究报告，公路进行了多次联合调研，提出优化设计方案以及环保的施工措施。（作者分别是中国交通建设股份有限公司宣传处处长，《交通建设报》执行总编；中国路桥工程有限责任公司职工）

原刊于《中国记者》2014 年第 10 期

交通新闻采编问题方法探析

李江虹

摘要：人类社会步入信息时代，人们对新闻消息的需求日趋增多，实时提供最新消息可以满足人们对消息内容的需求。随着我国交通事业快速发展，交通类报纸新闻受到了社会大众的广泛关注，并且在交通行业领域中产生了一定的影响力。为了更好地服务于大众，提高交通报纸类新闻消息采编质量是必不可少的，这对新闻编辑工作提出了更加严格的要求。本文分析了交通新闻编辑的重要性，总结新闻采编过程存在的主要问题，提出交通新闻采编过程需注意的几点内容。

关键词：交通新闻；采编问题；原则；措施

交通是人类社会活动不可缺少的一部分，掌握交通信息也是大众群体普遍关注的。伴随着国内交通运输行业快速发展，人们对交通新闻消息的关注度越来越高。报纸是大众传播的重要载体，能够实时反映、引导社会舆论，广泛传播不同的信息内容。交通报是现代交通信息传递的主要方式之一，其具有广泛的社会影响力，加快了交通新闻传播体制建设。因此，针对交通新闻采编过程存在的问题，报社编辑人员要及时改进与调整。

一、交通新闻采编存在的问题

报纸是传统传媒行业的主要形式，也是大众传媒普遍使用的载体，在我国新闻传媒业发展历程中占有重要地位。伴随着社会信息化时代到来，报纸新闻持续发挥了广泛性的传递作用，成为社会群众获取信息的重要渠道。“采编”是新闻消息深度加工的过程，只有经过详细采编处理才能印刷出版。

1. 新闻采编的重要性

新闻采编工作是对新闻信息认定、采集、加工、制作的过程，通过采编可以实现新闻消息的最优化编排，保证受众在第一时间掌握最新消息。从新闻学角度来说，采编是对原始数据多次加工的过程，在尊重消息事实原则基础上，对原始数据深层次分析与探讨，体现了新闻传媒行业的客观性；从社会学角度来说，采编是对传媒大众的负责，是对社会消息传播规律的遵循，以事实为依据编制新闻是报纸传媒的基本要求。

2. 新闻采编存在的问题

目前，我国报纸传媒业处于改革的转折点，尤其在网络信息平台冲击下，传统传媒业面临着巨大的经营压力。交通报纸作为社会普遍关注的新闻载体，其内容采编依旧存在着一些问题，主要表现：

(1)信息问题。“时间”是报纸传媒的“生命”，第一时间掌握消息发生情况，这是新闻采编首要注意的问题。交通报是专项报道社会交通动态的报纸，采编人员对时间掌握不准确，导致后期编排内容出现“时差”，给受众造成了认识上的误区，违背了时效性原则。

(2)编辑问题。当原始消息数据收集完毕，新闻编辑是尤为关键的环节，而编辑中出现一些常见错误，则影响到了整个交通报纸的质量水平。例如，编辑中出现专业术语错误，一旦印刷出版则很难修改，这种简单错误损坏了报纸传媒在大众心里的形象。

(3)修订问题。本质上，交通新闻采编是对原始消息的修订过程，编辑通过文字语言、逻辑分析、结构组合等方式，对新闻消息详细地整合处理。但是，由于编辑人员工作能力及专业水平不足，对交通新闻修订处理不科学，同样会降低报纸编排质量。

二、交通新闻采编的基本原则

交通报纸是针对地区交通情况报道的载体，定期向大众提供最可靠的交通消息，不仅丰富了人们日常信息的获取渠道，也有助于交通部门制订可行的调控方案。新闻采编是交通报编排的核心环节，针对采编过程出现的问题，编辑人员要优化新闻采编方案。笔者认为，交通新闻采编必须遵循真实性、叙述性、简要性等原则。

1. 真实性

用事实说话是消息的一个重要特征，也是消息写作的一种基本方法，又是客观报道的形式。事实是最有说服力和感染力的，只有事实内容是客观的，报道形式客观的，新闻才具有可信性，才能充分发挥作用。交通新闻采编要立足于事实情况，按照新闻事件发展的具体动态，编制相对完整的消息模式。例如，交通新闻要掌握时间、地点、事件经过等基本原则，以此为事实依据进行报道，不得出现虚假信息等问题。

2. 叙述性

这一特点亦与“用事实说话”相关，按照事情经过详细描述出来，用文字语言进行综合阐述。消息通常不对人物事件做浓墨重彩、精雕细刻的描写；因为“记者的舌头是缩在后面的”，所以也不用或少用直接的议论和抒情。交通新闻不需要过多的文字渲染，而是按照叙述方式逐一描绘即可，把事情说清楚，这是新闻报道的根本原则。采访时要抓住消息的基本要素，编辑时要详细描述事件经过，这些都是基本的叙述要求。

3. 简要性

消息一般篇幅均较短，几十字、百把字或几百字，故列宁曾称之为“电报文体”。特别是在 21 世纪，人们生活节奏快、时间观念强，希望在最短的阅读时间里获取尽量多的信息。当然，“短”要建立在“实”的基础之上，长而空固然不行，短而空也不好，空洞无物的短，也是长。交通新闻发生具有偶然性、突发性等特点，尤其是交通事故类的新闻，编辑人员应尽可能用最少的文字，把事件经过描述清楚。

三、新闻采编过程需注意的要点

基于上述原则，编辑人员在处理交通信息过程中，要从事物客观性原则出发，对原始数据进行多项处理，按照报纸传媒标准、印刷出版要求等执行整编方案。一般来说，交通新闻采编要考虑新闻内容、结构、语言等基本要素，再经过人工处理形成标准的新闻模式。当前，交通新闻采编过程需注意：

1. 反应灵活，简短明快

注重时效性是新闻编写的基本要求，也是充分体现消息内容的基础，这些都是采编处理需注意的问题。对于编辑来说，要具备灵敏的文字反应速度，快速地掌握新闻结构及内容要点。首先，是写一个扼要的，但却引人注意的导语；然后，顺着这条导语，在主体部分使用现实的或者背景的材料让事实更加清晰起来；最后，来一个戛然而止或画龙点睛或余音绕梁的结尾。

2. 准确无误，尊重事实

真实是消息写作的命脉，若新闻失去真实性，则就失去了传播大众的意义。新闻采编过程必须坚持实事求是，根据交通事件的具体情况展开编写，确保一字一句都符合现实情况要求。例如，真实性的具体要求是：人物，地点，时间，事件缘由、因果、经过等细节必须有案可查；消息中引用的资料、数据、引语、史实等现实的和背景的材料一定要确凿无疑。

3. 寓理于事，叙述为主

消息是事实的综合，事实胜于雄辩，用事实说话，是消息写作的一大特点。编辑交通新闻的语言文字，应当从叙述的角度出发，使用与交通新闻相关的文字信息，准确无误地描述事件经过。从新闻专业来说，一篇理想的新闻报道应该把读者带到现场，使他能看到、感觉到，甚至闻到当时所发生的一切，这就对编辑人员专业素质提出了严格的要求。

4. 应用技术，辅助编排

由于计算机应用技术普及发展，报纸编辑工作也基本实现了办公自动化，编辑人员要懂得应用技术辅助新闻采编工作，避免人工处理中出现的一些问题。比如，对原始新闻数据计算处理中，可利用办公软件智能化处理；消息文字扫描中，可用智能扫描技术逐一检查，防治错别字；这些都是新闻采编需注意的相关要求。

四、交通新闻编辑需培养的职业素质

编辑人员是新闻消息采编的执行者，也是影响交通报纸行业发展的主体因素。随着信息社会快速发展，报纸业正面临着新媒体行业的冲击，严格把关新闻采编质量是保证交通报业可持续发展的根本条件。除了上述新闻采编过程需注意的几点要求，交通新闻编辑也要综合提升个人的职业素质，利用专业知识完成新闻消息的编辑处理，把最真实的消息传播给大众群体。

1. 政治思维

新闻编辑在发布信息时，稍有不慎，发布不应发的信息，或者出现某种政治纰漏，将会造成相当大的负面影响。这就要求新闻编辑必须在思想上，要有高度的政治责任感，不断强化自己的政治责任意识，提高自己的思想政治素质。当交通新闻中涉及政治领域，采编时要严格核对领导姓名、职务等不能出现差错，对消息内容精细化处理后排版印刷。

2. 职业道德

我们要求新闻稿件真实、公正、及时，就得要求新闻编辑诚实、公正、与时俱进。交通报刊编辑要有事业心、责任感和职业道德，要兢兢业业，甘为他人作嫁衣，精心编稿，精心做题，精心排版。例如，针对一些交通事故，编辑要根据事件事实编写信息内容，把"真相"传递给大众群体，不得隐瞒事实。

3. 文化素质

当前，我国已进入"信息时代"，人类知识的增长相当迅速。有研究表明，当今人类知识的增加，每5年就翻一番。而且多种学科相互交叉、相互渗透、相互包容，这些因素左右着报刊的内容，制约着编辑的文化知识结构。交通报是针对交通发展的行业报，但其也涵盖了诸多其他领域的专业知识，编辑应当全面提升个人的文化素质，帮助解决实际采编中遇到的问题。

4. 业务能力

交通新闻编辑要不断提高业务水平和责任感，正确处理好新闻采编相关的信息内容。现在很多新闻编辑的责任感是不敢恭维的，特别是网络新闻，存在着很多不真实的新闻。作为一名合格的新闻编辑，不仅要有高度的政治责任感、无私奉献和认真负责的职业道德精神和较高的文化素质，而且还应当具备较高的业务水平。

结　论

交通新闻不仅是报纸载体传播的消息内容，更是社会群体获得交通信息的主要渠道，推动着地方交通事业的可持续发展。交通报纸作为大众传媒的主要载体之一，其应当注重新闻内容编排与消息处理，严格把关新闻采编处理质量，从而提高传媒报纸的质量水平。针对交通新闻采编存在的问题，编辑人员要遵循真实性、叙述性、简要性等原则，严格编制消息内容；编辑人员要努力提高自身的专业素质，更好地完成新闻采编与处理工作，为受众提供最真实的交通信息。

【参考文献】

[1] 张福萍."泛新闻"背景下的新闻采编课程的教学实践[J].九江学院学报.2007(04).

[2] 陈添.新闻采编课应注重培养学生的创新精神[J].经济与社会发展.2004(01).

[3] 李延骥，李建荣.浅谈新闻意象的把握和营造[J].丽水学院学报.2011(04).

[4] 程放军.试析新闻采编无纸化下的差错把关[J].湖南社会科学.2005(02).

[5] 卓光俊，杨尚鸿.媒介融合时代新闻教育改革的方向[J].新闻导刊.2008(05).

原刊于《中国报业》2014 年 12 月(下)

三等奖

以《中国交通报》为例　浅谈行业报在舆论引导应对中的作用

李国栋

摘要：在新媒体时代，行业报既要充分发挥传统媒体的优势，注重新闻舆情分析，还要善于借力新媒体，积极引领社会舆论，妥善做好舆情处置工作，让舆情真正成为引导舆论、转变职能、推进工作的有效载体，为行业发展营造良好的氛围。

关键词：行业报；舆论

交通运输是与人们生活息息相关的服务性行业，多年来一直受到网络舆论的关注，很容易被推到舆论关注的风口浪尖，形成网络舆情热点，甚至推波助澜造成交通运输社会公共事件。纵观近年来的交通运输突发事件，网络舆情都起到了放大信息、助推舆论的作用。交通运输舆情工作是为交通运输事业发展营造良好的舆论氛围、为领导和决策部门提供信息动态和决策参考依据的一项重要工作。如何引导交通运输舆论——是因势利导、坦诚沟通，还是以我为主单向发声、漠视公众意识？敢不敢直面和化解现实矛盾，如何应对交通运输舆情——是躲避还是应对？这些都应成为《中国交通报》等行业报必须面对和快速解决的课题。

一、做好交通运输舆情工作对于行业的重要意义

舆情已经成为社会中一股重要的"主流"积极力量。《中国交通报》作为是交通运输部的喉舌，是唯一一份覆盖全国交通运输行业各领域的主流权威媒体，《中国交通报》是否能够做好交通运输舆情引导和应对工作，对于行业的健康持续发展意义重大。

一是加强交通运输舆情工作，有助于维护行业稳定。在网络上某一交通运输热点事件的出现，网民常常缺乏理性的思考，把互联网作为自己宣泄不满情绪的场所，公开谩骂、侮辱、攻击他人或职能部门，甚至一些无良媒体散播错误的、不经核实的信息，被一些别有用心的人加以利用，发展成为有害的舆论。《中国交通报》加强舆情工作，能够准确地对交通运输舆情进行甄别、研判和核实，并进行舆论引导和应对，是维护行业稳定的一个重要手段。

二是加强交通运输舆情工作，有助于及时把握社情民意，为交通运输主管部门施政提供信息参考。《中国交通报》充分利用网络、微博、微信以及通联队伍等手段，收集老百姓关心什么、议论什么、建议什么，并将收集到信息及时的反映到有关政府管理部门，能够为政府部门的施政提供参考。

三是加强交通运输舆情工作，有助于推进行业相关法律和制度建设。我国正处于社会转型时期，也是矛盾凸显期，一些有关交通运输方面的改革措施越来越深刻地触及部分群众的现实利益，不同地区、不同阶层的网民通过网络表达自己的意见。《中国交通报》能够有效地掌握这些网络舆情，将其提供给交通运输主管部门，有利于政府主管部门妥善处理各种利益矛盾，促进了交通运输各项规章制度和法制建设，对提升行政效率，提高政府公信力意义重大。

四是加强交通运输舆情工作，有利于针对行业热点、焦点问题，准确解疑释惑，积极引导舆论。《中国交通报》通过掌握交通运输行业的社情民意，了解当前需要宣传的重点，通过广泛有针对性的宣传，让交通运输主管部门的声音有了更强的穿透力和辐射力，使交通运输主管部门在应对各种情况时，提供更为有效的办法，为交通运输事业的发展营造良好的氛围。

二、《中国交通报》在舆论引导和应对中的做法

在新媒体时代，《中国交通报》既充分发挥传统媒体的优势，加强交通运输

舆论引导，还善于借力新媒体，加强舆论引导和应对，妥善做好舆情处置工作。

(一)围绕行业重点、难点工作，组织新闻报道，传播行业正能量，提升软实力。

今年上半年，《中国交通报》围绕行业一系列重要会议和重大政策意见，精心组织报道。1至8月份，共有186个1版头条传播交通运输部权威声音，新开辟《改革新红利　发展新动力》《依法行政　法治交通》《先行官大家谈》等专栏，解读了《交通运输部关于全面深化交通运输改革的意见》《交通运输部关于全面深化交通运输法治政府部门建设的意见》等大量政策、法规、战略、规划、标准等。

《中国交通报》围绕服务好“4+3”国家战略、推进十件民生实事等中心工作，开辟《稳增长当先行》《一带一路 互联互通》《关注民生十实事》等专栏；在重要时间节点推出地方典型经验报道，宣传各地交通运输发展的思路、部署、成效；通过地方重大选题关注各地改革创新、转型发展经验，为全行业搭起共享、交流、沟通的平台。

值得一提的是，《中国交通报》今年更加注重以评论、署名文章引领舆论。2015年交通运输工作会议后，原刊社论和4篇系列评论；李克强总理提出“使交通真正成为发展的先行官”后，刊发4篇系列评论，均得到杨传堂部长及其他交通运输部领导的肯定。今年1至8月份，《中国交通报》已刊发社论和评论员文章近30篇，《先行官大家谈》栏目已刊发行业有识之士的署名文章40余篇，引领了舆论朝着健康的方向发展。

(二)《中国交通报》针对行业热点、焦点问题，发挥专业媒体优势，准确解疑释惑，积极引导舆论。

《中国交通报》围绕《收费公路管理条例》修订、出租车行业改革等热点问题，追踪进展情况，采取“深度文章+专家访谈+评论”的组合发布手段，并积极利用网站、微博、微信等新媒体和《中国交通报》“三位一体”平台，引导和应对社会舆论。

围绕《收费公路管理条例》修订，《中国交通报》组织专家文章6篇，撰写评论3篇，并及时刊发《通行费用于收费公路养护符合公路法精神》等文章，为公众答疑解惑，对引导舆论起到了很好的作用。这些文章经网信办推送到了社会主要网站发布，点击量大增，各大网站纷纷再转，让读者更加了解《收费公路管理条例》，主流媒体、网站等媒体也发表评论积极响应《收费公路管理条例》修订工作，经过舆论引导，相当一部分公众对构建“非收费公路为主、收费公路为辅”的两个公路体系及“用路者付费、差异化负担”的原则表示认同，这对于交通运输主管部门的工作开展起到了积极推动作用。

专车问题一直是一个比较敏感的问题，备受社会的关注。对于此次出租车行业改革，《中国交通报》采访各方面专家、行业主管部门负责人及企业代表，撰写了《专车要走远当有法制匡扶》《增量带动存量改革　细分市场提升运输服务》《促进旧业态融合发展　求各方利益最大公约数》《为出租汽车健康持续发展提供制度保障》《深圳重庆武汉各界代表热议出租车管理新政》《专车缓堵还是添堵　集约与个性哪个优先》等13篇的深度报道；组织《期待城市治理框架下的“专车”合作监管》《在关键改革点上的定力与魄力》《网约车三个行政许可有上位法依据》等十余篇专家文章；撰写评论《担当社会责任才能可持续发展》《深化改革是出租汽车行业健康稳定发展的唯一出路》《互联网+出租汽车：需要激情更需要理性》《深化出租汽车改革的核心是方便群众》等近十篇评论，理性分析改革中存在的问题，积极引导和回应了舆论。

随着《中国交通报》引领舆论的步步深入，主流媒体也纷纷发声。《人民日报》也发表评论《改革，让出租车新旧业态包容生长》，回应了人们期待已久的改革命题，体现了政府对创新的鼓励和包容。新华社发表评论《专车改革不如多给地方留些尝试空间》指出，在不影响公众出行安全和行业秩序的前提下，多给创新留足观察期、腾出成长空间，避免将创新扼杀在襁褓里。《经济日报》发表评论《既要革除旧有弊端，也要防范潜在风险》表示，行业主管部门的公信力，正是缘于能够科学考量局部与全面、短期与长远的利益关系，兼顾各方诉求，找到各方利益的最大公约数。这些主流媒体的评论，对舆论的引导起到了推波助澜的作用。

相反，媒体在重大突发新闻事件之后不发声，会将舆情处于不利的地位。例如天津港区“8·12”爆炸事故中，天津本地纸媒的反应速度慢，没有及时回应谣言，收受了社会各界的诟病。“对自己城市存在的问题假装看不见，不是爱，是害。纸是包不住火的，明明有很多问题却总是捂着掖着，拒绝舆论监督，迟早出大事。”一位网友是这样评论。

（三）以报纸为核心，利用网站、微博、微信等新媒体，运用全媒体手段“三位一体”迅速、准确、全方位地报道突发事件，积极引导和应对舆情。

在“4·25”西藏地震救援、“东方之星”搜救、天津港区“8·12”爆炸事故等突发事件后，以《中国交通报》为核心，融合运用中国交通新闻网和官方微博、微信等新媒体平台，开展全媒体报道。

其中在“东方之星”搜救中，@中国交通报微博发声百余条，并第一时间联系专家解读事故救援，直播式微博报道阅读量超过500万次；在天津港区“8·12”爆炸事故中，@中国交通报在交通微博中反应最快，甚至不输于一些政务和社会媒体微博，发布微博原创14条、转发25条，数量也是最多，内容包括通报交通运输部工作部署、转发央媒消息、直播发布会内容、辟谣呼吁、祈福悼念等，积极进行舆论引导和应对。

（四）《中国交通报》采取“纸媒+手机客户端”一对一复合发行的新方式，提高了引导舆论的能力。

报社在2015年的发行工作中，一份纸质报纸赠送一个手机客户端，“纸媒+手机客户端”的覆盖面已倍增，实现当天出版、当天手机阅读，提高传播的时效性和覆盖率，大大提高了引导和应对交通运输舆情的能力。

此外，《中国交通报》通过承办交通运输部主办的“2014年感动交通十大年度人物”推选活动、举办“一带一路”陆路口岸万里行主题宣传活动，为交通运输发展营造良好舆论环境。

由此可以看出，行业报是行业权威的新闻发言人。在涉及行业问题的舆论引导和应对上，行业报发出权威声音是树立行业良好声誉的必修课。因此，主动澄清还原事实，善于运用行业的权威专家、权威信息资源、权威发布渠道，找准时机，准确为行业代言，是行业报今后必须坚持走且必须坚决走好的路子。

当然，行业报作为传统媒体，在舆论引导和应对方面还存在某些不足点。

三、提升行业报舆情工作的几点建议

（一）建立交通运输网络舆情监测预警、应急引导、具体化解工作机制，有效提高应对网络突发事件处理能力。

行业报要建立覆盖行业的舆情信息收集、研判、汇报、决策、指导、处置等制度机制，做好舆情收集上报工作，积极为行业主管部门提供决策信息，为实现舆论快速引导、处置创造必要条件，打好网络舆情的主动仗。

（二）准确把握社会关切，理性介入，用平民化视角考虑问题，找准公众真正的关注点、兴奋点，把握好行业切入点，增强舆论引导意识。

某些行业报传统思维和舆论引导技巧难以适应新媒体发展形势。有的行业报，在宣传的立场、意识和话语体系等方面，仍然运用传统的应对方式，高高在上，用官调说官话，缺乏与民众沟通的话语能力，丧失了话语的主动权。在社会关注的热点问题上，不能把握好行业的切入点。

（三）重视队伍建设，加强全员培训，加大投入力度。

行业报要加强舆情员队伍的建设，要开展“舆论应对引导”专题培训，进行模拟演练，使全体人员提高舆情意识，提高危机意识，提高整体舆论引导能力和研判能力，带动整体舆论引导和应对水平的提高。在网络、微博和微信等新媒体建设、投入和应用等方面，行业报投入不足，对舆情工作的观念没有与“网”俱进，欠缺新媒体背景下网络舆情知识与网络舆情监测技术手段，对舆情动态变化的实时监控能力不足。

（四）实行“网上引导、网下落地”的办法，对舆论进行应对和引导。

行业报要注意培养网络评论员、网上意见领袖，网络评论员之间，要加强交流与沟通，不断提高网络评论的整体水平，并发动舆情员有针对性地开展网上评论，及时对舆论进行引导和应对。在行业与公众关切的社会热点问题的交错地带和敏感区域，要发出专业的声音，主动占领网络舆论阵地。

（五）开拓舆情收集渠道。

舆情分析的前提是掌握情况，行业报要有“开放坦诚”的理念，主动听取读者心声，接受读者意见建议。不管是新闻报道还是开展活动，都要有意识紧密联系实际，畅通舆情交流的渠道。

行业报要服务大局、融合发展、开拓创新，努力把行业舆情工作提升到新的水平。

新疆交通运输行业网络舆情事件应对与预警可行性监测的思考

范永伟

2014年1月13日，新华网刊发了一则新闻，新闻的内容为"新疆交通运输厅表示，目前没有除夕高速免费的打算，并认为高速公路建设资金来源于全体纳税人，而免除费用只使少部分有车人士受益。除夕高速公路免费行为涉嫌福利歧视，使纳税人不能得到公平待遇。而且网民的期待是多元化的，很难完全满足。"短短不到两天时间内，这条信息被人民网、浙江都市网、大庆网、西部网、四川广播电视台、江苏网、中原网、南方网、东方网等11家门户网站转载，有475篇新闻引发了社会的广泛关注，获得了124次转发，阅读量达6.4万。

作为与人民生活息息相关的服务性行业，交通运输行业一直是网络舆论关注的热点，很容易被推到舆论关注的风口浪尖，形成网络舆情热点，甚至引发更加引人注目的公共事件。新疆除夕"高速公路免费"涉嫌"福利歧视"的话题这一突发网络舆情事件不仅把新疆交通运输厅推上了网络舆论的风口浪尖，还对新疆交通运输厅如何处置类似突发网络舆情事件提出了挑战。

突发事件网络舆情演化是一个包括舆情孕育发生、发展扩散、波动变化和衰减消亡的变化过程 。网络媒介、网民群体、舆情内容是网络舆情演化的三个基本要素。突发事件网络舆情演化就是以网络为媒介，数量众多的网民群体对事件的传播、评论、臧否，影响或推动事件及事件舆情的形成产生、起伏涨落、发展变化的动态过程。

经研究分析认为，本次新疆除夕"高速公路免费"涉嫌"福利歧视"的话题之所以被媒体额网民热炒，主要原因是：高速公路不免费是合理的，但给出的理由“不公平”和“福利歧视”在逻辑上靠不住：第一，公众对除夕需高速公路是否收费这一话题具有一定的关注度和敏感度，但“免费”并不是必需的。鉴于，国家没有出台相关通知，且地方自主举措的弹性空间相对较小，持续收费在现行的条件下是合情合理合法的。第二，根据对11个省市除夕当天高速公路是否免费的调研发现，大部分的回应口径虽然不尽相同，但给出的解释是合情合理的，并且不少回应强调了“免费是人性化举措”，“不免费”是合理合法的观点。

网络舆情的爆发一般分为4个时期，即潜伏期、突发期、持续期和解决期。其中，潜伏期和突发期时间非常短暂，一般在8小时至24小时爆发，特别是在潜伏期，一般只有“黄金4小时”原则；持续期和解决期的时间相对较长，但影响也更深远。

如果以沉默失语面对的媒体事件，在24小时以后网络舆情的感性认识将变成理性思考，局部讨论将变成全国热点，语言形态也将异变，甚至出现一定范围的群众聚集。新疆除夕“高速公路免费”涉嫌“福利歧视”这一网络事件恰恰证明了这一点。在舆情逐渐发酵升温的过程中，新疆交通部门一直处于被动状态，没有主动回应，也没有针对网友的问题做权威和客观的分析解释，错过了舆情发声的黄金时期，任由网民的不满与愤懑充斥网络。

无数的教训告诉我们，在突发的事件面前，“怕”和“躲”是无济于事的，必须勇敢地面对，赢得主动权和主导权。因此，作为新疆交通运输厅而言，应该从这件事里吸取教训，要注意对网络舆论的监测和引导，按照“早发现、早控制、早处理”的原则，按照“网络舆情应对黄金四小时”的法则，应成立相应的网络舆情工作体系，自上而下，全体系管控和应对，并制定出相应的危机预案。

当前，日益激增的互联网网民，互联网传播的渠道多元化：BBS、论坛、社区、微博、博客、新闻等，政府、企事业单位、个人，无论面对负面还是正面宣传，都陷入无法把控的境地。如何能在互联网漩涡中游刃有余的应付各种问题尤其是突发事件，成了当前必须重视的首要问题 。所以说，任何事件引发都绝非空穴来风，除了多靠媒体发声，还应健网络舆情监测机制，从管理领导到基层服务人员要培养成熟理性的应对舆论心态。只有单位、民众、媒体多方面协作，在开放多元的传播环境下，我们才能够使交通部门在群众的监督和叫好声中走得更长远。同理，对于一些可避免的因素，防患于未然远远胜过亡羊补牢。

根据《中国社会舆情与危机管理报告(2013)》,交通运输、司法执法和企业财经领域的热点话题数量最多。重大交通行业网络舆情案例已经从2009年的10起,在2012年7月已经猛增到53起,交通运输领域成为网络舆情高发行业。从关注度分析,交通建设、管理问题的监督以及对自身利益的维护容易引发舆论关注,排名前三的网络舆情事件类型依次是:道路交通事故、轨道交通事故和交通基础设施建设。

交通行业网络舆情监测现状十八大之后,反腐浪潮来势凶猛,新一届政府密集发声,加速反腐力度,使得网络舆情进入新的发展阶段,根据人民网调查显示,74.5%的网友愿意选择网络来曝光反腐事件,网络舆情力量开始为各级政府所重视。

同时,因为网络本身的自由和无序,真假消息混杂,有的网络反腐事件"变味",成了政治经济力量之间的博弈。复杂的网络舆情环境为交通行业的舆情监测提出了更高、更具体的要求——认清自身存在的3点不足是首要任务。如交通运输行业各管理部门网络舆情监测和预警的现状和格局不清晰,交通行业网络舆情发布信源和载体分类不明确;交通运输管理部门危机预警技术手段严重不足,危机主体信息获取和发布不及时;未形成区地网络舆情监测联动机制,网络舆情信息获取单一化和局部化等。因此,建立交通运输行业统一管理的网络舆情应对机制及监测、预警体系,提高新形势下科学应对、分析与预警网络舆情能力,科学引导网络舆论,优化行业建设与治理环境,提升网络舆情危机的化解能力显得特别重要。

网络舆情监测主要以目前互联网中论坛、微博、新闻信息、视频、传统媒体报道等多个信息发布渠道获取与本部门有关的资讯内容为监测对象,发掘网民关注的热点和焦点问题,倾向性言论和主要观点,并通过有效引导方式,正确干预网络导向性为目标,达到正确化解社会舆论危机的最终目标。

一是要理顺关系、明确责任,建立统一、协调、高效的舆情管理体制和舆情应对机制。聚合各方力量形成网络舆情汇集、分析、研判和预警监测专职队伍。如以宣传、新闻部门为主导或载体,形成有力的网民与网评队伍,深度参与和引导网络舆情;以官方网站和影响力大的权威社会网络为平台,及时发布权威信息,并设置专题网页,聚合各方面舆情、评论。

二是要求各级党政相关部门要积极主动与各主流网站，包括论坛、博客、专题网站、学术平台等构建交流、沟通和合作机制；坚持“速报事实、慎报原因，连续发布。既不失语，又不妄语”。注重突发公共事件应对要求：公布事实、表明态度、告知措施、调查原因、问责官员、总结善后。

三是加强对各级官员进行网络知识和技能的培训，建立网络新闻发言人制度。形成一批迅速介入，及时反应。第一时间发声，提供权威信息，发挥主场优势，做突发事件“第一定义者”。培养了解网络媒体并善于跟新媒体打交道的人员，提高其网络管理、舆情应对和网络执政能力。

四是把握媒体应对和舆论引导示威突发事件处置的关键环节。坚持“第一时间、实事求是、客观真实”的发布信息原则。做到快说事件、慎报原因，重视态度、谨慎定性。突发事件一旦发生就应立即着手应对，稍有迟疑，可能就会造成谣言和小道消息满天飞，稍有怠慢，可能就会造成我们工作上的被动。过去，总习惯“只处理、不报道”或“先处理、后报道”，如今已经完全不可取，及时主动发布信息，引导舆论，才是改进对突发事件的应对和舆论引导正确的做法。

五是建立“全天候”舆情预警机制。建立信息化预警平台，使社会动态、网情动态等信息及时汇集、实时共享，一方预警，多方联动。做到传统媒体 + 门户网站，双管齐下。门户网站的重点新闻区、首页推荐新闻是网民关注的热点，是政策宣传和舆情监测的重要阵地。运用好当地传统媒体；巧用、善用微博和手机短信，积极进驻新媒体，加强政务、党务信息发布。实现政府网站、微博应从“名片型网站”到“服务型网站”的转变。

六是善于倾听普通民众的意见、重视各领域“意见领袖”的意见。要恪守道德底线，尊重经验常识，不说胡话、瞎话、空话、套话、废话。创新机制，尽可能团结和培养网络意见领袖，充分发挥其舆论引导的作用，为宣传舆论引导服务。

浅析打击网络谣言的必要性及对策

黄　金

近年来，随着信息技术的飞速发展，互联网一方面给人们的生活提供了迅速获取信息的方便，促进了经济社会的快速发展，但也为谣言的快速传播提供了渠道。尤其伴随微博、微信等新媒体出现后，一些网络谣言和有害信息在网络上肆意传播，严重扰乱社会秩序、影响社会稳定、危害社会诚信，甚至引发社会恐慌。毫不夸张地说，当前网络谣言已经成为社会一大公害、网络“毒瘤”，不仅使善良的人们上当受骗，影响正常社会生活，严重干扰整个网络传播秩序，而且严重侵害公民切实利益，更直接危害社会稳定和国家长治久安。

因此，强化网络谣言的政府管制，严厉打击网络谣言的不法行为，已成为各级党政部门亟待研究的新课题，也是不容回避的现实问题。

一、网络谣言的社会危害

谣言，它是一种特殊的舆论现象，陈力丹教授在他的《舆论学—舆论导向研究》中提出“谣言是舆论的畸变形态”。一些网民或组织出于政治的或经济的目的、出于泄私愤或扰乱社会秩序的目的、出于好玩或提高自己网络知名度的目的……泛滥成灾的网络谣言，不仅给互联网的发展带来巨大的负面影响和危害，也对网络的公信力产生了沉重的打击，甚至引起了严重的恐慌，产生了极其恶劣的社会影响。网络谣言的社会危害主要体现在以下几个方面：

（一）引起社会恐慌，危害社会和谐。在网络时代，网络谣言的危害是非常巨大的。一些网络谣言从根本上破坏了公众对政府、社会信任，甚至造成公众产生了严重的思想混乱。如 2014 年 10 月 5 日出现的“网传萍乡至南昌高铁列车脱轨？”后经查实属谣传，铁路部门立即予以回应澄清。这类谣言造成了群众的恐慌心理，严重影响百姓对政府的信任，大大破坏了铁路部门的形象。

（二）降低网络信息，影响百姓生活。网络谣言以不真实的事件传播带给公众误导，而很多网民在未加核实的情况下又助长了网络谣言的传播。如在2011年3月，在日本发生特大地震后一周，中国多地发生群众抢购盐的事件，而这一切都来源于一则“食盐能抵御辐射”的网络谣言。又如2011年2月17日一篇名为《内地“皮革奶粉”死灰复燃长期食用可致癌》的文章惊现网络，之后立即被各商业网站转载并直接导致蒙牛、伊利、光明等牛奶股价下跌，跌幅最高的蒙牛高达3.3%；接着，中央电视台《新闻1+1》栏目特地做了一个专题报道，郑重声明所谓“皮革奶粉”纯粹是别有用心的人故意编造的网络谣言。

（三）给受众造成困扰，甚至酿成更大悲剧。一些网络谣言是针对公民个人的诽谤，而一些网络推手在制造谣言的过程中，强化了谣言的扩散，挟持了网名的意见。如2013年9月16日广东省惠州市惠城区法院曾经审理过一宗网络诽谤案。被告人李某涉嫌在其朋友郝某的空间网上留言捏造谣言攻击郝某“与他人存在不正当男女关系”，最后导致郝某跳楼自杀身亡。

（四）增加事件的解决难度。网络使人们获取信息的渠道更加多元化，一些被传统媒体忽略的信息在网络上广泛的传播，这些信息所展现的观点和价值也日益呈现多元化趋势，又因为不同的个体有不同的利益需求，即使是对同一个问题网民也会“仁者见仁，智者见智”。公信力的缺失、价值观念的混淆和社会共识的消解等问题的存在，又极易使人们在对信息或者曲解对方的本意，使得信息在传递过程中发生变异从而引发谣言增加事件解决难度。如早在2009年社会广泛关注的河南杞县“钴60”事件，河南电视台的记者曾经报道说，“即使是记者赶到杞县采访的时候，杞县的相关领导对此事件的态度仍然是三不政策：不通报情况、不接受采访、不允许报道。”无形中，舆论被谣言挟持、真相被谣言淹没，为事件的顺利解决大大增加了难度。

（五）损坏个人和集体名誉。谣言是社会的毒瘤，网络谣言因其传播速度快、覆盖范围广致使其产生的社会危害也就更大。对个人来说，这些似是而非、危言耸听的网络谣言，轻则会给个人的工作和生活造成困扰，重则损坏个人声誉；对对集体而言，网络谣言能使某一单位、某一部门甚至整个行业的名誉受损，降低其在社会上的信任度，甚至造成巨大的经济损失。如2011年6月发生

的“郭美美事件”之后，社会及慈善组织的捐赠数额出现锐减，由郭美美引发的一系列红十字会的信任危机不断出现，给整个行业带来极其沉重的创伤。

二、网络谣言产生的原因分析

网络谣言借助网络的匿名性、即时性、数字化等特点，以及呈几何级数增长的趋势扩散，影响力强、危害极大，人们对谣言信息的意见在社会群体的持久互动中趋同了，影响力和破坏程度达到最大。可见，网络谣言的产生、扩散，有其网络环境、政府监管及法律法规等深层次因素，很多时候是多方面原因综合起作用。

（一）网络准入门槛低。网络新技术应用不断发展壮大的同时，更为网络谣言的传播提供相对宽松自由的环境。据不完全统计，截至2014年9月，我国已有6.32亿网民，有5.27亿手机网民用户，人人都可以成为网上焦点，事事都可能成为新闻“头条”，网络日益成为社会舆论的发源地、集散地和交锋地，网络舆论对社会的影响已呈现势不可挡的趋势。因此，网络上虚假信息的传播、个人隐私的泄露以及“网络水军”的肆虐都成为互联网的健康发展蒙上了阴影，自由宽松的网络环境为网络谣言的出现埋下伏笔。

（二）网络把关人缺失。库尔特·卢因教授认为，“在群体传播过程中存在着一些‘守门人’，只有符合群体规范或把关人的价值标准的信息才能进入传播渠道”。网络作为海量信息和自由交互的言论传播平台，当自身存在一定技术上的缺陷，难以屏蔽谣言时，仅仅依靠网民自律显然是不够的。一旦网络媒体失守，网络监管“把关人”角色没有到位，网络谣言泛滥成灾就不足为奇。

（三）可信赖权威媒体丧失。这是由网络信息碎片化的结果，也是网络谣言产生的主要原因之一。由于媒体资源的极大丰富，“大众”日益消亡，受众日益分流，而媒体权威也在相应衰减，单个媒体“一呼百应”的情景不太可能再次发生了，人们不再信赖单个媒体了。在受众看来，谣言和事实具有同样强大的力量，而能使事实脱衣而出的力量却日渐成为空白，为减少不确定性，他们只能道听途说或者“说风是雨”了。

（四）网络谣言监测力不够。谣言的产生往往源于真相的模糊，谣言总是在真相缺乏的土壤上滋生和蔓延。由于法律法规的不完善和技术手段的落后，政府对网络谣言的制造者和传播者没有能够形成足够的威慑力，在防范和治理网络谣言过程中政府难以充当主要角色。技术的发展使得媒介资源极大丰富，特别是互联网，似乎成为取之不尽用之不竭的资源库。人们只要申请一个账号就可以拥有自己的空间、微博、微信等，就可以自由地发表意见和观点。理论上说，每个人的声音都被平等地对待、都会进入信息流通渠道，可谓“百家争鸣，百花齐放”，同时，这也成为网络谣言滋长蔓延的绝佳地带。

（五）信息公开不够透明，沟通渠道不畅通。法律赋予公民有知情权，对热点问题但凡涉及突发案件、官员事件、非法拆迁和离经叛道等信息一经泄露却又未能给受众合理解释时，就很容易让网络谣言产生传播提供机会。受众关于谣言的公开方式，事件越是重要，谣言就越容易产生。据中国社科院 2013 年发布的《社会心态蓝皮书》显示，“我国社会情绪的总体基调是积极的，但是负向情绪引爆点低”，这就印证网络谣言一旦引爆传播出来，其扩散速度、范围以及引起的负面程度是非常惊人。

（六）法律法规不够完善，处罚力度偏轻。目前我国涉及谣言方面的法律主要有《刑法》《治安管理处罚法》以及《突发事件应对法》等。另外，还有《关于维护互联网安全的决定》《互联网信息服务管理办法》《计算机信息网络国际联网安全保护管理办法》《互联网站从事登载新闻业务管理暂行规定》等法规，以及最高人民法院、最高人民检察院出台的《关于办理利用信息网络实施诽谤等刑事案件适用法律若干问题的解释》，均对网络谣言有所规范。从上述法律法规和司法解释来看，一是涉及网络谣言的法律规定明显偏少且缺乏专门的法律规定；二是缺乏专门的谣言犯罪罪名，某些情形的谣言定罪门槛偏高且适用范围过于狭窄，处罚明显偏轻。

三、打击网络谣言的对策

任何社会都需要秩序维护，没有规矩就不成方圆。网络社会虽然是一个虚拟的社会，但它和现实社会一样需要维护正常的秩序必须要运用各种方法和手段进行有效的约束和规范。互联网技术的飞跃发展，微博、微信及手机客户端新型网络交流工具的兴起，改变了传统的网络传播模式，一些事件经过互联网的传播、放大之后，能使公众在极短的时间内达成共识、发酵情感、诱发突发事

件,从而影响社会的和谐稳定,在这种情况,必须采取有效措施加强对网络谣言的防范和控制,重点从政府、媒体和公民三个角度出发,既要有效发挥政府的主导作用,又要加强对网络谣言的监管和打击,同时还要提高公众的道德和法律意识,才能达到社会的规范而不至于引起“寒蝉效应”。

第一是政府层面:以监管为主导,强化自身建设。

(一)建立及时、准确、全面的信息公开机制。“据民调显示,73.1%的民众将谣言泛滥的原因归结为政府不能及时发布准确信息”。美国社会心理学家奥尔波特和波斯特曼给出了一个决定谣言的公式:“谣言=(事件的)重要性×(事件的)模糊性。”可见,事件越重要而且越模糊,谣言的传播力也就越大。要想终止谣言的传播,就应及时、准确地披露事件的真相。因此,政府部门应该建立及时、准确、全面的信息公开机制,将谣言消灭于萌芽状态。

(二)努力提高政府的社会公信力。“信任是一种社会关系或一种社会体制中为所有成员增进利益的创造者”。政府应注重从各方面加强公信力建设,当下最迫切的是采取措施,树立政府良好的社会形象,真正做到立党为公、执政为民,将权力关在制度的笼子里,保证权力在阳光下运行,接受社会公众的监督。提高政府公信力要求政府工作人员必须牢固树立诚实有信、服务社会和依法办事、主动接受社会监督的理念。

(三)提高认识,加强网络监管力度。政府对网络传播行为加强监管,是遏制网络谣言泛滥的关键举措。政府部门应充分认识网络谣言的强大破坏力和社会危害性,对网络谣言给予足够的重视,具备较强的防范意识。政府要加大网络的监管力度,建立完善网络谣言监测机制,做到全国互联互动一盘棋。要增加技术投入,克服技术难题,建立一套具有预警功能的网络监测体系。要加强对网络媒体的管理与指导,督促网络媒体人不断强化社会责任,加强文明和道德建设,切实把好网络“关口”。要引导、监督、管理好网络“大V”等所谓的“意见领袖”们,使之发挥正能量。

(四)完善网络谣言的法律法规,进一步规范网络传播行为。可借鉴美国、德国、新加坡等国家的立法。如在《刑法》上增加网络谣言制造者、传播者的犯罪罪名及相应的刑事责任;提高网络专门立法的立法层级;加大《治安管理处罚法》的处罚力度。

第二是媒体层面：要善尽职责，各尽其责。

（一）网络媒体当好网络“守门员”、“把关人”角色。作为提供网络信息发布平台的网络运营商，网络媒体是网络谣言的第一把关人。网络媒体应主动承担起社会责任，不断提升道德水准和网络管理能力，加大网络掌控和屏蔽谣言的技术研发，增加网管力量，应责无旁贷地当好网络“守门员”，还虚拟世界一个健康、洁净的环境。

（二）传统媒体要洁身自好，维护好权威信息发布者的形象。传统媒体应珍惜自己的声誉和权威地位，在重大突发事件的报道上，负起社会责任，恪守媒体人的职业道德。要做到精益求精，务求还原事实真相，及时以权威媒体的姿态澄清谣言。

第三是公众层面：提高公民素养，加强自律。

（一）网络传播不仅需要他律，也需要网民的自律。作为网民，应该要自我约束，尽量做到不进行网络谣言的制造和发布，合理利用网络，文明上网；网民是互联网的直接使用实体，也是消解网络谣言的群众基础，因此，网民的自律是网络谣言失去传播市场的前提。

（二）网络谣言的传播与公众的辨别能力成反比，网络谣言的传播往往与网民缺少对谣言的理性判断密切相关。因此，网民加强自律的除了纯粹的自我约束之外，还应该要主动加强自身的知识积累，从而令常识性的谣言无所遁形。

浅议当前舆论环境下交通运输行业如何展示新形象

练崇田　万庭慧

党的十八大以来，习近平总书记就做好新形势下宣传思想工作发表了一系列重要讲话，特别是在全国宣传思想工作会议上发表的重要讲话，深刻阐述了宣传思想工作必须正确处理的“七个方面的关系”，科学回答了事关宣传思想工作和意识形态工作长远发展的根本问题，进一步明确了宣传思想工作的地位作用、目标任务、职责要求，方针原则、工作重点、政治保证等重大问题，为我们做好新时期宣传思想工作提供了基本遵循和行动指南，是指导宣传思想工作的纲领性文献。当前，各种思想文化相互激荡，舆论环境复杂多变，加强宣传思想文化工作，既是社会和谐的内在要求，也是构建社会主义和谐社会的重要条件。新闻舆论工作处在意识形态领域的前沿，对社会生活和人们思想意识有着重大的影响。无论是在促进社会主义和谐社会建设方面，还是在展示交通运输发展新形象方面，都必须发挥舆论引导工作统一思想、鼓舞人心、凝聚力量、动员群众的重要作用，切实加强舆论引导能力建设。

一、正确认识和准确把握交通宣传工作面临的形势和挑战

交通新闻宣传工作同我国经济和社会发展紧密相关，同交通运输行业改革与发展紧密相连，交通事业的科学、快速发展既为新闻宣传工作提供了丰富题材，带来了重大机遇，也对提高新闻宣传工作能力和水平提出了新要求和新挑战。

（一）交通运输行业的新发展对创造良好舆论环境的要求更高。当前，我国正处在全面建成小康社会的关键阶段，经济发展进入新常态，交通运输对稳定

经济增长、优化城镇产业布局、提升人民生活水平、提高国际竞争力的基础性先导性作用将更加凸显。李克强总理在2015年政府工作报告中明确提出“使交通真正成为发展的先行官”,充分体现了新形势下党中央、国务院对交通运输工作的高度重视和殷切期待,也为加快交通运输发展指明了前进方向。

在新形势下,交通要真正成为发展的先行官,必须自觉把交通运输纳入“四个全面”战略布局中来研究、谋划、推进,继续坚持“适度超前、统筹发展”的原则,促进各种运输方式深度融合,加快建成现代综合交通运输体系,大力推进交通运输现代化,更好地发挥交通运输服务经济社会全局、保障国家经济安全、方便人民群众安全便捷出行等方面的关键作用,为全面建成小康社会提供有力保障,为实现第二个百年目标新征程奠定坚实的交通运输基础。当前和今后一个时期,交通运输工作必须按照“四个全面”的战略布局系统推进,紧紧围绕全面建成小康社会宏伟目标,全面深化交通运输改革,推进交通运输法治建设,加强交通运输反腐倡廉建设,促进铁路、公路、水路、民航和邮政等各种运输方式深度融合,加快建成安全便捷、畅通高效、绿色智能的现代综合交通运输体系,大力推进交通运输现代化,为全面建成小康社会提供有力保障,为实现第二个百年目标新征程奠定坚实的交通运输基础。各地各部门正以深化改革为动力、以法治建设为保障,率先作为,真抓实干,务求实效,切实当好服务国民经济和社会发展的“开路先锋”。这就要求我们更好地发挥新闻宣传的支撑作用,统一思想,凝聚人心,不断提升精神动力,营造发展的良好氛围,把行业的积极性引导到加快推进现代交通业发展上来。

(二)舆论监督的多元化、复杂化导致维护好政府部门良好形象的难度更大。随着交通业的快速发展,人们在享受发展成果的同时,更多地关注交通发展过程中产生的负效应,为此提出了更高的交通服务满意度的要求;媒介化时代的新闻舆论,对交通突发事件空前聚焦,交通部门的应急反应能力和处置全过程都受到社会和公众的监督,新闻要求和舆论监督呈现出多元倾向和复杂趋势。这就要求我们尽快提高行业新闻管理水平,增强政府新闻管理意识,完善新闻管理体制机制,善于运用新闻传媒来创造良好的执政环境和发展环境,提高执政形象和执政公信力。要彻底改变过去力图“控制媒体”、“管理媒体”的传统观念,树立主动服务、积极合作、有效引导、发挥优势的服务理念。善于寻找政府要说、媒体关注、公众关心的结合点，学会在第一时间掌握舆论控制权，防止由于“权威信息缺位”和“政府新闻失语”，放任媒体“恶意炒作”和“制造虚假新闻”，预防和消除有碍交通发展的不良影响。

（三）交通运输改革发展中出现的“焦点”问题让社会舆论的关注度更高。近年来，交通运输部门实行了一系列改革，在改革和管理模式转型中必然会遇到体制、机制、法制和管理等方面的诸多矛盾和问题；交通运输发展既处在一个大建设大发展时期，也处在一个调整结构、优化升级、提高效能、改善服务的关键时期；交通运输行业与老百姓的切身利益密切相关，社会舆论关注度极高，在建设、管理和服务中都需要得到社会公众的理解和支持。当前，公路收费、交通工程质量、资金管理、安全生产、出租车管理、廉政建设等问题日益成为社会舆论关注的热点。积极稳妥处理好这些媒体追踪的“热点”和“难点”问题，就要求我们以改革创新的精神，提高正面引导和正确把握舆论的能力，始终坚持贴近实际，贴近生活，贴近群众，不断增强新闻宣传的针对性、实效性和吸引力、感染力，为交通运输改革发展提供强有力的舆论支持。

（四）提升行业软实力，树立行业好形象，为建设人民满意交通提供精神力量的任务更重。2015 年 4 月 27 日，全国交通运输行业精神文明建设暨新闻宣传工作会议在京召开，部党组书记、部长杨传堂出席会议并强调，要将“全面提升行业软实力”作为“十三五”期交通运输精神文明建设和新闻宣传工作的主线，紧紧围绕协调推进“四个全面”战略布局，以社会主义核心价值观为引领，继续推进实施“五大工程”，不断深化思想政治教育，大力培养共同价值追求，营造良好舆论环境，提升行业软实力，树立行业好形象，为使交通真正成为发展先行官、建设人民满意交通提供有力的思想保证、精神动力、舆论支持和文化条件。因此，要将提升行业软实力变成广大交通干部职工的自觉行动，需要通过开展广泛深入的新闻宣传工作和主题实践教育活动，作为引导职工，强化认知，赢取认同的重要载体，职工在实践活动中的文化认同，就是行业软实力提升的过程。新闻宣传工作要引导职工增强使命感，形成共同愿景，弘扬交通精神，树立职业道德，承担起提升行业软实力的重任。

总体上说，交通新闻宣传工作面临着机遇，也面临着挑战，机遇大于挑战，任务艰巨而神圣。习近平总书记指出：“宣传思想部门承担着十分重要的职责，必须守土有责、守土负责、守土尽责。”我们要认真学习领会，联系交通实际，明确任务和目标。

二、主动作为，把握导向，为建设和谐交通营造良好氛围

交通行业的社会性、公益性、服务性较强，同人民群众的生产、生活联系非常密切，随着交通的大发展，社会关注的热点问题比较多，新闻宣传的重要作用日益显现。能不能充分发挥好交通新闻宣传的作用，正确把握好、引导好宣传舆论导向，直接影响到交通发展的大政方针和各项具体措施的贯彻落实，影响到交通行业的社会形象，甚至影响到交通事业的重大战略决策和长远发展大局。大力加强新时期交通新闻宣传工作，是促进交通行业又好又快发展的有效手段和途径，是鼓舞士气、沟通社会、展示形象、促进发展、赢得理解和支持的桥梁，是打造和谐交通、构建和谐社会的纽带。

（一）要推进行业核心价值体系建设。交通运输部对行业核心价值体系进行了提炼。交通运输行业核心价值体系主要包括行业使命、共同愿景、交通精神、职业道德等内容。行业使命是：发展现代交通，做好“三个服务”。共同愿景是：建设一个畅通高效安全绿色的现代化交通运输系统，实现人便于行、货畅其流，让人们享受高品质的运输服务，让经济社会发展更加充满活力，让交通与自然、与社会更加和谐。交通精神是：艰苦奋斗、勇于创新，不畏风险、默默奉献。职业道德是：爱岗敬业、诚实守信、服务群众、奉献社会。行业核心价值体系是交通运输事业发展的重要基础工程和精神家园，内涵丰富、意蕴深厚，形成有机的整体。要结合实际，努力践行行业核心价值体系，深入开展“学树建创”活动，不断提高行业服务质量和水平，在培育行业典型、提升行业形象、开展主题宣传、营造舆论氛围等方面下功夫，以良好的形象、良好的氛围赢取社会的理解和支持。

（二）要及时主动加强与新闻媒体的沟通。加强与新闻媒体的沟通合作，是交通新闻宣传工作面临的重要课题。只有主动加强与新闻媒体的沟通合作，才能用足用好社会新闻资源，实现交通新闻宣传工作的新突破。

一要突出主动性。遇到重大突发事件和重大舆论导向事件，要主动加强与主流媒体的沟通合作，积极争取资源、抢占阵地，为我们开展工作创造有利条

件。要集中新闻宣传力量，突出新闻宣传重点，做到对重大政策、重大战略部署、重大突发事件对外宣传的协调统一。要在相互理解和支持的基础上，建立健全新闻媒体日常沟通机制，开展富有成效的合作，在沟通合作中提高行业宣传能力。

二要突出权威性。要建立和完善新闻发言人制度，切实发挥新闻发言人在加强与媒体和公众沟通、引导舆论、塑造政府良好形象，以及在重大突发事件中消弭恐慌心理、凝聚人心等方面的积极作用。对于重大的舆论导向，不仅省厅层面要解释，对政策性强的舆论热点问题，要争取国家政策层面的权威解释。

三要突出开放性。新闻监督是社会民主开放的一个标志，要高度重视和善于借助舆论力量推动工作。新闻舆论的力量，无论是正面报道，还是舆论监督，都有助于交通事业发展。既要大力引导新闻媒体多作正面报道，又要正确对待和妥善处理舆论监督，以对人民群众高度负责、对交通事业高度负责的态度回应监督，用积极的措施改进和推动工作。

（三）要全面加强交通新闻宣传组织谋划。策划的本质是创新，策划是新闻宣传质量的“增长点”和“效力点”，加强策划是提高新闻宣传成效的重要途径。只有紧紧围绕中心工作，有效组织宣传策划，才能切实增强新闻舆论的引导力，真正掌握交通宣传工作的主动权。一要在增强新闻敏锐性和策划意识上下功夫。要在掌握交通发展大局的基础上具有超前意识，要提高政治敏感性和新闻敏感性，善于准确捕捉交通新闻要素，进行深入理性思考，做有预见性的策划，努力使超前思维、注重策划成为一种思维习惯和工作自觉。二要在坚持“三贴近”原则上下功夫。“贴近实际、贴近生活、贴近群众”是我们党加强宣传思想工作的重要原则，也是交通新闻宣传策划的重要原则。要从受众的角度去思考问题，注重把目光转向人民群众，及时了解民情，研究民意，拉近交通新闻与受众的距离；从民生的角度去提炼主题，注重从老百姓的关注点切入，紧贴交通重大主题和民生热点，挖掘富有魅力的交通新闻亮点，增强报道的针对性和实效性；从时代要求的角度去改进方法，注重选择独特的角度，运用群众喜闻乐见的形式，增强报道的感染力和吸引力。三要在选准用好重大题材上下功夫。交通运输行业重大题材很多，选准用好重大题材是交通宣传工作创新的重中之重。要有计划、分步骤、多角度地挖掘重大题材，适时推出有深度、有影响的新闻报道。要努力做到“大、新、深、快、活、强”，即：取材要大，立意要新、挖掘要深、报道要快、手法要活、效果要强。四要在提高策划能力上下功夫，既要注重系统学习新闻传播的新理论、新思路，努力掌握策划方法和技巧，更要注重联系行业发展实际，在实践中提高能力、增长才干，做出成绩。

（四）要积极稳妥地做好交通应急宣传工作。交通行业关系国计民生，一旦发生突发事件，社会影响大、媒体关注度高。应急宣传是交通新闻宣传工作的重要组成部分，是对交通宣传能力的实战检验。做好新形势下交通应急宣传工作，对于正确引导社会舆论、妥善处置突发事件、维护社会和谐稳定，具有十分重要的作用。我们要进一步加强交通突发事件新闻宣传应对机制建设，科学制定应急宣传预案，分解工作任务，落实工作责任，保障应急宣传在关键时刻“跟得上、贴得近、打得赢”。要加强与突发事件处置部门的沟通协调，完善信息发布管理，根据突发事件的处置要求和工作进展，采取合理方式发布信息，确保新闻信息及时、准确，客观、权威，牢牢把握应急宣传工作主动权，为交通突发事件处置营造良好的舆论环境。应急宣传要与各种应急预案同步布置、同时进行，要及时把应急处置的新闻信息发出去，通过主流媒体发布权威信息，正确引导舆论。

（五）要着力构建网络引导新格局。当前，随着互联网等传播新技术、新媒介的迅速发展和广泛普及，传媒格局和舆论形成机制发生深刻变化。特别是传播主体日益多元化、传播渠道逐步多样化，传播资源爆炸式地释放出来。这些新情况新问题，造成了舆论格局的深刻变化，事实上已经形成了包括社会舆论场、媒体舆论场、网络舆论场、手机舆论场在内的多个舆论场，特别是网上论坛、新闻跟帖、聊天评论等十分活跃，产生了明显的放大效应。这种趋势很容易将一些非主流舆论发酵催化，形成舆论热点，干扰主流舆论。我们要从舆论多层次的实际出发，加强主流媒体和新兴媒体建设，尤其要充分发挥互联网、手机等新媒体在舆论传播中的特殊功能和作用，着力构建集传统媒体和新兴媒体于一体的定位明确、特色鲜明、功能互补、覆盖广泛的舆论引导新格局。一是充分利用网络媒体覆盖面广、网民参与度高的优势，积极开展网上交通发展形势、政策和成就宣传。二是充分发挥网络媒体的聚焦效应和扩展优势，积极开展网上重大交通主题宣传。三是充分发挥网络媒体即时特点和互动优势，积极开展生动活泼的网上交通重大典型形象宣传。四是充分发挥网络媒体信息传递迅捷方便的特点和优势，积极做好重大交通突发事件网上信息发布工作。

新闻宣传在企业管理中的作用探幽

毛永智

一、新闻宣传在企业管理中的重要性

如果说管理是保障企业大船稳步前行的方向舵，那么，新闻宣传就可以称之为舵手的导航仪和显示器，企业发展的方向和进程都要通过导航仪来指引，通过显示器来展示。

新闻宣传是加强企业员工管理的有力手段。企业员工管理的主要内容就是宣传党的路线方针政策和企业管理的制度决策及企业文化等，而新闻宣传的主要功能也是进行思想引导，营造正确的舆论导向，通过报道和评述事实，传播正确的思想观念、价值体系，使受众从中受到教育、启迪和鼓舞。新闻宣传可以通过报纸、广播、电视、网络等媒介传播信息，其受众广泛，涉及各个阶层、各种群体。因此，新闻宣传是加强企业员工管理的有力手段。

新闻宣传是推进企业科学发展的有效途径。对于企业来说，要做到持续有效科学发展，职工队伍的稳定和谐是基础，企业管理者要积极化解矛盾、鼓舞士气、推广经验，为推进企业发展提供不竭的动力。相对于此，新闻宣传工作所遵循的原则是坚持正确的舆论导向，对本企业的企业宗旨、企业精神、企业理念进行宣传，对企业的工作重点、工作思路进行宣传，对企业典型的人和事、创新改革的做法经验进行宣传。企业员工作为新闻宣传受众的一部分，能够从多种角度和层面上去了解与企业相关的信息，在观念和认知上产生认同感、归属感、荣誉感和使命感，从而进一步统一思想，产生动力，更好地服务于企业。

新闻宣传与企业现代化管理相辅相成。在多数企业中，企业的新闻宣传工作归属于企业管理部门负责，新闻宣传的过程既是加强企业管理，提升企业管理水平的过程，又是深化企业改革，推进企业持续有效科学发展的过程，两者是相辅相成、相生相息的关系。在现代化的企业管理中，两者都要为促进企业的科学发展、和谐稳定做出应有的贡献。

二、新闻宣传在企业管理中的现状

目前，绝大多数企业管理者已经认识到了企业新闻宣传的重要性，但也有少数管理者对此还没有充分认识或者没有一个正确的认识。

不能正确认识新闻宣传工作在企业管理中的重要性。少数管理者认为在企业管理中，新闻宣传可有可无，开展新闻宣传工作不但要设岗定编，而且每年还要花不少费用，经济效益还看不见、摸不着，不划算。很显然，这都是一些认识上的误区。

没有把新闻宣传工作作为企业管理的重要组成部分。一些企业管理者一门心思抓经营，工作做出了成绩，不及时总结上报，不注重宣传，在报纸上没有文字，电视上没有图像，广播里没有声音，导致职工士气得不到鼓舞，久之亦会影响成绩。还有的过于关注自身，不善于从新闻中借鉴别人的经验，导致发生许多决策性错误。

忽视了新闻宣传工作在企业员工管理中的引导作用。在企业的员工管理中，人们习惯于通过座谈会、报告会、民主生活会、形势任务教育、集中组织学习等作为企业员工管理的主要方式，常常把广播、电视、报纸等新闻宣传理解为一种新闻信息的传播方式，忽视了其在现代化企业员工管理中的重要引导作用。

三、发挥新闻宣传引导作用的方法与途径

发挥新闻宣传在企业管理中的引导作用，就要充分考虑企业新闻宣传和企业生产管理两方面的要求，找寻最佳的结合点。

领导重视是根本。领导重视是做好企业新闻宣传工作，发挥其引导作用的根本保证。新闻宣传开展的好坏，关键在于企业管理者对这项工作的重视程度，只有具备强烈的宣传意识，才能采取有效的措施组织开展新闻宣传工作，才能从岗位设置、人员配备、人员待遇、办公条件等方面给予充分考虑，才能不断调动新闻宣传人员的积极性。

坚持创新是保证。要发挥新闻宣传的引导作用，必须深入学习新闻宣传的

专业知识，掌握新闻宣传工作的技巧，结合企业发展的特点、需求和趋势，创新方式方法，体现时代性，把握规律性，不断增强新闻报道的影响力。一是在新闻宣传的形式上进行创新，突破传统的新闻报道模式，坚持贴近生产经营、贴近职工群众，增强新闻宣传的鲜活性、感染力；二是在新闻宣传的理念上进行创新，既要注重向内对企业员工的宣传，也要注重面向社会对企业整体形象的宣传，两者相辅相成；三是在新闻宣传的机制上进行创新，设立专门的新闻宣传机构，建立自下而上的宣传网络，健全新闻宣传的工作机制，使新闻宣传更好地服务于企业管理。

总之，企业的改革发展，离不开新闻宣传，在企业管理中既要把新闻宣传作为管理的重要组成部分，又要打造一支政治强、业务精、纪律严、作风正的新闻宣传队伍。新闻宣传工作者则要把握正确的舆论导向，不断学习专业知识，不断深入基层实际，使新闻宣传与企业管理有机地结合起来，才能不断提升企业的管理水平。

好策划类

获奖名次：图片类二等奖

标　　题：《彝族特有的饮食文化——“跳菜”》

作　　者：李文圣

原 刊 于：《中国交通报》2014 年 10 月 16 日 1 版

获奖名次：图片类三等奖

标　　题：《让微笑绽放》

作　　者：石建华

原 刊 于：《中国高速公路·甘肃高速》2014 年 4 月

作品评析

报道策划各有特色成效显著

杜迈驰

自从第三届全国交通运输好新闻评选增设好策划项目以来，交通报刊协会各会员单位更加重视报道的前期策划，申报单位和作品不断增加，策划的思路更加开阔、更加缜密，策划的作品和采访活动的影响力很强，可喜可贺。

从第五届全国交通运输优秀新闻作品来看，不管是新闻类还是自然科学类媒体，报道策划各展所长，思路宽阔，特色明显，内容厚实，成效很大。

一、一等奖策划特色更足

获得两个一等奖的《中国交通报》，策划主题重大，内容全面，思想深刻，形式多样，可读性强。农村公路发展特别报道以2014年3月4日习近平总书记在交通运输部《关于农村公路发展有关情况的报告》上做出的重要批示为统领，策划了以“同心共筑康庄路”为主题的农村公路发展成就特别报道。从当年5月至12月，该报社先后派出多路记者赴全国15个省(区)及新疆生产建设兵团进行采访，行程覆盖80多个县、230个村镇。采访对象既有省委、省政府和市县党政负责同志、各级交通运输部门干部职工，又有从农村公路发展中受益的各类企业和普通群众。从农村公路施工现场到田间地头，从乡镇企业到厂矿工厂，记者日夜兼程，扑下身子深入基层采访。他们采用专访、综述、署名文章、故事特写、数据图表等多种表现形式，全景式展示了十年来农村公路建设与发展成就。报道内容既有对农村公路促进城乡产业布局、新型城镇化发展、群众增产致富、安全便捷出行的真实记录，也有对农村公路发展经验的总结梳理，对建管养运存在问题的分析探讨等。

长达8个月的大型报道，涵盖稿件120多篇、图片180多张，42块整版，计30多万字。成为一些省(区)研究农村公路发展的决策参考，也使农村公路成为社会各界关注的民生工程。我看了通讯《春风习来康庄路》，里面写道："2014年春天，春江水暖，一条条农村公路，寄托着浓浓的交通请，承载着满满的小康梦，续写着普惠民生的'春天的故事'。"你看，诗意多浓啊！

应该说，这次策划的报道活动是贯彻落实习近平总书记重要批示的实际行动，是落实中宣部等部门"走转改"要求的实际行动，为促进农村公路健康可持续发展、农村公路建管养运工作再上新台阶、提高扶贫工作的精准性和有效性、协调推进中央提出的"四个全面"战略布局，营造了良好的舆论环境，从而得到各地党委政府的高度评价，受到交通运输部领导的高度评价，且成为交通运输部2014年度宣传亮点。

《中国交通报》另一个一等奖是川青藏公路通车60周年特别报道及交通运输援藏纪念特刊的策划。60年前，11万汉藏军民历时5年修筑的川藏、青藏公路同时通车拉萨，结束了西藏没有公路的历史;60年后，习近平总书记做出重要批示，要求进一步弘扬"两路"精神，助推西藏发展。为此，交通运输部启动"行走川青藏"主题宣传活动，《中国交通报》于是策划了专题报道活动，开辟《行走川青藏》栏目，并派记者分别沿川藏、青藏公路采访报道。他们克服高寒缺氧、旅途颠簸、信号差等诸多困难，深入交通建设一线、公路沿线居民点采写，发回图文报道数十篇，特别是《天路颂　藏地情　川青藏公路通车60周年暨交通运输援藏纪念特刊》、一版整版刊发长篇通讯《为雪域高原插上腾飞翅膀》，文笔细腻，内容扎实，涵盖了"两路"通车以来西藏交通运输发展变迁，总结了交通运输系统援藏、"两路"建管养运工作的成就和经验，彰显一代又一代交通运输人不畏艰险、攻坚克难的精神风貌，记录了交通运输发展为改善西藏百姓生活、推动地方经济发展、促进民族团结做出的巨大贡献。尽管这次采写活动的规模比农村公路报道小一些，但体现了同样的主题重大、形式活泼等报道特点和弘扬"两路"精神的重大作用。

第三个一等奖是《中国海事》杂志“SOLAS公约百年”的专题策划。概况与分述结合、历史与现实结合、政府救助与自愿救助结合、先进集体与先进个人介绍结合，是该策划报道的显著特点。

这期杂志所说的《国际海上人命安全公约》，缘于震惊世界的1912年“泰坦尼克”号邮轮1500多人丧生的特大海难事故。事故后的第二年，英国政府在伦敦主持召开国际会议，总结“泰坦尼克”号冰海沉没的教训，提出诸多预防措施，进而达成支撑国际海事组织（IMO）海上法律体系三大公约之一的SOLAS公约。1914年1月20日，该公约正式生效，到2014年该公约生效整整百年，内容从当初的8章扩展到现在的12章。SOLAS公约是涉及海上人命安全的各种国际公约中最重要的一个公约，与《国际防止船舶造成污染公约》（MARPOL）《海员培训、发证和值班标准国际公约》（STC）等一起组成了船舶安全管理的基础。我国作为航运大国和国际海事组织多年的A类理事国，带头履约并积极完善公约，是一个负责任大国的应有担当。基于上述，《中国海事》以公约百年为新闻由头、以人命安全救助为重点做出这个报道策划，恰逢其时。

策划选题5个方面、8篇稿件，有的是约稿，有的是记者采写。前4篇分别讲述了SOLAS公约的历史演变过程和我国的担当，展示了新中国成立以来海上搜救在我国的发展历程，叙述了我国海上搜救的成绩、存在问题和发展方向，报道了我国搜救志愿者的历史、现状及官方提供的保障；后四篇分别介绍搜救名城镇江的前世今生和三位搜救人物的先进事迹。获得世界海上搜救最高荣誉即国际海事组织海上特别勇敢奖奖章的中国水手杨金国，在救人中壮烈牺牲，事迹感人。手机几乎与海上“110”齐名的浙江省温岭市渔民郭文标，三十多年间救回了600多条生命，并自掏腰包建立海上民间救助站，让人肃然起敬。

二、三等奖策划有的很棒

好策划一等奖名额有限。获得二、三等奖作品中，有不少作品确实很棒：思路新颖，覆盖面广，大气磅礴，版面设计活泼，“走转改”效果很好。

《快递》杂志2014年5月刊登的封面故事《致敬！最美快递员》，紧跟主办单位“中国梦·邮政情　寻找最美快递员”活动，2013年4月10日刊登出“寻找最美快递员”启事，各项准备活动拉开序幕，采编人员努力在“发现美的事迹、润泽美的心灵、弘扬美的精神”上做文章。由于前期策划到位，2014年4月29日“最美快递员”名单揭晓并举办颁奖盛典后，杂志立即通过现场、人物、花絮、声音、后记、视界6大板块，向读者展示了“最美快递员”评选的台前幕后，一批最美丽、最真诚、最淳朴的快递员走进公众视野，引发了邮政管理部门、快递企业、电商企业、消费者、媒体、社会监督员的强烈反响。

快递领域是劳动密集型行业，一线快递员80%以上都是农民工。他们夜以继日，任劳任怨，用汗水创造新的经济奇迹，用平凡劳动为社会生活带来便捷。这个策划以颁奖盛典为新闻由头，新闻性十足。报道颁奖现场对接过奖杯、证书的快递员“眼中闪动的泪花”的描写、对“听力不好、平时说话都有障碍的女主角高声喊出‘我爱他！’”的刻画，生动的场面记述让读者如临其境、如闻其言。冰水中救人献出22岁生命的葛明洋，只身跳江救起母女性命后悄然离开的姜红伟，每个月七成工资都要捐出去助人的“石头蛋”，快递车辆被盗而挨家挨户核实赔偿的王光成……一个个“最美快递员”接地气的感人故事，触动着读者内心最柔软的部分。《花絮》趣味性强，《声音》反映了社会各界对活动的感受和评价，《后记》介绍了评委因为“最美快递员”事迹生动而产生的取舍之难。图文并茂的一组报道，不但弘扬了邮政行业“诚信、规范、服务、共享”的4S精神，展示了邮政人、快递人的时代风采和精神面貌，而且推动了当年群众路线教育实践活动的深入开展。

《吉林交通》报2014年5月29日至7月17日推出的《体验交通运输一日》报道活动，是利用社会媒体记者采访、开发新闻资源的成功尝试。策划的报道持续近两个月，近百家媒体记者受邀进行200余人次体验式采访，品尝交通人工作的酸甜苦辣。记者跟班劳动的对象既有高速公路建设者、收费员、养路工，也有公交车司机、站务员、运管员。《吉林交通》报对记者每次采访都用三块版面报道，头版头条配合后面的通版，通版上配上个性化的通栏大标题。报道规模大，有气势，内容集中，以平民视角、大众眼光和现场感受报道当地交通运输一线工作，歌颂了他们默默奉献、勇于担当、热情服务的精神。特别是有的社会记者用“一班8小时，真的不轻松”“两秒检过一张票，这活不简单”作为文章标题，增加了社会对交通运输人工作艰辛的理解。这次报道无论是参加媒体的规模和层次，还是采访内容的全面、立体、多元，在吉林省交通宣传工作历史上都属空前，从而得到交通运输厅党组、厅直各单位领导的赞赏和社会各界的广泛认可。

《中国救捞》杂志对载有154名中国同胞的马航MH370航班2014年3月8日失联后搜救的报道，策划动手早，向参与搜寻的人员约稿快，图片用量大，对这一举世瞩目的重大新闻事件连续三期推出专栏报道。第一期“马航MH370你在哪里……”、第二期“一路向南，在搜寻马航失联客机的征途中……”、第三期“65天，32万平方公里，海上大搜寻……”，让读者看到了党中央、国务院对机上同胞的关心，看到交通运输部立即启动一级应急响应、紧急调派专业搜救力量和中国商船赶往失联海域参与搜救的部署，看到现场指挥人员、救助船员、应急队员克服重重困难，为排除失联疑似海域、缩小搜救范围做出的努力和贡献。特别是文中介绍李克强总理与搜救船长视频通话提出的“只要有一线希望，就要全力以赴”要求，更显示了一个大国政府领导人的责任担当。此外，《搜救途中的那些人、那些事……》等文章，生动感人，人情味足。

《广州交通》2014年8月到11月“亲城之旅系列报道”策划，用广州记协审读员点评文章的话就是：“编辑思维如此之活跃，报道形式如此之新颖，时空跨度如此之宽阔，编读者间互动如此之密切，的确为鲜见。”得到如此高评价的背后，是这家杂志采风团从2014年6月起携手各大公交企业启动的报道活动。记者以公交线路为载体，体验司乘人员的热情服务，报道了一汽巴士3路线的沿线历史和发展变化、三汽旅游1线的敬老爱幼的实际行动、电车107线科技含量的蝶变、二汽654线村巴的便民举措等内容。版面上“交通行业”与“城市生活”相融合，多角度，多维空间，点线结合，动静结合，与读者互动频繁；稿件文风朴实，娓娓道来，真正“亲近”了广州。从上报的材料看，版面中的照片通过加工外形各异，有一定艺术性；图片与示意图排列错落有致，文图穿插活泼；花絮等小栏目的文章短小、有趣，有的历史感、知识性很强。这次报道不但树立了公交企业良好的社会形象，而且提高了通讯员“说、拍、写”水平。

自然科学类杂志《公路交通科技》关于“疏通生命安全线，防震减灾于未然”的报道策划，针对我国活动频繁、强度较大的地震严重破坏桥梁的现实，提前向专家约稿，整合各种场合的报告进行组稿，从2014年7期开始，连续四期推出专栏文章，为桥梁“小震不坏、中震可修、大震不倒”提供了科学思路。《结构体系对多塔斜拉桥抗震性能的影响分析》一文，分析了刚性铰设置以及塔梁纵向约束形式、多塔斜拉桥动力特性及对地震反应的特点，提出了针对性建议。《考虑场地效应的大跨度多塔斜拉桥随机地震响应分析》，通过建立 ANSYS 有限元模型，分析了大跨度多塔斜拉桥的地震响应特点。《空间变化场地对超高墩铁路桥梁地震响应影响》剖析了空间变化场地对山区超高墩铁路桥梁的抗震性能影响，提出运用随机振动方法可避免最不利场地对桥梁的破坏。《跨断层地表破裂带桥梁震害研究及抗震概念设计》详细总结了跨断层地表破裂带桥梁的破坏规律，从设防思路、结构形式、抗震措施等方面提出了应对措施。这些文章思路严谨，论述有据，在中国知网、万方数据等学术期刊检索平台上获得了较高的下载次数和引用率。

此外，《交通建设与管理》《运输经理世界》杂志对一带一路的报道策划，《中国港口》杂志对港口危险品运输、营改增对港口业影响的剖析，《中国船检》对集装箱三巨头组建 P3 联盟冲击波的解读，都有选题重大、内容全面、挖掘较深的特点，难怪得到广泛好评。

三、策划水平仍需提高

一个好的报道策划，往往是报刊编辑部门根据一个时期上级主管部门要求的中心工作、宣传重点和本刊定位，及时提出具有时代意义的重大选题，回答读者的重大关切，然后制定出具有独家特色、可行性强的报道方案。包括文字摄影摄像记者名单、采访时间和地点、各类采访对象、采访内容的重点，乃至后期发稿时间、版面规模、广告或专版安排、全媒体联合推出等，报道方案中都有明确要求。如果执行中发现问题，报刊社领导要及时调整报道方案，从而优化各类新闻资源的开发与配置，引导社会舆论，干预社会生活，形成周期性宣传高潮，不断提高办刊质量，塑造报刊社良好形象，获取较好的社会效益和经济效益。策划的重中之重在于思路独特，别具一格，在同类报道中独辟蹊径。我在讲策划课时经常以解放日报策划的 2005 年 10 月 12 日“神舟六号”载人航天飞船成功发射的报道为例子。该报除了连续六天推出“神六专版”报道飞船动态、舱内细节、航天员状况和装备运行情况外，关键是制作了丝绸版《解放日报“神六”纪念特刊》和 100 枚由杨利伟、刘翔签名的《解放日报“神六”纪念特刊纪念封》进入太空飞船带回，且进行了大量的后续报道。这是其他媒体没做到的，由此我得出这样的结论:策划出智慧、策划出人才、策划出精品、策划出品牌、策划出效益。

按照上述衡量第五届交通运输好新闻的策划作品,尽管总体不错,但我认为仍有提高的空间。

一是策划的报道内容比较单薄。有一家媒体上报了摄影专版,除几幅交通建设图片外,大都是风光片。尽管照片都不错,但缺少主题思想的文字介绍。还有一家刊物也报图片版,文字介绍说港口第一生活区当年要改造,留下食品店、理发店、住宅楼、小学、花园等照片为职工留下"美好回忆"。可以说,策划的点子不错,人情味十足,但缺少深度挖掘,缺少有高度的立意。

二是策划的主题内容体裁单一,缺少立体感。一家杂志策划了党风廉政建设中党委书记的主体责任,有编者按,也有照片填空,但主要内容是17位党委书记的署名文章,洋洋洒洒30多页。如果我们换个思路,仍是这个主题,三分之一登署名文章,三分之一是介绍单位经验的工作通讯,三分之一留给先进人物的通讯;配的照片针对性强些,与主题内容紧密联系;编辑配个点评画龙点睛,排楷体字。这样的版面是不是活泼些、可读性强了些呢?还有一家报纸策划了收费站志愿服务队的一整版报道。这一策划主题也很好,但上报材料只有一篇文章介绍服务队成长经历和保护环境、捐资儿童福利院的概况,版面上的其他文字和图片看不到。如果增加些典型案例、服务对象的评价、编辑短评等,内容就厚实得多。

三是自然科学类刊物策划的专题文章比较分散。按照评选通知要求,论文类策划要紧紧围绕主题,每一主题的论文数量不少于三篇,且有体现编辑思想的评论或按语。从上报材料看,有的刊物主题论文分期刊登,形成不了规模效应,读者查找也有不便之处。此外,如果文中穿插一些照片,品种多些,呆板的版面就会活泼一些。

总之,我希望大家把握好评选标准,在策划上多多借鉴其他媒体的经验,用大思路、大创新、大手笔出精品、出质量、出影响。

(作者系中国交通报社原总编辑、中国交通报刊协会副会长)

图　片　类

获奖名次：图片类三等奖

标　　题：《路通景现产业旺——景色宜人的黄山花山公路》（组照）

作　　者：吴　敏　孟东晓　张林春

原 刊 于：《安徽交通运输》2014 年 9 月

获奖名次：图片类三等奖

标　　题：《路通景现产业旺——路通客自来（图片：宏村景区）》（组照）

作　　者：吴　敏　孟东晓　张林春

原 刊 于：《安徽交通运输》2014 年 9 月

作品评析

镜头捕捉交通新闻所带来的受众效果

杨秉政

第五届全国交通运输优秀新闻作品推选活动已落下帷幕，悉数近三届的优秀摄影作品，金牌无一例外地都被突发事件的新闻照片夺得！前两届的金牌均为交通运输部救捞局海上直升机救助的突发新闻图片，这届是武警交通部队云南鲁甸地震救灾的突发新闻图片。这再一次证明，突发事件在新闻传播中所占据的重要地位和社会对突发事件的高度关注！

本届一等奖《驰援鲁甸　垫起生命之路》所表现的正是武警交通三支队救援官兵们在云雾缥缈的大山深处，带领父老乡亲们穿山越岭撤离灾区的场景。画面中，武警战士怀抱幼童，相互搀扶艰难行走在无路可行的山脊上，凸显了人民军队在人民需要的关键时刻，不畏艰险冲锋在前！美中不足的是，由于作者拍摄时的占位角度，没有抓到决定性的瞬间，画面中五位武警官兵，无一例外的都在低头看路，试想，如果作者再下探一步，将镜头对准武警官兵的面部，而不是居高临下地对准官兵们的头顶，那将是一个多么不同的画面！

非常可喜的是本届另外的两个一等奖，是我们常见的内容题材所摘得。毕竟突发事件拍摄不是我们基层交通摄影人所常有的机会。一等奖《疏》就是天天发生在我们身边的场景，作者利用慢门的摄影技巧，将地铁站内匆忙赶路的人群拍成虚幻而飘逸，而恰到好处的是站务员表现的亭亭玉立！正因这动中有静的对比效果打动了评委，使之成为获奖的理由。所以我们要学会：面对一般的题材，善于用不一般的手法来表达。使画面产生非同一般的感受，从而提升图片的表现力！

另一幅作品《交通执法练兵》能获金牌，正是作者充分利用长镜头大光圈使焦外产生虚幻的效果来取悦读者，当然，拍摄时与人物同等底位的角度和人物面部一丝不苟的丰富表情瞬间定格才是此片成功的关键！说实话，我更喜欢这幅，我们看过太多有关交通人的工作特写片，有哪张人物的表情能如此动情过目不忘呢？善于在日常社会生活和工作中来寻找抓取动人的瞬间才是我们所推崇的。

二等奖共6个，包括了领导人物，海上救助，工地场景，车站服务，公路组照和民族风情。《台风中救助》和《部长颁奖》能够获得银牌主因是人物的重要性和事件的突发性。《候车室的琴声》倒是长途客运站少见的人文景观，作者以影像的方式传播着交通客运服务的新理念。悠扬的琴声引来旅客的围观和驻足聆听。试想，能够在嘈杂的候车大厅里聆听到有人弹奏一曲钢琴曲该是多么惬意的事情，能给旅途中的人们带来心情的愉悦不正是我们交通客服人员最好的人文关怀么！美中不足的是，图片中缺少鲜明的客运站元素，不看图片说明还以为是在购物商场呢！但凡遇到这种场景时，一定注意图片的背景要有鲜明的标志来证明或交代出是客运站的环境。《奋进的测量班》也是个很少见的场面，茫茫大海中数十根粗壮的水泥柱上站立着3个衣着橘黄色救生服的施工者，手中挥舞着大锤在敲打着，不看图片标题还真想不出他们是在作测量工作。从画面右侧的水泥墩判断也许是桥梁工地，依己之见，右侧的水泥墩拍进画面都多余，找个天蓝蓝海蓝蓝的天气，只将这大海中蓝色的水泥柱子和施工者拍下就足矣！试想，蓝天，蓝海，蓝柱上点缀着黄色衣着的人物，那该是多么美丽和谐的画面！摄影画面内容的加减也是作品成败的关键之一，《候车室的琴声》需要的是增加标志性的元素来交代特定的环境，而《奋进的测量班》则需要减少多余的元素，使画面更加简练和神秘，从而勾起读者更多的联想和好奇。《彝族文化—跳菜》也是一幅抓怕很鲜活的少数民族风情的图片。作者用广角镜头收入了背景环境中的人群，但焦点却凝聚在那肩扛八大腕的跳菜之人，并抓拍到了主角的满脸喜悦之情和他淋漓尽致的表演，更有那手舞足蹈的姑娘在身边陪衬，使画面产生了足够的冲击力。不然怎会在我们交通新闻摄影大赛中摘得银牌呢!《两路的历史路标》是一组反映“两路”通车60周年的报道摄影,它以24幅既有历史又有现代的影像贯穿了60年的光阴,将“两路”的艰辛与辉煌作了全面的回顾展示。获奖毫无疑问。至于图片的艺术效果大可不必苛求!

三等奖共12个,《路通景现产业》是9幅图片的组照,反映的是农村公路通车后乡村游产业兴旺,其中的“路通客自来”和“景色宜人花山路”两幅图片可谓美不胜收!但整体感觉这组图片反映游人的少,试想,没有游客怎能体现产业的兴旺呢?组照《他们这样过春节》以10幅图片反映了公路建设者春节时的工作生活状态。主题思想很好,但摄影语言乏力,合影纪念照类的图片竟有5张之多!还好这些图片张张朴实无华,真实地反映了基层一线建设者的精神面貌。这正是当下纪实摄影所倡导的。其他10幅图片有7幅是以人物为主题,这也正是我们交通新闻摄影所提倡的“以人为本”。

纵观此届交通新闻摄影比赛的来稿,较前两届摄影参赛作品并没有质的飞跃,少有“眼前一亮”激动人心的作品。随着科技的发展,摄影早已不是少数人的专攻,人手一机(手机都有照相功能)的时代已经到来!每当有突发事件,图片及视频几乎无一遗漏。况且评判一张图片的好坏,绝不以它是出自相机还是手机,内容决定成败。当我们身边发生值得关注的事情,无论美丑,都将它记录下来,传播出去!用影像的方式弘扬美丽,唾弃丑陋。让我们的环境变得更加美好!

期待着下一届优秀新闻摄影作品有质和量的飞跃!

(作者系中国交通报社原摄影部副主任、主任记者)

专 题 片 类

获奖名次：图片类三等奖

标　　题：《他们这样过春节——六六高速第四合同段的控制性工程夹岩特大桥 13 号桥墩上施工作业的建设者》（组照）

作　　者：李黔刚　王佳佳　肖鹏飞　贾艳彬　张　猛　龙昌勇　邵昌雷　吴　贵

原 刊 于：《贵州交通》2014 年第 1 期

获奖名次：图片类三等奖

标　　题：《他们这样过春节——六六高速公路第五合同段的高峰瓦斯隧道工人们春节期间坚守岗位》（组照）

作　　者：李黔刚　王佳佳　肖鹏飞　贾艳彬　张　猛　龙昌勇　邵昌雷　吴　贵

原 刊 于：《贵州交通》2014 年第 1 期

作品评析

视觉传播技巧不断突破传统形式

陈　刚

由中国交通报刊协会举办的第五届全国交通运输优秀新闻作品推选展示活动圆满结束，共有10部专题片参加了专题类的评奖，经过评委会初评、定评和网上公示，其中的5部专题片分别获得了一、二、三等奖。

无论是从形式还是内容上讲，本届优秀新闻作品专题类作品的整体水平比往届有了很大提升，叙事方式也有了很大变化，相对于传统形式上的专题片，本次参评的一部分专题片，打破了原有专题片简单的音乐配解说的固有模式，加入了叙事成分，用讲故事的方式来呈现影片，给人一种新鲜感。但同时，有部分作品还是存在一些缺点和不足，比如缺少生动感人的细节、而只是泛泛而谈道路建设的成就，同期采访过于频繁、单条过长等等。笔者将本次获奖专题类作品的总体情况进行梳理。

一、注重画面叙事　纪实感明显增强

本次参评的专题片呈现出一个明显特征，那就是纪实性明显增强，以往的专题片摆拍痕迹非常重，画面完全是为解说服务的，画面无法独立完成叙事的任务。而这次参赛的部分片子开始注重画面的叙事作用，而不单单靠解说，纪实风格明显，利用各种资料画面来辅助，让人眼前一亮。比如在本次参评作品中获得一等奖的专题片《看不见的窗口，听得见得微笑，全方位的服务》，片子用

了很大的篇幅展示了好多班组成员解决难题的画面，再配上快节奏的音乐，把观众一下子就带入了画面故事中。据了解，该片现场拍摄的难度非常大、驻地拍摄的周期很长，创作人员花了很大工夫才把此片做出来。除了此片，另一部讲述高速公路建设的专题片《黔途似锦　筑梦小康》也是通过现场记录、亲历者讲述、虚拟重现等手段，真实记录了科研人员的艰辛和努力，纪实感非常强，震撼人心。《寻找最美快递员》也是通过工作记录、现场采访等手段，对快递员的日常工作生活进行了全方位展示，用生动的镜头语言向观众传达了快递人员敬业、诚实的工作态度，令观众感动。

二、"讲故事"能力大有提升　叙事手段增多

本次参评的部分专题片作品在叙事方面有了很大进步，开始会"讲故事"了，当下社会最需要的就是"会讲故事的人"，无论表现什么主题，通过讲故事来传达，更容易被人接受。比如专题片《寻找最美快递员》就是通过生动、有表现力的几组镜头展现了快递员工作一天的场景，比如几点就起来开始工作，中午饭是怎么吃的，遇到下雪天如何坚持工作，一天要爬多少级台阶，多少次白白爬了楼梯却没有人开门等等，纯用讲故事的方式就把主题点明。

三、配乐合理　情绪贴近内容

本次参评的专题片还有一个很明显的优点，那就是配乐很合适，与整部片子所要展现的主题搭配合理，该震撼时音乐就宏大，该安静时音乐就柔和，节奏感把握也不错，该快时快，该慢时慢，比如获得二等奖的专题片《激情飞扬的交通旋律》就是一个合理运用音乐音效的典范，片子开头展现大道纵横的场面，所用音乐非常震撼，给人气势宏大之感，当后面讲到建造大路的艰辛时所用的音乐则与之前非常不同。其实，本次参评专题片的音乐普遍应用得比较合理，音乐情绪与内容非常贴合。

四、形式美　特效技术运用熟练

以上笔者主要是从内容方面评价的本次参评的专题片，接下来这点主要是从形式方面来讲，此次参评的专题片普遍在形式方面很讲究，3D 技术广泛应

用，镜头拍摄注重光、色搭配，总之各种技术的影子展现丰富，比如，《黔途似锦筑梦小康》和《“一带一路”打开“筑梦空间”》等等。

五、不足之处

本次参评的专题片整体进步很大，然而还是有些细节没有注意到，需要继续加强，比如有个别的片子画面质量差，噪点大，把各种素材，包括高清和标清杂乱地堆放在一起，这样会给观众带来很不愉悦的视觉感受。还有一点值得注意，有些专题片只注重宏大叙事，而没有关注细节，只是罗列了一些结果性数据，而没有具体展示一到两个细节，告诉观众为了得到这些数据背后的故事，其实，观众对这些数字不甚敏感，却对故事情有独钟，这就要求专题片制作者学会讲故事，通过故事的娓娓道来。

此外，本次参评的专题片还有一个趋势就是采访太多，单条过长，摆拍痕迹明显，拍摄者把机位架好，就让被采访者对着镜头说出早就背过的内容，这样不会吸引观众的，还会占用时长，其实针对这样的情况，制作者在剪辑时可以选取其中最有用的几句话呈献给观众，这样才能起到画龙点睛的作用。

（作者系中国传媒大学教授、博士生导师）

微视频类

获奖名次：图片类三等奖

标　　题：《属地员工中文培训受欢迎》

作　　者：张泽民

原 刊 于：《筑港报》2014 年 12 月 1 日 3 版

获奖名次：图片类三等奖

标　　题：《京交会：竞与融》

作　　者：李书增

原 刊 于：《快递》2014 年 6 月封面

作品评析

让微笑飞扬

——第五届全国交通运输优秀微视频（微电影）观后

王建宏

今天，人们已经不再小看微电影。除了微电影超乎寻常的火爆之外，还因为大电影也是从微电影发展而来的。

2015 年是个特殊的年份，恰逢世界电影诞生 120 周年和中国电影问世 110 周年。

1895 年，法国摄影师路易·卢米埃尔拍的世界第一部电影《工厂的大门》，片长仅一分多钟。

1905 年，中国第一部电影《定军山》，记录的是著名京剧演员谭鑫培表演的几个片断。

2015 年，全国交通运输系统的微电影创作也有了可喜的进步，令人耳目一新。从第五届全国交通运输优秀微视频（微电影）的评选结果来看，获奖作品的思想性、艺术性、观赏性都比往届都有了质的飞跃。纵观本届获奖作品，有以下几个显著特点：

一、唱响主旋律　传递正能量

本届获奖作品中的第一个鲜明特色，就是高举旗帜，引领导向，鼓舞士气，成风化人，坚持社会主义核心价值观，生动地反映了全国交通运输系统一线职工爱岗敬业、吃苦耐劳、无私奉献的可贵品质和高尚情怀，积极弘扬中华民族的传统美德，以艺术的形式温暖百姓，传递社会正能量，充满了进取、向上、阳光的情感主调，用热血和汗水谱写了国家基础交通建设者们的生命赞歌，涌现了一些有思想、有温度、有品质的好作品。

《让微笑飞扬》以刚走出校门的大学毕业生李雯的成长故事为主线，通过细小而典型的工作生活故事片段，展示了李雯在从事收费窗口服务工作中，对微笑服务由"要我笑"转变到"我要笑"的心路历程，揭示了她在开展微笑服务中的思想、心理、性格、行为转变。李雯的工作生活经历和成长，也折射出整个机场高速青年收费服务团队团结、进取、阳光、快乐的一面，进而揭示出"微笑服务、温馨交通"在当下社会风尚中激荡出的文明涟漪、传递出的文明新风和社会正能量。

《云端的守望》以纪实的手法，平白的镜头语言，讲述了九寨黄龙机场供水站职工王景辉在海拔3500米的供水站坚守11年的工作与生活。在人迹罕至的雪域高原，面对寂寞折磨，病痛困扰，王景辉始终从容面对，坚韧守望，令人敬佩和感动。作品重点挖掘了他家人理解与支持其工作的感人细节，揭示了支撑主人公的力量源泉和这个普通工人爱岗敬业、无私奉献的精神，向观众展现出了一个相互扶持、幸福和谐的交通人家庭形象。全片结构完整、画面优美、语言精练、情感细腻。

尽管片中这些人物都经历了挫折和困难、世人的冷眼和不理解，但是无论他们面临着怎样的处境，他们始终坚持对于国家、民族不变的信仰与信念，对于自己工作岗位的热爱！这是难能可贵的一种情调。创作者没有纠结于生活中的幽怨，而是着眼于未来，给人以振奋和鼓舞，这种情感基调的设计也是难能可贵令人赞赏的。

二、以情感人　以理服人

《爱，没有距离》讲述了交通建设行业中一名普通技术员与父亲之间的温馨故事。它讲述的是父爱，以具有建设者职业特点的数字为线索铺设悬念，配合时间发展暗线，讲述一个个温情的小故事，用细腻的父子情感打动了观众。

影片一开始便通过主人公的青涩视角营造一种猜疑和凝重的心理状态，令观众从心理上掀起层层波澜，驱动好奇心，开启积极的思维联想，引发观众进一步探明父子情背后的真实情感。然而，一场激烈的争吵令影片进入情感高潮，悬念得以解除，细腻的情感令观众得以释放心理互动，产生熟悉感、亲切感、认同感，引起情感共鸣。

《爱，没有距离》深刻诠释了父爱的内敛和愈久弥香。引人入胜的故事情节没有刻意煽情，却把真情蕴含在朴实的表达中，在不知不觉中让观众热泪盈眶。

《让微笑飞扬》让原本平凡无奇的工作生活琐碎小事变得充实而丰盈，在故事情节设置上，工作、生活、情感上的小故事穿插交织，情感跌宕起伏，让观众的心情也一波三折。特别是当李雯被迎面泼了一头水，被粗暴地抛撒了一把硬币而委屈哭泣的时候，细腻的情感表达令观众一起跟着心痛而落泪，从而也进一步升华了"微笑服务、温馨交通"的主题，展示出微笑文明服务对个人、对集体以及对社会带来的变化和影响。

在对微笑服务的坚守上，李雯的内心也曾充满激烈斗争，一方面是驾乘人员的肯定和赞誉、身边小伙伴们的鼓励劝说，另一方面又看到一张张冷漠的面孔以及驾乘的不理解甚至侮辱；一方面是"赠人玫瑰、手留余香"收获的快乐，另一方面是遭遇泼水、扔硬币带来的委屈烦恼。最终，在激烈的思想斗争下，雯雯最终选择了坚强，选择了委屈服务，选择了微笑面对人生，也最终得到了绝大多数驾乘的肯定和认可。

该片采取故事交叉串联的形式设计，"形散而神不散"，故事情节看似分散，实则凝聚，内在有着高度的关联性，并都服务于青春、成长的主题。在故事编排和情节设计上，不拘泥于常规的窠臼和俗套，通过内心独白、人物对话、旁白解说等途径，让万千收费员工的代表李雯的形象，让机场高速团队形象以及"微笑服务、温馨交通"活动在社会中的文明形象，通过跌宕起伏的故事情节立了起来，很真实、很感人，净化着社会的真、善、美，给人留下深刻印象，让温暖留在人心。

在音乐的运用上，整部片子以悠扬舒缓的音乐为主基调，在跌宕起伏的关键环节，通过设置不同的变奏，随着故事情节和人物心理情绪的发展而变化，音乐与故事、人物内心浑然一体，运用得十分巧妙而得体。

三、贴近生活　贴近实际　贴近群众

入选作品都是交运职工自己创作的，坚持采取让“身边人讲身边事、身边人讲自己事、身边事教身边人”，所以没有空洞的政治说教，很接地气，贴近生活，贴近实际，贴近一线职工，以朴实无华、亲切自然的手法，展示了交通运输职工们的工作和生活，以及他们想要表达的思想情感，从不同侧面较好地反映了全国交通运输战线广大干部职工的精神风貌，寓教于乐，入情入理，朴实亲切，真实可信，激发了观众的情感共鸣。

作品《疯子》是结合中国式过马路这一社会现象和问题进行创作的公益性质的作品。它以一个横穿马路而失去女儿的父亲丧失了神志，在马路上指挥交通，却偶然救了一名横穿马路的小女孩生命的故事。作品所涉主人翁有一个基础原型，编剧结合国内乱穿马路现象，以电影故事中血的教训，期待唤醒人们对过马路注意安全的重视。但是该故事较多地展示了肮脏和阴暗面，缺少社会关爱，令人看了以后不太舒服。

入选作品在摄影构图、画面编辑、镜头组接，以及一些特技等专业技巧方面，已经达到相当高的专业水准。这对于非影视专业的交运职工们创作的作品来说，难能可贵。

最后，我们再重温一下本届获奖作品中的解说词：

“我们用如花的笑脸，展现我们如火的青春；

我们让最美的微笑，在社会上激荡出文明的涟漪；

我们用承诺，开启崭新的梦想……”

向全国交通运输系统职工致以崇高的敬意！

（作者系中央电视台总编室原常务副主任、中央新影集团微电影频道总编审）

附　　录

获奖名次：图片类三等奖

标　　题：《隧道春秋》

作　　者：俞春霞

原 刊 于：《安徽交通运输》2014 年 11 月

观光线迎来第一位乘客——84岁的葛老爷子

在永定门内上车站，观光线迎来了它的第一位乘客——84岁的葛老爷子。

据葛老爷子讲，他在十几岁时曾经坐过铛铛车，昨天从报纸上看到铛铛车开通的新闻后，专门来乘坐。葛老爷子一边和一同上车的乘客交流，一边兴奋地看着车内的装饰对记者说，车的外观、车厢和老"铛铛"差不多，特别是外观几乎和当年一模一样。车行驶至天安门广场时，老爷子站起身来，抓紧扶手，探身凝视着窗外的天安门广场，勾起了他童年的点滴回忆。

获奖名次：图片类三等奖

标　　题：《观光线迎来第一位乘客——84岁的葛老爷子》

作　　者：杨　光

原 刊 于：《北京公交》2014年10月1日1版

第五届全国交通运输优秀新闻作品及优秀编辑推选结果

奖　项	推荐单位	作　者

消　息　类

一等奖(2篇)

奖　项	推荐单位	作　者
1. 李克强在渝期间考察中国交建工程工地：“我祝每个劳动者节日快乐！”	《交通建设报》	揭琼业　符　华　黄壹行
2. 独龙江隧道　贯通当日即成生命通道	《中国交通报》	陈鸿圣　祁　军

二等奖(4篇)

奖　项	推荐单位	作　者
1. 实现最大巡回潜水深度313.5米　中国首次完成300米饱和潜水海底出潜探摸作业	《中国水运报》	黄　玲　施洪兵　陆　天
2. 总理的爱心包裹送到了　189名青海藏族学生穿上新棉衣	《中国邮政快递报》	范云兵
3. 溜索改桥让我们走出了大山	《云南交通报》	王兴梅
4. 钢铁长城“围”出碧海蓝天　秦皇岛港煤炭堆场防风网总长度突破5公里	《河北港口新闻》	孙　菲　赵志义

三等奖(9篇)

奖　项	推荐单位	作　者
1. 公交车抢行“斑马线”　广西南宁市民可投诉	《广西交通》	符元基　廖　熠　周银河
2. 石安高速公路石家庄收费站开启保畅模式——记者：“意料之外”　收费站：“情理之中”	《河北交通报》	张海洋　郑晓飞

奖 项	推荐单位	作 者
3. 乡村公路通畅　二千万人心亮 到"十二五"末,我省农村公路通达率将达100%	《黑龙江交通》	陈晓光　姜久明
4. 157路驾驶员卡哈尔曼·吾苏尔运营中突发心脏病去世 司机倒下了　10多名乘客安然无恙	《乌鲁木齐公交》	陈　卉
5. 马航失联客机牵动世人心 长航油运主动参与海上搜寻	《寰球物流报》	丁剑峰　张富根
6. 长江南京以下深水航道一期试运行 5万吨级海轮可从长江口直达南通港	《江苏交通》	施　科　许　麟
7. 舟山美丽公路引来国际自行车赛事 ——2014年环浙江舟山群岛新区女子国际公路自行车赛成功举办	《浙江交通》	秦虹光　徐宏光 俞斯婷　王姿尹
8. 中交集团收购绿城房产24.3%股份 央企民企携手开展战略合作	《交通建设报》	王士刚　张　曦
9. 五年服务4.7亿人次　乘客好评彰显公交精神 65岁以上老年人免费乘车五周年	《天津公交》	朱文庆

通　讯　类

一等奖(5篇)

奖 项	推荐单位	作 者
1. 接我们的同胞安全回家 ——交通运输部组织客船接回3567名我在越人员纪实	《中国交通报》	孙英利　郭睿卿
2. 一位77岁老人的"路上"人生	《黑龙江交通》	陈晓光　姜久明

奖 项	推荐单位	作 者
3. 一场深刻的自我变革 ——湖北省交通运输厅行政审批制度改革观察	《中国交通报》	石 斌 高 斌
4. “溜索改桥”:村民心中期盼的幸福路 千百年来终圆梦	《贵州交通》	刘叶琳
5. 他向左,她向右	《中国公路》	冯 帆
二等奖(10篇)		
1. 滚落大石砸穿挡风玻璃伤了司机左臂 天豹客车司机杨杰带伤将44名乘客送至安全地带	《宁夏交通》	梅宁生 吕金蓉
2. 入海堪比上天难 沉管隧道建设用上了航天科技	《交通建设报》	米金升 任明朝 陈向阳
3. 固原:脱贫发展搭上交通快车	《中国交通报》	杨红岩
4. 纵横路网释放“引擎”效应 ——北疆公路建设促区域经济发展	《新疆交通运输报道》	范永伟 古丽米娜·艾力哈孜
5. “苦辣酸甜”历久弥坚 ——记漳州台商投资区交通综合执法大队	《福建交通》	薛荣泰
6. 漫步海底的年轻人	《中国救捞》	杨 文
7. 国省干线公路的“突围”之道 ——公益性基础设施建设如何“向改革要红利”	《安徽交通运输》	吴 敏 胡 旭
8. 马年,快递“黑马”要奋蹄 ——李克强总理春节前慰问快递员工纪实	《快递》	阴志华
9. 让牧民走向转场的春天 ——伊犁河谷40万头(只)牲畜安全转场纪实	《新疆交通运输报道》	古丽米娜·艾力哈孜

奖　项	推荐单位	作　者
10. 皖江涌大潮	《中国远洋报》	白昌中

三等奖(23 篇)

奖　项	推荐单位	作　者
1. 海工制造须警惕婴儿肥	《中国船检》	杨培举
2. 老杨的"百宝箱"	《二航人》	卢金山
3. "岁月号"事故警示录	《中国海事》	崔乃霞
4. 海上搜救进入"北斗时代"	《中国水运报》	张天赦
5. 生命在高速路上延伸 ——追记四川省高速公路交通执法第六支队党委书记、支队长李伟	《公路执法》	熊代强　朱中山
6. 驶向北极	《中国海事》	童翠龙　庞　博
7. 用一颗心　守一条路　护一辈子 ——国道黑大公路梅河口境内段"养路工一日"体验记	《吉林交通报》	张士鹏　阚世儒　高　强　鲍　俊
8. "甘推":攻坚在雪域高原	《四川交通》	泽基志玛　周显仁　扎西美朵
9. "小岗位"里的"大责任" ——记奋战在廊坊市公路工程质监一线的大兵小将	《河北交通》	闫　晶　王亚杰
10. 寻找绿色养护之路	《中国公路》	张　波
11. 为民族复兴提速 ——写在我国高速公路总里程突破十万公里之际	《中国公路》	刘传雷
12. 汽车租赁的理想趋势 ——专访中国道路运输协会高级工程师张一兵	《运输经理世界》	楚　峰
13. 一报还一报　快递企业的"囚徒困境"	《快递》	武文静
14. "双 11"之夜,"最强大脑"守卫战	《中国邮政快递报》	秦　磊　赵立涛
15. 总有一种力量汇聚成"风"	《四川交通职业技术学院报》	罗　超

奖　项	推荐单位	作　者
16. 谁持彩练当空舞　和谐画卷入眼来 ——记荣获第十二届“詹天佑”奖的沿江高速芜湖至安庆段	《安徽交通运输》	金海礁　唐　成　张婷婷
17. 船舶经纪开启强者时代	《中国船检》	徐　华
18. 伶仃洋上的“孤岛兄弟”	《筑港报》	张　诚　李朝晖
19. 绿美廊道建设“36 计”	《河北交通》	刘丽莲　张　伟
20. 从长江走向亚丁湾护航 ——记长江海事局赴亚丁湾护航第一人牛百龙	《寰球物流》	刘国山　刘锦辉　吴雪颖
21. 占劲松　把流动红旗钉在墙上	《中国交通建设监理》	陈克锋　丁　南　吕　博
22. 全国“节能技术明星”是咱郑州公交车长 ——记快速公交公司 B11 路车长畅通的冠军之路	《郑州公交》	葛　亮
23. 拿出甩开膀子的干劲儿 ——记股份轮驳公司“日港拖 18”轮	《日照港口》	宋　霞　张海鹏

评　论　类

一等奖(2 篇)

奖　项	推荐单位	作　者
1. 收费公路政策支撑交通运输跨越发展	《中国交通报》	陈　林
2. 跨越时代的精神坐标	《中国公路》	刘传雷

二等奖(4 篇)

奖　项	推荐单位	作　者
1. “平时”与“评时”	《寰球物流报》	石连友
2. 安全管理的“木桶理论”	《三航报》	郭　佳
3. 在新常态中保持“新常态”	《快递》	任国平
4. 不要让公交司机再挨骂挨打	《中国道路运输》	蔡少渠

奖　项	推荐单位	作　者
三等奖(9篇)		
1. 学会“弹钢琴”,突出“主旋律” ——做好思想政治工作保安全	《中国远洋报》	王　雷
2. 会计的脚步	《交通财会》	汤永胜
3. 从“中国速度”到“中国高度”	《中国公路》	胡恩燕
4. “混改”首秀能否成为国企改革新引擎	《寰球物流报》	胡安梅
5. 信仰、信心和信任	《贵州公路》	唐隽永
6. 安全,不能总靠大检查	《筑港报》	李景峰
7. 构建新闻宣传新格局　提升交通运输软实力	《福建交通》	钱瑞荣
8. 公交是不可或缺的基本公共服务	《安徽交通运输》	胡　旭
9. 又是超载	《交通决策参考》	徐德谦

副　刊　类

奖　项	推荐单位	作　者
一等奖(2篇)		
1. 贾庄,转型乡村的喜乐忧愁 ——晋东南山村调查笔录	《中国交通报》	杨红岩
2. 大石窝,紫禁城的基石	《中国公路》	朱　婧　刘向阳
二等奖(4篇)		
1. 铿锵跫音　交响时空 ——写在福建省交通运输厅援藏事业20周年之际	《福建交通》	薛荣泰
2. 梅芳桥	《中国道路运输》	邓国光　孙启生
3. 等我退休了……	《广州交通》	文钦梅
4. 江南好,风景旧曾谙	《公路执法》	贺之来

奖 项	推荐单位	作 者

三等奖(8篇)

1. 台风里的爱情	《筑港报》	张 诚 李朝晖
2. 东边日出西边雨	《筑港报》	唐艳娟
3. 最贤的妻 最才的女	《陕西交通报》	李 华
4. 波斯湾,起风了	《交通建设报》	高 岩 马 聪
5. 从明所城到山南湾	《中国公路》	谢博识
6. 当春乃发生	《二航人》	施 蕊
7. 润物无声	《中国公路》	冯 帆 祝 巍
8. 南山藏古道	《湖北交通报》	潘庆芳

论 文 类

一等奖(1篇)

行业报何以融入新媒体转型发展之路
——兼谈中国水运报社转型发展探索

《中国记者》 施 华

二等奖(2篇)

1. 着力“公共外交”,以企业传播塑造国家形象
——中国企业“走出去”的传播策略

《中国记者》 米金升 田 恬

2. 交通新闻采编问题方法探析 《中国报业》 李江虹

三等奖(5篇)

1. 以《中国交通报》为例浅谈行业报在舆论引导应用中的作用

《中国交通报》 李国栋

2. 新疆交通运输行业网络舆情事件应对与预警可行性监测的思考

《新疆交通运输报道》 范永伟

3. 浅析打击网络谣言的必要性及对策

《江西交通》 黄 金

奖 项	推荐单位	作 者
4. 浅议当前舆论环境下交通运输行业如何展示新形象		
	《江西交通》	练崇田 万庭慧
5. 新闻宣传在企业管理中的作用探幽		
	《宁夏交通》	毛永智

好 策 划 类

一等奖(3 个)

1. 农村公路发展特别报道及农村公路发展成就特刊		
	《中国交通报》	慕顺宗 吴 楠 李春晓 马珊珊 李 婷 赵珊珊
2. 川青藏公路通车 60 周年特别报道及交通运输援藏纪念特刊		
	《中国交通报》	陈 林 刘兴增 林 芬 曲 飞 杨 光 王珊珊
3. “SOLAS 公约百年”专题策划		
	《中国海事》	赵 晨

二等奖(6 个)

1. 马航 海上大搜寻	《中国救捞》	周 莺 李海宁
2. 体验交通运输一日	《吉林交通报》	李 丹
3. “亲城之旅”系列报道	《广州交通》	马援农 吴 欣 陈城武 何美洁 江燕凌 杨春炜 薛晓刚 曾家荣 马世安 温乐人 苏国雄 汤梦婷 叶 键 赵美娜 钟继东 文钦梅 曾宇清 蔡 璇 聂邦亮
4. 致敬！最美快递员	《快递》	任国平 陈 斌 郭荣健 戴元元 王 毅 武文静
5. 关注港口危险品运输	《中国港口》	芮 雪 等
6. 联盟冲击波	《中国船检》	杨培举

奖　项	推荐单位	作　者
三等奖(12 个)		
1. 她们的世界——中国高速公路女性收费员生存现状调查	《中国高速公路》	潘永辉
2. 筑路 25 年,重庆高速内畅山城外联江海	《重庆交通》	张君丽　罗鹏军　史训刚　蒋文芹　田妮妮　刘　源
3. 营改增对港口业的影响	《中国港口》	王海霞　等
4. 中国交建走出去实践	《交通建设报》	王士刚　张　曦　霍　晨　米金升
5. 行走丝绸之路经济带　感知交通运输大动脉	《交通建设与管理》	陈楠枰　汪　玚　王楠楠　深　兰
6. 疏通生命安全线,防震减灾于未然	《公路交通科技》	唐思杨　徐　凌
7. 领跑 ETC	《中国交通信息化》	王　涛
8. 我们身处其中的体制	《中国公路》	刘传雷　张　波
9. 云贵山海经	《珠江水运》	王锐丽　胡素青
10. 热炒后的冷思考	《中国公路》	赵晓夏　陈冰波　周国光　杨　光　程兆民
11. 发展市郊铁路,完善上海综合交通体系	《交通与港航》	陈文彬　王　梅　房晋源
12. 一带一路畅国际运输	《运输经理世界》	熊燕舞　楚　峰

图　片　类

奖　项	推荐单位	作　者
一等奖(3 幅)		
1. 驰援鲁甸 垫起生命之路	《中国交通报》	戴　鑫
2. 疏	《中国道路运输》	沈　超
3. 交通执法大练兵	《重庆交通》	周宣东
二等奖(6 幅)		
1. “两路”的历史路标	《中国公路》	林　丁　张　俭　陈邦贤　等

奖　项	推荐单位	作　者
2. 劳模是一种荣誉,更是一份责任		
	《交通建设与管理》	王　宇
3. 奋进的测量班	《交通建设报》	郭银杰
4. 候车室里的钢琴声	《陕西交通报》	黄金峰
5. 彝族特有的饮食文化——“跳菜”		
	《中国交通报》	李文圣
6. 台风中救助	《中国救捞》	王　玉
三等奖(12 幅)		
1. 路通景现产业旺	《安徽交通运输》	吴　敏　孟东晓　张林春
2. 让微笑绽放	《中国高速公路·甘肃高速》	石建华
3. 红河县打造旅游精品环线	《中国交通报》	叶松林
4. 属地员工中文培训受欢迎	《筑港报》	张泽民
5. 红与蓝	《交通建设报》	徐天鸿
6. 杨传堂部长接见 2013 年感动交通十大人物		
	《中国海事》	顾　平
7. 京交会:竞与融	《快递》	李书增
8. 路在山花烂漫中	《陕西交通报》	张　路
9. 隧道春秋	《安徽交通运输》	俞春霞
10. 他们这样过春节	《贵州交通》	李黔刚　王佳佳　肖鹏飞 贾艳彬　张　猛　龙昌勇 邵昌雷　吴　贵
11. 观光线迎来第一位乘客——84 岁的葛老爷子		
	《北京公交》	杨　光
12. 港珠澳大桥桥岛成功对接		
	《筑港报》	卢志华

奖 项	推荐单位	作 者

专 题 片 类

一等奖(1 件)

奖项	推荐单位	作者
看不见的窗口,听得见的微笑,全方位的服务	《中国高速公路·甘肃高速》	王艳平 瞿 嵘 李小燕 魏景兰 张之烨 贾新亮

二等奖(2 件)

奖项	推荐单位	作者
1. 黔途似锦 筑梦小康	《贵州公路》	唐隽永 李 瑜 罗 迪 肖维波
2. 每天都是新的 ——纪念中国交通报创刊 30 周年	《中国交通报》	陈志明 张大为 陈 拓 曾小勇

三等奖(4 件)

奖项	推荐单位	作者
1. 寻找最美快递员	《快递》	钟奇志 李隽琼 阴志华 王 毅 武姝婷
2. 小快递 大世界	《中国邮政快递报》	钟奇志 李隽琼 阴志华 王 毅 武姝婷
3. 激情飞扬的交通旋律	《河北交通报》	李书岐 呼 洋 冯建华
4. 港达重工扬帆启航路 ——编辑记者一线行	《日照港报》	战 蔷

微 视 频 类

一等奖(1 件)

奖项	推荐单位	作者
让微笑飞扬	《安徽交通运输》	胡为民 范志勇 管 立 查红兵 史进凯 李一标 赵桂诚 张 雯 王晶晶

奖　项	推荐单位	作　者
二等奖(2件)		
1. 云端上的守望 ——四川省交通投资集团职工王景辉家庭速写	《四川交通》	吴　丹　周显仁　徐　航 刘　凯　刘涛声
2. 疯子	《中国水运报》	王啸雷　中运传媒公司团队
三等奖(4件)		
1. 爱,没有距离	《交通建设报》	陈东港　郭井龙　曹　戈 于瑞莹
2. 青春驻点——验船师的一天	《安徽交通运输》	章春华　顾　磊　陈　全 汪晶晶　梁建东　严　军 王　丹　等
3. 山区公路“守护神”杨世清	《吉林交通报》	阚世儒　聂大兴　李　放
4. 停车共享,创建便捷生活	《交通与港航》	姚弘之　王　梅　董　翌 裴志康　应　珊

优秀编辑(18名)

1. 中国交通报	马珊珊
2. 中国交通报	杜爱萍
3. 中国交通报	杨红岩
4. 中国交通报	柯愈友
5. 中国水运报	李　薇
6. 中国水运报	陈　珺
7. 二航人	隋业辉
8. 中国救捞	李海宁
9. 中国交通信息化	王　涛
10. 中国交通建设监理	游汉波

9. 中国交通信息化　　王　涛
10. 中国交通建设监理　　游汉波
11. 重庆交通　　刘正林
12. 中国远洋报　　侯雨佳
13. 中国公路　　刘传雷
14. 中国船检　　徐　华
15. 陕西交通报　　周迎春
16. 交通决策参考　　塞　雁
17. 寰球物流报　　彭益群
18. 河北交通报　　李　娟

获奖名次：图片类二等奖

标　　题：《“两路”的历史路标》

作　　者：林　丁　张　俭　陈邦贤　等

原 刊 于：《中国公路》2014 年 10 月 1 日

图 | 读图

“两路”的历史路标

文/本刊编辑部

1954年12月25日，康藏公路（1955年改为川藏公路）和青藏公路同时通车拉萨。结束了西藏没有现代公路交通的旧历史，开创了西藏公路交通事业的新篇章。从此，西藏的公路交通事业迈开了矫健的步伐，向前发展。

今年是川藏公路、青藏公路建成通车60周年。8月6日，习近平总书记强调进一步弘扬“一不怕苦、二不怕死，顽强拼搏、甘当路石，军民一家、民族团结”的“两路”精神，养好两路，保障畅通，使川藏、青藏公路始终成为民族团结之路、西藏文明进步之路、西藏各族同胞共同富裕之路。

时至今日，60年前“两路”通车的影像记忆，依旧燃烧着让人热血沸腾的力量；开山劈路的“老西藏精神”早已融入了公路人的血液，化为影响中国公路事业半个多世纪的精神坐标。自1950年修建伊始，至1954年底建成通车，11万筑路军民创造了筑路史上的奇迹。时光流逝，我们翻开泛黄的老照片，重看60年前雪域路上的记忆，那些英雄足迹依旧清晰……

• 川藏公路北线上曾经的雀儿山五道班，这里海拔50[illegible]米。“全国劳动模范”陈德华便在这里坚守了20多年。

1

解放前，西藏全区120万平方公里土地上没有一条现代意义的公路。当地人民普遍采用的还是“唐蕃古道人背畜驮，栈道流索独木桥”的原始运输方式。

2

1951年8月10日，西北军区进藏部队（十八军独立支队）从兰州乘汽车到柴达木盆地东南边缘的香日德后，由于不通公路，运输物资只能靠骆驼队，雪域高原上遍撒驼铃声，这支特殊的运输队，为川藏、青藏两条路的修建做出了重大贡献。

3

1951年，康藏公路修建司令部政委穰明德率领技术人员勘察线路。

4 1953年，康藏公路巴河桥梁架通后的欢呼场面。

5 1954年，青藏公路修建负责人慕生忠（左二）向牧民群众了解情况。

6 1954年12月25日，康藏公路和青藏公路同时通车拉萨，结束了西藏没有现代公路交通的旧历史，开创了西藏公路交通事业的新篇章，“铺路石”精神也这样一代代地传递下去。

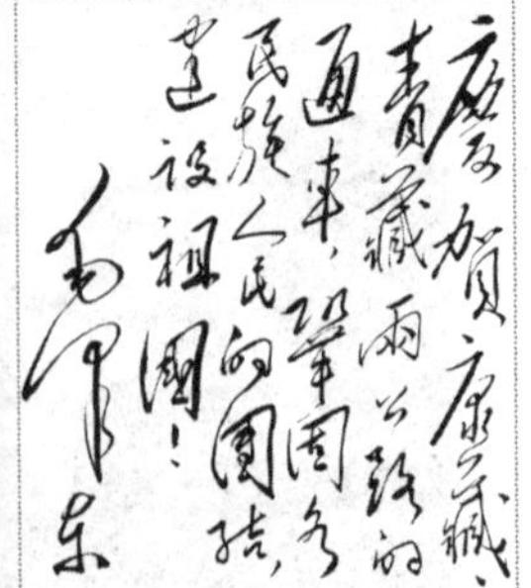

7 1954年，为庆贺康藏、青藏公路通车拉萨，毛泽东题写了“庆贺康藏青藏两公路的通车，巩固各民族人民的团结，建设祖国”的贺词。

8 由于地质条件恶劣、没有现代筑路机械，修建川藏、青藏公路时，筑路军民用钢钎、铁锹和双手挖填了3000多万立方米的土石，埋身高原的3000多名烈士，用生命守护着两条公路。

9 1984年，为纪念川藏、青藏公路通车30周年，西藏自治区政府决定在拉萨修建川藏、青藏公路纪念碑，以永久纪念在世界屋脊上开创的这一宏伟业绩，川藏、青藏公路纪念碑碑名由时任中共中央总书记胡耀邦题写。此后，川藏、青藏两条公路的改建、整治工作不断进行。

青藏公路改建工程现场。10

1985年8月26日，青藏公路改扩建工程验收会合影。11

12

1990年，位于海拔5231米的国道109唐古拉山垭口的109道班被交通部命名为“天下第一道班”，时任交通部部长钱永昌题写道班名牌。

1994年，时任西藏自治区副主席杨传堂（右二）前往青藏公路羊八井路段，现场察看水毁公路情况，并同工人一道，冒着大雨，搬石填路长达4小时。

13

1995年初，交通部发出了全国交通系统为西藏养护工人“送温暖”活动的倡议，共收到援建资金3965.4万元，共改建道班危房156座，配套解决了地面卫星单收站和发电设备，总建筑面积40169.08平方米，合格率达100%，优良率达72%。图为北京市公路局援建的川藏公路第22道班内景。

14

建于1965年的木质旧道班，简陋而单薄。

15

16

进入上世纪90年代末，西藏养路工的工作、生活状况依旧十分艰苦，图为1998年青藏线上的养路工。

张俭/摄

通麦大桥是国道318线的咽喉工程，更是川藏公路西藏林芝地区波密段地质复杂的一个缩影，也是川藏公路养护和保通任务艰巨的见证。图为正在建设的新通麦大桥主索塔。右上图1为1998年拍摄的川藏公路通麦大桥(2000年被堰塞湖洪水冲毁)。右上图2为2000年建成的大桥。

17

18

2001年8月25日，“全国交通系统援助西藏公路养护机械捐赠仪式”在拉萨市举行。

19

预计到“十二五”末，西藏自治区公路里程将达到11万公里，高等级公路里程突破1200公里，边防公路突破5000公里，农村公路突破7万公里，基本实现国道和主要经济干线路面黑色化，县县通油路，60%以上的乡镇通沥青(水泥)路。经历了60年的风雨洗礼，川藏、青藏公路依旧是西藏经济和社会发展的大动脉，更是与全国同步建成小康社会的有力保障。上图为青藏公路上的车队，右图为川藏公路新貌。

陈邦贤 林丁/摄

(照片除署名外，均选自《共筑天路》一书)